FORJA DE MENTIRAS

Forja de mentiras

Ana Segarra

MUNYX
FANTASÍA

Primera edición.
Forja de mentiras. La perdición de Vestalia.

www.munyxeditorial.com

Impreso en España.

ISBN: 978-84-124213-0-9
Depósito Legal: V-3768-2023

A mi abuela Ana, culpable de que mi imaginación necesite salir en forma de palabras.
Gracias por acompañarme a esos bosques de fantasía, hadas y brujas.

A las máquinas nunca les sobra nada, ¿sabes? Siempre tienen las piezas justas para funcionar. Y entonces pienso que, si el mundo es un gran mecanismo, tiene que haber alguna razón para que yo esté en él. Y otra para que estés tú, claro.

La invención de Hugo Cabret, Brian Selznick

—Somos presuntuosos, la humanidad —dije—. Todos nosotros. La gente. Vemos cómo se queman las hojas de los árboles un día caluroso de agosto y seguimos sin creer que vaya a cambiar nada. Nuestros imperios seguirán siempre en pie.

—Nada dura para siempre —dijo Peter.

Material sensible, Neil Gaiman

VESTALIA
SELÁN
EL PASO
LAGO DE MINUS
CRÓTAZ
HASTÍA
CORDILLERA MELIDIANA
LAGO MERIÁN
MÉLIDO
RÍO ÍN
DESIERTO DE KROSI
GOLFO DE KROSI
MAR ROCOSO
ARCHIPIELAGO SURIO
CABO DE INCATÉ

N
O
E
S
MAR DE AGUAS TROCEADAS
ARCHIPIÉLAGO NÍGALO
CORDILLERA ASELÁNTICA
RÍO DULLO
BÁBILOS
RÍO LONDEO
RÍO AMAT
LLANURA DEL ESTE
RÍO ÍSCELSOR
ASUA
ESTACIÓN DEL NORTE
LÓMAZ
VÉSTICUM
ESTACIÓN DEL SUR
INCATÉ
MAR ARGENTO
ARCHIPIÉLAGO MERGÓN

PRÓLOGO

Las cenizas de Vestalia todavía atravesaban el aire.

Aunque le había costado demasiado tiempo, se había acostumbrado a vivir allí, refugiado entre las cristalinas aguas que rodeaban el archipiélago de Mergón —así lo había bautizado después de pasar el tiempo suficiente como para necesitar llamarlo por algún nombre— y la suave brisa que hacía olvidar tiempos pasados. Para ello, por increíble que pareciera dadas las circunstancias, sacaba un rato cada día para hacer lo que más le gustaba: pintar.

Había aprendido a utilizar las hojas secas de las palmeras como papel improvisado y a obtener la tinta de los calamares que encontraba en la playa. Con eso y las plumas de gaviotas, que a esas alturas guardaba como su mayor tesoro, se dejaba llevar y pintaba.

Sin embargo, aunque eso le habría parecido suficiente en su antigua vida, nada más llegar a la isla comprendió que tenía que buscar comida, agua, un lecho sobre el que dormir y un arma con la que defenderse, tanto de animales como de personas que hubieran llegado a esa tierra antes que él. Cada noche, antes de cerrar los ojos, pedía a los cielos que no fueran demasiadas.

Varios lugares de Vestalia habían ardido con rapidez, como si sus calles adoquinadas estuvieran hechas de papel y el aire fuera una mecha furiosa. A él casi no le dio tiempo a huir. De hecho, cuando llegó a Mergón, el olor de la muerte y de las cenizas todavía se dejaba intuir en sus ropas andrajosas. Estuvo al borde del abismo en más de una ocasión, sobre todo en el momento en el que tropezó y las llamas le lamieron la suela de los zapatos. Sin embargo, eso le dio fuerzas para seguir corriendo y hacerlo con más intensidad, si cabía, a pesar de saber que iba a ser muy difícil sobreponerse a todo lo que había ocurrido.

Ese último año había sido devastador. Se había llevado por delante todo lo que él más quería, había arrasado con su vida entera. Y no es que fuera una vida envidiable —ninguna podía serlo en Vestalia—, pero sí lo bastante discreta y decente como para no llamar la atención. En eso consistía la supervivencia en ese país: en pasar desapercibido. Era la única forma de no ser objeto de una mentira, que era lo peor que a uno le podía ocurrir, y mucho más en Selán, la pequeña ciudad donde vivía Eneas y donde todo el mundo se conocía, lo que significaba que cualquiera podía convertirse en víctima de una mentira indeseada.

En ese último año, él había tenido que mentir. Y lo peor de todo era que llegó un momento en el que lo hacía sin pudor, sin reparar en las consecuencias. Para no pensar demasiado en lo que estaba haciendo, tenía una máxima que se repetía una y otra vez: mentía para sobrevivir.

Aunque por el camino perdiera todo lo que le importaba.

PRIMERA PARTE

CAPÍTULO I

Eneas Lockwood
Selán, al noroeste de Vestalia

La bufanda le tapaba casi toda la cara, y aun así conseguía asomar los ojos por detrás de ella para observar con envidia los escaparates.

Eneas Lockwood sabía que ese era el peor sentimiento que uno podía tener en Vestalia. Era consciente de que decenas de personas, si no cientos, morían cada día por la envidia de otros tantos. Muchos decían que era la codicia lo que movía el país, otros, la lujuria, incluso se afirmaba que era la vanidad. Sin embargo, él creía que eso era reducir demasiado la ecuación.

Apartó la mirada deprisa. No pudo evitar que sus ojos se fueran directos al escaparate, a pesar de que sabía que no se lo podía permitir y que mirarlo una y otra vez solo le generaría más dolor. Había soñado mil y una noches con aquel cuaderno de dibujo. No era un cuaderno normal, de esos ya tenía en casa, sino que este llamaba la atención por sus cuatro costados. La tapa, de cuero marrón oscuro, estaba decorada con elaborados engranajes que simulaban el interior de un reloj. Eneas no sabía cómo funcionaba ese mecanismo, pero le fascinaba tanto que la necesidad de acariciarlo que sentía era incluso visceral.

Siguió caminando, muy a su pesar. Aquellas ruedas que giraban y giraban le recordaron que llegaba tarde. Acababa de salir de la escuela y tenía que ir a casa para encargarse del ganado.

Últimamente recaía en él casi todo el trabajo duro, pues sus músculos habían decidido desarrollarse pronto y ya tenía la fuerza suficiente para arar y llevar de un lado a otro los pesados calderos de agua.

Apretó el paso y trató de pegarse lo máximo posible a las tejavanas de los edificios. Nevaba con intensidad, «Demasiado para ser finales de septiembre», pensó Eneas. Se le había olvidado coger la capa esa mañana, ya que se había levantado más tarde de lo normal y no le dio tiempo ni a desayunar. Desde que su madre yacía en una cama sin casi poder moverse, las cosas habían cambiado mucho en el hogar de los Lockwood. Eneas maldijo para sus adentros, «Todo se solucionaría si me dejaran participar». Pero no le permitían hacerlo, y sabía que, por mucho que se lo pidiera, su padre jamás le daría la autorización.

Cruzó la vía del tren casi sin mirar. Al principio le daba miedo hacerlo, porque justo unos pasos más atrás había una curva demasiado cerrada que hacía que no hubiera buena visibilidad. Sin embargo, después de realizar la misma operación día tras día, aprendió a fiarse del sentido del oído. Incluso del tacto, ya que el tiempo le había enseñado a identificar las vibraciones que se intuían en el suelo cuando un tren se acercaba.

La nieve empezaba a cubrirlo todo de blanco y Eneas solo podía pensar en que, como siguiera así, tendría que meter todo el ganado en la cuadra, y eso era algo que detestaba. No vivía en una finca muy grande, pero tampoco podía considerarse de las más pequeñas de la zona. La Gobernacía se había portado muy bien con sus padres cuando estos decidieron emprender una vida juntos. Así funcionaban las cosas en Vestalia: uno vivía en casa de sus progenitores hasta los dieciocho años, edad en la que se le concertaba un matrimonio y se le daba una vivienda para que fuera autosuficiente. Después, esa pareja estaba obligada a tener descendencia, toda la que el cuerpo y la edad permitieran.

Eneas era hijo único. Cuando se casó, su madre no conseguía quedarse embarazada. Habían probado todos los métodos posibles y habían intercambiado casi todos sus bienes por hierbas que una mujer aseguraba que eran el remedio para quedarse encinta. Incluso, al no funcionar nada de lo anterior, estuvieron tentados de hacer aquello que sabían que sí que funcionaría pero que iba completamente en contra de sus ideales. Ni siquiera las ganas de ser padres les empujaron a ello. Y, cuando ya pensaban que la Gobernacía les quitaría la finca para dársela a otra familia más fructífera, una falta les indicó que Eneas venía en camino. Habían pasado diecisiete años desde ese momento. Y ahora su madre, mayor y enferma, veía cómo su vida se iba apagando poco a poco.

—Disculpe, señor, ¿sería tan amable de decirme la hora?

Eneas no sabía por qué, pero supuso que aquel hombre tendría un reloj. Tal vez fueran sus zapatos lustrosos o sus gafas con cristal doble las que le dieron esa pista. Su intuición no falló en absoluto.

—Son las cuatro y media, muchacho.

Eneas salió corriendo no sin antes soltar un «gracias» en un tono demasiado alto. Todavía podía notar sobre él la mirada de condescendencia que le estaba dedicando el hombre, pero no le importaba. Estaba más que acostumbrado. En ese momento, a escasos metros de su casa, un carruaje que pasaba por su lado atravesó un charco a tal velocidad que lo empapó de la cabeza a los pies. Mientras maldecía en voz alta, dirigió su vista a la bandolera donde guardaba los libros del colegio para darse cuenta de que una de sus peores pesadillas se estaba haciendo realidad. Metió la mano en ella y comprobó que el agua había traspasado la fina tela. Si hubiera tenido una de cuero nada de eso habría ocurrido, pero no se lo podían permitir. Ahora se había quedado sin libros y la Gobernacía no le daría ninguno de repuesto. O encontraba otros rápidamente o perdería el año escolar. Y eso era lo peor que le podría pasar. Sus padres lo iban a matar, estaba seguro.

Entró en casa con el mayor de los sigilos. Abrió la puerta tan despacio que el colgador que había en el marco y que servía para avisar de las visitas ni siquiera se movió. Eneas soltó un suspiro mientras se apoyaba en la jamba. Si su padre lo veía de aquella guisa tendría un gran problema. Solo necesitaba ir a su cuarto, extender los libros cerca de la chimenea, rezar para que el calor salvara la mayor parte de las páginas y cambiarse de ropa antes de atender el ganado. Le requeriría tan solo unos cinco minutos y después podría…

—¿Se puede saber qué horas son estas de llegar?

Eneas cerró los ojos con abatimiento. El plan había fallado, su padre había sido más rápido que él y ya estaba esperándolo desde el quicio de la puerta de la cocina.

—¿Y esas pintas? ¡Por el amor de…, si estás empapado! ¡Los libros! Dime que no le ha pasado nada a los libros.

Sin embargo, la mirada de Claud Lockwood, fija en la bandolera, dejaba claro que ya sabía la respuesta.

—Yo… Lo siento —musitó Eneas.

—¡Por supuesto que lo sientes! Pero con eso no sirve. ¿Y ahora qué haremos? No podemos conseguir otros libros, ya sabes que es imposible a estas alturas del curso. Perderás el año. Uno clave. Un año menos de estudios significa menos beneficios a la hora de encontrarte pareja y una casa peor para empezar. Ya lo sabes.

Eso era cierto. En Vestalia, cumplir los dieciocho significaba empezar una vida nueva y, para ello, se tenían en cuenta todos los logros obtenidos hasta entonces. La Gobernacía defendía la creencia de que la productividad de las personas estaba ligada a las ganas que tuvieran de serlo. Así, sacar buenas notas en la escuela, aprender el oficio de los padres, conseguir vender mucha mercancía en el mercado o colaborar con otras fincas en oficios ajenos eran motivos para ganar puntos.

Eneas no cumplía con ninguno de esos requisitos.

—A tu madre le va a dar un infarto cuando se entere. ¡Tienes diecisiete años! Y ya sabes lo que eso significa.

—Me las arreglaré, padre. No te preocupes.

—¿Que no me preocupe? Tú no tienes ni idea de lo que es la vida.

Claud Lockwood tomó una gran bocanada de aire. Podía ser rudo, incluso un poco arisco, pero no soportaba discutir. Mucho menos con su único hijo. Se peinó con la mano la larga melena rubia —característica que compartían muchos habitantes de Selán y que Eneas, sin duda, había heredado— y se obligó a tranquilizarse.

—Ven, vayamos a la cocina. Vas a coger un resfriado como no te quites esas ropas de inmediato.

Eneas lo siguió con la cabeza gacha. Le dolía muchísimo decepcionar así a su padre, hecho que no le impedía seguir con su desastre de vida. Iba a la escuela porque tenía que hacerlo, atendía lo justo para superar las pruebas que los maestros ponían cada semana y el resto del tiempo se dedicaba a dibujar. Eso era lo que a él le gustaba en realidad, y por eso no se había preocupado tampoco de aprender el oficio de su padre. Claud era repostero. Con la leche que daban sus vacas, hacía postres de todo tipo. Su mantequilla era famosa en cada rincón de Selán y, por suerte, su puesto siempre tenía varios fieles que hacían que la familia se mantuviera a flote. Eneas le ayudaba con el ganado, por supuesto, pero jamás se había interesado por la repostería. No era lo suyo. Era de la opinión de que para hacer pasteles había que poseer una delicadeza y un don innatos. Y él no los tenía. Su padre le había dicho mil veces que debía, al menos, intentarlo. Que era un trabajo como otro cualquiera y que él le enseñaría todo lo que sabía. Tenían un puesto muy famoso en el mercado y eso podía garantizarle clientes en cuanto él levantara el vuelo. Era una oportunidad fantástica para ganar puntos y obtener una vivienda con mayores comodidades. Sin embargo, Eneas rechazaba esa idea una y otra vez.

—Estás a tiempo de cambiar. —Claud Lockwood puso una tetera a hervir mientras avivaba las llamas de la chimenea que descansaba en una de las paredes de la cocina. Él sí que trabajó mucho de joven para conseguir una casa como aquella. Muy pocos vecinos de Selán podían decir que tenían un hogar en cada estancia—. Puedo enseñarte las cosas básicas del oficio, lo aprenderás en muy poco tiempo, eres un chico listo. Y a partir de mañana podrías dedicarte a ir tú al puesto. Al fin y al cabo, los puntos de la escuela ya los damos por perdidos.

—No puedo hacer eso, padre, sabes que no se me da bien.

A medida que Eneas se quitaba la ropa, empapada y helada, su padre la colgaba en la cuerda que cruzaba la cocina. Se dirigió a la habitación del chico a la vez que hablaba en voz más alta para que pudiera escucharle:

—No me sirven las excusas, Eneas. Tienes que espabilar de una vez. No sé cómo te imaginas que es la vida, pero desde luego es más dura de lo que piensas. Dentro de unos meses —dijo mientras le tendía la ropa limpia y seca que había cogido de la habitación— todo lo que conoces habrá cambiado radicalmente. Tu madre y yo no estaremos aquí para ayudarte. Te asignarán una mujer y, entre los dos, tendréis que salir adelante. Deberéis tener hijos, y ya te puedes imaginar lo difícil que es alimentar una boca más. Tendrás que ser útil a la sociedad o…

—¿O qué? —se atrevió a preguntar Eneas, aunque ya sabía la respuesta.

—O acabarán contigo sin ninguna piedad.

Eneas se miró las manos, blancas como la nieve. Aquel verano había sido más frío y oscuro de lo normal y no había visto prácticamente el sol. Una pena, pues uno de sus pasatiempos favoritos consistía en tumbarse debajo del gran castaño que adornaba una de las esquinas de la finca y pasarse toda la tarde dibujando.

—Se me está acabando el cuaderno.

Claud lo miró con incredulidad. Él estaba intentando explicarle que tenía que cambiar su forma de ver la vida o acabaría muerto, y su hijo estaba pensando en sus cosas. Cosas inútiles y que no le servirían para ganar puntos, por cierto.

—¿Me estás escuchando, Eneas? Haces que pierda la paciencia.

—Pues claro que te escucho, padre. Me dices lo mismo día tras día. Pero ya sabes que a mí lo que me gusta es pintar, podría ganarme la vida vendiendo mis obras. No se me da mal. Aunque tú eso no lo sabes porque jamás te has interesado por ello.

Los ojos verdes de Eneas se posaron en los de su padre. Claud supo que tenía razón: nunca se había preocupado por saber en qué pasaba tantas horas metido su hijo.

—Eso no es un trabajo. Ya sabes cómo funciona Vestalia: nadie estaría lo bastante loco como para intercambiar uno de sus bienes por un dibujo.

Esas palabras le dolieron a Eneas como si le hubieran clavado un puñal en el pecho.

—Yo no hago dibujos, hago arte.

—Lo que sea, no me importa cómo lo quieras llamar. Solo te digo… —Claud bajó el tono para sonar más conciliador. No quería ser un mal padre. No se interesaba por las pinturas de Eneas, pero eso no significaba que no lo quisiera con toda su alma—. Solo te digo que tienes que tener cuidado con lo que eliges en la vida. Cada paso que des va a ser una decisión que no se podrá cambiar. Y quizás en estos instantes veas el futuro muy lejano, puede que pienses que te queda una eternidad para ganarte la vida por ti mismo. Sin embargo, eso no es así. Deberías centrarte en ganar puntos, en conseguir más méritos; y, una vez vivas en tu casa, cuando tengas un negocio que te proporcione lo suficiente para vivir, entonces es cuando podrás dedicar un rato de tu día a pintar.

»Además... —titubeó sin saber cómo decir las palabras que venían a continuación—, no nos quedan más cuadernos, los has gastado todos.

La cara de horror que puso Eneas se quedó grabada en las retinas de Claud. No entendía por qué su hijo se pasaba las horas pintando, pero bastaba ver su rostro cuando hablaba del tema para comprender que eso le hacía feliz.

—¿Y no puedes conseguir más? Seguro que en el mercado hay alguien dispuesto a cambiarte cuadernos por unos postres.

—Ya sabes que no funciona así, Eneas. En el mercado solo cambiamos cosas imprescindibles.

—¿Y esto no lo es?

—No para la Gobernacía.

El chico apoyó los codos sobre las rodillas y dejó caer la cabeza entre los hombros. La media melena, rubia y un poco ondulada, bailó ante sus ojos.

—Lo hago lo mejor que puedo —se disculpó Claud—. Pero es imposible.

—No, no lo es. Nada es imposible.

—Esto sí. Tendrás que borrar viejos dibujos y reciclar las hojas de los cuadernos que ya tienes. Es la única solución.

—Hay otra solución, y lo sabes.

Un silencio impenetrable se interpuso entre ellos. Claud no veía el gesto de su hijo, pero estaba seguro de que tendría los labios apretados y los ojos cerrados con fuerza. Ese era el gesto que siempre hacía cuando su padre le decía que no.

—Te he dicho mil veces que no voy a recurrir a las mentiras, y mucho menos para algo como lo que me estás pidiendo. Los cuadernos no son necesarios.

—Sí que lo son, para mí lo son. Mi vida sin ellos no tiene sentido.

—No seas así de dramático. Tu vida tendrá el sentido que quieras darle, y ya es hora de que encauces el camino —sentenció con un tono demasiado serio—. No voy a mentir por eso.

—Lo haré yo. —Eneas levantó la cabeza para mirar a su padre. El chisporroteo de la chimenea se escuchaba de fondo y estaba empezando a poner de los nervios al chico.

—Sabes de sobra que no puedes.

—Seguro que hay alguna forma. Como te he dicho, nada es imposible.

Si Claud Lockwood hubiera tenido el carácter del que presumía la gran mayoría de hombres selantes, se habría dirigido a su hijo y le habría propinado un sonoro bofetón. Lo habría mandado a su cuarto sin cenar o le habría ordenado que pasara la noche atendiendo el ganado. Cualquier cosa menos abrazarlo.

—Sabes que no —le repitió mientras imprimía más fuerza al abrazo—. Además, dada la situación que vivimos no podemos arriesgarnos a mentir.

Eneas se quedó en silencio. Un silencio que siempre lo invadía cuando salía ese tema de conversación. Así funcionaba Vestalia. Había tres maneras de conseguir las cosas en aquel país. Las primeras propiedades se adquirían cuando la Gobernacía asignaba una finca a un mayor de edad. Dentro de ella, habría más o menos comodidades dependiendo de los méritos que se tuvieran. Más ganado, más materiales para mantenerlo, más chimeneas, más habitaciones, más utensilios para ganarse la vida... Otra manera era mediante el trueque en el mercado. Los artesanos acudían cada día para vender sus productos. De esa forma se conseguía carne, pescado, platos preparados, telas, velas, mantas o ropa básica. Y luego había una tercera opción. Una opción de la que Claud Lockwood no quería ni oír hablar. Esa opción era la mentira.

CAPÍTULO 2

Eneas Lockwood
Selán, al noroeste de Vestalia

Eneas daba vueltas y vueltas en la cama. Aunque vivía en una casa grande, las voces de sus padres discutiendo atravesaban los pasillos y los muros de piedra hasta llegar a los oídos del chico. Era inevitable. Él, a pesar de que se había tapado la cabeza con su almohadón de plumas de oca, seguía sintiendo los reproches que volaban de un lado a otro de la habitación donde deberían estar durmiendo.

Y aunque ese almohadón, que ya estaba demasiado viejo y demasiado usado, hubiera impedido el paso del sonido por completo, los remordimientos de Eneas habrían machacado su mente espantando a su paso cualquier posibilidad de quedarse dormido.

Se levantó de la cama y salió de la habitación, aun sabiendo que no era la mejor idea. Claud Lockwood odiaba discutir. Si lo podía evitar, no decía una palabra más alta que la otra. En cambio, en esos momentos su voz retumbaba por toda la casa, lo que dejaba claro que se estaba saltando su norma de no pelearse nunca.

—¡Es un inconsciente!

A Eneas no le hacía falta pegar la oreja a la puerta del cuarto de sus padres, sin embargo, por costumbre, se arrimó todo lo que pudo. No era la primera vez que escuchaba a escondidas.

—No lo es, Claud. Tan solo es un crío.

—No es un crío, Tami. Pronto será mayor de edad. Nos lo quitarán y no tendrá ningún lugar al que ir, ¿no te das cuenta?

—Por supuesto que me doy cuenta —su madre sonó ofendida. Eneas siempre había pensado que esa mujer tenía la voz más dulce de toda Vestalia. La quería más que a nadie en el mundo—. Pero no le podemos pedir más de lo que ya hace. Atiende el ganado, va a la escuela y ayuda mucho con las tareas de casa. Son demasiadas cosas para un niño, aunque para la Gobernacía no cuenten en absoluto.

—Ese es el problema, que no está ganando puntos, no está generando ningún mérito y, dentro de unos pocos meses, no podremos estar ahí para ayudarlo.

El silencio invadió la casa de los Lockwood. Tami lo sabía mejor que nadie. A pesar de que para ella Eneas siempre sería su niño pequeño, llevaba más de diecisiete años pensando que algún día se iría de su lado. Cuando se quedó embarazada, por fin, solo era capaz de pensar en que, en el futuro, llegaría un momento en el que tendría que despedirse de él. Al no tener más hijos menores de edad, a ellos los mandarían a una finca más modesta y dejarían libre la suya para otra familia que pudiera dar más hijos a la región de Selán. Y podrían ver a Eneas de vez en cuando, tal vez haciéndole alguna visita o encontrándose casualmente en el mercado, aunque jamás volvería a ser lo mismo.

—No sé qué vamos a hacer.

El susurro de Tami atravesó la pared con delicadeza, consiguió llegar hasta el corazón de Eneas y partírselo en dos.

—Tengo que obligarlo a ir al mercado. Ya se lo he dicho, a partir de mañana será él quien se encargue de llevar el puesto. Yo me quedaré en casa e invertiré todas las horas que no estoy allí en hacer más postres. Ahora se están vendiendo muy bien las cornetas de mantequilla. Si hiciera el doble al día es posible que pudiéramos adquirir más cosas. Necesitas comer más, sobre todo carne roja, cada día estás más pálida y débil.

Tami estuvo tentada de decirle que esa palidez no era más que un reflejo de las paredes ocres de la casa, un viejo chiste que ambos tenían y que, en su día, les hacía gracia. Pero ya no encontraban nada bueno en aquella austeridad que los había llevado a vivir con lo imprescindible.

—Ya lo hemos hablado, Claud. Me queda muy poco tiempo y eso no se va a solucionar comiendo carne. Tú invierte todos tus esfuerzos en darle a nuestro hijo la vida que merece. Yo no estaré mucho más tiempo por aquí y ahora mismo soy solo una carga.

Eneas irrumpió en la habitación sin importarle lo más mínimo que sus padres le hubieran repetido mil veces que siempre se debía llamar antes de entrar.

—No vuelvas a decir eso, jamás.

Una sombra cruzó el rostro del chico, cuya cara de preocupación era más que evidente. Tenía los puños cerrados y la respiración agitada. Sabía de sobra que su madre estaba enferma, sabía que el tratamiento que la podría curar era inalcanzable para ellos en esos momentos, y aun así no quería aceptar la realidad: su madre se estaba muriendo.

—Eneas, ¿qué te hemos dicho sobre lo de entrar en habitaciones ajenas sin llamar? —le reprendió Claud.

—¿Estabas escuchando detrás de la puerta?

—Pues claro que sí, madre. Toda la ciudad ha debido de oír vuestras voces. —Eneas se lo pensó mucho, pero al final preguntó—: ¿Estáis así por mis libros?

Tami bajó la mirada. No quería tener que decirle a su hijo que ese acontecimiento —fortuito, lo sabía— significaba algo horrible.

—No, cariño. No te preocupes, lo solucionaremos.

Claud la miró con reproche. A pesar de no querer discutir, tampoco le atraía la idea de engañar así a su hijo.

Sin embargo, no le llevó la contraria a su mujer.

—Ven, siéntate aquí a mi lado.

Eneas obedeció y aceptó el sitio que le acababa de hacer su madre en la cama. Tami Lockwood había sido una mujer preciosa. Ahora solo se podía intuir una sombra de lo que los años y la enfermedad se habían empeñado en arrebatarle. Su pelo, antes del color del fuego, era tan ralo que había perdido hasta su tono. Igual que su piel, estaba acartonada e incluso amarillenta dentro de su palidez. Ni siquiera tenía ese brillo en los ojos que tanto la caracterizaba. Se habían convertido en dos pozos negros en los que se leía la llamada inminente de la muerte.

—Tienes que hacer caso a tu padre. Él es sabio y todas las lecciones que te enseña, aunque tú pienses que no te sirven de nada, son muy valiosas.

—Madre…

—Déjame terminar, no me interrumpas. —Tami trató de sonreír, aunque por el camino emitió un gesto de dolor que no pudo evitar. Acarició la colcha de flores que cubría su cama para disimular y atraer la atención de Eneas hacia ese movimiento; odiaba que la viera sufrir—. Sabes que esto no va a ser para siempre y que las cosas van a cambiar muy pronto, y eso significa que tienes que ayudar a tu padre en todo lo que puedas. Cuando yo no esté, tendrás…

—¡No vuelvas a decir eso! —A Eneas se le olvidó muy pronto la orden de que no debía interrumpir a su madre cuando esta hablaba. Se levantó de golpe y se quedó apoyado contra una pared, tratando de respirar con calma, pero sus pulmones se negaban a recoger el aire que estaba tragando a bocanadas—. No te vas a morir. No lo vas a hacer.

Eneas, en el fondo, sabía que repetir esa frase no iba a hacer que se recuperara. Era consciente de que su madre se estaba muriendo y de que le quedaban muy pocos días de vida. Aunque tratara de convencerse de lo contrario, bastaba con echar un vistazo a esa cama, de la que Tami ya no era capaz de salir, para darse cuenta de que la realidad, a veces, era la peor enemiga.

—Ven, mi cachorrito.

Hacía demasiados años que su madre no lo llamaba así. Aquel apodo cariñoso surgió mucho tiempo atrás, cuando Eneas la perseguía por todas partes. Tami decía que le recordaba a los perritos que no dejaban a su madre ni a sol ni a sombra por miedo a no saber enfrentarse a la vida.

—Ya sabes cómo están las cosas. —La mano de Tami se posó sobre la de su hijo. Este se había sentado a su lado, incapaz de no aceptar aquella petición. Desde allí le llegó mejor el olor tan característico de su madre: a romero, limón y nieve—. Me queda muy poco tiempo de vida. No creo que llegue a la semana siguiente.

—Pero…

—No, no me interrumpas, cielo. Es algo que tienes que asimilar cuanto antes. Y podemos pasarnos estos últimos días discutiendo sobre lo que va a ocurrir o tratando de disfrutar los que nos quedan.

El muchacho apretó los dientes con tanta fuerza que le pareció que se los iba a reventar. Miró a su padre a los ojos y este supo a la perfección en qué estaba pensando su hijo. No necesitó decir ni una sola palabra.

—Sabes que no puedo, Eneas. Lo hemos hablado ya demasiadas veces y la respuesta sigue siendo la misma.

—¡Eres un cobarde! ¡Eso es lo que eres!

El chico se levantó de golpe de la cama y se acercó tanto a su padre que sus caras casi se rozaban. Ya no tenía que ponerse de puntillas para alcanzarlo, había crecido tanto en el último año que había superado la altura de Claud.

—No soy un cobarde, soy una persona íntegra. Y esa lección deberías grabártela bien aquí dentro. —Dirigió su dedo índice a la sien de Eneas—. Deberías bajar de la nube en la que pareces estar y darte cuenta de cómo es la vida realmente.

La respiración agitada de Claud Lockwood solo escondía las ganas de decirle a su hijo que la vida lo iba a tratar muy mal si seguía por aquel camino. Se lo había repetido un millón de veces; al contrario que en otras casas, el tema de las mentiras no era algo tabú en el hogar de los Lockwood, allí se hablaba de ellas sin tener que susurrar. Y siempre se hacía con el mismo motivo: para convencerse unos a otros de que aquello estaba mal.

Sí, mentir les daba la oportunidad de tener una existencia mejor, de conseguir cosas que, de otra forma, serían incapaces de tener. Sin embargo, esa era un arma de doble filo. Nada salía gratis, y muchísimo menos en Vestalia.

—¿De qué tienes miedo, padre?

—Ya te he dicho que no se trata de una cuestión de cobardía, sino de integridad.

—¿Integridad? ¿Cómo puedes hablarme tú de integridad? —El pecho de Eneas subía y bajaba con fuerza. Llevaba mucho tiempo queriendo decir esas palabras en voz alta, a pesar de que sabía que el resultado iba a ser demoledor—. No puedes hablarme de integridad cuando estás dejando morir a tu mujer en una cama.

Una sonora bofetada llenó el silencio que se había instalado de repente en la habitación. Tami se llevó una mano a la boca, tal vez para sostener dentro el grito de reproche que sabía que no debía emitir. No quería violencia en esa casa, lo había dejado claro una y mil veces, pero tampoco debía permitir que Eneas se desviara del camino. Si había que recurrir a la violencia, lo harían sin pensarlo.

—No vuelvas a decir una barbaridad como esa —espetó Claus—. ¡Jamás!

—¡Pero es que es verdad! Sabes que existe una forma de conseguir las medicinas que madre necesita. Es tan fácil como ir al auditorio y contar una mentira, una pequeña. Al día siguiente tendremos un paquete en la puerta de casa y ella se curará de inmediato. ¡Es fácil!

«Ojalá fuera tan sencillo», pensó Claus. Sí, podía hacer eso, se lo había planteado un millón de veces. Esa idea, jugosa y apetecible, había salido en las conversaciones con Tami de manera constante. Y los dos habían llegado al mismo acuerdo: no iban a caer en las redes de la Gobernacía por nada del mundo; incluso aunque su vida dependiera de ello.

Mentir suponía entrar en un juego sucio, uno del que toda Vestalia era partícipe. La Gobernacía había creado un sistema tan perfecto que había conseguido tener a toda la población bailando a su son como si de una marioneta se tratara.

Si alguien necesitaba un bien que no podía conseguir en el mercado o con los medios que la propia Gobernacía le había dado, tenía la posibilidad de recurrir a la mentira. Bastaba con ir al auditorio más cercano y contar un embuste sobre alguien. Ni siquiera hacía falta que se conociera a esa persona, con dar nombres y apellidos era suficiente. Y era cierto: unos minutos u horas después —dependiendo de lo difícil que fuera encontrarlo— tendría lo que había pedido a cambio en la puerta de su casa. Cualquier cosa valía, eso era lo mejor de todo. No importaba que fuera algo necesario, podía tratarse de un capricho cualquiera. La Gobernacía no pedía explicaciones.

Sin embargo, sí quería algo a cambio. Esa mentira se podía convertir en verdad o no. Muchos científicos y matemáticos habían tratado de dilucidar en qué se basaban las máquinas del auditorio para decidir si una mentira se cumplía o se quedaba —por suerte— en el aire. Y nadie, hasta la fecha, lo había averiguado. Tampoco sabían cuáles eran los mecanismos encargados de hacerla realidad. Era un sistema tan bien hecho y con un funcionamiento tan intrincado que parecía arte de magia.

A la mente de Claus vino la imagen de su hermana Milda. Sus padres los habían criado de igual forma, pero el resultado no pudo ser más distinto. Él tenía claro lo que quería en la vida: ser libre; y ella solo quería ser más que cualquier otro. No tenía ningún reparo en mentir si le apetecían unos zapatos nuevos, incluso si se le antojaba una capa de terciopelo con brillantes. No le temblaba el pulso cuando mentía para conseguir una máquina de escribir nueva que luego jamás usaría o un bolso de piel del animal más exótico de Vestalia que dormiría para los restos en el armario. Siempre le salía bien, pues sus mentiras nunca se convertían en verdades.

Hasta que un día ocurrió.

No supo muy bien cuál de todas ocasionó que su cara apareciera en el tablón de mentirosos. Ella, con su pelo rubio casi blanco, su maquillaje dramático y su sonrisa ladeada. Aparecer en ese panel era casi una sentencia de muerte. Solo ocurría si la mentira se cumplía, y eso significaba que el afectado, o incluso las víctimas colaterales, podían vengarse de la persona que había acudido al auditorio. Era sencillo: tendrían veinticuatro horas —ni un minuto más, ni un minuto menos— para llevar a cabo la venganza sin ser juzgados. Y podría tratarse de cualquier castigo, incluso la muerte.

Fue por un cinturón nuevo. Lo podría haber conseguido en el mercado, pero ella había entrado en una dinámica en la que le parecía más fácil mentir que trabajar con sus propias manos. Ese día optó por elegir a Maidon Andersen, un hombre escuálido que vivía al final de su calle. Ya había contado alguna mentira sobre él y, dado que no se podían repetir, esa vez tuvo que improvisar. Sin pensárselo mucho, dijo que un tren había arrollado a Maidon cuando este iba al mercado. Milda salió del auditorio con la cabeza únicamente puesta en su cinturón nuevo, lo que hizo que los remordimientos no encontraran lugar dentro de ella.

Ni siquiera se planteó que su mentira pudiera convertirse en verdad. Nunca había ocurrido, y llevaba muchísimos años mintiendo para conseguir todo lo que quería, así que no tenía por qué pasar entonces.

Hasta que alguien llamó a su puerta a medianoche. Milda, en bata y con los fantasmas del sueño todavía persiguiéndola, casi no tuvo tiempo de preguntar quién osaba molestarla a aquellas horas intempestivas. Cuando fue a abrir, alguien le asestó una puñalada certera en mitad del corazón.

Claus se enteró al día siguiente. Los rumores corrían rápido en Selán. Cuando llegó a la casa de Milda, su cuñado le explicó lo que había sucedido. Claus, movido por un impulso que no pudo reprimir y la falta de aire que de repente lo invadió, acabó en mitad de la plaza de la ciudad, donde el nombre de su hermana aparecía en grande en medio del tablón:

MILDA JULINBERG, vecina de Selán, ha mentido para conseguir un cinturón nuevo.

La mentira consistió en contar que Maidon Andersen fallecía atropellado por un tren.

Los afectados tendrán veinticuatro horas para llevar a cabo su venganza.

El plazo se termina mañana a las cuatro de la tarde.

Eneas también se estaba acordando de la historia de Milda. Su padre se la había contado sin rodeos el mismo día en que ocurrió todo. Quería que a su hijo le quedara claro que nada salía gratis en Vestalia, que tarde o temprano todos acabarían pagando por las mentiras que contaban. A Milda le salió mal la jugada y, aunque lo tenía más que claro, ese día Claus se juró a sí mismo que jamás iba a poner en riesgo su integridad a cambio de nada. Aunque significara la vida de su mujer.

CAPÍTULO 3

Eneas Lockwood
Selán, al noroeste de Vestalia

Ese día se vistió con sus mejores ropas. Tampoco le costó demasiado, pues su armario tenía solo lo imprescindible.

Sacó unos pantalones marrones de una lana que picaba con solo mirarla. Los odiaba con todas sus fuerzas, pero se trataba de una ocasión especial. Mientras se ponía la camisa blanca, ahora un poco amarillenta debido al paso del tiempo, rezó para que las polillas no se hubieran dado un banquete. Eneas suspiró aliviado cuando comprobó que la tela, aunque vieja, estaba intacta. Aquella prenda había pertenecido a su padre y se la había regalado al cumplir los catorce años. Nunca había tenido la oportunidad de ponérsela, así que la sensación de rareza que sintió cuando se miró al espejo fue más que evidente. Unos tirantes, una gorra plana, unos zapatos marrones y un abrigo oscuro terminaron de completar el conjunto.

Salió de casa sin hacer ruido, a la hora de siempre. Después de la discusión de la noche anterior, Eneas se fue a su habitación sulfurado, así que no se había encontrado con sus padres desde entonces. Sin embargo, las palabras que rumiaba mientras cruzaba el pasillo dejaron claro que aquello no terminaba ahí.

Estaba harto de que no lo tuvieran en cuenta para nada. Sus padres siempre le decían que ya no era un niño, que era todo un adulto que en cuestión de meses tendría que buscarse la vida por sí mismo. En cambio, no le dejaban participar en la casa. Sus decisiones no eran tan válidas como las de ellos y cuando proponía una idea, jamás se le escuchaba.

Se refugió como pudo dentro de su abrigo. Hacía muchísimo más frío que el día anterior y pronto comenzaría a nevar con fuerza, o al menos eso le indicaba el cielo plomizo que se elevaba amenazante sobre él. «Huele a nieve», pensó. Cuando su padre decía eso, acertaba. Y él, con los años, había aprendido a entender qué quería decir con aquello.

Antes de salir de la casa, dejó la bolsa de la escuela dentro de una caja de madera que quedaba bien escondida dentro de la cuadra. No iba a necesitar los restos que habían quedado de sus libros después del incidente del día anterior, pero tampoco era buena idea dejarlos a la vista de sus padres; debían pensar que estaba en la escuela o no podría llevar a cabo su plan.

La teoría se la sabía. Entraría en el auditorio, se dirigiría a una de las máquinas de mentir, llamadas áureos, contaría una mentira y esperaría a que llegaran las medicinas para su madre. Había escogido una pequeñita, tan solo diría que a Alice Steigman, una chica de su clase que no le caía demasiado bien, se le había caído un diente por comer demasiado azúcar. Era una mentira diminuta, insignificante al lado de las que se escuchaban por ahí. Además, no tenía por qué materializarse. «Casi nunca se cumplen», se consoló. «Las personas mienten todos los días, a cada hora, y si todo lo que dicen se hiciera realidad, no quedaría gente en Vestalia». Repetirse aquello era como una suerte de bálsamo. Sin embargo, Eneas sabía que era un consuelo muy superficial, y él necesitaba algo que llegara a lo más profundo.

Siempre se había preguntado por qué no se podía contar una mentira que fuera beneficiosa para alguien. Hasta que un día tuvo esa conversación con su padre y este le aclaró todas las dudas. Era muy sencillo: las personas mentían para adquirir algo. Si supieran que existía la posibilidad de obtenerlo sin ningún esfuerzo, nadie trabajaría. Y si fueran conscientes de que sus actos no tenían ninguna consecuencia —mejor dicho, que incluso podían beneficiar a alguien—, todo el mundo recurriría al auditorio de forma constante.

Eneas pensó que tenía sentido lo que su padre le decía. De hecho, él mentiría constantemente para conseguir todas las cosas que no podía tener de otra forma. No se convertiría en un vago, sacaría su trabajo adelante de la mejor manera que pudiera, pero sí que viviría de forma más holgada y se permitiría caprichos de vez en cuando. ¡Cuadernos! ¡Tendría decenas de ellos! Y tal vez una casa menos austera. Pediría muebles bonitos, de esos de patas de león, y también espejos de marcos dorados y verdes.

Qué injusto le parecía aquel sistema. ¿Qué más le daba a la Gobernacía que él tuviera papeles para pintar? ¿Acaso hacía mal a alguien?

Seguía tan metido en sus pensamientos que casi ni se dio cuenta de que había llegado al auditorio de Selán. En cada ciudad había uno distinto, y cada uno tenía sus particularidades. Él no había salido jamás de allí, pero había oído historias de cómo eran los de otras ciudades. Después de que muriera Milda, su tío, Vincent Julinberg, comenzó a viajar por toda Vestalia por motivos que Eneas desconocía. Suponía que era la forma que tenía de olvidar la pérdida de su mujer, pero jamás había tenido ocasión de contrastar esta teoría con nadie más. Esos viajes, cada vez más frecuentes, lo llevaron a conocer gran parte del país, así que cuando volvía a Selán, visitaba a su sobrino para contarle los sitios increíbles en los que había estado. Por supuesto, conocía los auditorios como la palma de su mano, cosa que a Eneas le sorprendía, ya que su mujer había muerto precisamente por contar mentiras y esperaba que un hecho como aquel hubiera enmendado a su tío.

Vincent siempre decía que su auditorio favorito era el que se encontraba en Hastía, justo al sur de Selán. Este se hallaba dentro de una cúpula gigante construida en el centro del lago de Minus. Para llegar hasta él, bastaba con ir a la orilla de la laguna y comenzar a caminar por un pasillo de cristal que se había construido en la arena. Poco a poco, empezaba a descender hasta que la luz natural ya no alcanzaba esas alturas y todo quedaba iluminado por bombillas parpadeantes. Al llegar al final, una bóveda recibía a todas aquellas personas que querían mentir como si fuera una madre con los brazos abiertos esperando a un hijo que hace muchos años que no ve.

También el de Incaté era impresionante, según las palabras del tío de Eneas. En el desierto, perdido en mitad de la nada, se hallaba un zepelín que años atrás se averió demasiado lejos de cualquier civilización. Los tripulantes decidieron abandonarlo allí y, por querer ser más originales, o por nostalgia, se construyó dentro de él un auditorio. Eso provocó que el núcleo urbano, poco a poco, se fuera acercando a aquel punto que era decisivo para la población, así que pronto se construyó a su alrededor una nueva ciudad que tenía que lidiar día a día con las inclemencias de haber sido levantada en mitad de un desierto abrasador.

Por supuesto, estaba el auditorio de Vésticum, la ciudad más rica de toda Vestalia. La Gobernacía había decidido que debía ser la capital, tal vez por su posición estratégica en el sureste del país o bien porque las Llanuras del Este y el desierto de Krosi la rodeaban de tal manera que hacían que fuera la urbe más protegida.

El auditorio de esa ciudad era impresionante. Se encontraba dentro del castillo de Lenzos, una edificación hecha casi en su totalidad de cristal. El arquitecto que lo diseñó, pensando en hacer su trabajo más deslumbrante, decidió invertir muchos años de su carrera en perfeccionar ese proyecto. Su intención era que la luz de Vésticum —caracterizada por el rápido ir y venir de las nubes movidas por el fuerte viento de la zona— se filtrara por los cristales creando un efecto visual precioso. Vincent decía que entrar en aquel auditorio era como viajar a un mundo de fantasía donde cualquier cosa parecía posible. También comentaba que jamás había visto tantos colores como allí dentro y que esa iridiscencia le generaba una sensación un tanto extraña. Juraba que había colores que solamente existían allí dentro. En alguna taberna se rumoreaba que ese efecto producía un estado de ensoñación en todo aquel que entraba en el auditorio. Las luces transmitían tanta paz y relajación, que aquel que entraba con intención de mentir veía disipadas todas sus dudas de inmediato, si es que las tenía. La gente no sentía remordimientos estando allí dentro, por lo que el porcentaje de mentiras que se contaban en Vésticum era muchísimo más alto que en cualquier otra ciudad de Vestalia.

Eneas nunca lo había dicho en voz alta, pero él no quería salir de Selán. Su tío no hacía más que hablar de las maravillas que se escondían detrás de la frontera, y aun así el chico sentía cierto vértigo en el estómago al pensar en la posibilidad de estar tan lejos de su hogar. No es que fuera una persona miedosa, aunque sí prudente en ese aspecto. Estaba seguro de que el resto de Vestalia era fascinante, pero también peligroso, así que se tendría que conformar con las imágenes que su mente se había dedicado a inventar mientras Vincent le narraba los paisajes tan espectaculares que se había encontrado a lo largo de su vida.

Ese día también sintió respeto. Su respiración acelerada, el temblor de sus piernas y las gotas de sudor que ya empezaban a perlar su frente lo demostraban. Sin embargo, tenía que hacerlo, ya no había marcha atrás.

Sabía que, si mentía siendo menor de edad, perdería todos sus estúpidos puntos. Le diría adiós a su futuro, pero tenía que hacerlo, no le quedaba otra opción.

Eran miles las veces que había pasado por delante del auditorio de Selán, pero jamás había entrado. El cartel de «Prohibida la entrada a menores de dieciocho años» le dejaba claro que allí no era bienvenido. En cambio, no había ningún guardia de seguridad en la recepción que le impidiera el paso, así que, sin pensárselo demasiado, empujó la puerta de bronce que lo separaba de su destino.

A pesar de que Vincent le había descrito en varias ocasiones aquel auditorio, Eneas nunca creyó que fuera tan impresionante. El interior del edificio, de corte clásico y delicado, estaba salpicado por infinidad de columnas blancas cuyos capiteles, dorados y con decenas de virutas, hacían que fuera inevitable que la vista se dirigiera hacia ellas. La sensación de altitud del edificio se veía incrementada por las numerosas estanterías que descansaban a cada lado de la estancia. Eran tan altas que varias escaleras de mano descansaban junto a ellas para que la gente pudiera alcanzar las baldas más alejadas. De todas aquellas cosas, lo que más había llamado la atención de Eneas fue la cantidad ingente de libros que dormían en esos anaqueles.

Los libros eran un bien que escaseaba en Selán ya que, a pesar de haber imprentas repartidas por todo el país, no había ninguna persona que hubiera dedicado su vida a entenderlas y a ponerlas en marcha. La Gobernacía no ofrecía nunca fincas que contuvieran una imprenta, pues se pensaba que los libros no eran lo suficientemente valiosos como para que alguien quisiera intercambiarlos por otros bienes necesarios. Así que, cuando la última persona que sabía manejar una de estas máquinas murió, nunca más se volvieron a crear libros. Por ello, la Gobernacía había decidido recoger todos los ejemplares repartidos por el país y juntarlos en lugares como aquel auditorio.

Todavía sumido en sus pensamientos, y con ganas de poner fin a todo aquello, se acercó a una de las cabinas que estaban repartidas por el auditorio. Dentro de esas cuatro paredes —construidas con un bronce de excelente calidad y decoradas con un sinfín de filigranas y escenas que recordaban a seres angelicales— se hallaba lo que Eneas estaba buscando: los áureos. A pesar de la extraordinaria imaginación de la que gozaba, jamás había llegado a sospechar que aquellos aparatos tendrían esa forma. Eran como los buzones que estaban repartidos por Selán, de color cobrizo como casi todo dentro de aquel auditorio. En la parte superior había una suerte de cámara fotográfica y, justo en el centro, un auricular y un aparato que, intuyó, debía de ser el micrófono. Su tío le había explicado en alguna otra ocasión cómo se utilizaban: simplemente tenía que sentarse en la silla dispuesta para ello, esperar a que se hiciera una foto de su rostro, llevarse el auricular a la oreja, el micrófono a los labios, identificarse y contar lo que se quería obtener y el precio que se estaba dispuesto a pagar.

«Fácil», se repitió Eneas una y mil veces.

Intentó calmar el temblor que hacía que sus manos no acertaran a coger el auricular, no sin gran esfuerzo. Se lo acercó al oído después de sentir el fogonazo de la cámara y acto seguido notó cómo alguien respiraba al otro lado. Esperó una respuesta, un saludo que no llegó. Soltó una gran bocanada de aire y, cuando estuvo todo lo calmado que podía estar dadas las circunstancias, comenzó a hablar:

—Soy Eneas Lockwood y quiero medicinas para mi madre, Tami Lockwood.

—¿Por qué? —se escuchó al otro lado del altavoz, lo que hizo que Eneas diera un pequeño respingo. Era una voz metálica, sin personalidad. Tanto que daba la sensación de que era una máquina la que estaba al otro lado del aparato.

—Porque Matis Poddock se ha quedado ciego.

Casi soltó un juramento en voz alta cuando se dio cuenta de que había dicho una mentira distinta a la que tenía en mente. Le había dado muchas vueltas a ese embuste, de hecho, se había pasado la noche en vela sopesando los pros y los contras de contar aquello. No había mal menor, todo lo que se le ocurría le parecía igual de deleznable que lo anterior, pero tenía que hacerlo. Por su madre, por la mujer que le había concedido la vida y que ahora veía cómo la muerte acechaba detrás de cada suspiro. Decir que una compañera de su clase iba a perder un diente no era lo mismo que decir que Matis iba a quedarse ciego. No tenía nada que ver, y todavía no entendía por qué había cambiado de opinión en el último segundo.

Eneas sintió que la comunicación se cortaba al otro lado del altavoz. Miró a su alrededor para comprobar que nadie se había fijado en él y en su rostro, ahora de un color granate intenso. Su respiración seguía agitada y eso le hizo preguntarse si sería capaz de caminar los pasos que lo separaban de la puerta de salida sin tropezarse ni montar un espectáculo.

De repente, unos ojos se clavaron en los suyos. Era un hombre de baja estatura, muy baja, que caminaba hacia él todo lo deprisa que podía. Sus movimientos renqueantes hacían que se meciera como un barco en mitad de una ventisca, lo que, junto con su mirada, amenazante y profunda, hicieron que Eneas se pusiera en guardia.

«Me han descubierto», pensó.

Si había sido así, si aquel individuo de pelo cano y nariz desproporcionada sabía que él era menor de edad, estaba acabado. La Gobernacía se enteraría en cuestión de segundos y lo pondría en una lista negra para negarle cualquier privilegio cuando llegara el momento. Los ojos de aquel hombre le dijeron que eso era exactamente lo que iba a pasar.

A Eneas no le preocupó lo más mínimo colocar el auricular y el micrófono en su sitio. Se quedaron bailando, colgados del cable, mientras él salía a todo correr de allí.

—¡Sinvergüenza! —escuchó mientras cruzaba la puerta. Había esquivado al señor de la manera más delicada posible, aunque ello significó pegarle tal empujón con el hombro que hizo que se tambaleara—. ¡Vuelve aquí! ¡Vuelve, pedazo de...!

Eneas no escuchó cómo terminaba esa frase, pero se lo podía imaginar perfectamente. Y no era algo bonito. En la calle, la nieve ya empezaba a formar una densa capa que tapaba los adoquines de piedra; sin embargo, el chico sentía más calor que nunca. Estaba sudando y tenía la respiración tan agitada que no estaba seguro de si el oxígeno estaba llegando a sus pulmones de la manera correcta.

Volvió la cabeza lo justo para comprobar que nadie lo seguía y se metió en un callejón que quedaba a su derecha. Entró con tanta fuerza que tropezó con un cubo de basura que pedía con urgencia ser vaciado.

Se apoyó en la pared y se puso una mano en el pecho; incluso a través del abrigo podía notar su corazón latiendo desbocado. Y todavía lo hizo con más fuerza cuando unas palabras rompieron el silencio que reinaba en ese callejón:

—No ha sido buena idea, chico.

CAPÍTULO 4

Carey Regminton
Vésticum, al sureste de Vestalia

Nada era suficiente para ella.

Carey Regminton era tan amada como temida; todo Vésticum conocía su inolvidable rostro. Y eso le gustaba, aunque también suponía algún que otro inconveniente. Como, por ejemplo, que la miraran con pavor cuando iba paseando por la calle o que nadie le dirigiera la palabra por temor a que hubiera represalias.

A Carey no le importaba mentir; le gustaba. Lo había hecho desde que había tenido oportunidad, de bien pequeña, pues de algo tenía que servir ser la hija de Caronte Regminton.

Su padre había creado un imperio de la nada, había sabido adaptarse a las órdenes de la Gobernacía y se las había apañado para que una pequeña grieta en ese sistema le supusiera un beneficio ingente. Caronte solo tenía una meta en la vida: ser más listo que nadie; y eso incluía a la Gobernacía. Él no había aceptado las normas preestablecidas de la sociedad, así que no paró hasta que su proyecto más ambicioso vio la luz. Había creado el Liceo, un lugar al margen de la ley, un sitio donde la gente podía ser más libre, aunque a un determinado precio.

Años atrás, Caronte había rehabilitado un edificio que quedaba muy cerca del río Íscelsor, dentro de los jardines de Papillón, un sitio que enseguida bautizó como castillo de Brítacor. «Un lugar bonito para una misión bonita», pensó. Pero lo cierto era que los árboles y setos florales que decoraban esos vergeles iban a ser testigos de una conspiración oscura que acarrearía la muerte de miles de personas.

Carey se había preguntado en más de una ocasión por qué la Gobernacía no hacía nada para aplacar la tiranía de su padre; estaba segura de que ellos sabían lo que se hacía en el Liceo y, en cambio, se quedaban de brazos cruzados. Fueron varias las respuestas que pasaron por su cabeza: tal vez no tenían los suficientes medios para detener a Caronte, era posible que no se atrevieran por el miedo a las represalias o incluso había una remota probabilidad de que en realidad no supieran lo que sucedía a ese lado del río. Sin embargo, había una teoría que le parecía más plausible que las otras: a la Gobernacía le interesaba lo que hacían allí.

Y no era de extrañar conociendo a Regina Rei, que en esos momentos dirigía la Gobernacía. Entre su padre y ella había una relación que jamás había logrado comprender y que hacía que la mujer se paseara por el Liceo como si fuera su casa. Tenían reuniones continuamente y acudía a Caronte cuando estaba inmersa en una crisis de la que no sabía salir. Carey suponía que ambos sacaban algo de provecho con aquella situación, y, a pesar de que había intentado indagar en más de una ocasión, solo había recibido negativas por parte de su progenitor. No era asunto suyo.

—¿Cuáles son tus planes para hoy? —La voz de Caronte la obligó a salir de sus pensamientos.

—Voy a ir un rato a la biblioteca.

Carey estaba sentada en el gran sillón que presidía la estancia. Delante de ella, una chimenea caldeaba el ambiente, aunque todavía faltaban unos meses para que el frío de verdad llegara a la capital de Vestalia. Se peinaba con distracción su flequillo largo. Su padre siempre le decía que era una pena que le ocultara el azul de sus ojos, pero Carey insistía en que a ella le gustaba. Caronte no podía juzgar su vanidad, pues sabía de buena tinta que él era el que más culpa tenía en ese asunto. Por eso no le decía nada cuando ella aparecía con el pelo un poco más claro que el mes anterior. Ahora lo llevaba de un tono que se asemejaba al de la miel oscura.

—Deberías ir a echar un vistazo a los nuevos.

Los ojos de la chica se entornaron. Ese era su día libre, el único que tenía en toda la semana, y ahora su padre se lo había arruinado. Se tragó su orgullo, ese que enarbolaba por la calle como si fuera una bandera, y asintió.

—Sí, padre. Ahora mismo.

Se levantó del asiento sin decir nada más. Caronte pensó que era imposible que aquella chiquilla siguiera creciendo; ya era casi tan alta como él. A sus veinte años, todavía seguía dando estirones y, a medida que lo hacía, se iba quedando más y más delgada. «Está en los huesos», pensó con preocupación. Negó con la cabeza y chascó la lengua; Carey se estaba haciendo mayor y cada día que pasaba la sentía un poco más lejos de su lado.

La joven abandonó el salón —uno de los tantos que componían el Liceo— y se dirigió a la planta de abajo. Aquel era un edificio enorme, lleno de salas, habitaciones, baños y cocinas. A ella le gustaba denominarlo «casa de casas», pues era un concepto que se acercaba mucho a la realidad: dentro de la construcción había pequeñas viviendas repartidas por doquier, todo para albergar a los que, como ella, obedecían las reglas de Caronte.

—Ya está bien de hacer el vago. —Entró en el aula como un vendaval, sin dar oportunidad a los alumnos de volver a sus sitios.

Aunque tenía otros planes para ese día, lo cierto era que le encantaba recibir a los nuevos. Era el momento perfecto para lucirse y ponerse al mando, ya que su padre le había dado total libertad en esa tarea y ahora no estaba presente para amilanar su confianza.

—Quiero que prestéis mucha atención porque solo lo voy a decir una vez.

Varios ojos se dirigieron hacia ella y otros tantos se agacharon huidizos. Carey entrelazó las manos en su espalda y se aclaró la garganta: era hora de que comenzara el espectáculo.

—Estáis aquí porque habéis decidido cambiar las normas. Estáis aquí porque no os conformáis con lo que la Gobernacía establece para vosotros. Y, sorpresa, estáis de enhorabuena. —Entornó los ojos para darle más dramatismo a la escena. Ellos no lo sabían, pero en los pocos segundos que Carey llevaba en esa habitación ya había tenido tiempo de analizarlos a todos. Y sí, se había fijado en que esa odiosa de Magritte, a la que conocía demasiado bien, estaba entre ellos—. Sir Caronte ha tenido a bien daros un hogar a cambio de un pequeño precio, uno pequeñito, que ya sabéis cuál es, por supuesto que sí. Sin embargo, por si hay algún despistado en la sala, lo repetiré; no quiero tener disgustos dentro de unos días. Todo lo que se os ofrezca dentro del Liceo será a cambio de una única cosa: vuestras mentiras. Mentiréis para nosotros todas las veces que haga falta y sobre quien sea necesario. Sin réplicas, sin preguntas y sin causarnos ningún quebradero de cabeza ¿Me he explicado?

Todos asintieron, a excepción de una chica que se escondía detrás de una mirada aterrorizada. Carey sonrió al ver cómo le temblaba el labio inferior. Los dudosos eran sus favoritos.

—¿Algún problema, señorita…?

—Mandy. Me llamo Mandy.

—Muy bien, Mandy. ¿A qué viene ese gesto? ¿Qué es lo que te preocupa? —Carey utilizó aquel tono maternal a propósito. A veces le gustaba imaginarse a sí misma como una serpiente capaz de mimetizarse con la roca a la perfección y que ataca sin piedad cuando la víctima menos se lo espera.

—Yo… No sé si estoy segura de querer estar aquí.

—¿Y eso a qué se debe? ¿No vienes por tu propia voluntad? —El entrecejo de Carey tenía la intención de fruncirse, sin embargo, ella lo controló; era muy pronto para sacar a relucir su verdadero genio.

—No… Sí, bueno. Estoy aquí porque quiero, desde luego, pero la idea no fue mía. Fue de mi marido —dijo titubeante. No sabía si debía continuar o no. Como presa, sabía que estaba delante del peligro sin nada que la pudiera proteger—. Las cosas no nos iban demasiado bien allí en Mélido, no conseguimos lo suficiente por parte de la Gobernacía y nos estábamos muriendo de hambre.

—Ay, Mandy, Mandy… Te comprendo tan bien. —Una palmada en el hombro acompañó las palabras de Carey—. Y has venido al lugar adecuado. Aquí podrás conseguir todo lo que quieras. No verás a tu marido, eso es cierto, ya que él está muy lejos de Vésticum y ni tú puedes abandonar el Liceo ni él puede venir a pasar aquí la noche, así que, a no ser que consigáis algo para que pueda quedarse en una posada, te vas a pasar una buena temporada echándole de menos por las noches.

—No entiendo. ¿Estás diciendo que…?

—Estoy diciendo, señores —Carey alzó la voz mientras se separaba de la chica; tenía que seguir con su papel—, que habéis venido aquí para quedaros y que cuanto antes olvidéis vuestras antiguas vidas, mejor. Cada uno de vosotros ha llegado hasta este lugar movido por un motivo en concreto, y sé que es muy complicado abandonar todo lo que uno cree conocer para enfrentarse a una vida nueva. Pero, ahora, el siguiente paso es seguir avanzando y olvidar el pasado. A partir de aquí no podéis mirar atrás.

Mandy sollozó todo lo bajo que pudo, aunque no lo suficiente como para que Carey no la escuchara.

—Grábate a fuego las palabras que te voy a decir. —La chica se sobresaltó cuando se dio cuenta de que Carey le estaba hablando a ella—. Aquí no valen las medias tintas, aquí no vale acobardarse a la primera de cambio. Te diría que te fueras ahora mismo si no estás preparada, pero la verdad es que no puedo hacer eso. Ya no hay vuelta atrás. Una vez que habéis pisado el Liceo, solo tenéis dos opciones: ser uno de los nuestros o morir.

CAPÍTULO 5

Eneas Lockwood
Selán, al noroeste de Vestalia

El primer impulso de Eneas fue pedir perdón, arrodillarse y confesar lo que había hecho. Quizás así ese hombre se apiadara de él. Seguro que comprendía sus motivos si le daba tan solo un par de minutos para explicarse. Sin embargo, cuando se giró sobre sus pies para enfrentarse cara a cara al desconocido, vio que estaba solo en el callejón.

Confuso, dio vueltas sobre sí mismo para tratar de averiguar de dónde había venido esa voz. Solo cuando escuchó una risita saliendo de detrás de un cubo de basura, se dio cuenta de que era alguien que estaba tirado en el suelo.

—Más te vale esconderte. Como te pille el bueno de Zacha, no tendrás nada que hacer.

—¿Zacha? ¿Qué...?

—El viejo que trabaja en el auditorio.

—¿Cómo...?

A Eneas no le salían las palabras correctas para preguntarle que por qué sabía que venía del auditorio y que lo estaba buscando ese hombre.

—No te has visto la cara, ¿verdad? —contestó—. Has entrado en el callejón desde esa dirección, lo que indica que venías de allí. Tu respiración agitada me demuestra que lo hacías corriendo, y tus mejillas encendidas, que alguna travesura has cometido. ¿Me equivoco?

Eneas bajó la vista al suelo. No sabía quién era ese individuo, pero le asustó lo acertado que estaba. Simplemente, negó con la cabeza.

—¡Eureka! —gritó mientras se levantaba de un salto—. Soy Marlam.

Le tendió una mano cubierta por un guante de cuero al que le faltaba las puntas de los dedos. Entonces Eneas se dio cuenta: era un vagabundo, una persona sin hogar. Lo dedujo por la ropa cochambrosa que llevaba, por sus zapatos rotos que dejaban ver los roídos calcetines y por el sombrero de copa que tenía más manchas y agujeros de los que podía soportar y que tiempo atrás debió de ser bonito.

—Yo soy Eneas, y no estaba haciendo nada malo —le dijo mientras le daba un apretón de manos. Estuvo a punto de no hacerlo, pues de ese hombre salía un hedor que no indicaba nada bueno, pero al final decidió demostrar la educación que había recibido en casa.

—A mí no tienes que engañarme, muchacho. No se lo voy a decir al bueno de Zacha. Ese viejo loco se habrá olvidado de ti en un par de minutos, te aseguro que tiene cosas más importantes que hacer que perseguir chiquillos por las calles de Selán.

—¿Cómo es que lo conoces tan bien? —preguntó Eneas mientras se dejaba llevar por la curiosidad. Parecía que en esa calle sin salida estaba a salvo, y Marlam le había caído bien.

—Yo antes trabajaba en el auditorio —dijo en un susurro. Después, se llevó un dedo a la boca en señal de silencio, como si lo que le estaba contando fuera un secreto inconfesable—. Hasta que metí un poco la pata y me echaron.

—¿Cómo es eso posible? Pensé que nadie trabajaba en el auditorio. —El hombre lo miró confundido—. Quiero decir… No es que yo le haya dado muchas vueltas a esto, pero tenía la teoría de que solo la Gobernacía se encargaba de las cosas del auditorio. Que la gente… ¿normal? No tenía acceso a ese tipo de trabajos.

—¿Y qué tipo de gente crees que trabajaba para la Gobernacía?

Eneas se quedó en silencio, sin saber qué decir. Lo había pensado alguna que otra vez y jamás se le había ocurrido una respuesta que le convenciera.

—Ay, muchacho… —Marlam se rascó el sombrero con aire distraído—, todos somos marionetas de la Gobernacía. Eso es así.

—Creo que estás equivocado —dijo Eneas más dubitativo de lo que le habría gustado.

—Mira, chico, te lo voy a decir bien claro, y solo porque me has caído bien y me pareces demasiado inocente. Tienes que bajar de esa nube en la que papá y mamá te han subido. Esto es una dictadura, todos vivimos al bajo el yugo de la Gobernacía y, cuando no servimos, nos eliminan de raíz como si fuéramos una mala hierba.

»Yo lo tenía todo. Cuando cumplí los dieciocho años me reclutaron para trabajar con ellos. Me dieron un piso enorme en el centro de Selán. ¿Te has preguntado alguna vez quién puede permitirse vivir en los edificios que nos rodean ahora mismo? Pues bien, gente como yo. —Se señaló a sí mismo dándole más énfasis a lo que estaba diciendo, lo que no hizo que Eneas se lo creyera más. Era imposible que ese hombre hubiera vivido en uno de los pisos que mencionaba—. La gente que trabaja para la Gobernacía no necesita una finca con vaquitas que den leche ni un horno para poder intercambiar pan y dulces en el mercado. Los que trabajan para la Gobernacía lo tienen todo solo con pedirlo. ¡Y sin mentir!

—¿Cómo es eso posible?

—Porque teníamos a otros que se encargaban de hacerlo por nosotros. Así, si algún día una de esas mentiras se convertía en verdad, sería esa persona la que sufriera las consecuencias. Es un buen plan, ¿a que sí?

Eneas no supo si fue el gesto de locura que acompañó a esa última frase o el hecho de que el vagabundo se estuviera acercando peligrosamente a él, pero algo le hizo darse la vuelta y salir corriendo. Ni siquiera se despidió, no lo veía necesario y no tenía tiempo que perder. Pensó que era un estúpido por haber invertido un solo minuto de su tiempo hablando con él. Marlam, o como quisiera que se llamara, no estaba bien de la cabeza. Había perdido el juicio, eso estaba claro. El pobre hombre no tenía dónde caerse muerto y las noches a la intemperie habrían hecho que se volviera definitivamente loco.

Su padre también le había advertido de eso: de la existencia hombres y mujeres que vivían fuera del sistema establecido por la Gobernacía y que tenían que delinquir para llevarse algo a la boca. Sin una finca que explotar, sin ningún bien que intercambiar, no les quedaba más remedio que aprovecharse del trabajo de otros ciudadanos para poder sobrevivir. Claud le había dejado muy claro que no eran malas personas, que todas ellas lo hacían porque no les quedaba más remedio. Y, además, a la Gobernacía también le interesaba mucho que estuvieran por las calles de Vestalia, ya que, si alguno se pasaba de la raya, lo hacían desaparecer, no sin antes exponer delante de toda la ciudad las cosas atroces que había hecho ese sujeto y el beneficio que suponía para la sociedad que ya no estuviera allí. Dicho de otra forma: cuando la Gobernacía necesitaba popularidad, utilizaba la vida de uno de esos pobres diablos para ganarse los elogios de los vecinos. Fácil, rápido, efectivo y sin consecuencias.

Marlam debía de ser uno de esos que vivían al margen de la sociedad y que pronto acabaría colgado de una soga en mitad de la plaza de Selán, no le cabía la más mínima duda.

Eneas no quería juntarse con esa gente. No se trataba de que le dieran miedo, pero su padre le había dicho que era posible que la Gobernacía le restara puntos si se enteraba de que tenía relación con una persona que vivía fuera del sistema. «¡Malditos puntos!», pensó el chico. Nunca le había dado demasiadas vueltas a aquello, pero cada día que pasaba le parecía que estaba rodeado de más injusticia que el anterior. No le gustaba vivir en un mundo de méritos en el que tenía que medir cada paso que daba para tener un futuro mejor. No quería tener que depender de la Gobernacía y de lo que le apeteciera darle cuando cumpliera los dieciocho años. ¿Y después qué? Después... nada. Se convertiría en una pieza más de un engranaje perfectamente diseñado y si algún día daba algún problema y hacía que la maquinaria no rodara como debía, acabarían con él y a nadie le importaría. No le gustaba ese sistema.

Llegó a casa empapado en sudor. Tenía los zapatos calados, así como el bajo de los pantalones de lana. Se fue directo a su habitación sin hacer caso a las palabras de su padre, que lo llamaba desde el otro lado del pasillo.

—¡Eneas! —le gritó.

—¡Te he dicho que no quiero hablar!

El chico se encerró en su cuarto dando un fuerte portazo. Estaba enfadado, y no sabía muy bien por qué. Había ido al auditorio y había contado la mentira. Muy pronto tendría las medicinas de su madre en la puerta de casa y todo habría acabado. A pesar de que el empleado del auditorio le había hecho temer lo peor, y el encontronazo con el vagabundo del callejón había puesto la guinda al pastel, todo había salido bien. Y, en cambio, estaba muy cabreado.

Analizando bien ese sentimiento de rabia que le recorría, se dio cuenta de que en parte se debía a su padre. ¡No había sido tan difícil! Era él quien tendría que haber hecho eso por su mujer. Era él el que tendría que haber mentido ante un áureo para salvarle la vida. Pero la cobardía no se lo había permitido y eso era algo que enfadaba muchísimo a Eneas. No era justo tener que contar una mentira para salvar la vida de una persona. La Gobernacía tendría que crear un sistema médico que garantizara el bienestar de sus habitantes. Con la salud no se podía jugar, era algo que no debía comprarse como si fuera un perfume o un abrigo nuevo. Creía firmemente que las medicinas las tenía que proveer directamente la Gobernacía, era su deber mantener a sus habitantes sanos.

Sin embargo, también era consciente de que se trataba de un sistema perfecto, ideado al detalle para que la Gobernacía no perdiera jamás su poder. Al final, eran los ciudadanos los que decidían si querían mentir y por qué lo hacían, lo que significaba que era la propia sociedad la que equilibraba la balanza. Si una mentira se cumplía, los afectados podían vengarse. La Gobernacía no intervenía en esa operación para nada, se lavaba las manos y dejaba que fueran los vecinos los que arreglaran entre ellos sus disputas. Era un plan sin fisuras.

—Eneas, sal —insistió su padre al otro lado de la puerta.

—He dicho que no quiero hablar —sentenció el chico, a sabiendas de que no iba a disuadir tan fácilmente a Claud.

Entonces escuchó unos golpes insistentes que provenían de la puerta principal de la vivienda. Sonaban furiosos y urgentes, algo que su padre también notó dada la rapidez con la que fue a ver quién era.

Eneas abrió un poco la puerta de su habitación, lo justo para escuchar las voces que provenían de allí.

—¿Es usted Claud Lockwood?

—Sí, señor, soy yo.

—Tenemos que hacerle entrega de esta notificación.

—¿Quién la envía?

—El Departamento de Auditorios y Áureos de la Gobernacía de Vestalia.

—¿Qué…?

Pasaron unos segundos y se escuchó el portazo de la puerta principal. El que fuera que hubiera entregado esa notificación se había ido sin despedirse y los pasos enfadados que se dirigían a su habitación le indicaron lo peor.

—¿Se puede saber en qué demonios estabas pensando?

Eneas no sabía qué decir. La posibilidad de que sus padres se enteraran de que había acudido a un auditorio siempre había estado ahí y, a pesar de ello, no se le había ocurrido cómo reaccionar en caso de que lo pillaran.

—¿Es que te has vuelto loco?

—Cariño, ¿qué pasa?

La voz de Tami se escuchó desde su habitación. Estaba tumbada en la cama, sin fuerza casi ni para parpadear.

—Sígueme —dijo Claud de forma tajante, a lo que Eneas obedeció sin rechistar. Algo en la cara de su padre le indicaba que no era momento de llevarle la contraria.

Claud aprovechó que pasaron por delante de la habitación de Tami para tratar de tranquilizarla. Le susurró un par de frases hechas para quitarle hierro al asunto y se dirigió, seguido por Eneas, a los establos de la parte trasera de la casa.

—Explícate ahora mismo.

—Solo quería ayudar, hacer algo.

—¿Ayudar? ¿Sabes lo que te van a hacer ahora, Eneas? ¡Has cavado tu propia tumba! Por no hablar de que si se cumple la mentira que has contado... No habrás hecho una estupidez todavía mayor, ¿no? ¿Qué mentira has contado?

—No... no creo que sea relevante. Eso da igual. Y ya pensaré en el futuro, me las apañaré.

—Dime ahora mismo la mentira.

Claud respiraba de forma agitada, tanto que su pecho bajaba y subía de manera alarmante. Su rostro, encendido por la furia, era una declaración de intenciones: no estaba para tonterías.

—Dije que Matis Poddock se había quedado ciego.

—Cielo santo… Más nos vale que no se cumpla. Sus hermanos no pararían hasta matarte, ya lo sabes. Con esa gente no se juega.

—Yo…

—¿¡No te das cuenta de lo que has hecho!? —gritó Claud—. Esa familia es peligrosa, y rencorosa. ¡Muy rencorosa! Si tu mentira se cumple no se conformarán únicamente con matarte. Nos habrás sentenciado a tu madre y a mí. Seremos objeto de todas sus mentiras futuras y saben de sobra que nosotros no llevaríamos a cabo ninguna venganza contra ellos porque no somos capaces. —Se quedó en silencio unos segundos. Unos segundos que le dolieron a Eneas como si le clavaran mil agujas en el pecho—. Nos acabas de matar.

A Eneas no le salían las palabras. Quería decir que lo sentía, que había cometido una estupidez, que tendría que haber elegido otra mentira, que se lo tendría que haber pensado mejor. Y también quería decir que lo había hecho por su madre, que no le quedaba otra elección, que volvería a repetirlo una y mil veces si fuera necesario. A pesar de ello, a pesar de querer decir tantas cosas, lo único de lo que fue capaz en esos momentos fue de echarse a llorar.

Como si no hubiera pronunciado las palabras que había dicho hacía unos segundos, Claud se abalanzó para abrazarlo con todas sus fuerzas. Comprendió todo lo que estaba pasando por la mente del chico, al fin y al cabo, era él quien lo había convertido en el chico que era.

—Todo saldrá bien —trató de tranquilizarlo entre susurros.

Sus manos, fuertes y estropeadas de tanto trabajar, subían y bajaban por la espalda de su hijo tratando con ello de decir todo lo que estaba callando.

—Lo solucionaremos —le prometió—. Lo haremos.

Eneas se separó lo justo para poder mirar a su padre a los ojos. Por una parte, seguía enfadado con él por no haber tomado la iniciativa para pedir las medicinas que salvarían la vida de Tami;

pero, por otra, empezaba a comprender que el miedo que sentía aquel hombre estaba más que justificado.

—¿Me matarán? —preguntó entre sollozos.

Claud guardó silencio durante unos segundos, dudando entre decirle la verdad o no. Al final, decidió ser valiente, pues su hijo tenía que madurar a marchas forzadas.

—Si tu mentira se cumple, me temo que sí.

Las rodillas de Eneas flojearon e hicieron que el muchacho cayera al suelo. Su padre se sentó a su lado y trató de consolarlo a través de un fuerte abrazo.

—No tiene por qué cumplirse. Sabes que existe una posibilidad, pero no debes olvidar que existen otras muchas de que no ocurra nada. Esto no significa —se adelantó el hombre antes de que su hijo pudiera decir nada— que puedas volver a hacerlo. Me tienes que prometer que jamás volverás a mentir.

Eneas asintió. Tenía tanto miedo en su interior que se juró a sí mismo que nunca más lo haría de nuevo. No había pensado en que la venganza no solo lo incumbía a él. Él estaba dispuesto a morir por su madre, pero no había caído en que después los afectados contarían una y otra mentira sobre su familia hasta conseguir acabar con ellos. Era algo horrible que no había tenido en cuenta.

—No lo volveré a hacer —confirmó—. Solo pensaba en mamá y en curarla. En volver a ser una familia.

—Lo sé, Eneas. Y me llena de orgullo que hayas arriesgado tu vida por la de tu madre. Eso te honra. Sin embargo, debes ser consciente del mundo en el que vivimos. Tienes que saber que te has sentenciado con tus actos. La Gobernacía no te dará una finca cuando cumplas los dieciocho años.

—¿Eso es lo que ponía en la notificación? —preguntó, aunque esa noticia no le pillaba por sorpresa. Sabía que, con sus actos, estaba arriesgando demasiado.

—Me temo que sí.

—¿Cómo se lo vamos a decir a mamá?

Claud lo abrazó todavía más fuerte. No quería soltarlo, no quería tener que volver a la realidad del mundo amargo en el que ahora les tocaría vivir.

—No se lo diremos. Será un secreto entre tú y yo.

CAPÍTULO 6

Eneas Lockwood
Selán, al noroeste de Vestalia

Las horas del reloj pasaron demasiado despacio aquella noche. La cama de Eneas se le quedó pequeña ante tanta vuelta. El chico había probado todas las posiciones posibles para dormir y ninguna le había convencido. Al final, decidió encender la vela que descansaba en su mesilla y ponerse a leer. Cogió un ejemplar ajado de las Escrituras, un libro que no sabía de dónde había salido pero que había releído un millón de veces. El destino pareció querer burlarse de Eneas al poner delante de él uno de los versículos que ya se sabía de memoria: «Bienaventurados sois cuando por mi causa os vituperen y os persigan, y digan toda clase de mal contra vosotros, mintiendo».

Claud Lockwood había hecho que su hijo se lo aprendiera desde la primera sílaba hasta la última. Y no solo ese versículo, sino otros tantos más que también hablaban de la mentira. Era un libro muy espiritual, aunque en realidad lo único que importaba era que se centraba en distinguir el bien del mal. Y no solo en cuanto a la mentira, ya que había otros muchos actos que se condenaban, como el robo o el asesinato. Eneas se había preguntado muchísimas veces de dónde habría sacado su padre ese volumen. Cuando lo tenía delante no podía evitar pensar que, a la vez que aprendía valores, estaba haciendo algo prohibido. Estaba seguro de que si la Gobernacía supiera de la existencia de ese libro tomaría cartas en el asunto de inmediato. Al fin y al cabo, abogaba por todo lo contrario a lo que significaba la Gobernacía.

«Digan toda clase de mal contra vosotros, mintiendo».

A Eneas le recorrió un escalofrío de pies a cabeza. No podía parar de pensar en Matis Poddock. ¿Y si se había hecho realidad su mentira? ¿Y si por su culpa se había quedado ciego? ¿Y si en esos momentos sus hermanos se dirigían a su casa con la venganza pintada en los rostros? Por unos segundos, Eneas quiso ir a la plaza para comprobar si su nombre aparecía en el panel. Sin embargo, cuando se lo contó a su padre, este le quitó la idea de la cabeza. Si era cierto que la mentira se había cumplido y la Gobernacía había compartido su nombre de forma pública, lo menos adecuado sería pasearse por Selán dejándose ver. Tenía que quedarse allí, en casa. En esos instantes, era el lugar más seguro y Claud estaría en vela toda la noche para defender a su hijo en caso de que los Poddock decidieran asaltar su hogar.

Aquello era agónico. ¿Cómo podía su tía vivir tan tranquila sabiendo que cualquier día su nombre podía aparecer en la plaza? ¿Cómo podía dormir cada noche sabiendo que, por una mentira suya, alguien podía sufrir? Y eso que Eneas, dentro de lo que cabía, tenía la conciencia tranquila. Él lo había hecho únicamente por su madre, para salvarla. No se había tratado de ningún capricho superfluo ni de una chiquillada. Lo había hecho por amor y porque era su deber como hijo.

La luz del alba pilló a Eneas con los ojos abiertos como platos. La lectura que le había acompañado las dos últimas horas ahora yacía en el suelo de la habitación esperando que alguien la pusiera en su sitio.

No había conseguido dormir ni un solo minuto. Y no creía ser capaz de dormir nunca más. No con ese pesar en la conciencia.

—¡El desayuno está listo!

Hacía rato que había escuchado a su padre trastear en la cocina. Él siempre se levantaba muy pronto para atender el ganado, aunque Eneas le echara una mano cuando se despertara. Para cuando el chico salía de la habitación, Claud ya había recogido la casa, dado de comer y de beber a los animales y preparado el desayuno. Eneas no sabía cómo lo hacía, era como si su padre bebiera cada mañana de una fuente de energía pura que lo mantenía activo durante todo el día.

Se deshizo de sus pensamientos y se dirigió a la cocina. Parecía como si nada hubiera ocurrido el día anterior, como si aquella fuera una jornada normal. Claud Lockwood estaba sirviendo unos huevos revueltos en el plato de Eneas cuando este se sentó a desayunar.

—¿Qué tal has dormido?

La cara del chico, ojerosa y somnolienta, contestó por él.

—Venga, Eneas. Come un poco, te sentará bien.

Claud se acomodó a su lado y se sirvió un té bien cargado en una taza que había pasado por mejores momentos que aquel. Le gustaba sin azúcar, con un poquito de leche y ardiendo, «como se debe tomar».

—No has conseguido dormir, ¿verdad?

—¿Cómo iba a poder hacerlo? —Eneas se llevó las manos a los ojos y se los frotó con fuerza.

—Al menos has aprendido la lección —dijo con pesar—. ¿Qué? No me mires así. Hay veces que solo se puede aprender equivocándose.

Eneas iba a replicar. Le iba a decir que no se había equivocado, que, a pesar de las noches en vela que vendrían, lo volvería a repetir. Era de la vida de su madre de lo que estaban hablando, y eso no tenía precio. Ni siquiera su bienestar. Sin embargo, no pudo abrir la boca porque en ese momento alguien llamó a la puerta.

Los ojos de Claud le transmitieron a Eneas todo lo que necesitaba saber. Destilaban urgencia y miedo.

—Escóndete —susurró, tan bajo que el chico tuvo que leerle los labios.

Este salió de la cocina rápidamente y se dirigió a la parte trasera de la casa. Trató de no hacer ruido, pero sus pisadas sobre la crujiente madera del suelo lo delataban demasiado. Cuando llegó a la puerta de atrás, asomó un poco la cabeza para comprobar que allí no había nadie. Quienquiera que fuera el que llamaba lo había hecho a la puerta principal, por lo que salió todo lo sigilosamente que pudo y se dirigió al establo a la vez que rezaba para que el caballo no relinchara demasiado alto cuando lo viera.

Si la noche pasada se le había hecho eterna, aquellos minutos le parecieron siglos. ¿Y si eran los Poddock? ¿Y si buscaban venganza? Estaba acabado. Él no tenía la destreza suficiente como para enfrentarse a ellos. Tal vez pudiera contra uno. Quizás si solo se presentaba el hermano pequeño… Ese que era un poco enclenque y un poco bizco. Pero como fueran los otros dos estaba acabado. No tendría nada que hacer, ni siquiera con la ayuda de su padre, y eso que Claud sí que sabía defenderse si era necesario, aunque no le haría ninguna gracia enfrentarse a los Poddock. La mala fama de esa familia era lo suficientemente conocida en Selán como para hacer que todo el mundo supiera que eran intocables. Y en cambio él, idiota sin remedio, había utilizado a uno de ellos para su primera mentira. ¿Por qué había hecho eso? ¡Tenía cientos de personas a las que poder elegir! ¡Miles! Y había utilizado a la peor… Si a su padre le pasaba algo tratando de defenderlo no se lo podría perdonar jamás. Ahora eran dos los pesares que le sobrevolaban: la mentira contada por su madre y el peligro en el que había puesto a su padre. Eneas solo trataba de ser buen hijo y no hacía más que meter la pata.

En ese instante decidió que cuando pasaran las veinticuatro horas desde que contó la mentira, abandonaría la finca de sus padres. Se alejaría de ellos lo máximo posible, ya que él solo había sido capaz de traer la desgracia a sus vidas y no quería exponerlos más a un futuro tan incierto y tan plagado de malas decisiones por su parte.

—Pst.

Alguien chistando lo sacó de su ensimismamiento. Su corazón latía demasiado deprisa cuando decidió asomarse desde el rincón donde estaba escondido; un alivio tremendo lo invadió cuando vio que se trataba de su padre.

—¿Qué ha pasado? —emitió el susurro más inaudible que fue capaz.

—Han... han dejado esto en la puerta.

La duda no solo acompañaba a las palabras de Claud, también era evidente en sus gestos. Sostenía un paquete pequeño que estaba envuelto con esmero en papel de periódico. Una cuerda terminaba de adornar el envoltorio.

—¿Crees que es una trampa? —preguntó Eneas mientras se acercaba a él y se colocaba un mechón de pelo rubio detrás de la oreja para poder ver mejor de qué se trataba.

Claud Lockwood asintió. Lo había pensado en cuanto lo había visto descansando en el quicio de la puerta, sin rastro de la persona que lo había dejado allí. Lo primero que se le pasó por la cabeza fue la posibilidad de que hubieran sido los Poddock. Temía que en su interior se escondiera un veneno mortal o algo que pudiera herirle.

—Lo vamos a tirar —sentenció el hombre—. No podemos arriesgarnos.

—¡No! —gritó Eneas a la vez que le arrancaba de las manos el paquete—. ¿Y si son las medicinas?

El chico sabía que había una posibilidad alta de que dentro de aquel envoltorio tan bonito hubiera algo que rezumara venganza; sin embargo, también podía ser la salvación de su madre. Se arriesgaría. Y lo haría él, ya que él era el que había contado la mentira.

Claud Lockwood quiso impedírselo, pero en el fondo sabía que de nada serviría. Y también sentía curiosidad. No... Aquello no podía venir de parte de los Poddock. Esa familia tenía otro estilo. Jamás harían algo tan rastrero como mandar una venganza empaquetada. Ellos eran más de ir de cara, de ver sufrir a su víctima.

Sus sospechas se confirmaron cuando Eneas terminó de romper el envoltorio que cubría el paquete y vio que en el interior descansaba un frasco de un color verde intenso.

—¿Eso es…?

Las lágrimas empezaron a recorrer el rostro de Claud como si sus ojos fueran un cañón y aquellas las aguas de un río enfurecido. Eneas tenía en sus manos la salvación de Tami. Después de tanto tiempo, se curaría y volverían a ser una familia feliz. El rastro de la duda pasó por su mente durante unos segundos, sembrando la idea de que el contenido de aquel tarro fuera veneno en vez del remedio que esperaban, sin embargo, Claud se lo sacó de la cabeza. No podía pensar en lo malo, debía centrarse en las cosas buenas que vendrían a partir de ese momento. Ni siquiera recordó la manera en la que ese frasco había llegado a la puerta de su casa; una luz inesperada había aparecido y decidió mirarla de frente y no cerrar los ojos ni un segundo.

—Tenemos que llevárselo a tu madre —dijo cuando encontró las palabras, que no parecían hallar el modo de salir.

Eneas asintió y se dirigió a la casa, ya sin miedo de que los Poddock pudieran estar por ahí rondando, a pesar de que esa posibilidad seguía existiendo. De hecho, todavía no habían pasado las veinticuatro horas desde que contó la mentira, por lo que en cualquier momento podría hacerse realidad.

—¡Tami, Tami!

Claud se dirigió a la habitación todo lo rápido que pudo. Gritaba como un niño que por fin puede comerse un dulce después de muchos años. Lloraba como el náufrago que encuentra tierra después de siglos flotando a la deriva.

Cuando entró en la habitación, seguido por Eneas, el alma pareció salírsele del cuerpo. Tami yacía con los ojos cerrados y su pecho no subía y bajaba como debería. Su rostro estaba pálido —más de lo normal y cercano al color de la cera— y, a la vez, amoratado en algunas zonas. Se temieron lo peor; habían llegado tarde. Eneas se abalanzó sobre su madre y, con demasiadas lágrimas inundándole las cuencas, le pidió perdón una y mil veces.

—Es mi culpa. Me tendría que haber dado más prisa. Tendría que haber hecho algo antes. Ahora ya es tarde.

Claud lo abrazó por detrás y apartó la mirada de su mujer. Jamás se perdonaría haberse quedado impasible ante lo que estaba sucediendo en su casa. Y lo peor de aquella situación era que su hijo se había expuesto, lo había perdido todo por algo que debería haber hecho él hacía mucho tiempo. No había evitado que Eneas arriesgara su vida y su futuro, y todo por una decisión que jamás había tomado. Era un padre y un marido horrible, y ahora su pequeño lo iba a pagar.

Por su mente pasaron momentos felices. Claud recordó el día en que la conoció. Acababa de cumplir los dieciocho años y se había dirigido al auditorio de Selán para ser examinado por la Gobernacía. Había sido un estudiante ejemplar y había ayudado muchísimo a su padre, que era herrero. Desde bien pequeño había aprendido la lección: cuanto más trabajara, mayor sería la recompensa. Y eso hacía; día y noche arrimaba el hombro y estudiaba hasta caer exhausto, con la única idea de que, en algún momento futuro, todo aquel esfuerzo se vería recompensado.

El día que fue al auditorio y la conoció, supo que eso era lo que había esperado durante toda su vida. Tami irradiaba felicidad por todos sus poros; era una chica alegre, extrovertida y con una mirada que solo transmitía cosas buenas. Claud se enamoró de ella en cuanto la vio, no lo pudo evitar; y tampoco quiso hacerlo. Ese día se fueron a vivir juntos a la finca que la Gobernacía les había reservado. Por la noche, lejos de hacer lo que todas las parejas de Vestalia hacían cuando se conocían, se quedaron hablando hasta que el sol hizo acto de presencia. Tami le contó toda su vida, desde el primer recuerdo que guardaba en su mente como un gran tesoro, hasta los sentimientos que le habían recorrido esa mañana antes de conocerlo. Y Claud se abrió en cuerpo y alma a ella, no se dejó nada en el tintero. Querían saberlo todo el uno del otro, ya que a partir de ese momento cada uno de los recuerdos que generaran sería compartido. Era el inicio más bonito de la historia.

Claud se enamoró de Tami en cuanto la vio, al igual que cuando supo de la existencia de Eneas. En el momento en el que su mujer le dijo que hacía ya varias semanas que tendría que haberle venido el periodo, comprendieron que eran uno más en la familia. No le hizo falta más, no quería enterarse de si el nuevo miembro de la familia era un niño o una niña; le daba todo igual. Solo sabía lo que tenía que saber: que ya quería a ese bebé con todo su corazón y que haría todo lo posible por darle la vida que se merecía.

Habían sido muchísimos los recuerdos que habían creado juntos. Como aquel día que llevaron a su hijo al parque de Selán. Se sentaron en un banco de forja mientras veían cómo los cisnes nadaban entre los copos de nieve que empezaban a caer en esos instantes. También recordó el primer día que dejaron a Eneas en el colegio. Tenía seis años y un gesto de pavor en el rostro. Aun así, fueron fuertes y se dieron la vuelta, aunque aquello les dolió en el alma. Y también recordaba con mucho cariño el momento en el que lo recogieron aquel día. El pequeño se abalanzó sobre ellos y les dio un gran abrazo; aunque segundos después se apartó y se recompuso, como queriendo decir que ya era todo un adulto que no necesitaba a sus padres para nada.

Imágenes y más imágenes bombardeaban la mente de Claud mientras el cuerpo inerte de su mujer se quedaba cada vez más frío. Quería aferrar cada uno de esos recuerdos dentro de él, aprisionarlos y no dejarlos escapar. No se perdonaría jamás el olvidar uno solo de los detalles que ahora surcaban su memoria.

Sentía tal presión dentro de él que incluso temía estar olvidando ya la voz de Tami.

—Padre —susurró Eneas—. ¡Padre! ¡Se mueve!

Claud soltó a su hijo de golpe y se abalanzó sobre ella. ¡Era cierto! Aunque de forma muy débil y casi imperceptible, sus ojos se movían debajo de los párpados.

—¡Tráeme un espejo! —pidió.

Eneas obedeció todo lo rápido que pudo y enseguida le tendió un espejo de mano que hasta entonces descansaba en la cómoda de su madre. Claud se lo puso delante de los labios, entreabiertos lo justo para dejar pasar un aire caliente que, en contacto con la superficie helada, hizo que el espejo se empañara. Jamás había pensado que aquel artefacto, que le parecía un trasto inútil y cuya retorcida decoración le hacía pensar que era demasiado ostentoso para ellos, le podría proporcionar tanta alegría.

A Claud se le estaban empezando a amontonar las cosas por las que no podría perdonarse nunca. Ahora se le había sumado el hecho de que había dado por perdida a Tami cuando esta todavía respiraba a su lado.

Eneas, antes de que su padre se lo pidiera, le tendió el frasquito que habían recibido hacía apenas unos minutos. Quizás llegaban tarde, tal vez ya no sirviera de nada; pero tenían que intentarlo. Claud pensó lo mismo, o eso demostró cuando cogió el bote y le quitó el tapón de corcho que hacía que su contenido —lo más valioso en la casa en esos instantes— no se derramara. No sabía cuánto debía darle ni si tenía que dosificar el contenido. Tampoco venía ningún papel acompañando al medicamento que le dijera cuál era la forma más efectiva de suministrarlo, así que hizo lo que le dijo la intuición: incorporó a Tami para que se quedara sentada y, con ayuda de Eneas, le separó los labios y la hizo beber todo el contenido del frasco.

Al chico le preocupó que estuviera demasiado débil como para tragar el líquido. También le dio miedo que, al estar medio inconsciente, de repente se despertara y comenzara a toser desparramando la medicina por la cama. Sin embargo, nada de eso ocurrió. Tami bebió sin ninguna dificultad. Claud llegó a pensar que el cuerpo de su mujer sabía que esa era su cura, aunque enseguida se dio cuenta de que aquella teoría era una estupidez. Era imposible que lo supiera… ¿o no?

Los ojos de Tami comenzaron a moverse más rápido debajo de los párpados, aunque todavía no estaba lo suficientemente fuerte como para abrirlos. El corazón de Eneas latía cada vez a mayor velocidad. Estaba funcionando. Todo lo que había arriesgado merecía la pena porque estaba reaccionando a la medicina. Podrían empezar de cero. Él se buscaría la vida para no tener que depender de la Gobernacía; cualquier cosa era posible ahora que su madre se iba a curar.

Unas palabras quisieron escaparse de la garganta de Tami, aunque en vez de ello, solo se escuchó un gruñido ininteligible.

—¿Qué quieres, cariño? ¿Qué necesitas? —preguntó Claud con urgencia.

—Agua —murmuró su esposa.

Eneas fue corriendo a la cocina, donde había una jarra de agua fresca que Claud había sacado del pozo esa misma mañana. Cogió un vaso de arcilla —uno que hizo él cuando era pequeño y que metió con disimulo en el horno en el que su padre hacía los pasteles sin que este se enterara para que la sorpresa fuera mayor— y corrió a la habitación. Por el camino, llenó el vaso de agua, desparramando bastante contenido por el suelo, y se lo tendió a su madre en cuanto estuvo a su lado. Ella lo cogió como si fuera un refugio en mitad de una tormenta y se lo bebió de un trago. Claud quiso decirle que fuera más despacio, que le iba a sentar mal, pero al ver la necesidad en sus gestos, simplemente la dejó hacer.

Se quedaron en silencio unos minutos, mirando a Tami de hito en hito. El color había vuelto a sus mejillas de una forma demasiado rápida, como si hubiera estado ahí todo el tiempo, solo que invisible a los ojos de los demás. También su respiración comenzó a ser más acompasada. Sin embargo, a pesar de que deseaban que ocurriera, y querían con todas sus fuerzas creérselo de verdad, solo en el momento en el que la sonrisa asomó a los labios de la mujer, Eneas y Claud suspiraron aliviados.

Lo habían conseguido. Tami tenía una segunda oportunidad.

CAPÍTULO 7

Hamica Clayton
Incaté, al sur de Vestalia

Entiendo lo que dices, pero no lo comparto.

A Hamica le entraron ganas de gritarle a aquel impresentable de Liam Less que, si tanto lo entendía, debería empezar a compartirlo. Sin embargo, ella no servía para debatir, no servía para discutir. Y por eso en esa clase de Argumentación iba a sacar un suspenso. Había tratado de cambiar con todas sus fuerzas, pero fue en vano. No se veía metiéndole a la fuerza sus ideales a nadie, ni siquiera a Liam, que le caía tan mal que no podía evitar poner una mueca cada vez que lo veía. Este la miraba de forma altiva mientras se ajustaba el cuello almidonado de su camisa y se colocaba los tirantes marrones. Le faltó bostezar para dar a entender, todavía más, lo que le estaba aburriendo Hamica. Ni la sonrisa de Gruta, su mejor amiga, la animó. Siempre se ponía en primera fila para darle su apoyo silencioso, pero lo único que conseguía era que Hamica se fijara en su pelo negro brillante y en sus dientes perfectamente alineados.

—De acuerdo, hemos terminado. Señorita Clayton, siéntese.

La profesora fue tan tajante que Hamica ni se lo pensó dos veces. Se bajó de la plataforma que separaba la zona de debate de los asientos y se dirigió a su sitio sin abrir la boca. «Le iba a dar yo a ese…», pensaba mientras apretaba los puños. Si estuviera delante del espejo de su habitación, como hacía cada noche, le habría dado un buen repaso. Le habría explicado perfectamente por qué el sistema de mentiras no debía existir y por qué no era ético ni legal. Le habría soltado tal retahíla de argumentos que Liam no podría haber hecho otra cosa que sonrojarse e irse directo a su asiento sin decir media palabra. Lo habría dejado tan mudo que la clase habría estallado en aplausos hacia Hamica, y se convertiría en la nueva delegada y ganaría tantos puntos que la Gobernaría le daría lo que quisiera cuando cumpliera los dieciocho años. Le habría…

Se obligó a bajar de esa nube a la que a veces le encantaba subir. Sabía que jamás sería capaz de hacer nada de eso.

También era consciente de que, aunque le quedaban todavía unos cuantos años para alcanzar los dieciocho —dos, para ser más exactos—, no conseguiría remediar ese problema de inseguridad que tenía.

A excepción de Gruta, el resto de la clase tampoco ayudaba demasiado. Desde bien pequeña había sido objeto de burlas. Un día era por sus pecas, otro por su sobrepeso y otro por el color de su pelo, tan rubio que parecía blanco. Daba igual el motivo, sus compañeros siempre encontraban algo para que fuera el hazmerreír de la clase. Hamica trataba de tomárselo con filosofía, al fin y al cabo, había sufrido ese acoso desde bien pequeña, aunque a veces no bastaba con eso. Al principio contestaba, se encaraba a aquellos que le hacían daño, pero pronto se dio cuenta de que eso era peor. Cuando se enfrentaba a ellos, a pesar de que siempre tenía la ayuda de su mejor amiga, no dudaban en darle una paliza si les apetecía. Después de haber llegado tres veces a casa con moretones por el cuerpo y la ropa hecha jirones, decidió que nunca más les plantaría cara.

Con el tiempo, las burlas fueron disminuyendo, aunque nunca llegaron a desaparecer del todo. Por eso no había compañero que no quisiera enfrentarse a ella en clase de Argumentación: porque sabían que la podrían machacar sin ningún problema.

Cuando sonó el timbre que indicaba el final de la clase, fue la primera en recoger sus cosas y salir corriendo del aula. Había aprendido a ser ágil y, sobre todo, a ser invisible. «Si no te ven, no existes», se decía constantemente. Así que, en menos de dos minutos, ya estaba saliendo por la puerta del colegio y se dirigía a su casa sin mirar atrás.

Lo cierto era que odiaba aquel lugar. Aunque todo el mundo decía que Incaté era una de las localidades más bonitas de toda Vestalia, por lo diferente que era del resto del país, Hamica quería salir de allí cuanto antes. Para ella, los edificios rojizos decorados con arcos de herradura y bóvedas coloridas no eran más que algo que había estado allí siempre. Tampoco le entusiasmaban las fuentes con forma de animales majestuosos como los leones o los tigres que adornaban las plazas, y mucho menos la enorme muralla que cercaba la ciudad, compuesta por robustas piedras que, después de tantos años, no habían perdido ni un solo detalle de los grabados que hicieron los antepasados en ellas.

Nada de eso conseguía generar en Hamica la más mínima emoción.

Ella sentía que aquel no era su lugar, que pertenecía a otro sitio muy diferente. En realidad, ese era su sueño: recorrer el mundo sin tener que darle explicaciones a nadie para tratar de encontrarse a sí misma por el camino. Pero sabía que no podía hacer eso, no si se negaba a mentir, cosa que tenía clarísima. Sus padres se lo habían inculcado desde pequeña y lo llevaría a rajatabla hasta el día que estuviera en la tumba. Ellos no habían mentido jamás y le habían hablado de las consecuencias de hacerlo desde que era bien joven. Al contrario de lo que ocurría en otros hogares, las mentiras no eran un tabú en casa de los Clayton. «Lo desconocido es lo verdaderamente peligroso», le decía su madre. Por lo que Hamica sabía que su sueño de viajar y vivir la vida era algo tan irreal como los debates que practicaba cada noche delante del espejo.

—Hamica, cielo —le dijo su padre cuando entró por la puerta de casa—. ¿Qué tal ha ido la escuela?

Ella, lejos de sentarse con él a la mesa de la cocina y compartir algún dulce como hacía cada tarde, subió las escaleras que la separaban de su habitación con aire enfadado. Su padre era la persona que mejor la conocía en el mundo y, por el portazo que dio, supo perfectamente que no debía inmiscuirse en los asuntos de la chica. «Ya hablaremos más tarde», pensó mientras ponía una tetera en el fuego. Vivir con una adolescente no estaba siendo fácil, y mucho menos cuando Hamica veía las diferencias existentes entre ella y sus hermanas.

—¿Quién soy? —preguntó Hamica a su reflejo, una vez que estuvo en la soledad de su habitación.

Observó su pelo casi blanco, tan largo le llegaba por la cintura. Se pasó las manos por las ondas suaves que se le formaban, deseosa de que fuera más liso y más oscuro. Después se fijó en unas pecas que no deberían estar ahí, en una tripa que no había forma de disimular debajo de la camisa, en unos brazos que la hacían parecer fuerte y débil a la vez, en unos mofletes hinchados y en unos muslos grandes que se rozaban entre sí. ¿Por qué no era como sus hermanas? ¿Por qué no podía ser… normal? Ellas eran tan bonitas, tan delgadas, tan morenas, tan… perfectas, que estar a su lado le hacía sentirse la persona más desgraciada de Vestalia.

Luego lo recordó: ella no podía ser como sus hermanas porque, en realidad, no eran… hermanas. Era algo que le había costado muchísimo aceptar, pero que con el tiempo iba formando más parte de ella. «Alguien te dejó en la puerta de casa», le contó su madre cuando tuvo suficiente uso de razón como para comprender aquello, «estabas en una cesta, tapada con una manta. No había nada más en ella que este collar de obsidiana».

Hamica se llevó una mano al cuello y rozó la piedra, caliente por el contacto de su piel. Al principio no quiso saber nada de aquel colgante, no quería oír ni una sola palabra sobre las personas que la abandonaron a su suerte siendo tan solo un bebé. Sin embargo, con el tiempo, se dio cuenta de que eso era lo único que le quedaba de sus orígenes, lo único que la unía con su pasado. No conocía a sus verdaderos padres, y tampoco sabía si, de tener la oportunidad, querría hacerlo.

A menudo pensaba que si su madre, la que la había acogido, fuera un poco más amable con ella, su sensación de desasosiego no sería tan intensa. Sin embargo, desde que se enteró de que ella no la había concebido no podía evitar preguntarse si sentiría un cierto resquemor provocado por el compromiso de tener que quedarse con una hija que no era suya. No lograba entender por qué no la pusieron en manos de la Gobernacía, al fin y al cabo, iba a ser muy difícil alimentar una boca más en una casa en la que ya eran multitud. Hamica intentaba apartar ese pensamiento porque sabía que era muy difícil convivir con él, pero había veces en las que aparecería y no encontraba la forma de rebatirlo.

Los días en los que aquello ocurría se llevaba una mano al collar de obsidiana que decidió ponerse en el momento en el que comprendió que su pasado también le pertenecía.

Ese día era uno de esos.

Ese día apretó el colgante con tanta fuerza que estuvo a punto de romperlo.

CAPÍTULO 8

Eneas Lockwood
Selán, al noroeste de Vestalia

—¡Que vaya más rápido!

Tami daba vueltas y vueltas en el salón y Claud obedeció sus órdenes poniendo más revoluciones en el gramófono. Todavía recordaba el día que entró en la casa que les había dado la Gobernacía y vio el aparato en una esquina del salón. Estaba nuevo, y su mujer corrió hacia él para encenderlo y poner la música bien alta. Desde ese momento, lo habían utilizado en contadas ocasiones, ya que las agujas que venían con él eran muy pocas y sabían de sobra que, una vez se gastaran, ya no habría más.

Cada vez que veía el gramófono, Tami pensaba que se le habría olvidado cómo utilizarlo. En cambio, en el momento en el que supo que estaba curada, corrió hacia él con unas energías que ni Claud ni Eneas entendieron de dónde habían salido, y lo encendió casi de forma mecánica. No se le había olvidado, las cosas buenas se quedan grabadas para siempre en lo más hondo de la memoria; eso lo sabía bien. Así que, después de elegir una canción alegre, esa que tanto le gustaba escuchar por las mañanas cuando el sol comenzaba a hacer acto de presencia e inauguraba un nuevo día, tomó las manos de su marido y lo obligó a girar y girar con ella por la estancia. Eneas los miraba divertido; se había quedado cerca del equipo para ir cambiando las canciones y darle más intensidad si fuera necesario. Sabía que iba a serlo.

—¡Esto es increíble! ¡Esto es...! —A Tami casi no le salían las palabras, estaba tan emocionada que incluso le faltaba el aliento.

—Creo que deberíamos descansar un poco, cariño —aconsejó Claus—. No estás recuperada. Que la medicina haya hecho efecto no significa que...

—Shhh —le interrumpió su mujer—, no estropees este momento. ¿Sabes cuánto tiempo hacía que no me sentía así? ¡Me siento viva! ¡Viva!

Siguió bailando sola ante la atenta mirada de los otros dos, que no podían quitarse la sonrisa de la cara.

—Déjala disfrutar, padre —le dijo Eneas divertido—, hay que celebrar las cosas buenas que nos ocurren.

—El chico tiene razón, Claus —corroboró Tami, que había identificado la frase que había dicho su hijo como la que siempre se le escapaba de los labios cuando la vida decidía poner una piedra en el camino—. Siempre hay que celebrar las cosas buenas. Tenemos que celebrar que estamos vivos, que estamos juntos, que nos queremos y que somos una familia feliz. Hay un millón de motivos por los que estar agradecidos y que debemos celebrar, y este es un momento perfecto. Así que, ¡que vaya más rápido, Eneas!

El chico, complaciente, obedeció a su madre, que comenzó a bailar más rápido al ritmo de la música. Eneas no podía parar de sonreír. Había merecido la pena lo que había sufrido, las incertidumbres, la regañina de su padre, el miedo a no llegar vivo al día de mañana... Todo había merecido la pena con tal de ver así a la mujer que le había dado la vida.

Los ojos de Eneas se abrieron muchísimo cuando advirtió cómo su madre se paraba en seco y se mecía hacia un lado. Corrió hacia ella y la atrapó antes de que cayera al suelo.

—Estoy bien —dijo ante la cara de preocupación de su hijo—, solo ha sido un pequeño mareo.

—Vamos, cariño, necesitas comer y descansar. —Claud tomó el relevo y cogió a Tami en brazos para llevarla a la cocina. Tuvo que hacer algún aspaviento que otro para apartarse el pelo rubio que le caía en la cara. «A ver si encuentro un rato para cortármelo», pensó, aunque sabía que ese día tardaría en llegar; era muy difícil preocuparse por uno mismo cuando los demás lo necesitaban tanto—. Te prepararé algo rico.

La mujer se dejó hacer y, una vez sentada a la mesa, agradeció en el alma que la Gobernacía hubiera decidido juntarlos. Era un buen hombre, sin duda. Se había preocupado por ella desde el mismo momento en que la conoció, y no había dejado de hacerlo ni un solo día.

Los rugidos de su estómago ante la tortilla de cebolla y champiñones secos que estaba preparando Claud le recordaron cuantísimo tiempo hacía que no comía con apetito. En el mismo momento en que tuvo el plato delante, comenzó a devorarlo como pensó que no volvería a hacerlo jamás.

Las lágrimas le inundaron los ojos de imprevisto.

—Pero no llores, mi amor —le dijo Claud—, que no cocino tan mal.

Ella se rio por lo bajo y, con la boca llena todavía, susurró:

—No seas bobo, es que está buenísimo. Pensé que nunca más iba a poder disfrutar de cosas como esta.

—Pues ya verás cuando te prepare una langosta en salsa, ahí sí que vas a llorar, y con razón.

Tami acarició el rostro de su marido. Sabía que jamás podrían permitirse comer langosta y que jamás ninguno de ellos iba a mentir para conseguirla, pero aun así le hizo mucha gracia ese comentario. Sin embargo, algo oscureció su rostro de repente.

—¿Qué pasa, mamá? ¿Te encuentras bien? ¿Te has vuelto a marear?

—No, cariño, estoy bien, no te preocupes.

Tami se encontraba muy lejos de estar bien. No se trataba de que las medicinas hubieran perdido su efecto, ni padecía ninguna dolencia repentina que le hiciera pensar que la enfermedad que se había ido tan deprisa hubiera vuelto con la misma urgencia. Lo que le pasaba a Tami era algo más… visceral. En un principio pensó que se debía a que se había dado cuenta de que alguien había tenido que mentir para conseguir aquel líquido que la había salvado. Y ese era un límite que no estaba dispuesta a perdonar. Pero ese pensamiento se esfumó de forma repentina cuando notó que algo dentro de su propio ser se inquietaba, como si su cuerpo la estuviera avisando de que algo malo iba a pasar, algo ajeno a ellos y tan inevitable como un tsunami desolador.

Tami sabía que no se equivocaba.

Y se permitió asentir, todavía con los ojos cerrados y con la respiración calmada, cuando escuchó un ruido detrás de la puerta. Lo sabía.

—Eneas, escóndete. —La orden de su madre fue directa, no había opciones en su tono.

El chico la miró asustado. Quiso decirle un millón de cosas, hacer que ese momento fuera eterno, lanzarse a sus brazos y detener el tiempo. Quería parar todos los relojes del país; lo habría hecho con tal de poder pasar un segundo más al lado de la mujer que le dio la vida. Sin embargo, no pudo hacerlo. Supo, por la urgencia en los ojos de su madre y por el gesto de terror de su padre, que ese era el fin. Ella susurró un «te quiero» y Claud bajó la vista al suelo. No era capaz de despedirse de su hijo de la forma que él habría querido y eso le dolía más que lo que vendría a continuación. Porque estaba pasando. Aquellos minutos eran los últimos en los que sus corazones iban a latir. Iban a dejar este mundo para siempre y nadie podía hacer nada para impedirlo.

Eneas podría haberse escondido y dejar que sus padres se sacrificaran por él, pero ¿en qué lo convertiría aquello? «En un ser despreciable», se dijo. En cuanto la puerta se abrió, abatida por una fuerte patada, supo que era su deber quedarse allí. Si tenía que morir por haber contado una mentira, moriría.

Por mucho que lo intentara pasado el tiempo, Eneas nunca será capaz de acordarse a la perfección de lo que pasó durante esos instantes. Alguien entró. No pudo ver su identidad: una gran capucha y una careta de papel maché con los rasgos de un gato negro sonriente se encargaban de ocultarla. De repente, aquella figura sacó una pistola de dos cañones cuyo mango estaba decorado con engranajes de oro y, con un disparo certero en mitad de la frente, derribó a Claud, que cayó hacia atrás movido por la fuerza del cañonazo. El terror se podía leer en la cara de Tami; sabía que era la siguiente.

—¡Vete! —le gritó a su hijo.

Esa fue la última palabra que salió de sus labios, pues un balazo se encargó de pararle el corazón en cuestión de segundos.

Tiempo después, Eneas se preguntaría cómo era posible que un instante pudiera ser tan efímero y tan eterno a la vez. Tiempo después, se preguntaría por qué no hizo algo más que quedarse paralizado, horrorizado, viendo cómo la vida abandonaba poco a poco a sus padres, y luego huir como un cobarde.

La máscara de gato seguía fija en el cuerpo de Tami. Sabía que el disparo había sido certero, pero un pequeño movimiento de la mano de la mujer hizo que se preguntara si había errado por poco. Eneas, casi de forma inconsciente, aprovechó ese lapso minúsculo de tiempo para salir corriendo. Ni siquiera se paró a pensar en si su madre en realidad estaba viva, su intuición ya se encargó de decirle que no. Sabía de sobra que, de estarlo, el asesino remataría la faena sin demora. Así que subió las escaleras de dos en dos, lo más rápido que pudo. Las lágrimas le rodaban por las mejillas y le recordaban que pasaría muchísimo tiempo hasta que consiguiera entender lo que había ocurrido. Hasta que comprendiera que estaba solo en el mundo.

Se encerró en la habitación dando un portazo, más fuerte de lo que debería. Si tenía una oportunidad para despistar al asesino la había desperdiciado en ese momento, pues el ruido le indicaría dónde buscar. Por lo que, a toda prisa, se situó detrás de un mueble y lo empujó con todas sus fuerzas contra la puerta. No serviría de mucho, pero al menos le daría unos minutos más para huir.

Sin pensárselo dos veces, se tiró por la ventana, agradecido por la poca altura que había y por los setos que amortiguarían su caída, y salió corriendo sin mirar atrás.

Podía escuchar su corazón latiendo contra los oídos. Notaba la falta de aire y le ardían los pulmones, aun así, no paró de correr ni un solo segundo. Tenía que salir de allí, tenía que alejarse de su casa lo máximo posible. Aunque ir con la cara tapada no era muy del estilo de los Poddock, estaba seguro de que el asesino de sus padres había sido uno de ellos. Lo más probable era que su mentira se hubiera cumplido y que su nombre apareciera en el tablón de anuncios. Se había pintado una diana en el pecho con ese acto y ahora debía aceptar las consecuencias. Aunque en esos momentos su cabeza estaba ocupada en urdir un plan para escapar del asesino, una parte pequeña de su mente no podía evitar pensar que sus padres estaban muertos por su culpa. Habían sido asesinados por una decisión que había tomado en contra de lo que su padre le había repetido una y mil veces. Jamás podría perdonárselo. Igual era mejor quedarse allí, incluso volver o ir directamente a casa de los Poddock con la cara descubierta. Recibir un tiro en el pecho. Morir al instante. Así se acabaría todo, así pagaría por haber mandado a sus padres a un destino fatal. Podía hacer eso… o podía seguir luchando por vivir. Eso era lo que querría su madre, estaba seguro. Lo había intentado y le había salido mal. Había apostado sin pensar en las consecuencias con tal de que su madre se curara y había perdido la apuesta de una forma desgarradora. Sin embargo, no podía rendirse.

Corrió como nunca por las calles de Selán. Se cruzó con varias personas a las que casi tira al suelo por ir sin el cuidado suficiente. La nieve, aunque tapaba las placas de hielo que se habían formado la noche anterior sobre los adoquines, no ayudaba en absoluto. Hacía que se resbalara, tropezara y acabara chocándose con los vecinos que iban a hacer sus compras matutinas. Le importaba bien poco que la gente le gritara, que levantara el puño en señal de protesta e incluso que alguien tratara de vengarse lanzándole alguna que otra pieza de fruta; lo único que quería era huir de aquella careta de gato que sentía que le pisaba los talones.

No tenía muy claro a dónde ir. Los Poddock se conocían la ciudad al dedillo. Eran como esas personas que parecían fundirse con la ciudad, como si hubieran sido puestos en las calles igual que un adoquín o una farola. Eran... Ellos eran la ciudad. Y eso les daba ventaja a la hora de saber dónde buscar y hacía que a Eneas se le complicara la tarea de hallar un escondite fiable.

Una idea fugaz le pasó por la mente. Tal vez no era la mejor solución, pero no se le ocurría otra cosa. Miró hacia atrás para cerciorarse de que había despistado a la máscara de gato y, cuando vio que no andaba por allí cerca, se metió por un callejón que quedaba a su derecha y empezó a correr con todas sus fuerzas. «Tiene que funcionar». Era lo único que se repetía, una y otra vez, como si fuera un rezo, la única esperanza a la que aferrarse.

Atravesó el jardín lo más rápido que pudo, sin parar de echar vistazos continuos para comprobar que nadie le había seguido hasta allí. Después, solo tuvo que buscar la llave que sus tíos siempre dejaban escondida dentro de una maceta de barro. Casi gritó de alegría cuando sus dedos se toparon con el frío metal.

Lo primero que pensó cuando entró en la casa fue que aquel sitio seguía oliendo a su tía. Hacía tiempo que había muerto por culpa de sus mentiras y, sin embargo, era como si su espíritu todavía residiera entre esas paredes. Entonces, Eneas entendió un poco mejor por qué su tío viajaba tanto, por qué quería pasar el mayor tiempo posible lejos de aquel lugar; la presencia de su mujer se le haría insoportable.

La casa estaba vacía. De no ser porque estaba llena de cosas, muebles y adornos, Eneas habría dicho que era capaz de ver el silencio rebotando en las paredes. Ya desde pequeño pensaba que aquel lugar era asfixiante. Tanta decoración, tan recargada, hacía que se agobiara. Él prefería su hogar: austero aunque acogedor. Pero sabía que la palabra austeridad no estaba en el diccionario de su tía. Ella era todo lo contrario a la modestia y a la simpleza; necesitaba destacar allí donde iba, y su morada no iba a ser menos, así que las cortinas de terciopelo, el papel pintado y las alfombras de damasco en tonos pastel resaltaban queriendo llamar la atención; una atención que era imposible centrar en algo en concreto.

Un ruido procedente de la cocina hizo que se sobresaltara. Recordaba haber oído a sus padres comentar hacía unos días que su tío había vuelto a salir de viaje, a Asua esta vez, por motivos de trabajo, así que no debería de haber nadie en la casa. Eneas dudó unos instantes: no sabía si darse media vuelta y salir corriendo o enfrentarse a lo que fuera que estuviera allí dentro. La imagen de la careta se le presentó como un rayo y eso hizo que la decisión fuera fácil. Esperaba que, al menos, su nuevo enemigo no tuviera otra pistola. Se prepararía para luchar y si hacía falta le metería una paliza con los puños de…

Nada de eso hizo falta. Cuando el gato pardo salió de la cocina, Eneas se relajó. Era el minino de sus tíos, ese que tenía tantos años que nadie se atrevía a decir una cifra y que solía vivir más tiempo fuera de casa que dentro.

—Williamina… qué susto me has pegado.

Se agachó para que la gata se le acercara y esta corrió a sus brazos. Eneas siempre había pensado que para ser una gata era demasiado cariñosa. Se acordó de la anécdota que sus tíos siempre contaban en las cenas familiares: el animal, en un principio, se llamaba William, pero el tiempo y una camada les hizo ver que no era un macho, sino una hembra, por lo que tuvieron que transformar el nombre.

—¿Estás sola? ¿Hay alguien más en casa? —le preguntó en un susurro, y obtuvo un maullido por respuesta.

El joven quiso entender que eso significaba que nadie iba a importunarle aquel día, así que se dispuso a esconderse lo antes posible. Estuvo tentado de correr las pocas cortinas que todavía estaban abiertas, pero prefirió no tocar nada, no quería que nadie tuviera la mínima sospecha de que allí dentro había alguien. Subió al desván, en la tercera planta, no sin antes coger el cuchillo más grande que encontró en la cocina. El altillo sería un sitio seguro: no tenía ventanas y solo había una puerta frente a la cual se quedaría sentado todo el tiempo que fuera necesario para esperar a la máscara de gato.

Era imposible. Era imposible que sus padres hubieran muerto, que se hubiera quedado solo en ese mundo que, ahora comprendía, le era del todo desconocido. Era imposible que no tuviera un lugar al que ir, un sitio al que llamar hogar. No podía volver a su casa y, en cuanto la Gobernacía se enterara de que era un menor de edad huérfano, lo llevaría a un orfanato horrible para después soltarlo en cualquier parte de Vestalia, sin más futuro que el que él pudiera encontrar.

Se secó las lágrimas que habían comenzado a mojarle el rostro, incapaz de asimilar lo que estaba ocurriendo. Maldijo a los Poddock, y se maldijo a sí mismo por no haber podido hacer más, por no haber sido capaz de plantarle cara al asesino de sus padres. ¿En qué le convertía aquello? Había tratado de salvar la vida de Tami y, en su lugar, había perdido a las dos personas a las que alguna vez había querido.

Entonces comprendió que aquel mundo no estaba hecho para él. Confirmó sus sospechas: Vestalia, lejos de poder llamarse hogar, era el peor infierno en el que alguien podría vivir.

CAPÍTULO 9

Eneas Lockwood
Selán, al noroeste de Vestalia

Eneas tenía la teoría de que, si se quedaba quieto durante mucho tiempo y conseguía acallar sus pensamientos, podía ver el tiempo. Era algo abstracto, algo sin sentido, seguramente, y aun así era una hipótesis en la que creía con firmeza. Jamás se había atrevido a decir ese pensamiento en voz alta, a materializarlo de manera que ya fuera irreversible el haberlo puesto en palabras; pero lo sentía como la verdad más verdadera del universo.

Esa noche el tiempo no pasó.

Se quedó durante horas mirando el techo del desván, sin saber muy bien qué hacer. A pesar de que tenía un hambre atroz, no era capaz de levantarse y dirigirse a la cocina. «Tendría que haber cogido algo antes de esconderme cuando fui a por el cuchillo», se regañó. Sin embargo, no pensó en ello en el momento en que debería haberlo hecho y ya era tarde. No quería deambular por la casa y ser un blanco fácil en caso de que los Poddock unieran las piezas del puzle que conducía directamente hasta él; sería muy lógico pensar que habría decidido esconderse en casa de un familiar. Así que se había tumbado en el desván con la única compañía de Williamina, que había decidido dejar a un lado su orgullo gatuno para acabar acurrucándose junto al chico. Este supuso que la casa no debía de tener ningún secreto para el animal, ya que, a pesar de que la puerta del desván estaba cerrada, había encontrado la manera de colarse allí.

—¿Y siempre estás así de sola? —le preguntó en un susurro. No esperaba respuesta alguna, pero necesitaba pasar el rato como fuera—. Tu dueño viaja muchísimo; está todo el día de acá para allá recorriendo Vestalia, así que tú te pasarás mucho tiempo deambulando por aquí. ¿Cómo te alimentas? ¿Acaso sales de casa por algún hueco? ¿Eres buena cazadora?

La gata soltó un pequeño maullido, como si estuviera comprendiendo lo que Eneas le decía.

—¡Así que es eso! —dijo el chico mientras se incorporaba—. Eres una buena cazadora, se te ve en la cara. Seguro que eres la gata más espabilada de Selán. Lo tendrás que ser teniendo en cuenta quién es tu dueño...

Eneas no tenía nada en contra de su tío Vincent. De hecho, podía decir que incluso le caía bien. De vez en cuando, su tía Milda y él se pasaban por su casa para llevar algún que otro regalo que, como después comprendería el muchacho, habían conseguido gracias a las mentiras. Y durante el tiempo que pasaban juntos, su tío no hacía más que hablar de sus viajes y de lo espectacular que era su vida. Tami no lo soportaba, decía que era un engreído, que solo iba a su casa para restregarles el que él se moviera tanto, no como ellos, «que estaban anclados en esa casa bajo las órdenes de la Gobernacía». Tuvo que morderse la lengua en más de una ocasión para no acabar echándolo y poniéndolo de patitas en la calle. Sobre todo, después de que su mujer muriera, momento que él aprovechó para pedirles demasiados favores. La cordialidad y la paciencia de Tami tenían un límite; también las de Claus, aunque este se reprimiera más a la hora de decir en voz alta lo que pensaba; al fin y al cabo, se trataba de su hermana. Aunque allí todos opinaban lo mismo: el tío de Eneas se quejaba de haberse quedado solo a pesar de que él era el primero que alentaba a su mujer a contar mentiras. Jamás le paró los pies; es más, la animaba a ello. Solo de esa forma podían mantener el nivel de vida que habían alcanzado. Solo así podían destacar, ser mejores, ser la envidia de todo Selán y parte de Vestalia.

Lo que sí tenía claro era que Vincent era capaz de perdonarle cualquier cosa a Milda. Jamás había conocido a nadie que mirara de aquella manera a otra persona. Lo hacía con devoción, como quien contempla una obra de arte. En esos momentos se preguntó si se debería a la ambición, esa que derrochaba su tía por cada poro. ¿La vería inalcanzable? ¿Otro bien que poseer?

Un golpe sacó a Eneas de sus pensamientos. Venía del piso de abajo y eso le hizo aferrarse al cuchillo con todas sus fuerzas. No lo había soltado en ningún momento, por si acaso. Y, de haberse quedado dormido, lo habría hecho agarrado a él, alerta y dispuesto a usarlo si fuera necesario.

—Shhh —le susurró a Williamina.

No dijo nada más, pero se llevó un dedo a los labios para transmitirle con más ahínco la orden a la gata. Se levantó como pudo y maldijo entre dientes cuando una de las tablas del suelo crujió bajo sus pies. La tensión que se creó en ese momento se podría haber palpado a la perfección, teoría que confirmó la gota de sudor que empezó a resbalar por su frente. Tras unos segundos de silencio, pudo comprobar que nadie había descubierto su escondite, ya que, de haber sido así, los Poddock habrían subido al desván corriendo al escuchar el crujido de la madera. Eneas se relajó un poco, lo justo para no sentir los hombros como si fueran de piedra, y se dijo a sí mismo que tenía que salir de allí cuanto antes, que no podía perder más tiempo quedándose escondido. Había pasado la noche, había sobrevivido a esas primeras horas decisivas y ahora debía cambiar de lugar para dejar de tener una diana dibujada en el pecho. Aun sin saber muy bien si era la decisión correcta o no, y una vez que comprobó que el ruido no debía de ser más que el viento, se despidió de la gata y se dirigió al mercado.

El abrigo de mangas anchas que había tomado prestado del armario de su tío lo tapaba lo suficiente, así como el sombrero, que le quedaba un poco grande y que se le resbalaba por debajo de las cejas. Era perfecto, pues sus bordes acampanados hacían que se pudiera esconder mejor. La bufanda que encontró en el armario también le ayudó a ocultar medio rostro. No quería llamar la atención, pero tampoco ir con la cara descubierta, y con el frío que hacía en Selán, a nadie le parecería extraña su indumentaria. El plazo para ser indultado de la mentira vencía en unas horas y tenía que sobrevivir como fuera.

Unas cuantas monedas de oro tintineaban dentro de su bolsillo. Eneas no tenía ni idea de dónde habían salido ni de qué ciudad provenían, pero de lo que sí estaba seguro era de su antigüedad, aunque fuera la primera vez que veía unas. Recordó la historia que le contaban en la escuela, esa que decía que antes de las mentiras existían las monedas, un método de pago que cualquiera podía poseer. Después, desaparecieron. Las había encontrado en el desván, en una cajita que, intuía, no debía ser hallada, y no dudó en guardárselas por si acaso. Estaba hambriento y a simple vista no había encontrado nada en la casa que pudiera intercambiar sin hacer peligrar su identidad. Supuso que aquellas monedas tendrían un gran valor, aunque solo fuera por su peso; seguro que al fundirlas podrían generar un montón de joyas que después se podrían intercambiar por cientos de cosas a su vez. Supuso que la persona que las recibiera no haría preguntas, no dudaría ni indagaría; simplemente, alargaría la mano y se guardaría las monedas sin rechistar. Dio por hecho que así funcionaban las cosas en Vestalia.

Sin embargo, antes de poder ofrecérselas al comerciante de pasteles y queso, cuyos productos emanaban unos aromas que hacían que Eneas se dirigiera hacia ellos sin poder siquiera pensar, unos ruidos provenientes de la plaza lo sacaron de ese hechizo que se había creado a su alrededor. En realidad, no se trataba de ruidos sin más. Eran gritos. Gritos de gente que se arremolinaba alrededor de alguien. Eneas había escuchado antes esos gritos, y sabía que únicamente la venganza y el odio eran capaces de generarlos.

Lo primero que pensó fue que era un castigo público contra alguien que había utilizado la mentira y esta se había hecho realidad. En cambio, pronto se dio cuenta de lo equivocado que estaba. En mitad de la plaza, subido en la tarima que ahora era un montículo de nieve, había un hombre. «Un hombre venido a menos», como habría dicho Claud. Una punzada de dolor se clavó en el pecho del chico al pensar en su padre, pero no tuvo más remedio que arrancarse ese sufrimiento de las entrañas y mantener la mente fría; cualquier paso en falso podría suponer su muerte.

—¡Hay que matarlo!

—¡Que acaben con él!

—¡Es un monstruo! ¡Se merece lo peor!

—¡A la hoguera!

Eneas no era capaz de distinguir quién decía todas aquellas barbaridades. En realidad, toda la horda que lo rodeaba estaba encendida, cualquiera de ellos destilaba tanto odio que era muy difícil distinguir quién había tenido el valor de insultar al pobre hombre que estaba en mitad de la plaza. Porque no era más que un pobre hombre: lo delataba su camisa roída, sus pantalones rotos y sus pies descalzos que a esas alturas ya debían de estar amoratados y doloridos.

—¿Quieres tirarle un tomate podrido?

Eneas se giró para buscar el origen de esa voz.

—¿Me dices a mí?

—Claro, no se puede venir aquí con las manos vacías.

La chica le tendió el tomate y Eneas lo aceptó con reservas. Calculó que tendría la misma edad que él, y podría haber pensado que era atractiva si no hubiera sido tan patente el desprecio con el que le tiró la hortaliza al señor de la tarima.

—¿Por qué hacéis esto? —preguntó el chico.

—Porque es lo que hay que hacer —contestó ella contundente.

Entonces, una de sus cejas se elevó hasta el infinito al ver que el tomate de Eneas seguía en sus manos. Él se dio cuenta y enseguida se lo tiró al hombre, aunque sin demasiadas ganas y sin preocuparse por la puntería. De hecho, acabó estrellándose contra el abrigo de uno de los individuos que estaban en la primera fila. Para suerte de Eneas, no pareció importarle.

—Es un adicto —dijo la chica al ver que Eneas seguía sin enterarse muy bien de lo que ocurría—. Cuenta mentiras sin parar para conseguir sus caprichos.

—¿Y qué caprichos puede tener este hombre? Ni siquiera tiene unos zapatos.

—Échale imaginación. No todos los vicios se ven a simple vista.

Eneas entonces lo comprendió todo. Había gente que hacía lo que fuera para conseguir ciertas cosas, aunque ello conllevara mentir y mentir sin parar.

—¿Y nunca se ha hecho realidad ninguno de sus embustes?

—Si se ha cumplido, no ha habido consecuencias graves, o no estaría aquí vivito y coleando. Normalmente es gente con suerte —explicó la chica. Eneas pensó que tal vez debería preguntarle su nombre, pero supuso que si no se lo había dicho ya a esas alturas sería por algo—, gente que miente sin parar y que tiene la fortuna de que sus mentiras no se cumplan o que sabe esconderse de la forma más eficaz para que nadie le pille en el caso contrario. Saben lo que hacen. —Para asombro de Eneas, la chica acompañó sus palabras con un escupitajo que por poco acaba en sus zapatos—. Seguramente, este hombre lleve toda la vida mintiendo y conocerá los mejores escondites de Selán. Y, lo más importante, sabrá sobre quién puede mentir y sobre quién no.

El chico asintió. Esa era una lección que él no tenía aprendida cuando fue al auditorio. Hay personas sobre las que es mejor no mentir. Ahora lo sabía y esperaba no volver a cometer el mismo error. Bueno, en realidad, esperaba no tener que volver a mentir nunca más bajo ninguna circunstancia. No quería volver a pasar por aquello jamás.

Eso le recordó que él estaba huyendo de alguien, pero, de nuevo, un grito de dolor hizo que se desviara de sus pensamientos.

El hombre que estaba en mitad de la plaza había comenzado a arder.

—¡Está en una pira! —gritó Eneas incapaz de asimilar lo que sus ojos veían. Sobre todo, porque hacía unos instantes lo único que había bajo sus pies era un montón de nieve y no comprendía de dónde venía el fuego y por qué no se apagaba.

—¿Qué te piensas que hacen con los adictos? ¿Prepararles un té caliente y mimarlos con un baño con pétalos de rosa?

—No, pero...

Eneas no pudo terminar la frase. En su mente solo había espacio para los alaridos del hombre, tan desesperados que se clavaban en lo más hondo de su alma. Estaba muriendo, delante de él. Lo estaba viendo con sus propios ojos y no podía hacer nada para ayudarle. Le daba igual que hubiera cometido mil errores, le daba igual que hubiera puesto en peligro la vida de otras personas; era un ser humano y seguro que habría otra forma de arreglar aquella catástrofe.

—Toma, ojos verdes —le dijo la chica mientras le dedicaba un guiño que duró demasiado—, tírale otro tomate, ya verás cómo huele.

La chica lo miraba divertida, lo que produjo que a Eneas le sobreviniera una arcada repentina. Odiaba ese sistema. Odiaba a toda Vestalia, a la Gobernacía y a toda la gente que seguía haciendo posible que esa locura funcionara. Se habían convertido en partes de un engranaje perverso y tan bien construido que, en el instante que faltaba una sola pieza, esta se recomponía de manera inmediata para hacer que todo volviera a ser como antes. Sin duda, Regina Rei, la que en esos momentos estaba al mando de la Gobernacía, era la culpable de que aquel sistema siguiera vivo como si tuviera corazón y alma propia.

No sabía cómo, pero él se encargaría de hacer que esa máquina se rompiera. Alguna manera tendría que haber. Y ahora estaba solo, no tenía a nadie que le protegiera, ni un lugar donde acudir cada noche. Se había quedado desamparado en un mundo que odiaba. Y eso también significa que no tenía nada que perder y que podía hacer todo lo posible para detener esa rueda.

Se dio la vuelta sin despedirse de aquel monstruo de rizos dorados. «Y pensar que me estaba sintiendo mal por no preguntarle su nombre…». Y entonces lo vio: la máscara de gato se abría paso entre la gente y se dirigía directamente hacia él.

Eneas quiso volver atrás y salir corriendo, pero la horda de gente le impedía el paso. Giró de nuevo y lo supo: no tenía escapatoria.

Ese era su fin.

CAPÍTULO 10

Hamica Clayton
Incaté, al sur de Vestalia

Hacía un calor tan sofocante que no era capaz ni de respirar. Para llevar toda una vida viviendo en aquel lugar, Hamica no se había acostumbrado al aire ardiente ni a la sequedad que hacía que sus pulmones chillaran de dolor. Tampoco había conocido otra cosa, pero estaba segura de que en alguna parte de Vestalia tendría que haber un lugar más amable que aquel.

Cada día daba gracias por no vivir en el centro del desierto de Krosi, ya que, aunque quedaba un poco alejado de la ciudad y era un lugar prácticamente muerto, había gente que había decidido abandonarlo todo para esconderse entre las dunas.

—Están locos —dijo Gruta, la mejor amiga de Hamica, mientras se dirigían al único lugar que resultaba un poco refrescante en aquella zona—. Hay que estarlo para vivir en mitad de un desierto. Es decir, sé que Incaté también está en mitad del desierto, pero al menos aquí tenemos un auditorio, ¿no?

Hamica había intentado tener esa conversación con su amiga miles de veces. La familia de Gruta era una vieja conocida de los auditorios, y no se escondía cuando llegaba la hora de presumir de sus nuevas adquisiciones. Alguna que otra vez, Hamica había tratado de exponerle los motivos por los que estaba en contra del sistema de la Gobernacía, pero Gruta enseguida le decía que se ponía insoportable cuando trataba de defender causas imposibles. Tenían confianza, a pesar de lo distintas que eran, así que Hamica trataba de hablar con ella como si estuviera en una clase de Argumentación. Sin embargo, como sus conversaciones nunca trascendían más allá de meros comentarios, las dos habían optado por no discutir sobre las mentiras cuando estuvieran juntas. Ambas respetarían la opinión de la otra.

Por lo que, en esa ocasión, como en muchas otras, Hamica guardó silencio.

Se habían alejado un poco de la ciudad, lo justo como para ver a lo lejos la muralla que rodeaba Incaté y que la hacía parecer una fortaleza. A medida que avanzaban hacia el norte, el camino se iba tornando más abrupto y, dado que las rocas comenzaban a hacer acto de presencia entre tanta arena, tenían que estar muy pendientes de no pisar ningún alacrán ni de torcerse un tobillo; aun así, aprovechaban para charlar y compartir los cotilleos que no podían contar en las horas de clase.

—Es que no me entra en la cabeza —continuó Gruta, a pesar de que sabía que aquella conversación no llegaría a buen puerto—. ¡Aquí hay tiendas! ¡Tiendas! Y gente normal… Imagínate no volver a cruzarte con nadie corriente en tu vida.

—Mi padre dice que son personas que quieren cambiar el sistema —comentó Hamica. Sabía que su amiga no dejaría el tema hasta que la rebatiera. En el fondo, a veces tenía la sensación de que le encantaba discutir—. Creen que otro mundo es posible.

Sabía que era una opinión muy poco compartida, pero para ella era una esperanza. Odiaba el sistema de mentiras y odiaba todo lo que tuviera que ver con la Gobernacía. No se imaginaba a sí misma regentando una finca, casándose con un desconocido, teniendo unos hijos que no sabía si quería tener y doblegándose a unas órdenes absurdas que no sabía quién había impuesto ni por qué.

—Eso son bobadas. —El pelo negro de Gruta dibujaba ondas en su espalda. A pesar de que intentaba que se quedara debajo del sombrero, era tan indomable que no había cinta que pudiera mantenerlo en su sitio. Hamica siempre lo había envidiado. Igual que su color de piel, lo suficientemente oscuro como para resistir los implacables rayos de sol que había en aquella zona—. Son dementes, no hay que buscarle más explicaciones. Siempre han existido personas que piensan que tienen la razón absoluta y que el mundo gira al revés de como en realidad lo hace. Buscan destacar de alguna manera, llamar la atención.

Hamica trataba de escuchar a su amiga, pero el ruido que ya comenzaba a oír a lo lejos hizo que se alejara un tanto de la conversación. Hacía tanto calor que concentrarse en dos cosas a la vez le parecía la tarea más difícil del mundo. Además, era muy difícil razonar con ella; lo tenía comprobadísimo.

—Mi hermano dice que son drogadictos —siguió hablando Gruta—, aunque la verdad es que no sé muy bien qué significa eso.

«Tu hermano sí que lo sabe», pensó Hamica. Aunque Gruta era muy inocente, todo Incaté estaba al tanto de lo que ocurría en su casa. Su hermano Jibert se pasaba demasiado tiempo metido en el auditorio para conseguir cosas que de otra forma era imposible obtener. No quería decirlo en voz alta, y mucho menos confesárselo a su amiga, pero en su casa todos decían que Jibert era un adicto. Menos mal que el chico ya era mayor de edad y vivía en su propia finca con una mujer que… bueno, una mujer que lo toleraba.

—Puede ser —afirmó Hamica para darle la razón; no quería hablar de ese tema. No con ella—, vete a saber qué se les pasará por la cabeza.

—Vete a saber.

Gruta era menor de edad, pero había conseguido una bula. Era algo extremadamente difícil de obtener en Vestalia, pero quien la tenía podía acudir al auditorio aun siendo menor de edad sin jugarse su futuro de cara a la Gobernacía. Muy pocos padres estaban dispuestos a tramitar el proceso para conseguir una, ya que pensaban que a esa edad se podían cometer demasiadas estupideces. Los de Gruta la habían adquirido hacía un año, seguros de que su hija la usaría con conocimiento. Hamica no podía decir que su amiga supiera lo que hacía cada vez que entraba en el auditorio —que, más o menos, era una vez por semana—, pero al menos se pensaba mucho las mentiras que contaba. Aunque era algo que no entendía, ya que las cosas que pedía a cambio no eran más que caprichos que no merecían el riesgo que corría.

Por suerte para Hamica, cuya cabeza estaba empezando a darle demasiadas vueltas a aquel asunto, su destino estaba esperándolas a tan solo un par de minutos, o al menos eso le indicó el sonido del agua que hizo que un pequeño escalofrío le recorriera el cuerpo. «¿Cómo se pueden tener escalofríos estando a las temperaturas que estamos?», se preguntó. Sin embargo, no llegó a encontrar una respuesta, ya que en cuanto se acercó un poco más a la orilla salió corriendo sin esperar a su amiga y se tiró de cabeza al agua.

Aquel estanque, pequeño y tan separado de la ciudad que casi nadie se atrevía a ir, era suficiente para que Hamica no tirara la toalla y abandonara Incaté para siempre. Cuando estaba en clase pensaba en ese sitio, su lugar seguro, y los minutos parecían pasar un poco más deprisa. Y menos mal que había encontrado a Gruta, una chica tan loca como ella como para recorrer la distancia que las separaba de aquel oasis sin poner ni una sola pega, porque sabía que jamás se atrevería a atravesar ese camino ella sola.

Gruta, más segura de sí misma que Hamica, se quitó los pantalones y la camisa de lino, y también la ropa interior. Después, se tiró al agua sin haber mirado a su alrededor para cerciorarse de que allí no había nadie más.

—Luego dices de los hombres del desierto —apuntó Hamica mientras le salpicaba agua a la cara—, pero aquí la única loca que hay eres tú.

—¡Y tú también deberías serlo! —Las palabras de Gruta se entrecortaban, pues estaba gastando todas sus energías en hacerle una aguadilla a su amiga—. La vida es mucho más divertida así.

—Ojalá pudiera —susurró Hamica una vez que consiguió volver a flote—, ojalá pudiera ser como tú.

Gruta la miró con un gesto que no terminó de convencerla. Era esa mueca que la gente ponía cuando sacaba a relucir sus inseguridades. «Pobre chica gorda», estaba segura que pensarían de ella. Odiaba esa mirada, porque era una mezcla de tristeza y superioridad, una forma de decir que era una pena que estuviera así, pero que también lo estaba porque quería. Sin embargo, Gruta jamás había mencionado ese aspecto de su cuerpo, al igual que no sacaba a relucir las pecas, el pelo níveo o el diente torcido que, a pesar de que estaba escondido, hacía que Hamica no sonriera nunca de verdad. Para ella, era su amiga; su perfecta amiga. Y le habría dado igual que tuviera el pelo verde, tres brazos o cuatro orejas. Quizás por eso era la única persona ante la que se atrevía a ser ella misma.

—En fin —dijo Gruta cuando detectó aquella mirada. Conocía a su amiga desde hacía demasiados años como para no darse cuenta de cuándo había dado con hueso—. ¿Echamos una carrera? Te apuesto un melocotón de Hastía a que llego antes que tú a aquella roca de allí.

—¿Tienes melocotones en casa? —Hamica era incapaz de mirar la roca que su amiga le estaba señalando. En aquel momento solo podía pensar en una fruta tan jugosa como un amanecer fresco, como un chapuzón en agua helada, como una sombra después de un día abrasador. Era imposible conseguir melocotones en Incaté, nadie en el mercado los intercambiaba porque en aquellas tierras era imposible cultivarlos. Sabía de su existencia porque su padre le había hablado de ellos, de cuando tuvo que hacer un viaje al norte y conoció frutas y verduras que jamás había visto con sus propios ojos.

—Puede que fuera lo último que pedí cuando me pasé por el auditorio… ¡Es que están tan buenos! Y aquí son imposibles de conseguir en el mercado. No me puedo resistir. —Hamica se cruzó de brazos, enfadada por la actitud de su amiga—. Venga, si quitas esa cara de limón prometo darte uno en cuanto lleguemos a casa. ¡Pero antes tendrás que ganarme!

Hamica lo pensó unos segundos y se dio cuenta de que no podía luchar contra Gruta ni sus ideales, así que empezó a nadar con todas sus energías para alcanzar la roca antes que su amiga. Además, jamás lo confesaría, pero por nada del mundo se perdería el sabor de un melocotón. No lo había probado nunca, pero sabía que su vida cambiaría por completo después de hacerlo, y más en un día como aquel, en el que el sol no tenía ni un mínimo de piedad por los que no tenían fruta fresca en la despensa.

Antes de que pudiera tocar la roca, que ya casi rozaba con la yema de sus dedos, una voz la desconcertó hasta tal punto que Gruta llegó antes que ella.

—Vaya, vaya. ¿Qué tenemos aquí?

Gruta estaba a punto de celebrar la victoria cuando vio que su amiga se había parado en seco. Con los chapoteos no había oído la voz que había hecho que a Hamica se le helara la sangre. Si hacía unos instantes tenía calor, ahora le parecía que la temperatura había descendido de tal forma que no le extrañaría que se pusiera a nevar.

—Venga, Bill, vámonos de aquí.

«Son dos», pensó Hamica. Y esas palabras, lejos de tranquilizarla, hicieron que se quedara más petrificada todavía.

—No seas aguafiestas, Carl. Solo me quiero divertir un poco.

El estanque tenía el largo suficiente como para poder echar una carrera, pero no era tan grande como para no oír con claridad la voz de esos dos hombres hablando de ellas. Gruta miró a Hamica con preocupación, sin saber qué hacer.

—No llevo ropa —susurró lo más bajito que pudo. Sus palabras fueron tan inaudibles que su amiga tuvo que leerle los labios.

Hamica quiso decirle que no se preocupara, que tratara de pensar en algún plan para salir de allí sanas y salvas, pero sus labios no terminaban de separarse. No encontraba la fuerza necesaria.

—¿Qué hacéis aquí tan solitas? —El tal Bill se paseaba por la orilla marcando territorio—. ¿No necesitáis compañía? Mi amigo y yo somos muy divertidos y seguro que os hacemos pasar un rato muy agradable.

—¡Estamos armadas! —gritó Gruta para que el hombre la escuchara bien—. Si no os vais ahora mismo acabaréis muertos.

Bill clavó sus ojos en la ropa que Gruta había tirado de cualquier manera en la orilla y se echó a reír de la forma más escandalosa que Hamica había oído en su vida. Aquello no le gustó nada, nada en absoluto.

—Una mujer con carácter, me gusta —dijo Bill sin dejar de reírse—. Esa la quiero para mí.

—No soy una mujer, soy una niña. —Gruta se dio cuenta, por la sonrisa de aquel tipo, que aquello no le importaba lo más mínimo.

—Vámonos de aquí —le suplicó Hamica a su amiga mientras le tiraba del brazo.

—Será difícil —susurró Gruta—, pero podemos tratar de alcanzar la otra orilla.

Hamica valoró aquella idea. Si nadaban muy deprisa, podrían ser más rápidas que los hombres y salir corriendo. Sin embargo, sabía que con el calor que hacía, con sus prendas mojadas y su escasa capacidad física, no sería capaz de correr lo suficiente como para despistarlos una vez que estuviera fuera del agua. En los breves vistazos que se había atrevido a echarles, se había dado cuenta de dos cosas: de que estaban muy acostumbrados al calor por la forma en la que sus ojos no se empequeñecían ante el sol y sus frentes no sudaban, y de que tenían unos músculos que se intuían perfectamente debajo de las túnicas color arena que vestían.

—No nos lo pongáis más difícil. Lo pasaremos bien, ya lo veréis. —Por más que Bill repetía una y otra vez lo bien que se lo iban a pasar, Hamica estaba segura de que allí el único que se iba a divertir era él.

—Venga, Bill, solo son unas niñas, vámonos de aquí. Tenemos muchas cosas que hacer. —El otro hombre, al que había llamado Carl, tiró un poco de la túnica de Bill con la intención de llamar su atención—. Vamos al pueblo, seguro que allí encontramos a otras más de… bueno, de nuestro tamaño.

—¿Ahora te pones así de rancio? —Bill no apartó la vista de las chicas ni un segundo, así que el plan de huida de Gruta era cada vez más imposible de llevar a cabo—. Ya lo necesitamos, llevamos mucho tiempo en el desierto. Seguro que nadie se entera.

—¡Vamos!

El grito de Gruta pilló a Hamica tan desprevenida que cuando quiso darse cuenta ya estaba nadando hacia la orilla más cercana. Sin pensárselo dos veces, la siguió poniendo todo su empeño en alcanzarla y salir de allí cuanto antes. No hizo caso de los quejidos de sus músculos, le importó bien poco que sus piernas amenazaran con acalambrarse. Nadó y nadó sin parar. Una vez fuera del agua, el calor las recibió como una bofetada, pero las chicas no iban a dejarse amedrentar por eso. Sabían que solo tenían una oportunidad y no debían desperdiciarla.

—¡Mierda! ¡Carl, vamos! —Las palabras de Bill salieron de su garganta como si fueran murciélagos y esta una cueva. Sonaron a desesperación, y también a decisión.

Hamica siempre había pensado que Gruta tenía muy buena forma física, y por si tuviera alguna duda, sus zancadas contundentes la disiparon de inmediato. En cambio, ella hacía lo que podía. No había tenido que correr nunca como aquella vez, y la manera en la que ardían sus pulmones y las ganas que tenía de vomitar le indicaron que algo no iba bien. No quería desesperarse, pero todavía les quedaba un buen rato para llegar hasta la ciudad. Calculó que, si seguían a ese ritmo, cosa improbable, tardarían en llegar más de media hora. No podía correr así durante tanto tiempo, era imposible. Se cansaría muchísimo antes.

No pudo pensar mucho más porque, en ese momento, unos brazos fuertes la derribaron e hicieron que cayera al suelo.

—¡Hamica! —Gruta, alertada por el ruido que hicieron al caer al suelo, se dio la vuelta y vio a su amiga debajo del hombre que había identificado como Bill. No se lo pensó dos veces y fue corriendo hacia ella—. ¡Suéltala! ¡Suéltala ahora mismo!

Sin embargo, él no parecía dispuesto a obedecerla. Estaba tan concentrado en esquivar las patadas y los manotazos que Hamica le propinaba, que ni siquiera reparó en hacer algún comentario mordaz sobre la desnudez de Gruta.

—¡Vamos, Carl, ya casi la tengo dominada! —le gritó a su amigo—. ¡Estoy seguro de que merecerá la pena!

Gruta trataba de hacer que se separara de Hamica. Tiraba de sus brazos, le daba puñetazos en la espalda e incluso le propinó alguna patada que otra con sus pies descalzos, pero era como pelearse contra un tronco robusto que no había manera de dañar.

Si la situación parecía incontrolable, la desesperación se apoderó de Hamica cuando notó que el hombre comenzaba a desabrocharle la camisa empapada.

—¡Suéltame! ¡Déjame! —Trataba de zafarse como podía, pero Bill era muchísimo más fuerte que ella.

Cuando estaba a punto de bajarle los pantalones, un estallido hizo que se quedara paralizada. Lo que ocurrió después pasó tan deprisa que Hamica no supo ni cómo reaccionar. El cuerpo de Bill cayó encima de ella a plomo, aplastándola contra el suelo e impidiéndole respirar. Gruta no paraba de chillar desquiciada, pero no decía nada que tuviera sentido y que le diera alguna pista de lo que acababa de ocurrir. Aun con todo, la mayor alarma de todas fue notar un líquido caliente recorriendo su cuerpo. «Sangre», pensó. Por un momento, creyó que era suya, pero cuando saco las fuerzas de un lugar que no sabía que existía y consiguió quitarse a aquel hombre de encima, se dio cuenta de que la sangre provenía de él.

Confusa, miró a su alrededor y pudo ver a Carl unos pasos atrás, sujetando todavía la pistola con la que acababa de matar a su amigo.

Carl se acercó poco a poco a las chicas, con las manos en alto y con un gesto en la cara que transmitía la misma angustia que miedo. En la mano que no cargaba la pistola, llevaba un montón de ropa hecha un gurruño. Cuando estuvo lo suficientemente cerca, se la lanzó a Gruta y esta enseguida comenzó a vestirse.

—¿Qué…? —Sin embargo, las palabras no consiguieron salir de la boca de la chica, que se estaba vistiendo más deprisa de lo que nunca lo había hecho.

—Me debéis una, os acabo de salvar la vida.

CAPÍTULO II

Eneas Lockwood
Selán, al noroeste de Vestalia

Las calles de Selán eran un laberinto, como el corazón de Eneas en esos momentos.

Eran varios los sentimientos que se arremolinaban en su interior. Sentía rabia por formar parte de ese sistema horrible; temor a que ese fuera su último día con vida; pena porque se había quedado solo; incertidumbre al no saber qué iba a pasar con él en caso de salir ileso de la venganza de los Poddock, y disgusto porque no podía hacer nada por cambiar lo que no le gustaba de Vestalia. Y a ese agotamiento mental se le unía el físico, pues llevaba sin parar de correr más de cuarenta minutos. Se podía decir que estaba en buena forma. Aunque estaba demasiado delgado, sus músculos habían recibido un buen entrenamiento en la granja. Sin embargo, aunque sí que tenía fuerza, no estaba acostumbrado a correr; y menos durante tanto tiempo.

Había conseguido salir de la horda de gente que se concentraba alrededor del adicto recurriendo al clásico truco de gritar: «¡Fuego, fuego!». Lo hizo con todas sus fuerzas y lo más alto que pudo; quería que la concurrencia se alarmara lo suficiente como para dejarle el camino libre unos segundos. Y así fue: los allí presentes empezaron a girarse, confundidos ante aquellos gritos, y sin saber qué era lo que ocurría. Eneas aprovechó ese estado de incertidumbre general para salir corriendo en dirección al vilipendiado. Casi nadie reparó en su presencia, y eso le permitió huir lo justo para ganarle ventaja a la máscara de gato.

Sin embargo, pese a esa ventaja y las grandes zancadas que Eneas era capaz de dar, no estaba consiguiendo ganar la partida. La máscara de gato también era rápida; y, lo que era peor: ágil. Se movía entre la gente como si fuera una gota de agua en el cristal de una ventana. Parecía que incluso sus pisadas eran silenciosas, como las de un felino de verdad. Eneas no sabía cuándo iba a terminar esa pesadilla, pero sentía que, de seguir mucho más tiempo así, acabaría cayendo al suelo derrotado.

Entonces, un pensamiento fugaz que ya había tenido anteriormente lo nubló durante unos segundos. Aquella persona no podía ser un Poddock... Era imposible. Los Poddock eran orgullosos, vanidosos y temerarios. Jamás se esconderían detrás de una máscara, jamás ocultarían su identidad. Irían con la cara descubierta y anunciando a los cuatro vientos que iban a acabar con Eneas Lockwood por haber contado una mentira que se había hecho realidad.

Un escalofrío le recorrió la espalda cuando se dio cuenta de que si no se trataba de los Poddock, no tenía ni la menor idea de quién era la persona que había asesinado a sus padres a sangre fría y ahora quería terminar también con él.

Decidió jugársela.

—¡Déjame! —gritó mientras volvía la cabeza hacia atrás durante un breve instante; no podía perder de vista su camino o eso supondría su muerte, pero quería que la máscara de gato lo escuchara de forma clara—. ¡No te he hecho nada! ¡Ya has asesinado a mis padres!

No obtuvo ninguna respuesta, así que siguió hablando:

—¡No sé qué quieres de mí, pero sea lo que sea no vas a conseguirlo! ¡Me iré, me iré muy lejos de aquí, abandonaré Selán, te lo juro! ¡Pero déjame vivir!

De repente, la máscara de gato se paró en seco. Y Eneas, por unos segundos, también. Sabía que no era buena idea y aun así no pudo evitar demorarse mirando esos ojos inmóviles tras los que se escondían unos de verdad. Le pareció ver un rastro de algo, algo que hizo que se le pusieran los pelos de punta. Un escalofrío le recorrió el cuerpo y sintió que le fallaban las piernas.

—No sé quién eres, pero desapareceré del mapa, te lo juro. No le diré a nadie lo que has hecho, no le contaré a nadie que tú asesinaste a mis padres. Seré… ¡seré un fantasma! Nadie sabrá quién soy ni de dónde vengo, me inventaré un pasado y jamás volveré a pisar Selán.

Eneas ya no sabía qué más decirle a la máscara. Sabía que en esos momentos solo una cosa podría salvarle: la verdad. Así que decidió jugársela, mostrar sus cartas. Porque estaba convencido de que podría hacerlo, se iría lo más lejos posible y no volvería allí nunca más. Al fin y al cabo, nada le ataba ya a aquella ciudad.

Un silencio doloroso se instaló entre ellos. Eneas tuvo la sensación de que iba a sacar la pistola, esa de dos cañones y mango dorado que había acabado con la vida de sus padres, y se la iba a poner en la frente. O tal vez ni se tomara la molestia de ponérsela en la frente. Era posible que simplemente disparara. Había visto con sus propios ojos la puntería que tenía y estaba seguro de que, a esa distancia, lo mataría antes de que pudiera parpadear. Eneas comenzó a respirar más fuerte y se puso a temblar. Se regañó y se dijo que debía ser fuerte, enfrentarse a su destino con valor y no como un cobarde. Sin embargo, no pudo ni escucharse, tan solo el sonido sordo de la muerte revoloteando por encima de él conseguía captar su atención.

Pasaron unos segundos eternos para el muchacho y, para su sorpresa, la máscara se dio la vuelta y se fue. No dijo nada, ni siquiera emitió un sonido que pudiera indicarle a Eneas si estaba ya a salvo o no. Se quedó unos momentos mirando el lugar donde la máscara se había detenido no hacía mucho. Ya no estaba, pero no sabía si eso significaba si había dejado de estar en peligro o no. Quizás ya hubiera pasado todo, quizás esa pesadilla había llegado a su fin.

Se dio cuenta entonces de que le había hecho una promesa a la máscara. Le había dicho que se iría de Selán, que la abandonaría para siempre y que no volvería jamás al que una vez fue su hogar. Él era un chico de palabra, pero por unos instantes se preguntó si aquel juramento caería en el olvido pasado el tiempo. ¿Y si la máscara no volvía a por él? ¿Y si decidía perdonarle la vida sin condiciones? Podría quedarse allí, asentarse en la casa de su tío mientras este estuviera fuera y ganarse la vida como pudiera. No es que se le diera muy bien, pero algo había aprendido del oficio de su padre, seguro que podría mantenerse de esa manera hasta que encontrara algo que se le diera mejor. Aunque para ser repostero necesitaría leche, y para ello tendría que tener una vaca por lo menos, y un lugar para que durmiera, y hierba y agua fresca para que estuviera sana. Y él no disponía de nada de aquello, no ahora que sus padres no estaban y la Gobernacía se iba a quedar con todo lo que tenía. Empezar de cero era algo imposible en Selán. «Así que tendré que cumplir mi promesa, al fin y al cabo», pensó Eneas. ¿Pero a dónde ir cuando no hay ningún lugar que te espera?

No tenía casa, no tenía familia, no tenía absolutamente nada.

Las preguntas se le arremolinaban en la cabeza y de pronto tuvo una idea: iría a la estación de Selán y cogería el primer tren que pasara por delante. Sin importar a dónde fuera. Si tenía que empezar de cero lo haría en el lugar que el destino decidiera. Trató de recodar aquellas conversaciones interminables con su tío en las que él le contaba los sitios tan increíbles que había visitado, pero Eneas era incapaz de centrarse en ellas; ni siquiera era capaz de recordar los nombres de los parajes que este había conocido. Su cabeza era un hervidero de emociones incapaz de poner en orden sus pensamientos.

Así que hizo lo único que podía hacer en esos momentos: se dirigió a la estación de tren, tan decidido a cambiar su futuro que solo se dio cuenta de que se había chocado contra un señor que venía en dirección contraria cuando ya estaba encima de él. Murmuró un «perdón» casi inaudible y siguió su marcha. Si el hombre le recriminó haberle pegado aquel pisotón, sin duda doloroso, no lo escuchó. Caminó cada vez más rápido, hasta que acabó corriendo. Quería terminar con aquello cuanto antes, quería abandonar Selán para siempre, quería dejar atrás todo lo que había sucedido hacía unos días. Quería olvidar el remordimiento, el dolor y la pena. Una vida nueva lo aguardaba.

—¿A dónde te diriges, muchacho? —preguntó la mujer que estaba detrás del mostrador.

Encas miró a su alrededor. La estación era inmensa, tenía unos techos tan altos que parecían infinitos y el oscuro metal con el que estaba construida le daba un aire duro y eterno. La gente pasaba por su lado ensimismada, con prisa o atenta a los carteles que indicaban de dónde partía cada tren.

—La verdad es que no lo sé —contestó abatido.

Se dio cuenta de que el vuelco que le acababa de dar el estómago no tenía por qué indicar algo bueno. El miedo se estaba apoderando de él —todavía más—, y esa era una sensación que odiaba.

—¿Cómo que no lo sabes? ¿Es que acaso no tienes ningún destino?

—Lo cierto es que no. Verá, me apetece recorrer Vestalia y no sé por dónde empezar —improvisó deseando que no se notara que estaba sofocado y que había perdido el rumbo en la vida—. ¿Sería usted tan amable de indicarme cuál es el próximo tren que parte desde aquí?

Decidió tratarla de usted a propósito, a ver si de esa manera conseguía caerle en gracia a la mujer y, así, recibía unos buenos consejos por su parte. No quería acabar en un lugar de Vestalia donde fuera imposible ganarse la vida.

—Me apetece un sitio distinto a Selán —siguió Eneas, ahora con más confianza—, ya sabe, un lugar... diferente. Donde un muchacho como yo pueda aprender cosas y avanzar en la vida.

La mujer sonrió y lo miró por encima de unas gafas redondas que habían pasado por mejores momentos, o al menos eso indicaban los rayones del cristal y la patilla medio suelta que amenazaba con caerse en cualquier instante.

—Bueno, lo cierto es que dentro de un rato sale un tren hacia Crótaz. Yo no he estado nunca, pero me han comentado que es un lugar agradable si te gustan los lugares pantanosos y húmedos.

A Eneas le recorrió la espalda un escalofrío solo de pensar en vivir en un sitio como aquel. Comenzaba a recordar las conversaciones con su tío y supo que Crótaz no era la mejor opción.

—¿No hay algo más... soleado?

—Déjame pensar... ¡Sí! Dentro de una hora sale un tren hacia Bábilos. Está bien, tiene mar, aunque los temporales son tan fuertes que me temo que no podrás disfrutar de sus playas. Si quieres más sol te sugiero que allí tomes otro tren y te dirijas hacia Hastía y luego cojas otro que te lleve hasta Lómaz, o incluso a Incaté. Me han dicho que Incaté es un lugar precioso, y muy pero que muy caluroso, ¡incluso tiene un desierto si es lo que estás buscando!

Eneas sabía situar en el mapa el desierto de Krosi, pero no tenía ninguna intención de visitarlo por el momento. Su tío le había hablado de él y de lo increíble que era su auditorio construido dentro de un zepelín abandonado, pero también sabía que era un lugar en el que sería difícil sobrevivir, y más con las manos vacías como las tenía él. Le atrajo mucho la idea de instalarse en Lómaz. Esa ciudad quedaba en medio de Hastía y de Vésticum, justo en las Llanuras del Este, pero le angustió mucho tener que tomar tantos trenes para llegar a su destino. Al final, se decantó por la opción más sencilla y en la que, creía, tendría más oportunidades.

—Deme un billete para Vésticum, por favor.

—De acuerdo —accedió la mujer, que pronto comenzó a tomar notas en un talonario—. Déjame que te rellene el billete. Después tendrás que mostrarlo en la entrada del tren cuando te lo pida el revisor.

Eneas asintió. No se atrevió a dejar que la emoción que había aparecido en lo más profundo de su estómago se hiciera más grande. Aquello no era una aventura, por mucho que lo pareciera; era una huida. Una huida de la muerte, de la soledad y de un destino incierto que amenazaba con convertirlo en un despojo.

—Muy bien, jovencito. Ahora solo queda el pago.

—¿El qué? —preguntó Eneas confuso.

—El pago. Tienes que darme algo a cambio de este billete. Oh, comprendo —dijo la mujer cuando vio el gesto del chico, no le hizo falta que este dijera nada—, pensabas que este era un servicio gratuito, ¿no es así? No te preocupes, no pongas esa cara, no eres el primero que lo piensa.

A Eneas le embargó una sensación horrible. Había estado tan concentrado en huir que, por un momento, se le había olvidado el mundo en el que estaba. Le dio vueltas a la cabeza, tratando de encontrar una solución. Tal vez el sombrero hubiera sido valioso en su día, pero el paso del tiempo lo había convertido en algo pasado de moda que nadie aceptaría como intercambio. Lo mismo ocurría con la bufanda y el abrigo. Entonces, se le ocurrió una cosa:

—Puedo darle monedas —dijo mientras sacaba unas cuantas del bolsillo.

La mujer se acercó un poco a él y se ajustó bien las gafas. Después, se echó a reír:

—Muchacho, las monedas no sirven para nada. Ya ni los coleccionistas las quieren, no tienen ningún valor.

—Podría... podría usarlas para fundirlas —probó Eneas aferrándose a esa última esperanza.

—Cariño, el intercambio no lo estás haciendo conmigo, sino con la ciudad de Selán. Y a la ciudad de Selán no le interesa obtener nada que le haga tener más trabajo. Lo siento, solo aceptamos pagos en especie. Si tienes dudas puedes leer el manifiesto que está colgado en la pared donde se especifica qué elementos son válidos para el intercambio.

Eneas siguió el dedo de la mujer, que apuntaba a un lado de la recepción. Allí pudo localizar un papel de dimensiones gigantes en el que se leía una lista interminable de objetos.

—Seré estúpido… Lo… lo siento —fue lo único que acertó a decir—. Siento haberle hecho perder el tiempo.

Sin que la mujer tuviera ocasión de decirle nada más, Eneas se dio la vuelta abatido. No podía ser, ¿cómo no había sido capaz de pensar en algo así? No había nada gratis en la vida, y mucho menos podría conseguir sin coste un billete de tren para huir de su propio dolor. «¿En qué estabas pensando?», se preguntó mientras se daba una palmada en la frente, como si su cerebro fuera el único culpable de aquella situación. Y, por si fuera poco, había tratado de solucionarlo con monedas. ¡Monedas!

Se dejó caer en una de las innumerables sillas que salpicaban la estación. Ahora no sabía qué hacer. No quería quedarse en Selán, pero tampoco podía abandonarlo. Tal vez podría irse andando, emprender una aventura a través del mundo que le ofrecía Vestalia o convencer a algún hombre para que le dejara ir en su carro. Podría ayudar a algún comerciante y así conseguir algo para pagar el precio, había oído hablar de los buhoneros, aquellos señores que cruzaban Vestalia con un carro en busca de tesoros que intercambiar después.

O podría…

No. Esa opción no debía estar entre todas las posibilidades. No iba a mentir bajo ningún concepto, ni siquiera para salir de Selán. Sabía que podía acercarse al auditorio, contar una mentira y obtener un billete para el lugar que él eligiera; ya lo había hecho en otra ocasión y empezaba a comprender el funcionamiento. Para cuando se hiciera realidad esa mentira —si es que eso llegaba a ocurrir en algún momento—, él ya estaría muy lejos y no habría consecuencias. «No, de eso ni hablar», se dijo mientras sacudía la cabeza. Había hecho una promesa y pensaba cumplirla costara lo que costase.

—¿Tu tren se ha retrasado, muchacho? —una voz sacó a Eneas de su ensimismamiento. Pronto, se dio cuenta de que provenía de detrás de un periódico que, por lo desgastadas que tenía las hojas, había pasado ya por varias manos aquel día.

—¿Cómo dice? —preguntó Eneas.

—Te noto un poco cabizbajo y he pensado que eso podía deberse a que tu tren se había retrasado. Conozco esa sensación, es horrible.

El hombre bajó el periódico y dejó a la vista algo que hizo que la boca de Eneas se abriera de par en par. Era un señor que ya se acercaba a la vejez, aunque su pelo, tan rubio y largo que parecía que tuviera una mata de trigo saliéndole de la cabeza, se empeñaba por indicar lo contrario. A pesar de lo peculiar de su melena, y lo peculiar de sus ojos —de un color rojo que Eneas no había visto jamás—, lo que más llamaba la atención era su barba, compuesta por infinidad de trenzas que formaban una suerte de dibujo. Se sostenían en el aire, como si tuvieran hilos invisibles que hicieran que se mantuvieran en aquella posición. Eneas se quedó un buen rato admirando aquellas filigranas a la vez que deseaba preguntarle al hombre cómo había conseguido ese resultado.

—Oh, veo que te gusta mi barba —dijo para romper el incómodo silencio que se había creado entre ellos—. Me alegro, me ha costado mucho esfuerzo dejarla así. Esta mañana se ha levantado un poco rebelde —comentó mientras le guiñaba un ojo—. Perdón por mi descortesía, me llamo Aiden Green.

Le tendió la mano.

—Encantado de conocerle. Yo soy Eneas Lockwood.

—Veo que tus padres te educaron bien, pero no hace falta que me trates de usted, muchacho. No soy tan mayor. En fin, Eneas —recalcó su nombre, sin darle ninguna oportunidad al chico de pensar si aquella afirmación relativa a su edad era cierta o no—, ¿a dónde te diriges?

—A ningún sitio, en realidad. Digamos que no puedo permitirme el desplazamiento que tengo en mente.

—Oh, vaya, lamento escuchar eso. ¿Era un viaje importante?

—Sí, mucho. Bueno, supongo que tendrá que ser en otra ocasión. La verdad es que tampoco sé cuánto cuesta un billete, aunque imagino que mucho. Tardaré un tiempo en conseguir algo que me permita viajar.

—¿Y si yo te dijera que puedo solucionar tu problema ahora mismo?

Eneas lo miró con atención. Y, entonces, se fijó en algo en lo que no había reparado antes: su ropa. Vestía un traje marrón de tres piezas hecho a medida y muy elegante. Supuso que solo el chaleco —decorado con damascos granates y dorados— ya valdría mucho más que todo lo que él tuvo en su vida anterior, esa de la que estaba tratando de huir.

—Mira, yo voy a emprender mi viaje dentro de muy poco tiempo y lo cierto es que no me gustaría hacerlo solo. Creo que tengo por aquí… —metió la mano en uno de los bolsillos interiores y rebuscó con ahínco—. ¡Sí, aquí esta! No necesito para nada este reloj y con él te darán un billete al lugar que tú elijas.

Aquello no podía ser real. Ese hombre le estaba ofreciendo un reloj que, a simple vista, parecía bañado en oro para que él pudiera viajar.

—No puedo aceptarlo —se negó.

—Venga, muchacho, cógelo. Yo puedo conseguir más y a ti se te ve muy desesperado por salir de esta ciudad. Y no me extraña

—dijo mientras lo miraba de arriba abajo—, está claro que no encajas aquí.

—¿A qué se refiere? —prefirió seguir tratándolo de usted, no le gustaba demasiado la confianza con la que se dirigía a él.

—Pues que se ve a la legua que eres un chico de mundo, que fuera de aquí podrías llegar a alcanzar grandes cosas. Estoy seguro de que el futuro que te espera en Selán está rodeado de pobreza y miseria. En cambio... si te vinieras conmigo, otro universo te abriría sus puertas.

—No entiendo qué quiere decir, yo no...

—Estimados pasajeros —se escuchó por los altavoces una voz metálica que se mezclaba con una música de fondo que pretendía ser alegre—, el tren con destino a Vésticum está a punto de salir. Por favor, diríjanse al andén 18 y muestren sus billetes antes de subir. ¡Que tengan un buen viaje!

—Es ahora o nunca, muchacho —dijo el hombre llamado Aiden—. Tú decides. Puedes aceptar el reloj y venirte conmigo ahora mismo o quedarte encerrado en esta ciudad para siempre donde ya no te queda nada. Es ahora o nunca —repitió.

Eneas lo miró durante unos segundos. Se volvió a fijar en su barba, en su pelo, en su ropa elegante y en su cara. Después, clavó la mirada en sus propios zapatos, andrajosos y tan rotos que parecía que se iban a deshacer en cualquier momento. Justo en ese instante, se levantó de golpe y cogió el reloj que Aiden le estaba tendiendo. Se aferró a él como si fuera la única oportunidad de sobrevivir a todo aquello que le estaba pasando y salió corriendo hacia la taquilla lo más rápido que pudo. Tan rápido, que ni siquiera se dio cuenta de que aquel hombre le había dicho algo que no debería haber salido por sus labios, algo que no debería siquiera saber.

CAPÍTULO 12

Eneas Lockwood
En algún lugar del norte de Vestalia

La lámpara de cristal emitía pequeños tintineos con cada traqueteo. Eneas llevaba un par de horas dentro de ese tren y, aun así, le seguía sorprendiendo la delicadeza con la que estaba decorado cada rincón de los vagones. El tren era, de por sí, majestuoso: enorme, de color negro y con infinidad de detalles cobrizos y dorados que hacían que brillara bajo el sol. Y si eso era impresionante, su interior no se quedaba atrás: cada vagón estaba compuesto por varios compartimentos individuales que parecían sacados de lugar, pues contenían tantos muebles que daba la sensación de que, en realidad, formaban parte de un salón en vez de un tren.

Eneas había seguido a Aiden por la estación hasta que este se detuvo ante uno de los vagones. Le había dado su billete al revisor —que no pudo evitar juzgarlo con la mirada, lo que le hizo pensar que no había escogido la indumentaria más discreta del armario de su tío— y después se había instalado junto a Aiden en uno de los compartimentos. Estaban solos; de hecho, en una ocasión fue a entrar una señora y Aiden la acompañó con amabilidad para que buscara otro sitio donde descansar. «Prefiero que no nos moleste nadie», le explicó al chico. Este estaba tan absorto en lo que veía que no llegó a plantearse en ningún momento que

Aiden en realidad tuviera alguna intención más oscura que no ser molestado por una mujer.

—¿Ves aquello de allí? —le indicó el hombre con el dedo.

Eneas lo siguió con la mirada y vio que apuntaba hacia una montaña. Los picos estaban nevados y la tierra que no estaba cubierta por el manto blanco se veía totalmente negra.

—Es la montaña de Iflag —le explicó Aiden—. Su tierra es tan negra como el carbón porque precisamente de eso está hecha, de carbón. Se dice que en su interior duerme un volcán que estalló tantas veces en el pasado que consiguió que la montaña se carbonizara hasta tal punto que ni un solo vegetal es capaz de crecer en ella.

—¿Y no hay peligro de que vuelva a entrar en erupción? —Eneas había estudiado los volcanes en la escuela, de hecho, le sonaba el nombre de Iflag, aunque jamás se había imaginado que fueran de aquella manera. Llegaba un momento en el que su mente era incapaz de distinguir las dimensiones si estas eran muy grandes. Su imaginación no abarcaba tanto.

—La verdad es que no. Lleva muchos, muchos años sin soltar ni una sola gota de magma. Algunos vecinos dicen que se puede oír la lava rugiendo en el interior, como si fuera un estómago hambriento, pero nunca llega a estallar. Aunque supongo que siempre hay que estar alerta —dijo mientras guiñaba un ojo.

—Me encantaría conocer cada rincón de Vestalia —murmuró Eneas, más para sí mismo que para que Aiden lo escuchara.

¿Cuándo había aparecido ese sentimiento? Hacía tan solo unos días creía que el resto del país no estaba hecho para él, que su lugar era Selán y que fuera de allí no encontraría nada que consiguiera emocionarle. Sin embargo, le había bastado observar aquel volcán para darse cuenta de que había un millón de rincones que estaban esperando a que los descubriera.

—Ahora tienes la oportunidad de hacerlo.

—¿Yo? Ni hablar. Después de lo que ha ocurrido no puedo arriesgarme a viajar demasiado. —Aunque ese espíritu aventurero que había nacido dentro de él era muy emocionante, pronto se dio cuenta de lo difícil que sería satisfacerlo.

Eneas se moría de ganas por contarle a aquel hombre todo lo que le había pasado en las últimas horas. Quería hablarle de la mentira que había contado, de cómo asesinaron por ello a sus padres, de cómo había logrado escapar de la máscara de gato. Sin embargo, le daba muchísimo miedo que aquel hombre le juzgara por sus actos. ¿Y si se enfadaba con él por haber mentido? ¿Y si le culpaba directamente por la muerte de sus padres? No sabía si sería capaz de enfrentarse a algo más que el remordimiento que ya sentía.

—¿Y eso por qué? —se interesó el hombre—. Nada es imposible en esta vida.

El chico dudó. ¿Se lo contaba? ¿No se lo contaba? Aiden era un desconocido, no sabía nada sobre él. Ni siquiera sabía si ese era su verdadero nombre o si le estaba engañando. Sin embargo, había accedido a pagarle su billete de tren; había sido muy generoso con él. ¡Le había dado su reloj!

—Bueno...

Eneas comenzó a hablar y no se dejó ni un solo detalle. Se lo explicó todo, incluso las diferencias de su familia con la forma de vivir de sus tíos. Todo le parecía importante y si quería desahogarse, aquella era su oportunidad.

—Entiendo —dijo Aiden cuando Eneas por fin terminó—. Vaya, parece que has tenido una vida de lo más... movida. ¿Y ahora cuál es tu futuro? ¿Qué es lo que quieres hacer?

Eneas se sintió aliviado cuando vio que el hombre no le había dado ninguna importancia a que hubiera mentido, había reaccionado igual que si le hubiera dicho que ayer cenó una tostada con queso.

—Pues, después de prometerle a la máscara de gato que jamás volvería a pisar Selán, mi intención es no volver allí nunca más. Pero tampoco he tenido oportunidad de pensar en nada en concreto. No sé ni dónde me voy a instalar ni qué voy a comer. No sé si tendré la posibilidad de asentarme en alguna granja y vivir de la repostería. Porque… —se le ocurrió preguntar con un poco de vergüenza— en el resto de Vestalia las cosas funcionan igual que en Selán, ¿verdad?

—¿A qué te refieres?

—A lo de los trueques.

Eneas, en realidad, estaba pensando en las monedas de oro que había encontrado en el bolsillo del abrigo. Quizás en otros pueblos sí que existiera la posibilidad de pagar con ellas y no depender de un oficio en concreto para conseguir cosas que intercambiar.

—Oh, me temo que sí —comentó Aiden, con lo que desinfló las ilusiones que el chico ya se había hecho a aquellas alturas—. Hasta donde yo sé, esa es la única forma de conseguir algo en Vestalia. Bueno, si no contamos con la otra manera, tú ya me entiendes.

—Sí, lo sé, pero eso no va conmigo —dijo Eneas. Sabía que se estaba refiriendo a las mentiras. Por unos segundos, se imaginó a sí mismo viviendo de ellas, como había hecho su tía, pero enseguida cambió de opinión.

—¿Lo has pensado bien, muchacho? Podrías conseguir grandes cosas si las mentiras estuvieran entre tus opciones.

—Precisamente estoy aquí por haber contado una —le recordó—, y creo que fue una idea pésima.

—Yo no estoy de acuerdo.

Eneas supuso que Aiden le iba a explicar el motivo, sin embargo, se vio interrumpido por un hombre que llamó a la puerta.

—¿Desean tomar algo? —preguntó mientras les mostraba el carrito que empujaba.

El estómago de Eneas rugió furioso, hacía demasiadas horas que no comía nada en condiciones y el olor de los manjares que el señor les estaba ofreciendo hizo que comenzara a salivar.

—No, gracias, estoy bien —rechazó Eneas.

Se moría de ganas por tomarse un té bien cargado con mucha azúcar, y también por comerse un bocadillo o dos, o tal vez unas pastas de canela. En realidad, cualquier cosa le valía, pero no tenía nada para intercambiar.

—Yo sí que tomaré algo —contestó Aiden.

Señaló unas cuantas cosas del carrito, sin dejar de mirar de reojo a Eneas, y pagó al empleado con un pañuelo que parecía de seda y cuyos bordados azules y amarillos indicaban un valor elevado. Cuando el hombre se fue, con el carrito ahora medio vacío, Aiden le dijo a Eneas que podía coger lo que quisiera. Este, al principio, negó con la cabeza lo más educadamente que pudo, pero enseguida supo que en ese vagón no engañaba a nadie: se moría de hambre y cualquiera que lo mirara a los ojos lo sabría. Así que se dejó llevar por su estómago y comenzó a comer como si hiciera meses que no lo hacía.

—Se lo devolveré —dijo Eneas con la boca llena.

Había escogido un bocadillo de cordero condimentado con varias especias y acompañado con verduras crujientes. En cuanto le dio un mordisco, supo que aquellas hortalizas estaban cocinadas de una manera excelente, como si le hubieran dedicado todo el tiempo y el cariño del mundo a su preparación. En su casa jamás se comía cordero, pues solo las familias más pudientes se lo podían permitir, y lo normal era tomar los vegetales crudos, en ensalada. Así que esa mezcla de sabores y de texturas hizo que su paladar explotara de placer.

—No hace falta que me devuelvas nada. Además..., no tengo muy claro que pudieras hacerlo.

Eneas fue a replicar, pero Aiden se le adelantó:

—No quiero sonar grosero, muchacho. Ojalá pudieras devolverme lo que te he prestado, sin embargo, lo veo muy complicado. No sé si te haces una idea de lo que te costaría conseguir un pañuelo como el que yo le he dado al señor del carrito.

Las cuentas que adornaban su barba tintinearon cuando el tren tomó una curva cerrada, en consonancia con los cristales de la pequeña lámpara de araña que se mecía sobre sus cabezas.

—Oiga —replicó Eneas, esta vez sin comida en la boca y con un gran enfado a punto de estallar—, que yo no le he pedido nada de esto. Si me ha pagado el billete de tren y me ha comprado toda esta comida ha sido porque usted ha querido.

—Eso es cierto. Veo que tienes genio, después de todo. —El hombre se rio mientras acercaba la mano a un pastel recubierto con mermelada de moras—. Creo que serás perfecto.

—¿Perfecto para qué?

Eneas aprovechó para darle un gran trago a la taza de té. Se sorprendió al descubrir un sabor que jamás había probado y al que no supo ponerle nombre. Aunque sí que identificó los olores: anís, hierbabuena y clavo.

—Para venir conmigo.

—Creo que debería explicarse mejor porque no comprendo lo que quiere decir —Eneas se mostró confundido.

—Mira, chico, digamos que hay algo más allá de lo que conoces y que puede hacer que tu vida cambie por completo. Tú necesitas un lugar donde vivir y yo puedo dártelo. Necesitas un trabajo con el que salir adelante y yo puedo encargarme de encontrarte uno. Puedo darte la vida que buscas y tú solo tienes que decir que sí.

—¿Y cuál es el pero? —preguntó Eneas curioso y sabiendo que nada en esta vida salía gratis.

—Eres un chico listo —se rio Aiden. Dejó el pastel que había pedido, intacto, en la mesita que los separaba y, después de limpiarse la mano con una servilleta, acarició una de las trenzas que componía su barba, tal vez buscando las palabras adecuadas—. Tendrías que mentir.

—De eso nada, ya le he dicho que jamás lo volveré a hacer —se negó el muchacho—. Jamás.

—No tendría nada que ver con la mentira que contaste el otro día. —Aiden había analizado la historia mientras Eneas se la contaba y había encontrado múltiples fallos, por lo que entendía que las cosas no hubieran salido como el chico habría deseado—. No funciona así.

—¿Qué es lo que no funciona así? ¿Es que no todos los auditorios son iguales?

—Sí que son iguales —respondió el hombre, que estaba tratando de escoger las mejores palabras para llevarse a Eneas a su terreno—, pero si vienes conmigo tendrías algo de lo que ahora careces: la protección del Liceo.

La cabeza de Eneas daba vueltas sin parar. Jamás había escuchado hablar del Liceo, no sabía qué era eso de tener una protección ni qué ventajas suponían para él.

—Sinceramente —continuó Aiden—, creo que estás en una situación que te pone entre la espada y la pared. No tienes alternativa: eres huérfano y menor de edad. La Gobernacía te perseguirá hasta encontrarte y te llevará a un orfanato donde te dejarán hasta que cumplas la mayoría de edad, y después te soltarán para que te busques la vida. Y, ¿sabes qué? Que no la podrás encontrar. El mundo es un sitio oscuro y difícil, y más para un chico que no tiene ni casa ni oficio.

«Ya encontraré la forma de salir adelante, hay gente que lo hace, al fin y al cabo», pensó Eneas, aunque ni él mismo era capaz de creérselo del todo. No quería ponerlo en palabras, pero sabía que lo que le estaba diciendo Aiden era verdad. No tenía dónde caerse muerto. Pensó en Marlam, aquel hombre que vivía en el callejón al lado del auditorio. No tenía absolutamente nada; cualquier día se moriría de frío, en mitad de la calle, y nadie lo echaría de menos. De hecho, estaba seguro de que su cuerpo acabaría devorado por alguna alimaña nocturna que no pudiera encontrar nada mejor bajo la nieve.

—Sin embargo, yo puedo ofrecértelo todo. Puedo darte lo necesario para vivir y solo tendrás que contar algunas mentiras. Contarás con la protección del Liceo, que se encargará de protegerte en caso de que alguna de esas mentiras se haga realidad, así tu vida no correría peligro en ningún momento. ¿Qué te parece? Es un buen trato, ¿no crees?

CAPÍTULO 13

Carey Regminton
Hastía, centro de Vestalia

El agua le llegaba por los tobillos. Era lo que menos le gustaba del auditorio de Hastía: que para entrar en él antes tenía que cruzar un largo pasillo que casi siempre estaba inundado.

A pesar de que aquella laguna quedaba muy cerca de Incaté, famosa por sus grandes desiertos y las altas temperaturas, el lago de Minus tenía unas aguas tan frías que parecía que se fueran a convertir en hielo de un momento a otro. Y eso se debía a que su cauce venía directamente de las montañas del norte, esas que quedaban en El Paso y donde la nieve era tan frecuente que una capa blanca las cubría durante todo el año.

Carey se tomó unos segundos para admirar los alrededores del lago. Siempre le había dado la sensación de que estar allí y hallarse en mitad de un sueño no suponía una gran diferencia. Era tan grande que no se llegaba a ver el final, pero sí que se podía divisar lo que parecía una cúpula emergiendo de las aguas como si fuera una ballena en busca de luz.

La superficie del lago parecía un espejo. Estaba tan tranquila y serena que las nubes eran capaces de reflejarse a la perfección. Si Carey se quedaba mirando el horizonte, llegaba un momento en el que dejaba de distinguir dónde acababa el lago y dónde empezaba el cielo.

Inspiró con fuerza. Sabía que en el interior no le iba a faltar el aire, pero aun así no podía evitar sentir un poco de claustrofobia cuando estaba dentro del auditorio de Hastía.

Su padre se lo había dejado claro: «Tienes que encargarte tú personalmente de esta misión», así que la chica no tuvo más remedio que obedecer y coger el primer carro que encontró. Por suerte, en el Liceo contaban con varias ventajas, y una de ellas era poder utilizar los caminos de la Gobernacía a su antojo, lo que le ahorraba mucho tiempo y también la molestia de tener que juntarse con gente que no era de su categoría. No le gustaba el tren, le parecía lento y aburrido. En cambio, la velocidad de los carros era idónea para no perder su valioso tiempo.

Carey siempre se había preguntado por qué la Gobernacía no hacía nada para detenerlos, al fin y al cabo, se estaban saltando las normas y las estaban usando a su antojo. Los funcionarios disponían de caminos privilegiados mucho más seguros y más cortos que cualquier otra carretera o vía del tren, así que los empleaban para trasladarse de una forma más rápida, pero todos los demás ciudadanos tenían prohibido su uso. A excepción del Liceo. Por eso Carey había llegado en un suspiro, porque su carro pudo correr libre por los caminos privados de la Gobernacía sin miedo a que les asaltaran bandidos y sin necesidad de hacer tantos descansos.

Normalmente ella se quedaba en Vésticum. Cuando había que hacer algún trabajo sucio fuera de la ciudad, mandaba a alguien para que lo hiciera en su lugar. Sin embargo, Caronte Regminton no le había dejado otra opción. Así que cogió una de las múltiples maletas que guardaba en uno de sus armarios, metió algo de ropa —más de la necesaria, como siempre— y varias cosas para subsistir fuera de su hogar, y puso rumbo al oeste. Durante su viaje, había repasado una y otra vez el itinerario y el plan a seguir, y estaba segura de que le daría tiempo a todo.

Había estado en Hastía en más ocasiones de las que podría contar con los dedos de las manos y, aun así, seguía asombrándose por la complejidad del auditorio. Delante de ella se insinuaba un camino inmenso protegido por dos barreras de cristal a cada lado. El pasillo iba descendiendo poco a poco, siguiendo el nivel del lago, y terminaba en una cúpula que emergía de la superficie de una forma majestuosa. Carey siempre había pensado que aquello era como un glaciar: tan solo se podía ver una pequeña parte, lo verdaderamente sorprendente estaba bajo la superficie.

Un poco como ella.

Tenía la impresión de que nadie había llegado a conocerla de verdad. «Porque ninguna persona se ha preocupado nunca por hacerlo», pensaba. Y quizás la culpa fuera suya, que se cerraba en cuanto sentía que alguien se acercaba lo más mínimo a esa capa superficial, aunque fuera de manera accidental. No estaba preparada para abrirse, para dejarse ver cómo era en realidad. No estaba preparada para bajar la guardia, por eso trabajaba y trabajaba sin cesar, tal vez para no pensar o tal vez para no caer en la tentación de conocer a alguien y permitir que derrumbara sus barreras.

Comenzó a avanzar poco a poco. Era una sensación muy rara la de caminar entre las aguas, era algo así como estar dentro de un acuario gigante. A través de los cristales se podía ver el fondo del lago, que, para sorpresa de todo el que iba, era mucho más luminoso de lo que cabría esperar. Esa claridad permitía observar las plantas acuáticas moviéndose de un lado a otro y los infinitos peces que nadaban entre ellas. Carey siempre se quedaba mirando más de lo necesario; le fascinaba la idea de estar dentro del lago sin estarlo, de formar parte de algo sin llegar a serlo del todo, aunque también le agobiaba el hecho de no estar pisando tierra firme, como a ella le gustaba llamarla. Siguió avanzando y agradeció la suave corriente de aire que salía por unas rendijas del suelo. Esa brisa, caliente, acogedora y que tenía un delicado aroma a hierbabuena, hizo que sus zapatos estuvieran secos cuando llegó al final del camino.

—Nombre.

Una mujer esperaba ante la puerta que daba acceso al auditorio. En el resto de auditorios de Vestalia ese trámite no existía: la gente entraba en ellos sin más. Sin embargo, unos meses atrás, alguien intentó romper uno de los cristales que formaban la cúpula para destruir el edificio y todo lo que contenía. No lo consiguió, pero desde entonces siempre se pedía a los que quisieran acceder a él que se identificaran para cerciorarse de que no eran unos indeseados. Se decía que en Incaté, en mitad del desierto y muy cerca de la frontera de Hastía, vivía un grupo reducido de personas que querían acabar con el sistema de la Gobernacía. Carey tenía la sospecha de que la misma Gobernacía era la que se había inventado aquel hecho, aprovechando la locura transitoria del hombre que intentó romper uno de los cristales. Eso les daba notoriedad. No se puede llegar a ser alguien importante si no se tienen enemigos.

—Carey Regminton, de Vésticum.

—Un segundo, por favor.

La mujer se puso a comprobar el fichero que tenía delante. Cientos de tarjetas pasaban entre sus dedos a una velocidad de vértigo. A Carey le llegó un olor familiar a humedad y recuerdos encerrados.

—De acuerdo, puede pasar. Sea breve, por favor.

Carey le devolvió una media sonrisa. «Terminaré antes de que puedas volver a colocar mi ficha», pensó. Se dirigió con eficiencia a uno de los puestos, se remangó un poco los pantalones de pinzas —que quedaban fabulosos con el chaleco con decoración de bronce en forma de engranajes que había conseguido hacía poco— y se sentó delante del áureo que parecía estar esperándola. Allí dentro hacía un calor espantoso. Carey pensó que era muy raro sentir calor estando rodeada de tanta agua helada, pero así eran las cosas en Hastía.

Una música metálica sonaba de fondo. La melodía, que pretendía ser alegre, se convertía en algo angustioso cuando chocaba contra las paredes de cristal. El efecto era agobiante y antinatural. Carey detestaba esa sensación y, precisamente por ello, se daba tanta prisa en concluir su trabajo cuando estaba en aquel auditorio. Si no fuera por ese pequeño detalle, se pasaría horas allí dentro, a pesar de su claustrofobia. De hecho, estaba segura de que era un mecanismo ideado por los técnicos para que la gente que iba allí mintiera y se fuera lo más rápido posible.

Abrió la cartera de cuero y sacó el sobre que le había dado su padre. «No lo abras hasta que no estés delante del áureo», le repitió cuando se lo tendió, como cada vez que le hacía un encargo. Rompió el sello lacrado y observó la curvada ortografía de Caronte. Siempre había pensado que su letra se parecía a las hiedras que trepan por un árbol. Preciosas pero venenosas y asfixiantes al mismo tiempo. No pudo evitar fruncir el ceño cuando leyó lo que contenía el papel; sin embargo, como no se le permitía cuestionar las órdenes de su padre, se encogió de hombros y volvió a guardar el sobre en su cartera.

Esperó a que le hicieran la foto de rigor, descolgó el auricular y el micrófono y contó la mentira —algo relacionado con el perro de una niña—. A cambio, pidió unas puntas de *ballet*. Como era necesario avisar cuando se procedía de una ciudad distinta, especificó que esa noche se quedaría en el Hostal Las mil luces de Hastía; no quería malentendidos. De hecho, se sabía la lección bastante bien porque alguna vez había metido la pata al no comunicarlo al áureo y se había quedado sin la recompensa por la que había contado la mentira.

Sin más contemplaciones, se levantó y se dirigió a la puerta por la que había entrado.

—¿He sido lo suficientemente rápida? —le preguntó a la mujer que la había recibido.

Por supuesto, era una pregunta retórica y no esperaba ni deseaba respuesta alguna. Así que, sin darle oportunidad de contestar, Carey puso rumbo a su alojamiento. Estaba agotada y necesitaba un buen baño caliente. Se lo había ganado. Sabía que tenía que pasar allí unas horas, pero en cuanto se cumpliera el plazo cogería el primer carro a Vésticum. Necesitaba ocuparse de unos asuntos con urgencia.

CAPÍTULO 14

Eneas Lockwood
Vésticum, al sureste de Vestalia

El viaje hasta Vésticum se le hizo eterno. Tardaron unos tres días en llegar hasta allí, y Eneas ya no sabía qué hacer para entretenerse. El tren era tan lento que el chico estaba seguro de que, en ese tiempo, podría haber recorrido toda Vestalia a pie. Aiden pasó la mayor parte del trayecto durmiendo o enfrascado en conversaciones vagas con algún que otro pasajero de los otros coches, así que no era la mejor de las compañías. En una ocasión, Aiden le comentó que hacer ese desplazamiento en carro tan solo les hubiera llevado unas horas, pero que él prefería el traqueteo y la tranquilidad del tren. «Además, es una ocasión perfecta para conocer gente y charlar», le había dicho.

Eneas, por su parte, por más que lo intentaba, no conseguía dormir, así que se pasó casi tres días reviviendo todo lo ocurrido en Selán. Fue un viaje doloroso y agotador, así que le alegró mucho comprobar que la estación de Vésticum era bulliciosa y dinámica. También era acogedora y hogareña, tanto que parecía recibir a los pasajeros con los brazos abiertos.

El muchacho se había imaginado un millón de veces cómo sería la capital de Vestalia, pero ni en sus mejores sueños se había acercado a lo que estaba viendo. Empezando por la estación de tren, majestuosa y descomunal a partes iguales. Estaba tan entretenido observando las vigas metálicas y los engranajes que decoraban el edificio, que tardó un buen rato en darse cuenta de que la gente no era como la que vivía en Selán. Allí la gente era… ¿elegante? Allá donde miraba solo veía trajes de piel, sombreros rimbombantes, bastones dorados y decoraciones ostentosas. Y eso que la temperatura, en comparación con la de Selán, era incluso cálida para tanto abrigo. A través de las vigas que componían la estructura de la estación se veía un cielo inmenso y de un azul que Eneas jamás había tenido el placer de presenciar. El sol se colaba por el cuerpo metálico, lo que hacía que muchas de las personas que merodeaban por el andén se resguardaran debajo de paraguas nada discretos.

—Bienvenido a Vésticum —le dijo Aiden antes de que Eneas pudiera expresar su asombro en voz alta—. Te acostumbrarás a esto.

El chico lo dudaba. Él había vivido siempre con lo básico. Con ropa remendada una y otra vez. Con lo mínimo para no morir congelado en una de las famosas y habituales ventiscas de Selán. Y daba gracias, ya que sus padres no habían tenido que mentir para obtener aquello. El trabajo de su padre les proporcionaba lo necesario para poder conseguir lo indispensable. Eran afortunados.

Así que no, no creía que fuera capaz de acostumbrarse a tanta opulencia. Él no necesitaba un abrigo de piel, y mucho menos un paraguas de encaje para pasear bajo el sol. Aprovecharía todos esos rayos que hasta la fecha casi no había tenido oportunidad de disfrutar y no permitiría que mil capas de ropa y una sombrilla horrorosa se lo impidieran.

—Buena mañana, Aiden.

Un señor que pasaba por delante de ellos se inclinó el sombrero al verlo. Este ladeó un poco la cabeza, pero no dijo nada. La misma escena se repitió unas diez veces más: cada persona que se cruzaba con Aiden hacía un gesto de pleitesía.

—Eres muy conocido en Vésticum —apuntó Eneas, tras varios días de viaje junto había empezado a tutearle, que se había fijado en todas y cada una de esas expresiones.

—Sí, la verdad es que sí. Pero no lo tengas en cuenta, te acostumbrarás.

Eneas apuntó en la lista invisible que ya tenía en la cabeza esa otra cosa a la que debía acostumbrarse. Y solo acababan de bajar del tren. Como siguiera descubriendo muchas novedades más, la lista sería interminable.

—¿A dónde vamos? —preguntó curioso. Se moría de ganas por saber qué era lo que le aguardaba, aunque, por otra parte, también tenía un miedo terrible. ¿Había hecho bien en seguir a aquel hombre? Ahora lo dudaba.

—No seas impaciente, chiquillo. Tú no te preocupes por nada y disfruta del viaje.

—¿Viaje?

La pregunta de Eneas se quedó en el aire; Aiden ni siquiera le estaba escuchando ya. Habían salido de la estación y se habían topado de frente con un río enorme que resplandecía como si estuviera hecho de diamantes y cristales. Olía a humedad, y también a romero y a esperanzas. Este último era un olor que no se podía encontrar en Selán y Eneas pensó que no tardaría en habituarse a él.

Aiden levantó una mano casi de forma imperceptible, lo que provocó que dos barcas de madera se pararan delante de él. El hombre le hizo un gesto al chico con el que le invitó a subir a una de ellas; Eneas, a pesar de estar un poco asustado porque jamás se había subido a un barco ni nada parecido, obedeció. Los crujidos de la madera bajo el peso de los nuevos pasajeros no le gustaron nada en absoluto, y, aun así, se dijo a sí mismo que debía disfrutar; era una oportunidad inmejorable para conocer cosas nuevas. No sabía por qué, pero intuía que iba a ser de las últimas veces en las que esa sensación de paz lo inundara de aquella manera. Porque sí, lo que sentía Eneas en esos instantes era una paz inmensa. A pesar de haber perdido a sus padres. A pesar de estar con un desconocido en una suerte de barco que parecía demasiado inestable como para seguir a flote. A pesar de haber aceptado un pacto con el diablo. Aun con todo aquello, había algo en el aire que le hacía sentir bien. Y Eneas decidió aceptarlo y disfrutar del trayecto, tal y como Aiden le había aconsejado.

—¿Ha estado de viaje?

Eneas se giró cuando el hombre que dirigía la barca rompió el silencio, y no pudo evitar fijarse en él: en las manchas rosáceas que le recorrían la cara y en el ojo que le faltaba. Enseguida, y con menos disimulo del debido, se volvió a dar la vuelta y centró su atención en las aguas azules y púrpuras que surcaban lentamente.

—Sí, querido amigo —contestó Aiden. Eneas tenía la sospecha de que lo había llamado «amigo» porque en realidad no recordaba su nombre—. He estado en el norte. En Selán, para ser más concretos. Bonita tierra, aunque fría y un poco desoladora.

—Supongo que tiene que haber de todo en este mundo —comentó el barquero—. Ya lo dicen las historias antiguas: a veces, es necesario conocer el frío para admirar el calor.

—En efecto, querido amigo, en efecto.

Eneas supuso que Aiden no tenía ninguna gana de continuar con aquella conversación banal, aunque le habría encantado que el barquero contara un poquito más sobre su historia. Se moría de ganas por saber qué había pasado con su ojo. Por su imaginación pasaron decenas de opciones, sin embargo, sabía que jamás conocería la verdad.

Podría haber estado todo el camino elucubrando sobre el barquero, pero algo le llamó la atención: un puente enorme que se elevaba sobre el río. Era tan grande que Eneas temió que se fuera a venir abajo en cualquier momento. Estaba compuesto por dos columnas que giraban sobre sí mismas, creando el efecto de que eran infinitas. Cuando se fijó bien, se dio cuenta de que esos giros no eran otra cosa que escaleras por las que la gente subía para cruzar la pasarela que unía las dos orillas del río. También llamaban la atención las banderas que colgaban de la pasarela y que acentuaban la majestuosidad del puente. Dos únicos colores, el azul y el naranja, inundaban cada una de ellas. Eran muy vistosas, nada que ver con la anodina bandera de Selán: de fondo marrón con un torreón y un escudo amarillos en el centro.

—Oh, esos son los colores de Vésticum. Y estamos muy orgullosos de ellos. Los vas a ver mucho por aquí.

—Este puente es... —comentó Eneas sin hacer demasiado caso a la explicación de Aiden. A pesar de que las banderas reclamaban la atención de quien pasara por debajo, lo cierto era que la vexilología no era algo que le apasionara especialmente.

—Es el puente Ton, una maravilla, a mi parecer. Y un poco más adelante está el puente Cron. Son gemelos y se construyeron en honor a nuestra antigua reina, puesto que dio a luz a dos hijos idénticos que, a día de hoy, nadie sabe distinguir.

Eneas conocía esa historia. Toda Vestalia se revolucionó cuando murió. Después de los rumores sobre sus constantes infidelidades al rey consorte —infidelidades que atañían tanto a hombres como a mujeres y que duraron demasiados años—, se decidió terminar con la corona. No es que fuera demasiado popular y, además, la Gobernacía había ganado tanto terreno en cuanto a lo político que la figura del monarca era del todo innecesaria. Además, habían llegado hasta Selán los rumores de que sus dos hijos gemelos no hacían otra cosa que cometer estupideces bajo el amparo de su madre, que los protegía a brazo partido si hacía falta.

—Prepárate, vamos a desembarcar.

Aiden se levantó y cogió sus pertenencias. Mantuvo el equilibrio como si fuera una gota de rocío que sabe que pronto tendrá que saltar de la hoja tierna. En cambio, para Eneas fue un poco más complicado no caerse de nuevo sobre su asiento. No estaba acostumbrado a aquello, y el barquero no aminoraba la marcha a pesar de que se estaban acercando peligrosamente al embarcadero.

—¡Aquí no hay tiempo que perder! —gritó Aiden mientras levantaba un dedo al aire—. ¡Sígueme!

A Eneas le costó reaccionar más de lo debido. Cuando se quiso dar cuenta, el hombre ya había puesto un pie en la madera del muelle y, con un saltito de lo más ágil, ya estaba en tierra firme. En cambio, él tuvo que salir corriendo porque la barca se alejaba muy deprisa. En el último momento, dio un brinco y consiguió sujetarse a uno de los pilones que componían la dársena.

—Por los pelos, muchacho —rio el hombre sin ningún tipo de disimulo—. Tendremos que mejorar tus habilidades físicas si no queremos que acabes herido.

Una estructura de piedra recubierta por hojas lo dejó sin palabras. Por un momento, Eneas trató de distinguir cuántas plantas diferentes formaban aquel manto, pero pronto se dio por vencido: había demasiadas especies, y muchas de ellas no las había visto antes.

—Bienvenido al Liceo.

Eneas se colocó el pelo rubio detrás de la oreja, gesto que hacía cuando estaba nervioso. Los ojos de Aiden refulgían con un millón de destellos. Desprendían alegría por el reencuentro con su hogar.

—No te preocupes —le dijo al comprobar que Eneas se había dado cuenta de ese detalle y una pena repentina había nublado su rostro—, algún día tú sentirás lo mismo. Algún día, este será también tu hogar.

Cruzaron una puerta de hierro forjado, de un color negro como el carbón, y el chico tuvo la sensación de entrar en un mundo completamente distinto al que conocía. Había millones de árboles y plantas. Allá donde mirara, el verde lo inundaba todo. Se escuchaban pájaros y grillos, aunque era pleno día, y los arbustos se movían como si en su interior se escondiera algo: cada palmo de aquel jardín rezumaba vida. Sin embargo, a pesar del esplendor de aquella vegetación, lo que más llamaba la atención era un enorme puente que separaba la puerta de hierro de un edificio que parecía un castillo y quedaba al fondo. Era un viaducto clásico, con varias estatuas que decoraban los pilares que separaban los arcos. Debajo de él se podían ver unas aguas que, según pensó Eneas, serían producto de una desviación del río. No le pasaron desapercibidos unos huecos que se introducían en el interior del edificio, justo al ras del agua.

—Oh, es nuestro sistema de drenaje —comentó Aiden orgulloso—, somos los primeros de toda Vestalia en tenerlo, así nos aseguramos de que las aguas sucias se vayan bien lejos de nosotros. ¡Y sin esfuerzo! ¿A que es una maravilla?

«Disfruta de esto», se ordenó el chico, consciente de que esa sensación de calma que de repente le había embargado no duraría demasiado. Respiró profundamente, como queriendo inflar sus pulmones lo máximo posible. Olía a lluvia, jazmín y oportunidades. Olía a vida nueva.

—Luego podrás salir a dar una vuelta, cuando te hayas aseado un poco y te haya presentado a tus compañeros. Aunque yo que tú no pasaría demasiado tiempo entre estos árboles. Ni te imaginas cómo les gusta a las víboras acurrucarse debajo de los setos.

El sonido que hizo Eneas al tragar saliva pudo escucharse por toda Vestalia. No le gustaban las serpientes, nada en absoluto. Así que dejaría ese paseo por la naturaleza para otra ocasión en la que fuera acompañado por alguien que pudiera defenderlo en caso de encontrarse con un bicho.

—Venga, no seas tímido —lo animó Aiden cuando llegaron a la puerta del edificio, después de haber cruzado el puente, lo que les llevó más minutos de los que Eneas había calculado en un primer momento—. El Liceo te está esperando.

El joven se permitió unos segundos para levantar la vista, y lo que encontró lo dejó boquiabierto: un castillo antiguo, de piedra parda, descansaba enfrente de él. No había estado nunca en uno, pero en ese mismo instante supo que en su interior habrían pasado cosas grandiosas. Aquellas paredes supuraban historia, batallas, pérdida. Y también victorias y fuerza.

Por unos segundos, pensó que no habría nada que le sorprendiera más que todo lo que acababa de ver. Sin embargo, cuando Aiden empujó la gran puerta con delicadeza y le cedió el paso, casi se le cortó la respiración.

—No… —tartamudeó con vergüenza—, no me habías dicho que iba a vivir en un palacio.

Enfrente de él, una escalera gigante se abría paso sin pedir permiso, como si primero hubieran construido esos peldaños y después el resto del edificio. Una alfombra roja invitaba a subir los escalones y descubrir los secretos mejor guardados. Igual que en el exterior, decenas de plantas decoraban cada rincón de la estancia y hacían que la luz que entraba por las ventanas se reflejara en las gotas que resbalaban por las hojas. Había espejos, cuadros, estatuas y bustos. Alfombras de diferentes colores, tapices y lámparas majestuosas. Allá donde los ojos de Eneas se posaran, había una obra de arte. Parecía un museo.

—El castillo de Brítacor, como se llama esta fortaleza, es una de las mejores obras arquitectónicas de Vestalia, sin duda. Y, además, puede presumir de estar dentro de los jardines de Papillón, un enclave único, por supuesto. Ven, acompáñame —Aiden interrumpió el ensimismamiento del chico, que intentaba retener todos esos datos en su cabeza—. Sé que esto no se parece en nada a lo que conociste en Selán, pero me temo que no tenemos mucho tiempo. —Alzó la mirada hacia una de las paredes y comprobó la hora en un cuco que parecía estar hecho de oro—. La cena se servirá pronto.

Eneas lo siguió escaleras arriba en silencio. Procuraba no tropezar con los escalones a la vez que observaba los cuadros que se repartían por la pared; cuando creía que ya los había analizado todos, aparecía uno nuevo en el que no había reparado antes. «Esta noche me pasaré un ratito por aquí», se prometió a sí mismo, más tranquilo por haber encontrado un plan alternativo al de caminar entre víboras venenosas y que le parecía muchísimo más apetecible.

Siguieron caminando por unos pasillos largos y eternos, y también subieron otros cuantos escalones. Por fin, después de lo que a Eneas le pareció un trayecto interminable, llegaron a una habitación que tenía la puerta cerrada.

—Bienvenido a tu nuevo hogar.

CAPÍTULO 15

Eneas Lockwood
Vésticum, al sureste de Vestalia

Eneas no sabía si tenía más ganas de quedarse en la cama durmiendo durante tres días o de pasearse por el castillo hasta caer agotado en algún rincón. Los dos planes le parecían demasiado apetecibles, pero sabía que no podría ejecutar ninguno de ellos. Aiden le había dicho que la cena se serviría pronto, por lo que tuvo que sacarse esas ideas de la cabeza a la fuerza. Ni siquiera se permitió el lujo de reparar en la enorme bañera que presidía el aseo, ni en la mullida cama en la que descansaba un edredón de plumón que parecía susurrar su nombre. Tampoco le dio mucha importancia al agua caliente que, seguro, salía constante por los grifos, y mucho menos a las lociones y la ropa limpia que se había encontrado en el baño. Se dijo a sí mismo que después de la cena ya tendría tiempo de disfrutar de todos aquellos lujos, ya que ahora necesitaba ser lo más rápido posible. No sabía por qué, pero quería impresionar a Aiden. Y aunque había hecho buenas migas con él, la sensación de que algo fallaba persistía en lo más profundo de su ser; como un pensamiento taladrador e insistente que no se iba por mucho que lo empujara hacia el exterior. Había algo que no le cuadraba, y no era capaz de discernir el qué.

Cuando salió de la habitación, miró a ambos lados del pasillo. A pesar de que no había nadie por allí, las risas y el griterío se podían escuchar con claridad. Eneas supuso que serían sus «compañeros», que ya estarían cenando, así que decidió guiarse por ese ruido que auguraba alegría. Se detuvo unos instantes en ese pensamiento. Compañeros. Esa palabra significaba demasiado, aunque todavía no era consciente de ello.

Su corazón, que iba tan deprisa que parecía que se le iba a salir del pecho, se encargó de decirle que era miedo eso que sentía. No estaba acostumbrado a estar con gente que no conocía. Sabía que iba a ser muy difícil compartir mesa y conversación con personas a las que no había visto en la vida, y, sin embargo, entre tanto miedo se sorprendió al darse cuenta de que, en realidad, estaba emocionado. En la escuela no tenía muchos amigos, tan solo una relación cordial con sus compañeros, pues sus padres le habían repetido hasta la saciedad que lo mejor era no encariñarse con nadie, pero tampoco dar motivos para que él o su familia se convirtieran en las dianas de futuras mentiras. «Del amor al odio solo hay un paso», le decía Tami.

Siguió el ruido de las conversaciones y la música, después de bajar unas cuantas escaleras y torcer otros tantos pasillos repletos de cuadros y obras de arte, se dio de bruces con un comedor en el que la gente comía y charlaba de forma animada.

Como si de un espectro se tratara, todos se quedaron mirándolo en cuanto cruzó la puerta principal. El griterío que lo había guiado hasta allí cesó de repente. Algunos se atrevieron a susurrar, aunque la mayoría lo contemplaba de forma atenta y aprovechaba para analizar cada palmo de su cuerpo. Eneas jamás había sentido tantos ojos encima de él ni la presión de ser juzgado por tanta gente a la que no conocía. Y nunca había tenido tan claro que se había equivocado. Aquel no era su lugar; no podía serlo. Pero ahí estaba. No había marcha atrás, no podía salir corriendo como si fuera un cobarde. Porque él podía ser muchas cosas, pero un cobarde, jamás. La música, que provenía de un grupo que estaba tocando una alegre canción, parecía fuera de lugar. Eneas les echó un rápido vistazo: estaban subidos a una tarima y desde allí se podían ver sus levitas a juego de colores llamativos y brillantes. Era la primera vez que veía una actuación, en la vida había creído que eso fuera posible. Estar en Vésticum era como estar en un país diferente.

—¡Eneas! —gritó alguien desde el fondo de la sala. El silencio que se había instalado desde su llegada le permitió distinguir a Aiden sentado en una de las mesas. Le saludaba con una mano a la vez que le indicaba que se acercara—. ¡Muchacho! ¡Ven aquí, siéntate conmigo!

Las mejillas del chico se volvieron del color de las granadas maduras, lo que provocó que agachara la cabeza mientras se dirigía hacia él.

—Genial, un enchufado.

Aquellas palabras atravesaron el silencio como si fueran una flecha certera. Eneas no supo quién las había dicho, aunque saberlo no habría cambiado las cosas. Si era cierto que era un enchufado, su camino en el Liceo estaba más que sepultado. Si la gente odiaba algo más que a un mentiroso, era a los que no habían llegado hasta su lugar por méritos propios.

—Ven, amigo, siéntate aquí. ¿Qué quieres cenar? Estarás hambriento. Pide lo que quieras, no te cortes.

Aiden estaba entusiasmado. Su capa, de terciopelo azul con acabados plateados, derrochaba lujo. Por no hablar de las cuentas que decoraban las trenzas de su barba, tan brillantes que llamaban la atención desde cualquier ángulo del comedor. Ahora que las miraba de cerca, parecían zafiros. El joven se preguntó cuánto tiempo tardaría en peinarse la barba; jamás había visto una así, tan cuidada y enrevesada a la vez.

—¿Qué te apetece comer? Toma la carta, elige lo que quieras.

—¿Carta?

Eneas estaba confuso, no tenía ni idea de cuál era el procedimiento a seguir, pero tendió la mano y cogió la cartulina que Aiden le estaba ofreciendo. En la parte superior se podía leer la palabra «Menú» engalanada con detalles dorados y, debajo de ella, una lista interminable de lo que parecían ser platos exquisitos. Era incapaz de reconocer muchos de ellos.

—Esto…, Aiden. —Eneas se acercó un poco al hombre, con tanta vergüenza en el cuerpo que casi ni era capaz de hablar—. ¿Podría ayudarme? Yo nunca… nunca…

—Oh, entiendo. —Las cejas de Aiden se elevaron tanto que casi se chocaron contra el nacimiento de su pelo, aunque recompuso rápido su gesto para que el chico no se ofendiera. Sacó un monóculo del bolsillo superior de su chaqueta y se lo colocó con maña—. Tienes que escoger un plato de los que te ofrecen. En el Liceo funcionamos así, tenemos cocineros a nuestra disposición y podemos elegir. Dependiendo del entrenamiento que hayas hecho durante el día, puedes pedir una cosa u otra. Yo, por ejemplo, he decidido comer una sopa de pescado ligera, ya que me he pasado muchas horas sentado y, ya sabes, si no me cuido enseguida todo se queda aquí. —Se tocó la barriga mientras se reía. Aiden era un hombre grande y fuerte, pero Eneas jamás había pensado que fuera porque se cuidaba; en su casa esa opción no existía: se comía lo que había encima de la mesa—. Así que, dime, ¿prefieres carne, pescado, una ensalada tal vez? ¡Oh! Te aconsejo la crema de calabaza, es fabulosa.

—Sí, eso estará bien —se animó Eneas. Ya había probado ese plato en alguna ocasión y no le disgustaba. Viendo lo que ofrecía la carta, se propuso probar cada día un plato diferente. Seguro que encontraría verdaderas delicias.

Aiden levantó la mano y a los pocos segundos se presentó ante ellos un camarero ataviado con un traje negro como el carbón.

—¿Saben ya lo que van a tomar?

El hombre asintió y pidió con toda la soltura del mundo. Eneas supuso que estaba acostumbrado a hacerlo. Miró a su alrededor y se percató de que muchos de los allí presentes hacían lo mismo; unos pedían y otros se disponían a comer. En la sala había gente de todas las edades, pero, sobre todo, abundaban los jóvenes. Calculó que, más o menos, estos rondaban los veinte años, aunque los había más mayores. Le llamó la atención ver que estaban todos mezclados y que no había ningún tipo de distinción en la organización de las mesas. Eso le gustó.

—Y, cuéntanos, Eneas, ¿qué te parece Vésticum?

Había llegado el momento que el chico estaba temiendo: las personas con las que compartía mesa tendrían ganas de hablar con él. Aiden había hecho una presentación inicial, pero los demás no habían empezado ninguna conversación, seguramente porque estaban esperando a que Eneas se adaptara a aquella situación.

—Pues la verdad es que parece… especial.

«Serás imbécil —se regañó—, ahora todos van a pensar que eres tonto».

—Yo estuve una vez en Selán —comentó un hombre. Parecía rozar la cincuentena y tenía las cejas más pobladas que Eneas había visto en su vida—. Lo cierto es que no me entusiasmó demasiado. Mucho frío para mi gusto. Porque eres de allí, ¿verdad? O al menos eso indica el color de tu pelo. Y tus ojos. Verdes. ¿O esa no es una característica de allí? Siempre me confundo.

Todos se quedaron mirando al chico. Esperaban que contestara. «Es una conversación, idiota —se volvió a insultar—, tienes que responder».

—Bueno, no parece tan frío cuando no conoces otra cosa.

Una sonora carcajada salió de los pulmones de Aiden, lo que hizo que todos los demás se rieran también.

—¡Es gracioso! —comentó una mujer que llevaba un tocado demasiado escandaloso para una cena informal.

—¡Y tanto que sí! Aiden, has hecho un buen fichaje —dijo otra.

—Ya lo creo, Claire —contestó el aludido—, ya lo creo. Tiene madera, seguro que el jefe está muy contento con él.

—¿El jefe? —preguntó Eneas confuso.

—Sí, Caronte. Caronte Regminton. Te va a encantar —dijo con sorna la del tocado—, es muy… amable.

Los comensales se rieron ante el gesto contrariado de Eneas. Este se giró con todo el disimulo del que fue capaz con la intención de encontrar a ese tal Caronte entre tanta gente. A su mente vino la imagen de un hombre grande, atemorizante y vestido con toda clase de lujos. Sin embargo, algo interrumpió su búsqueda:

—No te preocupes, chico, se intentan quedar contigo. —Aiden le dio un golpecito en la espalda para quitarle más importancia todavía—. Es cierto que Caronte es un poco peculiar, y tratar con él no siempre es fácil, ya que tienes que adivinar de qué humor está en cada momento, pero es un buen tipo. Al fin y al cabo, todos tenemos un techo bajo el que vivir gracias a él.

—¿Cuál es su historia? —preguntó Eneas. Le daba mucha vergüenza ser tan directo, pero necesitaba saciar esa curiosidad—. ¿Cómo terminó usted aquí?

—Muchacho —contestó la mujer del tocado antes de que Aiden pudiera separar siquiera los labios—, el pasado del que llega al Liceo se esfuma en el mismo momento en el que atraviesa sus muros de piedra.

—Eso es —corroboró Aiden—, nosotros no tenemos historia. Estamos aquí, y punto. Y así deberías pensar tú también. Míralo de esta forma: el antiguo Eneas murió en Selán, ya no existe ni existirá jamás. El Eneas que tengo delante va a tener que aprender a sobrevivir de una forma que jamás se pudo imaginar y en muy poco tiempo dejará de reconocer al chico asustado que hoy está sentado en esta mesa.

—Yo no estoy asus…

—¡Hasta puedes elegir un nombre nuevo! —le interrumpió la mujer del tocado—. Yo creo que lo hice… Ya no me acuerdo.

Eneas levantó una ceja ante tal comentario. ¿Cómo podía uno olvidar su verdadero nombre? No, él no quería cambiarlo. Sus padres lo habían elegido para él con todo el cariño del mundo. De hecho, su madre le contó una vez que ese era su nombre favorito desde que lo leyó a escondidas en un libro más antiguo que el mar. Lo encontró en la calle, junto a la basura, y antes de que nadie pudiera verlo se lo escondió debajo del abrigo y salió corriendo. Tenía ocho o nueve años y casi no sabía leer; aun así, con el paso de los años y a fuerza de leerlo una y otra vez, consiguió entender todas y cada una de las palabras que narraban la historia de aquel héroe que huyó en busca de una vida mejor. Recordó en ese momento que su madre le decía que los nombres influían muchísimo en la personalidad de cada persona, y que ella le había puesto el de un héroe porque eso era en lo que se iba a convertir algún día. «De hecho —le repetía a menudo—, tú eres el héroe que ha venido a salvar esta familia». Eneas jamás entendió a qué se refería, y tampoco le daba demasiada importancia. Pensaba que, simplemente, era el amor de madre el que hablaba por ella. Él no creía que los nombres influyeran en la forma de ser, estaba seguro de que la inmensa mayoría de la gente no sabría qué significaba el suyo propio; y estaba bien, no era algo importante. Así que no, no iba a cambiarse el nombre, jamás deshonraría la memoria de su madre de esa forma.

Un camarero interrumpió sus pensamientos cuando apareció con una gran bandeja repleta de comida. Fue sirviendo con maestría cada uno de los platos. Eneas no había visto jamás tanta comida junta, ni tan variada. Había de todo: platos de carne suculenta, apetitoso pescado, vistosas verduras… Incluso había un hombre que iba a comer tarta. ¿Tarta para cenar? Aquello no tenía sentido. Eneas, por un momento, pensó que el camarero se había confundido y que le había traído el postre en vez del plato principal; sin embargo, cuando el hombre se colocó la servilleta dentro del cuello de la camisa y cogió la cucharilla de plata para comenzar a comer, se dio cuenta de lo equivocado que estaba. Tal vez en ese lugar no existieran las normas, a pesar de todo.

Tal vez cada uno pudiera hacer lo que quisiera sin miedo a las consecuencias. Se imaginó la cara de su madre si le hubiera dicho durante una cena que él no quería carne guisada, que él quería una tarta de chocolate. Tami se habría reído ante tal ocurrencia y después le habría tocado la frente para comprobar que no estuviera enfermo. Cómo la echaba de menos.

—¡Eneas, come! ¡Se te va a enfriar! —le apremió Aiden, que ya estaba dando buena cuenta de su plato de aspecto increíble.

—Parece delicioso —dijo antes de probar la crema de calabaza.

Era de un naranja intenso, tanto que Eneas se preguntó si ese color existía en realidad. Cuando probó una cucharada, no pudo evitar soltar un suspiro de placer. Aquello era lo más delicioso que había probado en la vida. Tenía un toque de queso que la hacía estar deliciosa, por no hablar de los picatostes que terminaban de darle un toque crujiente al plato.

—¿Y comen esto todos los días? —preguntó Eneas todavía con la boca llena.

Los comensales comenzaron a reírse ante tal ocurrencia.

—Tampoco es para tanto, muchacho —comentó el hombre de la tarta. Todavía no la había probado; la estaba contemplando como quien mira una obra de arte, sopesando por dónde era mejor empezar—. Te acabarás acostumbrando y terminarás aborreciendo la crema de calabaza.

—Lo dudo mucho —dijo Eneas entre risas—, jamás podría cansarme de esto. ¿Por qué he tenido que conocer tan tarde la existencia del Liceo?

Un silencio incómodo se impuso en la mesa, interrumpido únicamente por los pasos de un camarero que se acercaba a Eneas.

—Esto es para usted.

Le tendió una bandeja de plata tan brillante que podría haber servido de espejo. En ella descansaba un sobre cerrado con el nombre de Eneas escrito con delicadeza en la parte superior.

El chico tendió el brazo y lo cogió. Trató de que no le temblara la mano al hacerlo, pero pronto se dio cuenta de que era inútil. Estaba nervioso, y ahora los comensales lo sabían también.

Antes de lanzarse a abrirlo se giró sobre sí mismo para intentar localizar a la persona que se lo había mandado. Sin embargo, pronto se dio cuenta de que la atención que le habían dedicado cuando entró en el comedor se había disipado como si fuera de humo; nadie allí parecía reparar en él, era invisible. Sudoroso, rompió el sello de lacre que mantenía la pestaña pegada. No sabía por qué, pero aquello le daba mala espina. Leyó con calma, un par de veces, hasta que por fin encontró sentido a las palabras que tenía delante:

> *Bienvenido, gatito.*
>
> *Te voy a enseñar la primera lección del Liceo: o mientes o mueres.*

CAPÍTULO 16

Hamica Clayton
Incaté, al sur de Vestalia

Se ajustó las gafas todo lo que pudo para que la arena no le entrara en los ojos.

Se trataba de un artefacto un poco aparatoso que su amiga Gruta le había regalado hacía tiempo. Cuando lo vio por primera vez, pensó que era un trasto inútil, con todos esos engranajes decorando las patillas y las innumerables lentes que se subían y se bajaban y que al principio no sabía muy bien para qué servían. Sin embargo, cuando se dio cuenta de que se adaptaban tan bien a su cara que protegían sus ojos ante las repentinas ráfagas de viento que asolaban Incaté, decidió llevárselas, aunque no pegaran demasiado con su conjunto de lino color crema. Sabía que su amiga las había conseguido mintiendo y, aunque al principio se negó a usarlas, cuando comprendió lo útiles que resultaban decidió ignorar ese pequeño detalle que las hacía menos atractivas. Al fin y al cabo, no había sido ella la que había mentido para obtenerlas.

A pesar de que lo había intentado con todas sus fuerzas, no se lo había podido quitar de la cabeza. No había nada que hiciera que Hamica dejara de sentir en cada poro de su piel la sangre de ese hombre que tan cerca estuvo de hacerle daño, ni siquiera caminar por medio del desierto abrasador. Seguía escuchando el disparo que terminó con la vida de ese indeseable, continuaba notando su corazón bombeando como un loco, temeroso de que él fuera el siguiente.

No le dio tiempo a comprender qué pasó, y mucho menos a agradecerle a aquel hombre que le hubiera salvado. De no ser por él, ahora mismo estaría tirada entre las dunas y su cuerpo ya habría servido de banquete a los animales carroñeros.

Quiso contar a sus padres que se iba unos días para encontrar al hombre que le había salvado la vida, pero no halló las fuerzas necesarias. Supuso que cuando vieran que faltaba un caballo del establo imaginarían que se había ido; seguramente, darían por hecho que a conocer a su verdadera familia, esa que no mencionaba nunca por miedo a decepcionarlos pero que suponía una intriga que algún día tendría que resolver. Esperaba, de todo corazón, que no lo pasaran demasiado mal sin ella. Aunque la relación con su madre no fuera la más deseable, no podía evitar pensar que era la que le había dado un techo y un hogar. «Quizás hasta sea mejor», se dijo a sí misma, tal vez para encontrar la decisión que le faltaba para emprender su viaje, «quizás ni siquiera me echen de menos».

Sabía que adentrarse en el desierto de Krosi era algo peligroso. No quería pensar que se trataba de una mala decisión, aunque desde luego no era la más sensata que había tomado en su vida. Pero algo dentro de ella le dijo que allí encontraría ese sentido que le faltaba a su existencia y que le hacía preguntarse cada día por qué razón estaba donde estaba.

Había cogido prestada una bolsa de la habitación de una de sus hermanas y la había llenado con lo que creía que sería imprescindible para sobrevivir unos cuantos días en el desierto: ropa fina y larga para no quemarse, un par de cantimploras que tendrían que durarle todo el viaje, algo de comida que encontró en la despensa y que no se echaría a perder a las pocas horas con el calor y el puñal de su padre. Jamás se había atrevido a preguntarle de dónde lo había sacado, porque no estaba segura de querer saber la respuesta. Su mango, de marfil y con vetas de oro, le indicaba que no se podía intercambiar en el mercado de Incaté. Y, aunque le había costado mucho, comprendía que su amiga Gruta lo hiciera, pero su padre... Era algo que prefería no imaginar.

Algo en el rostro de aquel hombre le dijo que no vivía en la ciudad. Tenía un destello salvaje en la mirada que le hizo intuir que era uno de los que vivían en el desierto. Así que su plan era recorrer Krosi durante un par de días en su busca y, si pasado ese plazo no lo conseguía, daría la vuelta y volvería a casa. Ella podría resistir con lo que fuera, pero su caballo... su caballo no sobreviviría más de cinco o seis días sin agua, y ese era un precio que no estaba dispuesta a pagar.

Tampoco sabía cómo iba a hacerlo. ¿Cómo se suponía que iba a encontrar en mitad de un desierto tan grande a un hombre al que solo había visto una vez y cuyo nombre casi ni recordaba? ¿Y si estaba escondido? ¿Y si no quería ser encontrado? ¿Y si era peligroso?

Le costó muchísimo decidir por dónde empezar la búsqueda. Se había adentrado alguna que otra vez en el desierto, pero nunca se había alejado demasiado de la ciudad. Cuando la muralla de Incaté se difuminaba, daba la vuelta de inmediato. Así que lo tuvo que meditar. Sabía que en el este las temperaturas eran todavía más cálidas y que en el oeste había mucho movimiento de comerciantes. Por lo que, si ella tuviera que esconderte en el desierto, sin duda iría hacia el norte. Ese fue el camino que tomó.

Tuvo que dormir dos noches entre las dunas, racionar la poca agua que tenía y compartirla con su caballo. Y la comida... Mejor si olvidaba la comida, pues lo que había cogido de la despensa no llegaba ni para saciar el hambre de un desayuno.

Estuvo a punto de darse por vencida tantas veces como las que quiso seguir adelante. No sabía cuál de las dos opciones estaba ganando la batalla; mientras tanto seguía cabalgando.

Sin embargo, todos esos pensamientos se desvanecieron poco a poco cuando sus ojos vieron que se estaba acercando a un asentamiento. Aprovechó que todavía estaba un poco lejos para hacer una parada y esconderse detrás de una duna. Desde allí, contempló el campamento con más calma. Subió y bajó algunas de las lentes de las gafas para conseguir el efecto que buscaba: quería aumentar la visión y así poder analizar mejor lo que se iba a encontrar en unos minutos.

Lo que vio la dejó estupefacta.

Se trataba de un asentamiento muy bien organizado: había decenas de tiendas formadas con lonas que se mimetizaban con la arena del desierto. También, para su sorpresa, vio un pozo en torno al cual se levantaba el refugio. Se dejó asombrar por las antorchas que parecían decorar las entradas de las tiendas y por los estandartes que lucían colores verde oliva y marrón. «Esto no parece algo temporal», pensó Hamica; le daba la sensación de que esas personas llevaban viviendo allí mucho tiempo y que no tenían intención ninguna de marcharse. Pero ¿cómo podían subsistir? Tan alejados de la ciudad, sin más recursos que los que ellos mismos eran capaces de crear y en medio de un desierto, el lugar menos amable de Vestalia.

Entonces vio a una mujer que paseaba entre las tiendas. Vestía una túnica igual que la del hombre que estaba buscando, y llevaba de su mano a un niño que trataba de zafarse para salir corriendo. Le llamó la atención el turbante que le tapaba la cabeza y que, supuso Hamica, impedía el paso de la arena y del calor. Pronto comenzó a ver más personas, todas vestidas con tonos arenosos que parecían camuflarse con el entorno. Y también advirtió algo que la dejó estupefacta: allí había personas morenas, rubias y pelirrojas. Había tantos tonos de piel como colores diferentes de ropa. Un hombre vestido de negro le llamó la atención. ¡Era él! ¡Era Carl! Ahora era capaz de acordarse de su nombre. Aquel era el que le había salvado la vida y, aunque sabía de sobra que no le debía nada —pues realmente ella no había hecho nada malo como para que su atacante tuviera el derecho de hacerle daño—, algo le decía que ese era el lugar en el que debería estar.

Volvió a colocar las lentes de las gafas en su modo normal, se montó en el caballo y puso rumbo al asentamiento. Todavía no sabía qué iba a hacer o decir; ni siquiera se había planteado si iba a ser bien recibida o no, pero tenía que intentarlo.

Cuando alcanzó las primeras tiendas, notó cómo decenas de ojos se clavaban en ella. Muchas personas habían salido a las dunas para verla, sin embargo, nadie dijo nada. Hasta que una voz rompió el incómodo silencio que se había instalado:

—¿Qué haces aquí? —La reconoció al instante. Su pelo níveo era difícil de olvidar.

No le hizo falta verlo, sabía que era Carl el que estaba hablando. Se giró y lo vio salir de una tienda.

—¿Podemos hablar en un lugar más… discreto?

Hamica habría jurado que ahora eran cientos las personas que la rodeaban, aunque sabía que eso era imposible. Había gente de todas las edades, y le sorprendió muchísimo ver a tantos niños y ancianos. Carl, para el que tampoco había pasado desapercibida la expectación que había generado la escena, hizo un movimiento de cabeza, indicándole a Hamica que lo siguiera al interior de la tienda. Ella se bajó del caballo, lo ató a un poste de madera y se reunió con Carl.

—Por toda la arena del desierto de Krosi, ¿se puede saber en qué estás pensando? —susurró él cuando la chica atravesó la entrada—. Podrían haberte matado tan solo por habernos encontrado.

—Pero no lo han hecho —contestó Hamica mientras se quitaba el sombrero y las gafas. El pelo rubio le cayó por la espalda, libre después de tantas horas aprisionado—. Tenía que encontrarte.

Carl la miró de hito en hito.

—Eres una cría —sentenció como única respuesta.

—Oh, por favor, no vayas a pensar ahora que me he enamorado de ti, no soy tan estúpida. —Hamica recorrió la tienda con toda la naturalidad del mundo, imaginándose que tenía la decisión y la fuerza de Gruta. Se fijó en las alfombras que tapaban la arena y en los futones y cojines que había repartidos aquí y allá. También en las mesitas de madera, sobre las que descansaban cántaras de plata y cuencos con algo de fruta. ¿Cómo era posible que hubiera fruta allí?—. No pienses ni por un solo segundo que se trata de eso —le dijo, ahora con un tono más serio—, solo quería venir a darte las gracias.

—Nadie cruza un desierto para dar las gracias.

La mirada de Carl la atravesó como un puñal y supo que, aunque el hombre era consciente de que había tomado la decisión correcta al salvar a aquella chica, para ello había tenido que matar a uno de sus compañeros. Por unos segundos, se olvidó del olor a incienso y menta que lo inundaba todo, y a su mente solo le vino el recuerdo de la sangre metálica.

Hamica se dejó caer en un futón, sin perder el contacto visual.

—Supongo que estarás sedienta. —¿Era amabilidad eso que asomaba por los labios de Carl? Quizás se había dado cuenta de lo difícil que tendría que haber sido para una niña cruzar ese desierto del que hablaba—. Y tu caballo también. Ordenaré que le pongan un barreño con agua. Mientras tanto, tú… tú sírvete lo que quieras.

La chica vio cómo salía de la tienda y no se lo pensó dos veces. Se abalanzó sobre unas uvas que la estaban llamando a gritos. Casi se muere de vergüenza cuando Carl volvió y la pilló con la boca llena a más no poder.

—Tranquila, come —le dijo al ver que ella iba a disculparse por su actitud. Si ya lo tenía claro, en esos momentos se cercioró de que Hamica era una cría.

—Me he pasado dos días comiendo carne seca y no lo he llevado demasiado bien —consiguió decir, aún con la boca llena—. ¿Cómo conseguís todo esto?

—No hagas preguntas cuya respuesta no te atreves a conocer, chica de la ciudad amurallada.

¿Por qué era así? ¿A qué venía esa aura misteriosa de hombre oscuro y tenebroso? Se estaba haciendo el interesante, estaba segura. Por otra parte, sintió que aquel apodo había sonado de la manera más despectiva posible entre sus labios. Lo dijo como escupiendo, como si sintiera un rencor inconmensurable hacia Incaté y todo lo que contenía.

—Me llamo Hamica, puedes llamarme por mi nombre, no hace falta que te inventes motes ridículos —dijo ella para dejar claro que no iba a tolerar ni una grosería por su parte. Iba a insistir en el tema, pero se dio cuenta de que, en realidad, tenía dudas más importantes sin resolver en la cabeza—. ¿Cómo sobrevivís en mitad del desierto? —insistió.

—¿De verdad quieres saberlo?

Hamica asintió mientras se servía un poco de agua en un vaso de plata cuyos grabados le recordaron al puesto de orfebrería de Incaté.

—Pues te vas a quedar con las ganas. —Carl se apartó el pelo negro que se le había venido a la cara. Ahora que Hamica se fijaba, lo tenía casi tan largo como ella. También reparó en sus ojos, de un verde tan intenso que podría parecer el de las palmeras de un oasis—. No creo que a mis compañeros les gustara demasiado que le contara todos nuestros secretos a una desconocida. ¿No te parece?

—Puede que tengas razón —cedió Hamica—. ¿Y si dejo de ser una desconocida?

Lo de intentar tener la actitud de Gruta era algo que no se le daba demasiado bien, y lo supo por la manera en la que su corazón se aceleró cuando pronunció esas palabras. «Tú no eres así, no va a funcionar y lo sabes», se regañó.

—¿Qué estás insinuando? —preguntó Carl mientras daba un par de pasos hacia la chica. Trataba de intimidarla, hacerle ver que aquel no era un lugar para una chiquilla de ciudad, pero en el fondo tenía la sensación de que sus armas no iban a funcionar contra ella.

Hamica recordó la imagen que había visto a su llegada al asentamiento: cada una de las personas que estaban allí era diferente de la de al lado y, aun así, tenía la impresión de que estaba ante una familia enorme. Una familia unida.

—Estoy diciendo que quiero formar parte de esto, sea lo que sea.

CAPÍTULO 17

Eneas Lockwood
Vésticum, al sureste de Vestalia

Aquella noche no durmió.

Le había dado mil vueltas a las palabras escritas en la carta; carta que, después de leer, arrugó con fuerza para evitar que nadie más pudiera saber su contenido. Los otros comensales lo miraron extrañados, y él trató de disimular lo máximo que pudo, aunque a esas alturas era algo imposible. Aiden comprendió que algo ocurría, así que le urgió a terminarse su crema de calabaza y le dijo que lo acompañara a instalarse, que le enseñaría las estancias que debía conocer para que no se perdiera al día siguiente cuando tuviera que ir a su primera clase.

Eneas ni siquiera preguntó por esa clase: aceptó encantado y se levantó corriendo de la mesa, sin rendir cuentas de las cucharadas que le quedaban por comer. Aiden trató de sonsacarle el contenido de la carta, pero el chico se mantuvo firme y no dijo ni una palabra. Ya no sabía de quién fiarse, y aunque Aiden había demostrado ser de confianza, a esas alturas prefería comenzar a ser más reservado y precavido, pues no sabía dónde residía el peligro. Después de insistir varias veces —más de las necesarias—, este se dio por vencido y decidió hacer como si la carta no hubiera existido. Ese era un comportamiento que solía repetir muy a menudo, el de pretender que algunas cosas no habían sucedido en realidad, y, por una parte, a Eneas le parecía bien; no tener que darle vueltas a un asunto era, sin duda, una buena forma de no tener que enfrentarse a los asuntos. Quizás la mejor.

Sin embargo, ahora que estaba solo no podía evitar pensar en lo ocurrido. Cuando Aiden lo dejó en la puerta de la habitación, Eneas se dio cuenta de lo oscura que era la noche cuando se estaba tan lejos del hogar. Había encendido un par de velas que descansaban en la mesita de caoba en un intento por alejar los miedos que lo estaban invadiendo. No lo consiguió, y en parte se debía a la tenebrosa banda sonora que lo acompañaba: las ramas de un gran roble chocaban una y otra vez contra la ventana, como si fuera la misma muerte la que estaba llamando al cristal. Lejos había quedado la amabilidad con la que le había recibido el castillo de Brítacor de día. Eneas abrió la ventana e intentó partir las ramas más cercanas, pero era imposible: la madera, antigua y fuerte, era tan dura que solo cedería ante la amenaza de un arma. Cansado y triste, acabó por meterse de nuevo en la cama, donde se tapó los oídos con uno de los almohadones para tratar de no escuchar más esa horrible llamada.

Intentó todo lo que estuvo en su mano para ceder ante el sueño, y nada funcionó. Acababa de llegar al Liceo, no conocía a sus compañeros y no entendía quién podría estar en su contra. No le había hecho nada a nadie; ni siquiera había entablado conversación con alguno fuera de la mesa en la que cenó, así que no se podía imaginar quién podría estar detrás de semejante amenaza. «Quizás sea una broma —se dijo a sí mismo—, eres el nuevo, tal vez sea tradición asustar a los nuevos».

Esa teoría tomó fuerza cuando alguien llamó a la puerta de su habitación. Aunque más bien se podría decir que la «aporreó», ya que los golpes habían sido dados con tanta fuerza que hasta las ventanas de la habitación retumbaron.

—¿Quién…?

A Eneas no le dio tiempo a terminar la pregunta; dos personas, vestidas completamente de negro y con sendas capuchas largas que tapaban sus rostros, irrumpieron en la habitación y se dirigieron hacia él.

—¡Eh! ¿Qué hacéis? ¿Quiénes sois? ¡Soltadme! ¡Soltadme!

Todo esfuerzo fue en vano: aquellas dos figuras se movían tan rápido que Eneas casi no se dio cuenta del momento en el que le vendaron los ojos y lo ataron de pies y manos. Hizo todo lo posible por zafarse, incluso intentó morder la mano del que le había puesto la mordaza en la boca, pero no lo consiguió. Aquellos tipos tenían una fuerza descomunal y a pesar de la resistencia que puso Eneas, enseguida se hicieron con el mando.

Eneas no paró de chillar y de patalear durante todo el tiempo que duró el trayecto. Uno lo cogía por los hombros mientras el otro lo agarraba por los pies. Se lo llevaron de la habitación y no dijeron ni una sola palabra. El chico, por más que trataba de soltarse, no podía hacer nada frente a aquellos tipos. Parecía que sabían lo que estaban haciendo y no les importaba lo más mínimo que su víctima se resistiera. Incluso parecían divertidos, ya que en alguna ocasión se les escapó una carcajada al ver cómo Eneas intentaba quitarse las cuerdas que le ataban las muñecas. No podía hablar, no podía moverse, pero sí que podía oler. Y olía a humedad, a tierra antigua y a pérdida.

—Ahora.

Obedeciendo la orden, alguien le quitó la venda que le cubría los ojos. Tardó unos segundos en acostumbrarse, y no porque hubiera mucha luz; todo lo contrario. La oscuridad era plena, así que tardó más de lo normal en darse cuenta de que estaba rodeado por varias personas. Todas ellas vestían de negro, como los que lo habían secuestrado en su habitación, con la única diferencia de que llevaban unas máscaras de pájaro que provocaron que el chico tuviera escalofríos. Tenían un pico larguísimo en forma de gancho y los ojos eran dos engranajes que escondían dos cristales granates que auguraban el peor de los destinos.

Cuando fue a hablar, una voz femenina le interrumpió:

—Aquí las preguntas las hacemos nosotros.

Eneas guardó silencio. Una de las personas se había adelantado, tal vez la que acababa de hablar, no podía saberlo con certeza. Tenía una figura esbelta. Sin duda era alta, pero no podía ver nada más de ella. La máscara de pájaro cubría todo su rostro. Ahora que sus ojos se habían acostumbrado a la noche, el chico se pudo fijar un poco más en su atuendo: al contrario que los demás, no llevaba una capa oscura, sino que vestía pantalones de cintura alta, con una camisa negra metida por dentro y un chaleco dorado que parecía hecho de algún tipo de metal. Llevaba unos zapatos con un poco de tacón, decorados con un broche de adornos intrincados que brillaba aun estando rodeado de tanta oscuridad. A pesar de que su atavío era muy peculiar y daba la impresión de estar completamente fuera de lugar, lo que más llamaba la atención eran los ojos de aquella máscara. Unos ojos que estaban fijos en él y cuya inexpresividad hacían que Eneas no tuviera ni idea de lo que iba a ocurrir a continuación. Si tan solo pudiera ver el rostro que se escondía debajo…

—Verás, novato —habló. Sin duda, la voz provenía de aquella chica (ahora sabía que se trataba de una chica) que se había adelantado—, aquí las preguntas las hacemos nosotros, al igual que ponemos las reglas. ¿Entendido?

Eneas quiso decirle que no era tonto, que no hacía falta que le repitieran las cosas dos veces. Sin embargo, ese atisbo de valentía se esfumó cuando los ojos de la máscara se clavaron en él. No pudo hacer más que asentir.

—De acuerdo, pues, ahora que hemos dejado esto claro, tengo que darte dos noticias. Una buena y una mala. ¿Por cuál quieres que empiece?

—Pues…

—Era una pregunta retórica, idiota —sentenció la chica, sin darle la oportunidad de poder hablar. ¿De dónde había salido ese descaro? ¿Y por qué él no podía parar de mirarla?—. Empezaré por la buena: sé que has llegado nuevo y que todavía no entiendes de qué va esto. Y te voy a hacer un favor, porque me gusta empezar con buen pie. —Eneas enarcó una ceja. ¿Secuestrar a alguien en mitad de la noche era empezar con buen pie?—. Así que pensé en reunirme aquí con unos amigos para darte la oportunidad de demostrarnos lo que realmente vales. Además, así te irás acostumbrando a lo que es el Liceo. No sé qué te habrá contado el tontaina de Aiden, pero seguro que se ha dejado unas cuantas cosas en el tintero que deberías ir sabiendo. Así que, resumiendo, la buena noticia es que, si consigues sobrevivir a esta noche y llegar sano y salvo a tu camita antes de que salga el sol, te habrás ganado nuestro respeto.

Un silencio sepulcral se interpuso entre Eneas y la chica. Silencio que él aprovechó para mirar alrededor, suplicante, para que algunas de las personas que estaban allí rodeándolo interviniera para detener aquella locura. ¿Qué estaba diciendo? ¿A qué se refería con «sobrevivir a esta noche»? Entonces, sin poder evitarlo, se acordó de las serpientes. Empezó a moverse de un lado a otro, todo lo que pudo, aunque eso no era demasiado dado que seguía atado de pies y manos. Hizo tanto esfuerzo que las rodillas, en las que estaba apoyando todo su peso, comenzaron a dolerle. Seguro que a esas alturas ya estarían sangrando.

—Tranquilo, tranquilo. No te alteres. Más te vale guardar energías para lo que viene a continuación. Las vas a necesitar porque, y aquí viene la mala noticia, estás en el cementerio de Highcastle.

El chico no sabía por qué eso debía ser una mala noticia, a no ser que estuviera maldito. «No seas estúpido —se regañó—, nunca has creído en fantasmas, y ahora no es el momento para empezar a hacerlo». Un movimiento a su espalda se empeñó en contradecir esa afirmación e hizo que Eneas tuviera que volverse y comprobar que tan solo había sido una sombra.

—Mira, no sé a qué estáis jugando —se enfrentó a la chica, sabiendo que las palabras que iba a pronunciar no concordaban demasiado con la forma de actuar que había tenido hacía unos momentos—, pero no vais a conseguir asustarme. Sé que soy el nuevo y que os parece gracioso traerme hasta aquí en mitad de la noche, está bien. Ya os habéis divertido bastante. Así que ahora soltadme o…

—¿O qué? —La voz que salió de debajo de la máscara de pájaro le dejó muy claro a Eneas que estaba jugando con fuego.

—O se lo diré a Caronte.

El chico supo que decir aquel nombre había sido una idea nefasta por su parte en el mismo momento en el que lo pronunció en voz alta. Unas carcajadas generalizadas rompieron el silencio del cementerio. Fueron tan estruendosas que incluso unos pájaros que dormitaban en alguna rama salieron graznando despavoridos.

—Mira, chico, no sé quién te crees que eres —dijo ella con calma. Su voz le recordó a los sonidos que hacían las serpientes justo antes de atacar—, pero Caronte no es una baza que puedas usar ahora mismo. Así que no nos hagas perder más el tiempo. Nosotros nos vamos a ir, te dejaremos completamente solo y, entonces, comenzará la carrera. Recuerda: solo ganas si consigues salir vivo del cementerio antes de que salga el sol.

«Esto no puede estar pasando, no puede estar pasando», se repetía Eneas una y otra vez, y se lo habría dicho un millón de veces si no fuera por el mareo que le invadió de repente. La cabeza le empezó a dar tantas vueltas que se habría caído si hubiera estado de pie. Sintió que su respiración era cada vez más agitada, en cambio, los ojos comenzaron a pesarle como si estuvieran hechos de plomo.

—¿Qué…?

No le dio tiempo a formular la pregunta. El mareo le invadió de tal forma que terminó por caer rendido. Y entonces todo se llenó de oscuridad.

Cuando despertó, un intenso dolor le martilleaba la cabeza incesante. Le costó un rato ubicarse y descubrir que seguía tendido en mitad del cementerio. No tardó demasiado en darse cuenta de que estaba solo. No había ni rastro de los que lo habían llevado hasta allí, no había máscaras ni capas. Lo habían dejado tirado a su suerte.

La boca le sabía a metal, como si hubiera estado masticando tornillos durante un buen rato; necesitaba agua, pero era consciente de que le sería muy difícil encontrar una fuente por allí, pues no conocía el terreno en absoluto.

«Me han drogado». Esa fue la rápida conclusión a la que llegó. El dolor de cabeza, el mareo, la desorientación... No había otra explicación. Pero ¿cuándo? No recordaba que le hubieran obligado a tomar nada extraño, así que la única opción era que alguien se lo hubiera echado en su puré de calabaza. Aquello no podía estar pasando, esa broma de mal gusto se les estaba yendo de las manos. Había oído hablar de personas que se drogaban, que fumaban opio en lugares clandestinos, sin embargo, él jamás había probado nada por el estilo. Conocía a los adictos, por supuesto, gente que lo perdía todo por consumir una vez más, incluso personas que caían enfermas de repente. O peor, que acaban ardiendo en una pira en mitad de la ciudad ante la atenta mirada de los vecinos. ¿Y si le llega a sentar mal? ¿Y si hubiera muerto? ¿De verdad valía la pena hacerle pasar por ese mal rato con tal de gastarle una broma pesada?

Entonces, recordó las palabras de la chica que parecía estar al mando: «Solo ganas si consigues salir vivo del cementerio antes de que salga el sol». ¿A qué se refería? Estaba en un cementerio, no podía ser tan difícil salir de allí. Así que se puso en marcha, les iba a dar una lección a esos idiotas que se pensaban que por sacarlo de su cama a medianoche iban a conseguir amedrentarlo. Él venía de Selán, donde no había cocineros que preparaban la cena que a uno le apeteciera, donde no había enormes castillos convertidos en posadas en los que cada uno parecía hacer lo que le viniera en gana, donde se tenía que trabajar para ganarse el pan. «Ahora esta es tu vida, eres uno de ellos», le dijo una voz salida de lo más profundo de su mente. Y sí, tenía razón, pero había algo que no podrían llevarse nunca con ellos: su dignidad.

Cuando fue a levantarse, se cayó de bruces contra el suelo, entonces recordó que estaba atado de pies y manos. Eso, sin duda, iba a ser un problema. Miró a su alrededor, quizás alguno de ellos se hubiera apiadado de él y hubiera dejado un cuchillo o algo para poder cortar las cuerdas. Pronto se dio cuenta de que aquello era una fantasía que no se iba a cumplir: no había nadie de su parte. Por lo que no le quedó otra opción que estrujarse los sesos para intentar liberarse. Giró la cabeza en varias direcciones y analizó el lugar en el que estaba: pudo observar decenas de tumbas, algunas tan antiguas que las lápidas estaban llenas de musgo y hiedra. También había árboles, grandes y nudosos, así como malas hierbas que crecían por doquier. Fue entonces cuando tuvo una idea. A rastras, se fue acercando a una de las tumbas que quedaban a su derecha. Escogió una vieja, una que tenía una losa irregular y erosionada por el tiempo. Supuso que en Vésticum llovía con frecuencia, pues muchas de las piedras estaban agrietadas y rotas. La lluvia, junto a los cambios de temperatura, iban a ser ahora sus grandes aliados. Se puso de espaldas a una de las lápidas y se incorporó lo justo para que sus manos quedaran a la altura de la piedra, tratando de no perder el equilibrio, comenzó a moverlas de arriba abajo, frotando la cuerda con toda la fuerza de la que era capaz en aquella posición. Cuando pensó que no lo iba a conseguir, lo notó: las hebras empezaban a ceder. Eso le dio el impulso que necesitaba para seguir frotando cada vez más deprisa. Así, en cuestión de minutos, consiguió liberarse de las ataduras que ya estaban empezando a herirle la piel. En cuanto se las quitó, corrió a deshacer el nudo de la cuerda que le anudaba los pies y, aunque le costó un poco, al final terminó por liberarse del todo.

Se levantó con cuidado, pues todavía le dolía la cabeza y sentía un leve mareo. Sabía que si se incorporaba muy deprisa acabaría cayéndose sin poder evitarlo. Ahora solo tenía que encontrar la salida y volver al Liceo. Eso era pan comido.

Cambió de parecer cuando escuchó un ruido a sus espaldas. El sonido de una rama partiéndose hizo que se pusiera en guardia. «No estás solo», concluyó. Y eso no le gustó nada en absoluto. Él no creía en fantasmas, pero sí que temía a las personas. Estas eras reales y malvadas, y podían hacer mucho más daño que un ser que ya había abandonado este mundo. Además, tenía la sensación de que allí no se andaban con tonterías y que harían lo posible para que se amedrentara.

Se escondió detrás de una lápida y trató de afinar al máximo el oído, tal vez así descubriera el lugar exacto del que había venido el ruido. Inevitablemente, su atención se centró en otra cosa: la tumba tras la que se había escondido era la más peculiar que había visto en su vida. En el lugar donde debía haber una losa cubriendo el ataúd, había una suerte de red metálica. Eneas no tenía ni idea de para qué servía, pero la primera imagen que le vino a la mente fue la de una jaula gigante de la que sería imposible escapar. ¿Con qué fin pondría alguien aquello en un cementerio? ¿Es que acaso tenían miedo de que el muerto se escapara de su cama eterna? Tragó saliva de forma ruidosa ante tal teoría y maldijo por lo bajo por haber delatado su posición. Echó a correr. No le quedaba otra opción. Necesitaba encontrar la salida del cementerio cuanto antes y no podía permitirse quedarse de brazos cruzados.

Los primeros pasos los dio de forma indecisa, más por el mareo que sentía que por el hecho de no saber qué rumbo tomar. Sin embargo, la desorientación pronto empezó a hacer mella en él, porque enseguida se dio cuenta de que no sabía cómo iba a salir de allí. Cuando pensaba que ya no iba a ver más tumbas, se daba de bruces con la realidad: aquel cementerio era inmenso y no parecía tener fin. A lo que se añadía la falta de luz, ya que ni la luna se había molestado en salir aquella noche.

Siguió corriendo, con su respiración agitada como única compañía, hasta que se paró en seco: una máscara de pájaro lo miraba de frente, pero no era la de *ella*. Fue a girarse para volver por donde había venido, hasta que la máscara habló:

—Esa es una muy mala idea.

Eneas se fijó mejor y cuando vio que le estaba apuntando con una pistola supo que aquel era el final. Durante el tiempo que llevaba en el cementerio se había repetido en varias ocasiones que tan solo era una broma, que enseguida se cansarían y le dejarían volver al castillo. Tener un cañón apuntándolo directamente le hizo cambiar de idea.

—¿Qué queréis de mí? ¿Es que acaso os he hecho algo?

—Deja de pensar que esto se trata de ti —le contestó. Su voz grave y rasposa le indicó que se trataba de un chico—. Te va a resultar muy complicado salir de aquí, ¿no crees?

Eneas no sabía qué hacer. Se le estaban agotando las opciones y no podía rendirse a aquellas alturas del juego. «Porque es un juego —se dijo de nuevo, tratando de convencerse aun sabiendo que era algo imposible—, y en los juegos no todo vale, hay normas». No supo de dónde le vino aquella idea, pero sintió que era la única forma de hacer que todo terminara, así que, sin pensárselo dos veces, corrió hacia el chico y se abalanzó contra él. Antes de que el otro pudiera reaccionar, estaban los dos forcejeando en el suelo. Eneas controlaba en todo momento que cualquier parte vital de su cuerpo estuviera fuera del alcance de una posible bala, lo cual dificultaba mucho la pelea. En un momento dado, su atacante quiso incorporarse para desprenderse de Eneas, momento que este aprovechó para tirarlo de nuevo al suelo y arrebatarle la pistola.

—Quítate la máscara —le ordenó mientras dirigía el cañón a su cabeza. Aunque jamás había disparado un arma, poco le importaba que esa fuera la primera vez.

—Tranquilo, tranquilo. —El chico levantó las manos en gesto de sumisión—. Yo... Es solo una broma, tranquilo. Ni siquiera está cargada.

Si Eneas hubiera sabido un poco de pistolas, a esas alturas ya se habría dado cuenta de que pesaba demasiado poco como para estar cargada y de que le estaba diciendo la verdad. Sin embargo, sus conocimientos sobre armamentística eran nulos y no pretendía fiarse de su palabra lo más mínimo.

—Vas a levantarte muy despacio —ordenó Eneas sin dejar de apuntarle a la cabeza ni un solo segundo—, y me vas a llevar fuera de este cementerio. ¿De acuerdo?

—¿No has entendido lo que he dicho? ¡Que está descargada!

El chico de la máscara de pájaro comenzó a levantarse despacio, ya con las manos bajadas a cada lado del cuerpo.

—¡Quieto! ¡No des ni un paso más!

—¿Qué vas a hacer? ¿Dispararme? Adelante. —Se plantó delante de Eneas y abrió los brazos en cruz, desafiante—. Venga, a ver si tienes lo que hay que tener para disparar.

Una gota de sudor resbaló por la frente de Eneas. ¿De verdad quería jugar a aquel juego? ¿De verdad iba a ser capaz de llegar hasta el final?

—¡Mientes! —gritó—. ¿Por qué ibas a tener una pistola que no puedes utilizar? ¡No tiene sentido!

—Solo queríamos divertirnos un rato, eso es todo. Pensábamos que tú también lo harías, es la tradición.

—¿Qué era lo que más gracia me tenía que hacer? ¿Que me drogarais? ¿Que me sacarais en mitad de la noche de mi habitación? ¿O tal vez que me dejarais en un cementerio mientras vosotros me asustabais con vuestros disfraces ridículos?

—Venga, amigo, que no es para tanto, no te enfades. —Se acercó unos pasos, si alargaba un poco el brazo podría rozar la pistola.

—¡Te he dicho que no te muevas!

Fue cuestión de segundos, pero durante ese breve espacio de tiempo pasaron por la mente de Eneas miles de pensamientos. «Se está quedando contigo, miente, quiere hacerte daño, es una broma, déjalo, baja el arma, dispara, insiste en que te saque de aquí, enséñale quién manda, tan solo es un juego, no iba a hacerte daño, mátalo, dispara, dispara, ¡dispara!».

El dedo de Eneas apretó el gatillo; dos suspiros contenidos fueron lo único que se escuchó en el cementerio.

Entonces, se comenzaron a oír unos aplausos pausados.

—Vaya, vaya, vaya. El mojigato tiene agallas.

La chica del atuendo curioso, la que le dio las órdenes antes de que se desmayara, salió de entre las sombras. Eneas la miró confuso y, por un momento, temió haber tomado la decisión incorrecta. ¿Y si apretar ese gatillo lo había sentenciado? Al fin y al cabo, había estado dispuesto a matar a uno de los suyos.

—No lo esperaba, la verdad. Y eso que tengo buen ojo con los nuevos.

Se acercó a él poco a poco, como si ella fuera un guepardo y él, un pequeño corzo asustado. Pisaba el suelo con poder, como quien sabe que todos a su alrededor se rinden a sus pies. Cuando se llevó las manos a la máscara para deshacerse de ella, Eneas supo que estaba perdido.

Debajo de ese horrible pico y de esas piedras granates sin alma, se hallaba el rostro más perfecto y más bello que había visto en su vida. Si cuando escuchó su voz por primera vez pensó en una serpiente venenosa, ver esa cara hizo que confirmara su teoría. «Como si con esos colores tan llamativos pudiera disimular lo peligrosa que es», pensó. El joven se preguntó cómo era posible que en plena oscuridad fuera capaz de distinguir hasta el más mínimo detalle de su rostro. Era como si tuviera luz propia. Todo en ella parecía estar diseñado para ser amado: desde su pelo castaño hasta sus finos labios. No comprendía cómo podía caber tanto brillo en unos ojos. Por un instante, quiso apartar la mirada, dirigirla a otro sitio que no fuera la dureza de esos ojos de hielo, pero no pudo. Como quien es incapaz de apartar la mirada del fuego aunque este sea capaz de destrozar lo que más se ama en cuestión de segundos.

Cuando la chica dio un par de pasos más hacia él, Eneas retrocedió otros tantos. Toda la valentía de la que había hecho gala cuando apretó el gatillo se esfumó de repente.

—Tranquilo, novato, no voy a hacerte daño —dijo con calma. Su voz era suave y aterciopelada, y a la vez salvaje y arrolladora. El chico supo que era una voz de la que se podría enamorar. Odió ese pensamiento.

Nunca se había enamorado. Una vez, en la escuela, sintió un cosquilleo en la tripa cuando Alisa Marvin le dio un beso en la mejilla. Sin embargo, cuando se enteró de que había sido por una apuesta y que en realidad Alisa solo pretendía reírse de él, se prometió a sí mismo olvidarse de las chicas para siempre.

Y lo había cumplido. Había centrado su vida en otros quehaceres y se había alejado por completo de aquello que llamaban amor. Al fin y al cabo, si todo salía bien, la Gobernacía se encargaría de encontrarle una pareja idónea cuando cumpliera los dieciocho.

Hasta ese momento.

Le sorprendió comprobar que no fue su corazón el que se encargó de hacérselo saber: fue su estómago, que se encogió de tal forma que amenazó con desaparecer.

—Yo... Yo no quería disparar, ha sido en defensa propia —Eneas titubeaba tanto que casi no le salían las palabras. Y eso sería algo que le enfurecería más tarde, en la soledad de su habitación, cuando se diera cuenta del ridículo que había hecho.

—Oh, no, no, ya lo sé. —El tono de la chica se volvió más cálido, como si estuviera hablando con alguien indefenso—. Es normal. Estabas asustado, y quizás nosotros no hemos empezado con buen pie. De hecho, puede que nos hayamos propasado un poquito. Pero no te lo tomes a pecho, es algo que hacemos siempre con los nuevos. Necesitamos estar seguros de que el Liceo es un buen lugar para ellos. Y tú has demostrado que tienes lo que hay que tener para ser uno de los nuestros.

—¿Ah… sí? —A Eneas le habría encantado decirle que lo que acababa de hacer estaba mal, y que no quería ser partícipe de una secta como aquella si la condición era pasar por una tortura innecesaria. Sin embargo, lo único que pudo hacer fue ruborizarse ante aquel piropo.

No sabía por qué, pero ahora sentía que quería formar parte de aquello. Costara lo que costase. Bueno, en realidad sí que lo sabía. No tenía ni idea de quién era esa chica. Ni si tenía alguna posibilidad con ella. Ni si merecería la pena. Ni si aquello que sentía en su interior no era más que un capricho que se desvanecería al día siguiente. Sin embargo, le daba igual. Jamás había visto un rostro tan perfecto, una mirada tan intensa, un pelo tan brillante, unos labios tan…

—Por supuesto —sentenció ella—. Para ser uno de nosotros se necesita valentía, ganas y decisión. Vas a tener que hacer cosas de dudable reputación y vas a tener que enfrentarte a todo tipo de retos; retos que jamás habrías imaginado. Así que sí, por supuesto que eres uno de los nuestros. Y ya que no hemos empezado de la mejor manera, déjame arreglarlo.

Eneas asintió de forma casi imperceptible, lo que le dio a la chica permiso para acercarse a él y salvar la distancia que los separaba.

—Me llamo Carey Regminton. —Le tendió la mano y Eneas se la apretó un poco más nervioso de lo que le habría gustado—. Y voy a ser tu mentora.

CAPÍTULO 18

Carey Regminton
Vésticum, al sureste de Vestalia

¿Me puedes explicar por qué has tenido que traer a ese mequetrefe?

Carcy daba un paseo tras otro por el despacho de su padre. Siempre había odiado ese sitio, aunque jamás lo había dicho en voz alta. Los tapices, las opulencias y, sobre todo, las piezas de caza que tan orgullosamente decoraban cada pared hacían que se pusiera de mal humor. Aquello no solo gritaba poder por cada esquina, sino que era una declaración de principios: Caronte lo era todo en Vésticum y nadie podría bajarle del pedestal que él mismo había construido.

Había algo en Eneas que la descolocaba. En general, a pesar de que se lo pasaba muy bien contemplando el miedo en la cara de los recién llegados, no podía evitar ponerse en guardia cada vez que entraba alguien nuevo al Liceo. No sabía hasta qué punto eran buenos candidatos, no sabía hasta qué punto se iban a convertir en un quebradero de cabeza. Era cierto que Eneas había tenido valor en el cementerio, pero sabía que era la típica persona que le iba a poner las cosas difíciles. Tenía la certeza de que era de los que se pensaban las cosas dos veces. Y, aunque a él le había dicho lo contrario la noche anterior, estaba segura de que su paso por el Liceo le iba a costar más de un disgusto. Sobre todo porque se había dado cuenta de cómo la había observado. Conocía esa mirada y sabía que solo traía problemas.

—Cariño, no tengo tiempo para esto. ¿No tienes nada mejor que hacer que revolotear por aquí como si fueras una avispa enfurecida?

Si las miradas pudieran matar, en esos instantes Caronte habría caído al suelo fulminado.

—Sabes que no; mi clase no es hasta dentro de media hora, y esto es importante. Dime por qué has traído a Eneas.

—Porque necesitamos gente.

—No me mientas, por favor. —Carey, con el tiempo, había aprendido que su padre en muy pocas ocasiones decía la verdad, aunque no estuviera en un auditorio. De hecho, hacía muchos años que no pisaba uno.

—Se me da bien. Si no supiera mentir no habría levantado este imperio, ¿no crees? —Abrió los brazos como queriendo abarcar todas las riquezas que decoraban su despacho, a lo que Carey respondió poniendo los ojos en blanco y cruzándose de brazos. Había momentos en los que la vanidad debía dejarse de lado, como cuando se habla con una hija, pero eso era algo que Caronte no comprendía.

—Sabes que no tienes que demostrarme nada, ¿verdad?

—Es que a veces tengo la sensación de que se te olvida quién soy.

Carey quiso correr un tupido velo para no tener que contestar a aquello con algo de lo que, seguramente, se arrepentiría a los pocos segundos. Así que decidió sentarse en una de las butacas que presidían la estancia, justo delante de una enorme chimenea en la que chisporroteaban unas brasas que amenazaban con apagarse. Caronte no tardaría en llamar al servicio para que alguien viniera a avivarlas, pues esa era una tarea de la que él en persona jamás se encargaba; como todo lo que tuviera que ver con el mantenimiento del castillo.

—Venga, en serio, deja de tratarme como a una niña pequeña, ya tengo edad suficiente para conocer los entresijos del Liceo, y está claro que no tomas nunca ninguna decisión al azar.

Caronte sonrió de forma tan imperceptible que su hija apenas se dio cuenta del gesto. «Es lista —se dijo—, como su madre». La madre de Carey había fallecido el mismo día que le dio la vida. Hubo una pequeña complicación que después derivó en varias complicaciones más graves, hasta que llegó un punto en el que la pérdida de sangre fue tan ingente que nada pudieron hacer por ella. Entre los gritos de rabia de Carey, que clamaba por volver al lugar de donde había salido como si supiera que estaba entrando en un mundo que iba a ser demasiado cruel con ella, la mujer, el amor en estado puro, abandonaba los brazos de la vida.

—Está bien. Tú ganas.

Caronte se levantó de la silla que descansaba detrás del escritorio de madera maciza y se sentó junto a su hija en otro de los sillones. Aprovechó la ocasión para coger su pipa de brezo, que estaba en una mesita contigua lista para ser usada.

—Soy toda oídos.

En el fondo, a Carey le ponía muy nerviosa aquella situación. Aunque intentaba hacerse la fuerte ante su padre, no podía evitar sentir que lo decepcionaba segundo tras segundo. Tenía que analizar cada palabra que decía, cada gesto que hacía, para no mostrarse inferior a él. Y eso era algo agotador y que no siempre conseguía. Caronte, cuando esto ocurría, la miraba con orgullo, pues era muy consciente de que trataba de ser mejor que él; precisamente, lo que más ansiaba en la vida: que su hija fuera ambiciosa y que tuviera las cosas claras. Solo así podría ser la digna sucesora del Liceo cuando él no estuviera allí para manejar los hilos.

—Es cierto lo que te he dicho —comentó este después de darle una larga calada a su pipa. El humo, denso y fuerte, lo cubrió todo por unos instantes—. Necesitamos más gente. Cada día, la

Gobernacía va perdiendo poder y es nuestra oportunidad para ganarle terreno. —Le encantaba incluir a Carey en sus frases, como si esta fuera parte de la cúpula del Liceo y tuviera alguna capacidad de decisión; aunque ambos sabían que nada de eso era cierto—. Necesitamos más gente dentro de nuestras filas, pero no podemos conformarnos con vagabundos que no tienen dónde caerse muertos, ni con personas con la cabeza sin amueblar. Al fin y al cabo, quedar en manos de la Gobernacía no es plato de bueno gusto, y la gente prefiere ser dueña de su destino.

»Nos llegan solicitudes a diario para formar parte del Liceo, algún día te contaré más sobre esa parte de la administración —dijo cuando vio que su hija levantaba una ceja confusa—, pero ninguna es lo suficientemente buena. Tengo la sensación de que muchos de los que vienen aquí se creen que esto es un juego, un pasatiempo. Que por contar cuatro mentiras ya van a tener la vida resuelta. Y los dos sabemos que no es así, que es muy difícil ser un mentiroso profesional y que no hacerlo bien puede significar la muerte. Y no quiero más entierros.

—Al grano —le instó Carey nerviosa. Tenía entre las manos un pequeño juguete con forma de loro compuesto de engranajes. Sus ojos, dos esmeraldas tan diminutas como un grano de arroz, refulgían frente al poco fuego que quedaba en la lumbre.

—El caso es que Eneas es perfecto —continuó su padre—. Un chico solo, sin familia, sin nadie que le pueda echar una mano. Pronto será mayor de edad y la Gobernacía no tiene un futuro muy halagüeño para las personas como él. Ya sabes que no fue él quien vino; fuimos nosotros los que lo encontramos.

No hacía falta que Caronte le explicara cómo trabajaba, Carey lo conocía muy bien.

—Me cercioro mucho de lo que hago. ¿O te piensas que voy a dejar entrar en mi casa al primero que pase sin pensármelo dos veces? Tengo «amigos» —entrecomilló con los dedos— por toda Vestalia, en cada una de las ciudades, que se encargan de echar un vistazo por las calles para detectar buenos mentirosos, ya sabes.

—Y por eso mandaste a Aiden —concluyó Carey. Las piezas del rompecabezas comenzaban a encajar poco a poco.

—Exacto. Mandé a uno de mis hombres para que hiciera su trabajo: embaucar. Y no le costó demasiado, por lo que me comentó la otra noche. Eneas es un buen muchacho, o eso parece, y ahora mismo está en una época de su vida en la que su brújula no sabe hacia dónde apuntar. Es en esos momentos en los que aparecemos nosotros.

Carey asintió con lentitud. Sus ojos estaban fijos en los del loro mecánico, que movía las patitas al girar una tuerca diminuta. Cuando hablaba con su padre, prefería centrar su atención en otra cosa para no tener que mirarlo a la cara; había veces en las que era incapaz de enfrentarse a sus ojos.

—Pero es demasiado torpe… —dijo ella casi en un susurro.

—Sí, tal vez no sea el prototipo de chico que entra en el Liceo. —Caronte pensó en los músculos de los que hacían gala la mayoría de miembros de su castillo. Eran ágiles, fuertes y estaban preparados para ganar en un combate cuerpo a cuerpo en caso de que tuvieran que recurrir a ello. Y Eneas… Eneas estaba en buena forma, pero no podía compararse con los demás—. Por eso te necesito a ti. Eres la mejor mentora que podría tener. Te lo prometo, cielo —le dijo mientras buscaba su mirada—, ese chico tiene algo especial y nos va a hacer subir muchísimo en la escalera en la que se ha convertido esta lucha contra la Gobernacía. Necesitamos más personas que mientan o acabaremos por desaparecer. Ya te daré más detalles otro día. —Carey pensó en la de información que su padre no le contaba y no pudo evitar chascar la lengua—. Eneas tan solo requiere un poco de entrenamiento, quizás hacer unas pesas y practicar algunos movimientos. Todo lo demás lo tiene, estoy seguro.

La chica, rendida ante esos ojos que no paraban de buscarla, no pudo hacer otra cosa que suspirar. No compartía en absoluto la opinión de su padre. Había decidido hacer la broma del cementerio para ver de qué pasta estaba hecho el nuevo, y eso le sirvió para darse cuenta de que era demasiado blandengue para su gusto. Después de darle vueltas durante toda la noche, había concluido con que el hecho de que decidiera disparar contra aquel chico no le hacía más valiente. Al contrario, lo convertía en alguien peligroso y voluble. No sobreviviría a la primera mentira, lo tenía clarísimo. Lo más seguro era que metiera la pata en el segundo o tercer encargo y que acabara con un tiro en la cabeza y la sensación de haberse equivocado de bando.

—Me voy, los chicos me esperan.

—Aprovecha las lecciones. —Carey se paró en seco justo cuando iba a atravesar la puerta del despacho. No entendió a qué vino eso; ella siempre hacía bien su trabajo—. Enséñales todo lo que puedas, las cosas se están poniendo difíciles en el Liceo.

Su padre jamás mostraba ni un signo de debilidad, así que escuchar esas palabras fue como recibir un jarro de agua fría.

—¿Qué ocurre?

La muchacha no sabía si quería saber la respuesta. Su padre era la persona más decidida y segura de sí misma de toda Vestalia, y su ceño fruncido no auguraba nada bueno.

—No puedo contártelo, todavía no. Pero ruego que me hagas caso. Dales toda la información de la que dispongas, prepáralos de la manera que mejor te parezca. Ya te lo he dicho antes, no quiero más funerales.

Anduvo por los pasillos con paso firme, haciendo resonar los tacones de sus botas altas a pesar de la mullida alfombra que cubría el suelo del castillo. Quería hacerse oír, quería que todos supieran dónde estaba, a pesar de que eso no significaba que fuera accesible. Eso se dijo a sí misma, aunque en realidad lo que pretendía era acallar la voz de su padre, que se había instalado dentro de su cabeza y le repetía una y otra vez que las cosas en el Liceo no iban bien.

—Muy bien, novatos, prestad atención.

Como siempre, le gustaba hacer entradas triunfales en sus clases. A ese grupito ya lo conocía, pues hacía unos días que había tenido su primera toma de contacto con aquellos alumnos. Puso los ojos en blanco cuando vio que entre ellos se encontraba Magritte Dalvi. Sabía que, como profesora, no podía tener manías ni preferir a un alumno frente a otro, pero no la soportaba, era superior a sus fuerzas. Magritte se dio cuenta de ese gesto y elevó una ceja desafiante. El tedio era mutuo.

A pesar de que podría haber comenzado un pulso que sabía que ganaría, Carey decidió olvidarse de la chica y buscó entre todos los rostros para hallar el de la persona que más esperaba encontrar. Enseguida lo vio, supo que su mera presencia empezaba a incomodar a Eneas, pues este no tardó en removerse en su asiento. La forma en la que se separó un poco el cuello de la camisa de su garganta terminó de confirmar sus sospechas: Carey lo ponía tremendamente nervioso.

—¿Dónde nos habíamos quedado? —preguntó mientras se dirigía al escritorio que presidía la clase, no sin antes dedicarle una mirada indescifrable a un Eneas que cada vez estaba más rojo.

Por la página cincuenta y siete, señorita Regminton contestó una voz masculina de la primera fila.

—¿Sí? ¿Eso crees? —Quiso decirle que aquella era una pregunta retórica, en cambio, se mordió la lengua. Iba a ser un día muy largo y necesitaba guardar energías, aun así, comenzó a pasearse entre las mesas—. En fin —suspiró—, ¿alguien puede decirme si es posible mentir contra cualquier persona?

En realidad, hoy tenía previsto hablar de las características de los diferentes auditorios de Vestalia, lección que le gustaba mucho porque podía recrearse con las explicaciones arquitectónicas. Sabía que se ponía un poco pedante en aquellas lecciones, pero también disfrutaba al observar la cara de los alumnos cuando aseguraba haber mentido en todos y cada uno de los auditorios existentes. Sin embargo, muy a su pesar, mientras se dirigía a la clase cambió de opinión. Precisamente por la conversación con su padre. No sabía lo que ocurría en el Liceo —aunque, conociéndolo, debía de ser algo preocupante—, pero haría todo lo posible por ayudar.

—¿Nadie va a hablar?

Los alumnos evitan su mirada igual que ella evitaba la de Caronte.

—Venga, que ya sabéis que estamos aquí para aprender. —Sonrió un poco y se peinó el flequillo castaño con distracción para tratar de que los chicos se animaran a hablar. No funcionó—. De acuerdo, tú, el nuevo.

Eneas pegó un respingo en la silla cuando el dedo de Carey lo apuntó.

—Yo… no… no… —Empezó a ponerse tan nervioso que las palabras no encontraban la forma de salir.

Una risa proveniente de la primera fila hizo que todavía se pusiera más rojo. A Carey no le hizo falta mucho para darse cuenta de que había sido Magritte. Qué manía le tenía. Incluso le había pedido a su padre que la pusiera con otro mentor, pero él insistió en que esa fijación que tenía con ella tan solo se debía a prejuicios injustificados que debía abandonar.

—Señorita Dalvi, ¿quizás usted pueda echarle una mano a su compañero?

—Por supuesto. —Magritte se sentó más recta, si eso era posible, y sonrió con aire de suficiencia. Sus rizos oscuros destacaban de forma alarmante y su cara angelical, comprendería después Eneas, escondía una maldad sin límites. Su tono, impostado e infantil, sacaba de quicio a Carey—. Es evidente, como todo el mundo debería saber, que no se puede mentir contra cualquiera.

Hay determinadas personas que están protegidas. Sus nombres no pueden usarse a la hora de mentir.

Carey asintió mientras se mordía la lengua. «No puedo con esta sabelotodo», pensó.

—¿Y alguien sabe por qué?

—Pues porque en Vestalia las vidas tienen distinto precio dependiendo de la persona —dijo un chico de la última fila.

—Me temo que esa es la respuesta correcta. —Carey se dio la vuelta y se dirigió a la tarima—. El sistema no permite que mintamos contra las personas cuyas vidas valen más que las de los demás. A saber: los miembros más importantes de la Gobernacía, los que están emparentados con la realeza y alguno que otro más que, por lo que sea, es imprescindible para este sistema, como las personas que están detrás de su funcionamiento.

—Y como tu padre.

Carey atravesó a Magritte con la mirada. ¿Quién se creía para hablarle así?

—Pues sí. Caronte es una de las personas protegidas por el sistema y contra el que no se puede mentir. Él es, como ya sabrás, imprescindible.

La tensión que había se podía cortar con un cuchillo. Por eso a Carey le asombró tanto que Eneas hablara.

¿Y cómo funciona esa protección?

—Me alegra ver que hay personas que todavía saben lo que es una aportación oportuna. —Clavó sus ojos en los de él. Seguía estando nervioso, pero de alguna manera había conseguido controlar la respiración. Nunca había visto unos ojos tan verdes y nunca nadie la había mirado de aquella forma, como si tuviera las respuestas a todas las preguntas del mundo—. Si alguien intenta mentir contra una de las personas protegidas, las alarmas se activan e inmediatamente se le pone en busca y captura porque se entiende que es un peligro para la sociedad.

»Es la única forma de garantizar que el sistema de mentiras siga funcionando con normalidad.

—Siempre he pensado que las personas que necesitan protección en realidad no aportan demasiado a esta sociedad —comentó Magritte mirándose las uñas con aire distraído—. ¿Qué valía demuestras al necesitar que te estén protegiendo?

Carey tomó aire, despacio, y contó hasta cinco. Aunque eso no impidió que sus dientes rechinaran al apretarlos con fuerza. No podía con ella, de verdad que no.

CAPÍTULO 19

Eneas Lockwood
Vésticum, al sureste de Vestalia

Eneas no recordaba haber vivido una situación tan incómoda como esa en su vida. Desde allí, sentado en aquella silla de terciopelo rojo que parecía más cómoda de lo que era realmente, pudo ver cómo Carey estuvo a punto de perder los papeles. Sin embargo, para su asombro, la chica respiró y se contuvo. Algo le decía que no era de las que se lo pensaban dos veces cuando alguien le hería el orgullo.

—Venga, no estoy para perder el tiempo. Levantaos y seguidme al jardín de entrenamiento —zanjó. Ya salía del aula cuando una voz hizo que se diera la vuelta.

—¿Entrenamiento? —preguntó Tobyas Jhonson, un chico que parecía querer mimetizarse con su asiento para que nadie reparara en él, pero cuyo miedo le había hecho alzar la voz. Eneas no había reparado en él hasta ese momento.

—Sí, querido Tobyas. —Este alzó las cejas sorprendido de que Carey se supiera ya su nombre—. Te tengo fichado. Ya sé que no te gustan nada estas clases, pero ya es hora de poner a trabajar esos músculos. Por un día que hagan algo de esfuerzo no les va a pasar nada.

El guiño que le dedicó hizo que el chico se estremeciera. Aquello no iba a ser agradable.

—Pero, señorita Regminton —interrumpió Magritte—, no hemos traído ropa de entrenamiento. No creo que pueda correr y dar patadas en tacones.

—¿Ah, no? —Carey se puso delante de ella y enderezó la espalda, con actitud desafiante. Si Magritte hubiera estado de pie, toda la clase habría visto que existían muchos palmos de diferencia entre sus alturas—. Pues yo opino que el peligro acecha en cualquier lugar y que tu enemigo no va a esperar a que te quites los tacones y te pongas ropa cómoda. Irá a por ti sea cual sea la situación y me temo que tú no tienes a nadie que te proteja. ¿O es que todavía no te ha quedado claro?

Magritte se quedó mirándola desafiante. Eneas tuvo la sensación de que, si no estuvieran en clase, Carey le habría dicho cuatro cosas bien dichas. En su lugar, se contuvo, aunque para ello tuvo que hacer un esfuerzo titánico.

—No me hagáis perder más el tiempo. Os quiero en el jardín de entrenamiento en cinco minutos.

—No sé si estoy preparado. —Tobyas se había levantado de su asiento, pero, al contrario que los demás, no se movió de su sitio—. No valgo para esto, me matarán cuando se cumpla una de mis mentiras. ¡Padezco del corazón! ¡Lo juro!

—Si te han elegido será por algo, ¿no? —Eneas se acercó un poco al chico, en parte porque le daba pena y en parte porque a él también le asustaba la palabra *entrenamiento.*

—Yo no, yo…

—Venga, vamos. Tampoco será para tanto, necesitan tenernos enteros si quieren que mintamos por ellos.

Tobyas compuso una cara de pánico que se clavó en las pupilas de Eneas.

—Es tu primer entrenamiento, ¿verdad? —dedujo. Y cuando el chico asintió, Eneas no pudo hacer más que tragar saliva y rezar por su alma. Ahora él tampoco quería ir a ese jardín.

—No seáis miedicas. —La chica de rizos, Magritte, se acercó a ellos con paso firme. En cuanto se puso a su lado comprendió que llevaba aquellos altísimos tacones con los que parecía imposible andar para tratar de compensar su altura. Aun así, se desenvolvía encima de ellos con soltura. Si cuando vio por primera vez a Carey pensó que era como una serpiente, Magritte le dio la sensación de ser una mariposa de la muerte: preciosa hasta que reparabas en la calavera—. Tampoco es para tanto. Además, es necesario.

—Por favor, Magritte —imploró Tobyas—, no nos vengas tú también con ese cuento, que ya nos lo repite Carey a diario. Sabes tan bien como yo que para contar mentiras no hace falta una buena forma física, hace falta ingenio.

—¿Y eso por qué? ¿Cómo se supone que vas a huir de alguien con tu ingenio? —preguntó ella mientras se cruzaba de brazos en un gesto desafiante. Las pulseras de oro con abalorios colgantes que llevaba repiquetearon.

—¡Pues muy fácil! Una vez que mientas, te vas a otra ciudad y te escondes bien. Así, cuando la supuesta venganza llegue, tú estarás muy lejos y nadie podrá encontrarte. No hay más misterio.

—Mira que eres idiota. —La colleja que siguió a esas palabras pilló por sorpresa a Tobyas, que no entendía qué acababa de pasar. Y también a Eneas, que a esas alturas no sabía dónde meterse—. No sé para qué vienes a las clases, la verdad. Una de las normas de las mentiras es que no podemos cambiar de ciudad en las veinticuatro horas siguientes. De otro modo, sería tan fácil que todo el mundo mentiría.

—¿Y eso… eso por qué es así? —Eneas se atrevió a entrar en la conversación, aunque no estaba muy seguro de querer hacerlo; aquella Magritte parecía de armas tomar.

La chica lo miró con gesto duro, y enseguida lo suavizó hasta convertirse en una sonrisa dulce y empalagosa acompañada por un pestañeo incesante; eso hizo pensar a Eneas que le estaba dando un ataque o algo por el estilo.

—Por un acuerdo entre la Gobernacía y el Liceo —dijo ella, aunque pareció, por un momento, que no quería haber dado esa respuesta—. No es que lo sepa seguro, tampoco Carey nos lo ha confirmado, pero es la teoría más factible que manejo ahora mismo. —Con esas palabras, a Eneas le dio la sensación de que era un tema al que le había dado muchas vueltas—. La Gobernacía pinta algo en todo esto, no tengo la menor duda, y no van a dejar que el Liceo se salga con la suya tan fácilmente.

—No te sigo… —comentó Tobyas un poco avergonzado.

—Pues que a la Gobernacía le interesa la existencia del Liceo y a la inversa —contestó después de dar un gran suspiro, demostrando lo irritante que le estaba resultado esa conversación. Por un momento pareció que había dicho algo inapropiado, pero decidió seguir hablando—. Y habrán establecido unas reglas básicas para que ninguna de las dos partes juegue con ventaja. No es tan difícil de entender, ¿no? —Magritte dirigió la mirada hacia Eneas en busca de comprensión.

Sin embargo, él no sabía de qué le estaba hablando. No le había dado tiempo a pesar en esas cosas. Y, tampoco era ese el mejor momento para hacerlo, pues justo después de que Magritte terminara de preguntar, Carey apareció tras el quicio de la puerta como un vendaval dispuesto a arrasar con todo. —¿Se puede saber qué estáis haciendo todavía aquí? ¿Es que acaso no he sido clara?

Los tres agacharon la cabeza y la siguieron por el pasillo. Aun así, Magritte no perdió la oportunidad de darle un codazo a Eneas para que este respondiera a la pregunta que le había hecho hacía unos instantes; él no pudo hacer más que encogerse de hombros.

Cuando llegaron al jardín de entrenamiento, Eneas supo que aquello no era para él. No tenía el nivel de pavor que se leía en el rostro de Tobyas, pero conocía su propio cuerpo y, aunque era ágil y tenía cierta fuerza que le bastaba para atender la finca que tenía en Selán, allí había muchos aparatos que no sabía ni para qué servían. Sobre todo en el que se veían varios discos de metal que parecían más pesados que un carro. No, sin duda no podría levantar aquello.

—Está bien, novatos —gritó Carey mientras se ponía delante del grupo—, alguno de vosotros ya conoce este lugar. Y los que no... Bueno, supongo que os familiarizaréis con él enseguida, porque vais a pasar aquí mucho tiempo. Como ya sabréis por los horarios, tres horas de vuestro día las dedicaréis a entrenar esos cuerpos debiluchos que paseáis por el Liceo sin ningún tipo de vergüenza. —Eneas miró a su alrededor para ver si alguien más estaba tan perdido como él, pues esa era la primera vez que oía hablar de un horario. Pronto se dio cuenta de que debía de ser el único, porque todos los demás observaban a Carey como si nada. Así que esa introducción iba dirigida a él. «Maravilloso»—. Necesito que estéis fuertes, necesito que deis el cien por cien y, sobre todo, necesito que no os maten.

—¿Por qué habrían de matarnos? —preguntó un chico que lucía una coleta larga y brillante. A Eneas le llamó la atención la capa que llevaba, pues estaba adornada con un millón de filigranas plateadas que se confundían con el gris de la tela. «Demasiado ostentoso», pensó—. Somos los mejores, por eso nos habéis elegido, ¿no? Además, tenemos ingenio, seguro que nos las apañamos para huir sin tener que pelear.

Tobyas asintió de manera imperceptible. Parecía que le gustaba aquel apunte.

—Lo siento, no conozco tu nombre —dijo Carey de la forma más educada que pudo, aunque no consiguió engañar a nadie: no le gustó en absoluto aquel comentario.

—Soy Junip Dalton.

—Oh, ya veo. Un Dalton. Así que eres un enchufado —contestó ella tajante. A Eneas le sorprendió aquel tono, pues no estaba acostumbrado a que un profesor hablara así a sus alumnos. Aunque, a decir verdad, todavía le costaba muchísimo ver a Carey como su profesora.

—Que mis hermanos trabajaran para el Liceo no me convierte en un enchufado. Soy igual de válido que todos los demás que están aquí. Bueno —dijo mientras daba una vuelta sobre sí mismo y analizaba los rostros de los que le rodeaban—, diría que soy *más* válido que los demás.

—Lo que eres es un arrogante y un engreído —contestó Magritte sin pelos en la lengua. Sus rizos negros parecieron encresparse como si fuera un gato enfurecido—. Te voy a demostrar por qué tienes que aprender a luchar, asquero…

—¡Eh, eh! ¡Ya basta! —Carey llegó a tiempo para interponerse entre Magritte y Junip, aunque este ya se había hecho una bola en el suelo para que el golpe doliera menos.

Magritte se apartó un poco, sin dejar de mirar ni un segundo al chico, que todavía temblaba un poco. Hasta hizo el amago de volver a cargar contra él, cosa que le divirtió muchísimo porque Junip no pudo evitar soltar un pequeño alarido que recordó al sonido de una gallina siendo perseguida por un perro.

—Os lo voy a repetir por última vez: esto no es un maldito juego. No sé qué os habéis pensando qué es mentir, pero es peligroso. Seguro que muchos de vosotros conocéis a alguien que ha muerto por una mentira. —Más de uno bajó la vista confirmando la teoría de Carey—. Así que ya sabéis a lo que os exponéis. ¿Que no queréis aprender a defenderos? Muy bien, no pasa nada. Os matarán y se acabó. Y el Liceo buscará a otra persona para que ocupe vuestro lugar. Pero no quiero que os capturen, bajo ninguna circunstancia. De hecho, si esto llega a ocurrir, preferiría que acabarais con vuestras vidas enseguida.

—¿A qué te refieres? —preguntó Tobyas. Ni se dio cuenta de que había hablado hasta que fue demasiado tarde.

—Me refiero a que nadie puede descubrir que el Liceo existe. Si cualquier ciudadano se entera de lo que hacéis, querrá matarnos a todos, uno por uno. Si alguien sospecha y os secuestra, hará todo lo posible para que habléis. Y si habláis, se acabó. Así que no, esto no es un juego y no voy a permitir que pongáis en riesgo mi vida ni la de los demás. ¿Os queda claro?

Los alumnos asintieron en silencio, sin atreverse a decir ni una sola palabra.

—Venga, como veo que estáis muy valientes, quiero que deis veinte vueltas al jardín. ¡Ya!

Los chicos obedecieron casi al instante y comenzaron a correr. Magritte maldijo unas cuantas veces por lo bajo porque los tacones iban a acabar con ella, pero al final decidió quitárselos y correr descalza. Era una mujer de recursos y sabía demostrarlo. Nada ni nadie podría con ella.

—Tú, ven aquí.

Eneas se dio cuenta de que Carey lo estaba llamando. El corazón se le aceleró de golpe, y no fue por las tres vueltas que llevaba dadas al patio. No sabía por qué le ocurría eso cada vez que la miraba. Sí, era una mala persona. Egoísta, maleducada, prepotente y vanidosa. Y también tenía unos ojos azules en los que era imposible no perderse, y un perfume de madera de naranjo que hacía que se olvidara de todo lo que estaba pensando cuando ella estaba cerca, y unos labios tan jugosos que daban ganas de…

—Sécate el sudor, anda. —Carey le tendió un pañuelo bordado. Una pequeña sonrisa se le escapó al hacerlo, le hacía gracia ver lo nervioso que se ponía cada vez que ella estaba delante—. Necesito que vengas conmigo. Tú no corres más hoy.

Eneas, confuso, asintió.

—Los demás —gritó al grupo que seguía dando vueltas—, no paréis hasta que no venga Aiden. Tengo que irme un momento.

Los alumnos suspiraron aliviados; Aiden era mucho más flexible y podrían manejarlo a su antojo, no les costaría ni un minuto convencerlo para que les dejara tumbarse en la hierba para tomar un poco el sol.

—¿Dónde vamos? —preguntó Eneas, aunque no sabía si quería saber la respuesta.

Carey le guiñó un ojo. ¿En qué momento le había empezado a divertir tanto ese chico?

—A por tu primera misión. Es hora de mentir.

SEGUNDA PARTE

CAPÍTULO 20

Caronte Regminton
Vésticum, al sureste de Vestalia

Las sábanas de seda le parecían de espinas aquella mañana. Ni toda la fragancia de lavanda y violetas de Vestalia habría podido relajarlo en esos momentos, y eso que había pasado la noche con una de sus compañías más fieles. Se había decantado por Osclan, un joven apuesto que era tan buen amante como confidente, y aprovechó las horas mucho más que para divertirse un rato. Era la persona a la que recurría cuando las cosas se torcían en el Liceo; Caronte sabía que entre esas paredes no había nadie más leal que él, por eso en sus momentos de debilidad, esos en los que sentía que el cargo le venía demasiado grande, decidía pedir su consejo. Aunque casi nunca lo siguiera.

Caronte era un gran amante de las obras de arte, así que cómo no iba a enamorarse de Osclan y de su cuerpo tallado tal y como los dioses lo habrían querido. Su piel, morena y tan lisa y suave que se confundía con las sábanas de seda, no era nada impresionante en comparación con sus ojos negros, esos que era imposible no mirar.

—¿Qué tal has dormido? —El muchacho, todavía a medio camino entre las tierras del sueño y Vésticum, sabía que Caronte no gozaba de muy buen despertar, así que hacía todo lo posible para que su mal humor se esfumara. Quizás por eso dirigió la mano a las partes más íntimas de Caronte mientras que con la otra se echaba hacia atrás su media melena negra como el azabache.

—No, Osclan, no me apetece —dijo el hombre a la vez que se deshacía de las caricias—, pero gracias por la oferta. La verdad es que no he dormido bien, he tenido demasiadas pesadillas que no me han dejado pegar ojo.

Sabía que si le contaba a Osclan cada uno de los malos sueños que lo habían asolado aquella noche, el chico escucharía con paciencia hasta que terminara de hablar. Y después buscaría las palabras adecuadas para tranquilizarlo. Sin embargo, no quería cargarlo con más de sus problemas. Además, le preocupaba mucho más el futuro que el pasado, ese no podía cambiarse y la sensación horrible que le habían producido aquellas pesadillas no tardaría en disiparse. En cambio, lo que venía a continuación…

—Espérame aquí, te traeré un té y unos dulces para que empieces el día con energía. —Los pensamientos de Caronte se esfumaron de repente.

Sabía que era imposible enturbiar el entusiasmo de Osclan. No había nadie como él, y por eso a veces le dolía llamarlo únicamente cuando le convenía. «Ya sabes que no tengo tiempo para relaciones», le dijo una vez cuando el joven le preguntó que por qué no formalizaban su idilio. A esa frase le siguieron varias afirmaciones más que ni el propio Caronte se creía. Lo cierto era que le gustaba tener a Osclan solo para él, hacía que lo suyo fuera más íntimo, más secreto. Y no había nada en el mundo que le gustara más a Caronte que un buen secreto bien guardado.

Sin embargo, a pesar de que se repetía una y otra vez que aquello no era una relación, Osclan llevaba frecuentando sus sábanas durante demasiado tiempo, y hablaban de temas que no se solían comentar entre amantes. De hecho, Caronte podía jurar que no existían secretos entre ellos, ya que se lo contaban todo. Sentía que podía confiar plenamente en él, y tenía la convicción de que ese sentimiento era mutuo. Incluso le había confesado el mayor de sus secretos, ese que ni siquiera Carey sabía. Tanto confiaba en él.

Aun así, no le gustaba darle más importancia de la necesaria a aquella relación. Tal vez porque estaba demasiado ocupado o tal vez porque ya había perdido en una ocasión al amor de su vida y no estaba dispuesto a que algo así volviera a ocurrir.

—Ven, no hace falta que vayas —le dijo—. Quedémonos un rato más aquí.

Osclan obedeció complaciente y volvió a meterse debajo de las sábanas doradas que tan bien definían al anfitrión de la habitación.

—¿Quieres hablarme de tus pesadillas? —le ofreció.

—No hace falta. Ya sabes cómo funciona mi cabeza a veces. Solo eran cosas sin sentido, pero lo suficientemente reales como para no dejarme dormir en paz. En fin, creo que me estoy haciendo mayor.

—Estás en la flor de la vida —le confirmó Osclan, que ya sabía qué contestar cuando Caronte sacaba a relucir la diferencia de edad entre los dos.

Era posible que se llevaran casi veinte años y que Osclan, a su lado, pareciera más un hijo que un amante, pero no era eso lo que le preocupaba: lo que más le traía de cabeza a Caronte era el hecho de que al chico le quedaba todavía una vida entera por vivir. Cuando él no fuera más que huesos encerrados en un mausoleo, Osclan todavía tendría tiempo del que disfrutar. Incluso podría volver a enamorarse, cosa que entendía a la perfección.

—Una flor un poco marchita —comentó Caronte casi en un susurro.

—Cómo te gusta hacerte el dramático, Carey lo ha sacado de ti, sin duda.

Él se rio. En eso tenía razón: su hija era igual de dramática que él, no se podía negar. Le gustaba hacerla rabiar y decirle que ese temperamento lo había sacado de su madre, pero los dos sabían que eso no era verdad. Carey se parecía a Caronte muchísimo más de lo que le gustaba admitir, ya que en él veía a un padre que le había abierto muchas puertas y también a una persona que podía cerrárselas si le venía en gana. Su relación estaba llena de altibajos, con tanta admiración como decepción repentina. Y eso, también, era una cosa que los dos sabían perfectamente.

—Necesito que mientas por mí —confesó Caronte por fin. Había tenido esas palabras guardadas a buen recaudo durante unos días, y cuando comprendió que no iba a haber un momento idóneo para pronunciarlas decidió lanzarse.

—Ya conoces nuestro trato —dijo Osclan tajante. Su rostro cambió al instante. Lo que antes era amor y cortesía ahora se había transformado en desconfianza.

—Lo sé, y créeme cuando te digo que no te lo pediría si no fuera necesario.

—Tienes un montón de súbditos que estarían encantados de mentir por ti. Sabes que no solo harían eso, sino que morirían en tu nombre si hiciera falta. Se destrozarían las venas a bocados si tú se lo pidieras.

—No puedo recurrir a ninguno de ellos. —Aunque Caronte era un hombre directo y de palabras claras, no encontraba la manera de decir aquello—. Solo tú puedes enfrentarte a lo que tengo entre manos.

—Olvídalo, Caronte. —Osclan se levantó de la cama, sin importarle su desnudez, que ahora quedaba libre al no estar tapado con la sábana—. Te lo dejé bien claro cuando empezamos. Yo estaría a tu lado, siempre, con una sola condición: no volvería a mentir. Ni para ti ni para nadie. Y tú estuviste de acuerdo, de hecho, me diste este anillo que no sé por qué sigue en mi dedo.

Caronte se levantó de un salto cuando vio que Osclan trataba de quitárselo, que no parecía querer salir. El hombre recordaba perfectamente el día que se lo dio: estaban en medio del puente Cron, era de noche y no había nadie cerca. Hacía unos días,

Osclan le había confesado que había visto una sortija que le había enamorado mientras paseaba por las tiendas de Vésticum. No se lo dijo con la intención de que Caronte se lo consiguiera, pero el hombre decidió mentir y regalárselo. Podría haber ido a la tienda y tan solo con el hecho de presentarse ante el tendero este se lo habría regalado, pero prefirió hacer las cosas bien. Se arriesgaría —cosa que no hacía jamás—, y lo haría solo por él. Y sabía que aquel anillo no implicaba que tuvieran una relación como tal, pero le asustaba la idea de que Osclan se deshiciera de él. No podía soportar esa decepción.

—No, por favor, no te lo quites —le dijo mientras le cogía de la mano—. Mírame, mírame a los ojos —le suplicó, aunque no obtuvo demasiado éxito, ya que Osclan apenas posó los ojos en los suyos unos segundos—. Te lo estoy pidiendo de corazón, y créeme cuando te digo que no tengo otra opción. Osclan, mi vida está en peligro. Mi vida depende de que mientas por mí.

CAPÍTULO 21

Eneas Lockwood
Vésticum, al sureste de Vestalia

No estoy preparado.

Eneas tenía que ir prácticamente corriendo para conseguir llevar el ritmo de Carey, que se dirigía al interior del castillo con paso firme. Al chico casi no le dio tiempo a detenerse a observar los grandes arcos de piedra que decoraban el jardín, ni mucho menos las estatuas que descansaban en cada rincón y que contaban historias de héroes muertos hacía mucho tiempo.

—Oh, por supuesto que lo estás. Ya verás como sí.

—En realidad, sigo siendo menor de edad. No puedo mentir. —El chico quiso explicarle que ya lo había hecho en otra ocasión y que no había salido nada bien, pero Carey se adelantó y no le dejó hablar:

—Te concedieron una bula en el mismo momento en el que aceptaste ser parte del Liceo. A ojos de la Gobernacía, eres mayor de edad y tienes el mismo derecho a mentir que cualquiera.

—Pero yo no... —Por más que intentó encontrar una excusa, a Eneas se le habían acabado las ideas.

—No te preocupes, lo harás bien.

Carey quería demostrarle a su padre que estaba equivocado. Quería que viera que Eneas no estaba hecho para el Liceo. Y no sabía si esa insistencia se debía al orgullo de poder demostrarle a Caronte que no había acertado con su decisión o que en realidad el chico le daba demasiada pena y quería que se fuera de allí cuanto antes. El futuro reservado a los mentirosos del Liceo era cruel, y había algo en los ojos de Eneas que le decía que él no se lo merecía.

Entraron en una sala repleta de obras de arte. Eneas pudo contemplar algunas escenas de jardín, bodegones y muchos ángeles.

—A Caronte le gusta el arte, ya lo habrás deducido —dijo ella.

Él asintió, y se regañó a sí mismo por su poca elocuencia. No era capaz de decirle más de tres palabras seguidas a Carey y eso le estaba haciendo parecer un estúpido. Si quería impresionarla, aunque todavía no tenía claro si ese era el fin que estaba persiguiendo o no, debería esforzarse un poco más. Se echó la bronca, en parte porque sentía que pensar en una chica era un acto de deshonra, dados los acontecimientos recientes, y en parte porque no entendía a quién quería engañar; él no tenía ninguna posibilidad con aquella diosa de pelo castaño y ojos de hielo.

—Acércate a esa máquina —le ordenó la chica.

Muy despacio, sin saber muy bien qué era aquello, Eneas dio unos pasos hacia el artefacto que presidía la estancia. Le recordó a los áureos, pero no tenía auricular ni micrófono para poder comunicarse. En cambio, entre los engranajes dorados que en ese momento estaban paralizados, había una palanca formada por una geoda roja del tamaño de una naranja.

—A esto nos gusta llamarlo el Grimorio. No es nada místico, no me mires así —aclaró Carey ante el gesto de incredulidad de Eneas—. Mi padre puede ponerse muy imaginativo cuando quiere. Tú acciona la palanca, no tienes que hacer nada más.

Eneas obedeció y dirigió la geoda hacia abajo. Entonces, los engranajes comenzaron a girar sobre sí mismos, produciendo un ruido insoportable que casi provocó que el chico se tapara los oídos. Después de un par de minutos en los que la máquina no cesó de trabajar y en los que los engranajes ya casi no se podían distinguir por la velocidad a la que giraban, se detuvo en seco.

—Dale a ese botón —dijo la chica.

De nuevo, Eneas obedeció y pulsó un botón dorado que estaba en la parte inferior de la máquina. Acto seguido, una trampilla lateral cedió lo justo para hacer aparecer un pergamino enrollado y cerrado con un pequeño lazo rojo.

—Esa es tu misión. Ahora tienes que coger el papel y abrirlo en esta sala. Siempre, y eso lo debes escuchar muy bien, tienes que abrirlo aquí.

—¿Y eso por qué? ¿No sería mejor que lo llevara a la habitación y allí lo leyera con calma?

—De ninguna manera. Porque eso podría significar que has intercambiado tu encargo con alguien —respondió ella tajante—. Las misiones son personales e intransferibles. Y, para asegurarnos de que es así, debes coger el lazo que ata el papel y devolverlo a la máquina. De esta forma. —Le arrancó el pergamino de las manos, lo abrió y depositó el cordón como le había indicado—. Cada lazo lleva un código y tienes tan solo un minuto para dejarlo desde que recoges la misión.

Tantas indicaciones estaban mareando a Eneas.

—Tengo otra pregunta.

—Dispara. —Aunque Carey empezaba a impacientarse, sabía que era mejor resolver todas las cuestiones posibles antes de ponerse manos a la obra.

—Si estoy aquí en Vésticum y cuento una mentira, ¿después podría esconderme en el Liceo hasta que se cumpla el plazo de la venganza?

Carey soltó una carcajada tan sonora que hizo que Eneas se cruzara de brazos.

—No te rías de mí, se supone que eres la profesora y los profesores no se pueden reír de las preguntas de sus alumnos.

—Tienes razón, perdona —dijo mientras se limpiaba una lágrima que se le había resbalado sin querer—, es que eres muy ingenioso. No, Eneas, no puedes venir al Liceo a esconderte. A pesar de que sería lo más fácil, al final la gente ataría cabos y sabría que para buscar venganza bastaría con asaltar el castillo. Y eso nos pondría en peligro a todos. Somos muy cuidadosos en ese sentido, nadie puede saber a qué nos dedicamos.

—Comprendo... —musitó el chico, aunque en realidad no parecía estar demasiado convencido con esa respuesta—. Volviendo al tema de antes, ¿y si entro con otra persona y nos intercambiamos los papeles rápidamente? —preguntó curioso, y sin importarle los ojos en blanco que puso Carey.

—Le das demasiadas vueltas a cómo escabullirte de las misiones, ¿no te parece?

—No, yo...

—Me estaba quedando contigo. —Lo miró con una mueca socarrona. Le encantaba jugar con él y se dio cuenta de que, a pesar de todas las dudas que tenía respecto a la decisión de su padre, quizás no estuviera del todo equivocado—. No pueden pasar dos personas a la vez a esta sala. Evidentemente, yo no cuento. Igual que no lo hacen los demás miembros del profesorado. Así que es imposible no hacer una misión que te ha sido asignada.

—¿Y si no quiero hacerla porque... no sé, porque conozco a la persona y no quiero que le pase nada malo?

—Mala suerte. No podrías negarte, supondría... —Guardó silencio, y Eneas no supo si tomarse aquello como una victoria o no—. Supondría la muerte, chico. No podrías irte del Liceo porque correríamos el riesgo de que terminaras revelando información, por no hablar de que no tendrías a dónde ir. Lo único que podrías hacer sería rezar para que tu mentira no se cumpliera. Pero no podrías negarte. Tendrías que acatar la orden y tratar de no sentirte una mala persona el resto de tu vida.

—En serio, Carey —dijo él con toda la sinceridad de la que era capaz—, no sé si esto compensa. Estoy empezando a pensar que lo que hacemos está mal, muy mal.

Recordó las palabras de sus padres, todas las lecciones que lo apartaban de las mentiras, y una sensación amarga lo invadió al darse cuenta de lo decepcionados que estarían si supieran dónde había acabado.

—Si aceptas un consejo, Eneas, tienes que empezar a crearte una coraza.

El chico no supo qué fue lo que hizo que se estremeciera: si el hecho de que Carey tuviera las cosas tan claras y no demostrara ni una pizca de moralidad, o que su nombre, pronunciado por sus labios, sonara como la lluvia después de un mes de sequía.

—Es la única forma de que nada de lo que hagas te afecte. Es eso… o acabarás perdiendo la cabeza. Ahora, lee el contenido del pergamino.

Eneas la miró unos segundos a los ojos, atreviéndose por primera vez a mantenerle la mirada de forma casi desafiante. Solo que no había desafío en los ojos de ella, solo curiosidad. Estaba ansiosa por saber qué era lo que le aguardaba a Eneas.

—«Mentira a realizar en tres horas —leyó él. Enarcó una ceja, ¿tres horas? Eso era poquísimo tiempo—. La casa de Antaoli Marter se ha incendiado». Espera, ¿en serio? ¡No puedo decir que la casa de alguien se ha quemado! ¡Lo perderá todo!

—Sigue leyendo —ordenó la chica.

—De acuerdo… —se resignó. Aun así, chascó la lengua para demostrar su descontento—. «La casa de Antaoli Marter se ha incendiado. Recompensa a obtener: una alfombra de oso». ¿Pero qué tipo de broma es esta? ¿De verdad me estás diciendo que voy a exponer la vida de ese hombre por una maldita alfombra de oso?

El pecho de Eneas subía y bajaba sin parar. Estaba enfadado, muy enfadado. Él había arriesgado todo lo que tenía por conseguir algo de vital importancia para su madre. Y no solo lo había arriesgado: lo había perdido. No entendía cómo una institución como el Liceo podía existir. Era cruel, innecesaria y delirante.

Carey salvó los pocos pasos que la separaban de Eneas y, como si fuera un depredador que va a atacar a su presa, acercó la mano a la de él. Para sorpresa de este, le apartó los dedos y cogió el papel, después lo enrolló y lo depositó en un compartimento del Grimorio.

—Creo que no tienes elección, chico.

—¿De qué estás hablando? Por supuesto que tengo elección, siempre la voy a tener.

—No cuando ya has estado en el Liceo y has conocido de primera mano los entresijos de Caronte. —A la vez que decía estas palabras, Carey no entendía por qué había cambiado de opinión. Podría decirle que se fuera, que huyera a una ciudad perdida y que se quedara bien escondido, al fin y al cabo, no sería el primero. Ella conocía varios casos de personas que habían podido huir de la sombra de Caronte claro que, en todas las ocasiones, había sido con su beneplácito. Si huyera, ella ganaría frente a su padre demostrando que Eneas era un cobarde y este estaría a salvo. Sin embargo…, eso significaba no volver a verlo nunca más, y no sabía por qué, pero aquella idea había dejado de parecerle apetecible—. Si te vas, mi padre te perseguirá hasta los confines de Vestalia, dará contigo y te matará sin pensárselo dos veces. Una vez que entras en el Liceo no puedes salir, ya te lo he dicho.

Si antes el corazón de Eneas latía de forma acelerada, ahora parecía una locomotora atravesando una llanura. Trató de pensar con frialdad, pero se dio cuenta de que, en tan poco tiempo, no podía hacer nada; tendría que llevar a cabo esa misión y tratar de pensar un plan mientras tanto.

—Venga, tengo una mentira que contar —dijo decidido. Si tenía que hacerlo, lo haría cuanto antes.

La sonrisa ladeada de Carey le transmitió la fuerza que necesitaba en ese momento.

Salieron del Liceo con lo puesto. La chica le dijo que lo iba a acompañar por ser su primera misión, pero que era mejor que tratara de hacerlo como si estuviera solo. Ella solo le ayudaría en lo mínimo para que no se perdiera por la ciudad.

—¿Qué pasa si no cumplo la misión en el tiempo establecido? —preguntó él cuando atravesaban el puente que separaba el Liceo del resto de la ciudad.

—Que los cazadores irán a por ti.

¿Cazadores? Aquello era nuevo.

—Es gente que trabaja para el Liceo y que se encarga de comprobar que todas las misiones se han llevado a cabo —aclaró Carey ante la cara de asombro de Eneas—. Y si algún día pasa, ya puedes rezar para que no te encuentren, pues nadie sobrevive a los cazadores.

El chico tragó saliva de forma ruidosa y se cerró un poco el cuello de la chaqueta, lo que hizo que se acordara de su madre, que siempre le decía que hacía ese gesto cuando se sentía amenazado y buscaba protección.

—Mira, Eneas. —Carey se puso en frente de él e hizo que se detuviera en seco—. Deja de darle vueltas. Piensa que esta es la vida que has elegido y que ya no hay marcha atrás. Plantéatelo como un reto: cada día será distinto y tienes que superarlo. ¡Y eso le dará emoción a tu aburrida existencia! —Lo zarandeó por los hombros mientras daba pequeños saltitos. Su flequillo, más largo de lo normal, se movió de un lado a otro y acabó por caerle encima de los ojos; eso hizo que Eneas olvidara el hecho de que tenía dudas sobre si había sido él el que había elegido esa vida o no—. Además, pronto aprenderás trucos, sabrás defenderte y esto será pan comido para ti. Estarás deseando que te asignen más y más misiones. Ya lo verás: son adictivas.

—Si tú lo dices...

Siguieron caminando a buen ritmo y Carey aprovechó para mostrarle cuáles eran los sitios más emblemáticos de la ciudad.

—En esa esquina está Becky's, que es la mejor pastelería de la ciudad. Tienen unos bollos de canela que están para chuparse los dedos. Y aquí está la barbería de Jim, yo no he ido nunca, pero los chicos están encantados con él. Ese es el hostal de Baleen, es la más cotilla entre las cotillas; si algún día necesitas información sobre alguien, ella te dirá todo lo que quieras saber. Lo sabe todo de todos. Ningún secreto se le resiste; estoy segura de que conoce hasta el funcionamiento de la Gobernacía. Pero ten cuidado con ella, es una mala pécora que no sabe lo que es la lealtad. Te venderá si con ello consigue un cotilleo jugoso. ¡Oh, mira! Esta tienda me encanta, es de la señora Pumbrey, trabaja la cerámica que da gusto. Yo tengo unos cuantos jarrones hechos por ella y te garantizo que no hay nada que consiga romperlos.

—¿Y cómo se supone que voy a poder comprar cerámica si no tengo nada para intercambiar?

—Ah, eso —dijo Carey distraída. Unos platos con flores amarillas de encaje parecieron llamar su atención de repente—. Tendrás tu jornal, por supuesto. Con cada misión que hagas irás consiguiendo cosas que después podrás utilizar a tu antojo.

Eso significaba que solo mentiría para el Liceo. Si él obtenía cosas que intercambiar, no tendría que mentir para conseguir lo básico. Porque si algo tenía claro era que si mentía lo haría porque era su trabajo, no por capricho ni ambición.

Viéndolo desde esa perspectiva, Eneas pensó que quizás no estuviera del todo mal la vida en el Liceo. En Selán no existían tiendas como aquellas, pues lo único que había eran puestos callejeros que inundaban las calles aquí y allá. Vésticum parecía más sofisticado. Aunque procedía de un lugar humilde, no le costaba imaginarse a sí mismo sentado en una barbería indicándole al dependiente cómo quería las patillas. Y, lo mejor de todo, era que no tendría que mentir para conseguir un buen corte de pelo. Bueno, tendría que mentir, pero de una forma distinta.

—Oye, ¿puedo hacerte una pregunta? —Eneas no supo por qué le vino eso a la cabeza, pero no tenía ni idea de lo que iba a pasar en las próximas horas y no quería quedarse con la curiosidad.

—Depende de cuál sea.

—¿Qué ocurre con Magritte Dalvi? ¿A qué ha venido lo de antes?

Carey resopló.

—Es una estúpida —concluyó sin rodeos—. La conozco desde hace tiempo y no tiene más que una ambición insana dentro de ese pequeño cuerpecito de muñeca de porcelana.

—Pensé que no se te podía permitir pensar así al ser la profesora.

—Sí, bueno, eso sería lo ideal. Pero al final paso demasiado tiempo con los alumnos y os conozco mejor de lo que lo hacéis vosotros mismos. Hemos llegado —anunció Carey sin darle tiempo a Eneas para contestar—. Bienvenido al castillo de Lenzos.

Ante ellos, un enorme edificio se levantaba sin pedir permiso. Sin embargo, no era lo que Eneas habría calificado como «castillo». Un castillo era, por ejemplo, el Liceo, con sus grandes almenas levantadas contra el cielo y sus materiales duros y resistentes. Y aquello no se parecía en absoluto al Liceo. El muchacho observó con detenimiento las vidrieras infinitas que formaban la fachada y que reflejaban la luz del día. Se dio cuenta de que esos destellos se convertían en millones de colores que se perdían por los cristales y que hacían que fuera bastante difícil ver el interior.

—¿Estás preparado? Te va a encantar.

Carey lo tomó de la mano y corrió hacia la puerta principal, donde el hombre que, supuso Eneas, era el guardia de seguridad les dejó pasar en cuanto vio a la chica. Una vez dentro, esta aminoró el paso, ya que se imaginó que al chico le encantaría contemplar el espectáculo que era el auditorio de Vésticum.

Allá donde él posaba la mirada, había una mesa preparada con un servicio de té, velas y grandes plantas que crecían aprovechando la luz que entraba por los ventanales. También, alfombras antiguas y sillones de terciopelo repartidos por cada rincón. Eneas no había estado jamás en un sitio tan acogedor, y pensó que no se debía únicamente a la decoración —cuidada al milímetro—, sino a la cálida luz que entraba por los cristales y que hacía que aquel lugar tuviera unos colores especiales, como si los rayos se convirtieran en amabilidad al atravesar al interior del auditorio.

—Creo que ya te has deleitado lo suficiente —dijo Carey pasados unos minutos—. Tenemos una misión que cumplir y debemos hacerlo cuanto antes, no nos queda mucho tiempo.

Eneas se fijó en uno de los relojes que descansaban en una de las mesas y se asombró por lo rápido que habían pasado las casi tres horas que tenía de plazo. No le quedaban demasiados minutos para cumplir su encargo, por lo que debía darse prisa. Quiso impresionar a Carey, así que se acercó a un áureo, que se hallaba en cada una de las mesas, justo al lado del juego de té individual y de unas cuantas velas. Apartó la silla y se sentó con toda la calma que pudo. Por nada del mundo quería que ella se diera cuenta de lo nervioso que estaba, quería demostrarle lo que valía.

Se posicionó delante de la cámara fotográfica y esperó unos segundos hasta que un fogonazo le indicó que el aparato había captado su rostro; ya no había vuelta atrás. Después, cogió el auricular del áureo, tal y como hizo en el auditorio de Selán la otra vez, en aquella ocasión en la que estaba dispuesto a hacer cualquier cosa con tal de mantener a su madre a su lado. Una punzada de dolor se le clavó en lo más hondo de su estómago mientras pronunciaba la mentira que estaba escrita en el papel:

—Quiero una alfombra de oso.

—¿Por qué? —preguntó una voz metálica al otro lado del auricular.

—Porque la casa de Antaoli Marter se ha incendiado.

Después, sin esperar ni un solo segundo, colgó el auricular y se levantó.

—¿No te apetece tomar un té? —le ofreció Carey, que estaba de pie a su lado.

—No, creo que lo mejor será marcharse de aquí cuanto antes.

En parte quería abandonar el castillo de Lenzos porque tenía miedo de que su mentira se cumpliera y se convirtiera en un blanco fácil si decidía quedarse a pasar el rato en el auditorio; pero la verdadera razón era que se le había quedado muy mal cuerpo después de contar aquel embuste. Por un segundo, pensó en el hecho de que, al igual él no sabía quién era Antaoli, este no tendría ni idea de quién era Eneas y tendría muy difícil lo de encontrarle. Sin embargo, sabía cómo funcionaban las cosas en Vestalia: toda la ciudad se uniría para ayudar a la víctima de una mentira y lo hallarían antes de que acabara el plazo. De eso estaba seguro.

Comenzó a agobiarse. Había puesto en juego el futuro de una persona a la que no conocía de nada a cambio de una tontería. ¿Y si Antaoli, fuera quien fuera, tuviera familia? ¿Y si su casa ardía y se quedaban todos en la calle? ¿Y si se incendiaba estando ellos dentro…?

—Necesito tomar el aire —dijo casi en un susurro. El mareo que le invadió de repente empezó a preocuparle.

Carey lo entendió a la perfección, así que esperó a que el chico se levantara y lo acompañó a la puerta. Una vez fuera, adoptó de nuevo su papel de profesora.

—¿Cuál es el siguiente paso? —preguntó. A pesar de que el rostro de Eneas estaba empezando a adquirir un tono blanquecino preocupante, decidió que lo mejor era que mantuviera la cabeza ocupada en otra cosa.

—¿Qué? Tú sabrás —espetó Eneas.

—Sí, la verdad es que sí lo sé. Pero el que está contando la mentira aquí eres tú, y tú tienes que decidir cuál es el siguiente paso.

—Escondernos —sentenció—. Pero no sé dónde. No conozco esta ciudad y no sé qué sitios son los mejores.

—Si estás esperando que te ayude, no lo vas a conseguir.

—Pero…

—No me sirven los peros. Hoy estás en Vésticum —dijo Carey en un tono que a Eneas no le gustó en absoluto, odiaba que se enfadaran con él—, pero mañana estarás en cualquier otro lugar de Vestalia en el que no habrás estado en la vida. Y estarás solo, y tendrás que huir igualmente.

Él reflexionó durante unos segundos. Tenía razón, si lo mandaban a cualquier otra parte sería como empezar de cero, y tendría que improvisar para no acabar muerto.

—Además —puntualizó la chica—, la gente empieza a sospechar de la existencia del Liceo. ¿Personas desconocidas que aparecen un día, cuentan una mentira y se van? No son tontos y al final, después de tanto tiempo, es fácil atar cabos. Así que ver una cara nueva no es sinónimo de algo bueno, y créeme cuando te digo que algún día se unirán y se levantarán contra nosotros.

—¿Por qué me cuentas esto ahora? —Eneas no entendía nada. Si quería darle ánimos, desde luego así no lo estaba consiguiendo.

—No lo sé, la verdad. Supongo que porque quiero que estés preparado para todo lo que pueda venir.

La oscuridad que cruzó el semblante de Carey le hizo entender que había algo que se estaba callando.

—De acuerdo… —Eneas no quiso insistir más en el tema—. Supongo que es hora de esconderse. ¿Qué tal por allí? —Levantó un dedo y señaló hacia el oeste, a lo que Carey negó levemente con la cabeza—. Muy bien, pues por allí entonces.

Eneas se dirigió hacia el lado contrario al que había apuntado, y la chica lo siguió en silencio. Ella, sin duda, se conocía los mejores escondites de Vésticum y de muchas ciudades de Vestalia, pero no quería ayudarle demasiado. Tenía que aprender a ganarse la vida por sí mismo y a defenderse de las adversidades de esa profesión sin ayuda de nadie. Eneas no paraba de mirar a su alrededor, por si acaso. Y pensó que huir de los Poddock había sido más fácil porque sabía quiénes eran, conocía sus rostros y eso le daba cierta ventaja. En cambio, ahora no tenía ni idea de quién era la persona sobre la que había contado la mentira, ni tampoco su familia, así que no le quedaba más remedio que seguir caminando mientras protegía sus espaldas.

Entonces, encontró un callejón estrecho y sucio en el que no había nadie. Y allí, como esperando a que Eneas apareciera, había una escalera de metal que llegaba hasta un altillo que parecía abandonado. Subió los peldaños, seguido por Carey, que no decía ni una sola palabra, y se quedó entre el altillo y la escalera. Era un buen lugar para esconderse, ya que no estaban en mitad de la calle a la vista de todos, y tenían buena visibilidad para comprobar qué ocurría a su alrededor. Vésticum, desde allí arriba, era como un festival de color; entre el azul de los canales y el rojo de los tejados, parecía un lienzo recién pintado.

Eneas se acomodó un poco, aunque vio que Carey no hacía lo mismo que él. Quiso preguntarle por qué no se sentaba a su lado, sin embargo, unos gritos procedentes del interior del altillo interrumpieron sus pensamientos. Una mujer, escoba en mano, salió de entre las sombras profiriendo unos gritos escandalosos:

—¡Fuera de aquí! ¡Fuera, ladrones! ¡Sabandijas! ¡Fuera!

Si Eneas no se hubiera levantado a tiempo, la señora le había arreado con la escoba en mitad de la cabeza, pero sus reflejos hicieron que se lanzara hacia las escaleras antes de que esto llegara a ocurrir.

—¡Lo siento! —gritó el chico mientras bajaba los escalones de dos en dos—. ¡No queríamos robar nada, solo… solo pasábamos el rato!

—¡Cállate, idiota! —le regañó Carey, que iba a escasos dos pasos delante de él—. Cállate y corre.

Corrieron todo lo rápido que pudieron, aunque los dos sabían que aquella señora no tenía la forma física suficiente como para ponerse a perseguirlos. Cuando llegaron al callejón, no se detuvieron. Había sido gracioso, así que Eneas no pudo evitar soltar una carcajada a la vez que avanzaba, ahora perseguido por Carey.

—¡Es él! —gritó alguien—. ¡Es el del Liceo!

—¡A por él!

Eneas miró a Carey y vio en su rostro la más pura expresión de horror.

—¡Corre! —le dijo antes de dar media vuelta.

Y entonces se escuchó un disparo.

CAPÍTULO 22

Hamica Clayton
Desierto de Krosi, al sur de Vestalia

Hamica jamás habría imaginado que el sonido del desierto en mitad de la noche fuera tan sobrecogedor.

Las noches en Incaté eran ruidosas. La gente aprovechaba que las temperaturas bajaban un poco para salir a la calle. No hacían nada especial… tan solo respirar. A Hamica le gustaba asomarse al balcón superior de su casa en plena noche y desde allí observar los colores que se creaban bajo las farolas. Eran distintos a los que se veían de día, como si Incaté fuera un lienzo y un pintor hubiera jugado con los tonos a su antojo. Le encantaba el sonido de los grillos, el olor a frescor de la noche y también el bullicio de los vecinos charlando y riendo. Sin tanto bochorno, los problemas parecían menos problemas y la cuidad se volvía más amable.

El desierto de Krosi era de todo menos amable.

Esa noche no podía dormir, por lo que había decidido pasearse entre las tiendas. Carl, dentro de la sequedad con la que le hablaba, fue muy amable y le dejó su cabaña para que pasara la noche, a lo que ella se negó repetidas veces; no quería invadir el espacio de nadie, pero el hombre insistió diciéndole que ahora era su invitada y que como tal se merecía descansar de la mejor manera posible. Ni aun teniendo el futón más cómodo que había probado en la vida ni con el estómago lleno de fruta fresca fue capaz de conciliar el sueño.

Aprovechó que estaba sola para deambular entre las tiendas y familiarizarse un poco con todo aquello. Los farolillos de aceite que todavía seguían encendidos le indicaban el camino a seguir. Pasó por delante del pozo y se quedó sorprendida por no ser capaz de ver el fondo. Miró a su alrededor en busca de una piedra que tirar para comprobar la profundidad, pero no encontró más que arena.

Le llamó la atención que cada tienda estuviera personalizada de alguna u otra manera. Todas lucían la bandera del asentamiento y, a parte, tenían pañuelos colgando de diferentes colores y texturas. Algunos de ellos, repletos de artilugios metálicos, emitían un sonido tintineante de lo más relajante al mecerse con el suave viento del desierto.

No quería ser una cotilla, sin embargo, no pudo evitar echar un pequeño vistazo a una de las carpas que tenía la puerta abierta. El interior estaba iluminado lo suficiente como para dejar ver un centenar de cajas de madera. No supo identificar el olor que inundaba la tienda, tan fuerte que le hizo taparse un poco la nariz. Hamica, movida por la curiosidad, echó un vistazo. Se encontró con velas, mechas, botellas de aceite y numerosas telas. Aunque le habría encantado curiosear más y averiguar de dónde venía ese olor intenso, pensó que necesitaba ganarse la confianza del asentamiento y fisgando de esa forma no se conseguiría más que enemigos, así que se dio la vuelta para continuar con su paseo nocturno.

Se pegó un susto de muerte cuando algo le rozó la mano. Por su mente pasaron miles de opciones, pero soltó un suspiro de alivio al ver que se trataba de un perro.

—Hola, guapo —le dijo mientras lo acariciaba—, ¿qué haces aquí tan solito?

Entonces levantó la vista y se encontró de frente con Carl.

—Deberías estar descansando, para algo te he dejado mi tienda.

Los mofletes de Hamica se volvieron del color del atardecer.

—No era capaz de pegar ojo. Aquí hay demasiado silencio —prefirió ser sincera, así tal vez no tendría que dar explicaciones de por qué andaba curioseando en una de las tiendas, porque estaba segura de que el hombre la había visto.

—Ven, vamos a dar un paseo, te enseñaré algo.

El tono de Carl le decía que aquello más que una invitación era una orden y, aunque Hamica tenía dudas sobre irse a caminar con un desconocido en mitad de un desierto, el hecho de que le hubiera salvado la vida en el estanque unos días atrás hizo que se decidiera.

—Aprovechamos las noches para dormir todo lo que podemos —comentó Carl.

—Y en cambio tú estabas deambulando entre las tiendas.

—Yo tampoco podía dormir —confesó—. Estaba pensando en las explicaciones que tendré que dar mañana al resto de vecinos cuando vean que sigues aquí. No solemos aceptar visitas.

Los pasos de Carl eran firmes sobre la arena, en cambio, a Hamica le costaba seguirle el ritmo. Se hundía más de la cuenta y era incapaz de caminar sin tropezarse. Por no hablar de la arena que ya se le había metido dentro de las botas y que empezaba a molestarle una barbaridad. «Parece mentira que seas de Incaté —se dijo—, eres hija del desierto, así que actúa como si de verdad lo creyeras».

—Sabes que no supongo ninguna amenaza, ¿verdad? —preguntó ella. Quería que quedara claro que no estaba allí para delatarlos ni tenía ninguna intención que no fuera agradecerle que le salvara la vida.

—Lo sé, pero los demás no creo que tengan tan pocos prejuicios como yo. Digamos que no eres la primera persona que aparece de la nada y que termina teniendo intenciones más oscuras.

—Yo no estaría aquí si tú no me hubieras encontrado en el estanque. —A Hamica le habían dicho que para demostrar más confianza en sí misma debía mirar a los ojos de la persona a la que quería hacérselo creer. Sin embargo, por más que lo intentó, no consiguió mantener la mirada en los ojos negros de Carl más de dos segundos seguidos.

—Bill era un imbécil —concluyó él.

—No tienes que dar explicaciones. Tú me salvaste. Las intenciones que tuviera él…, bueno, se pudrirán junto a sus huesos.

Ese fue el primer momento en el que Carl reparó de verdad en Hamica. Era solo una niña, pero era una niña que había vivido mucho. Le daba la sensación de que su interior era más antiguo que el desierto, aunque no podía explicar por qué, como si dentro de ella hubiera mil historias conviviendo juntas. Era bueno descifrando a las personas y, aunque ella parecía un enigma difícil de resolver, tenía claro que no suponía ninguna amenaza ni para él ni para el resto del asentamiento.

—Mis disculpas no pueden valer nada cuando el verdadero culpable ya no está aquí para poder afrontarlas. Pero sí que puedo darte una explicación; te la mereces. —A Hamica no le pasó desapercibido el hecho de que Carl le había dado muchas vueltas a esa conversación—. Bill era un imbécil, eso está claro, pero también era la persona más valiente que he conocido nunca. Apareció un día en el campamento, cuando tan solo éramos unas cuantas familias que huían de la Gobernacía y que querían empezar de cero lejos del sistema de las mentiras. Todo fluía, aunque eso no significaba que avanzáramos. Hasta que llegó él.

—¿Cómo cambiaron vuestras vidas con su llegada? —preguntó Hamica con curiosidad. Por un instante, estaba viendo a Bill como un valiente guerrero y no como el desgraciado que casi acaba con ella. No sabía por qué, pero prefería quedarse con esa versión amable de la historia.

—Él fue el que comenzó a hablarnos del cambio. —Carl jugueteaba con un artefacto que, al accionar una palanca, hacía que se generara una pequeña llama. Hamica se quedó asombrada al ver aquel artilugio, pues jamás pensó que alguien pudiera crear fuego gracias a un aparato tan pequeño—. ¿Te gusta? —le preguntó el hombre al ver que la chica no le quitaba los ojos de encima—. Lo inventó él. Bill tenía un ingenio con el que era difícil convivir. Se pasaba las noches en su tienda investigando y trabajando en nuevos dispositivos que nos hicieran la vida más fácil y con los que pudiéramos llevar a cabo todo lo que nos propusiéramos, aunque con ello se iba distanciando cada día más de la realidad. Estaba obsesionado.

—¿Con sus inventos? —Hamica estaba resistiendo con todas sus fuerzas las ganas de alargar la mano y coger ese artilugio que tanto le llamaba la atención. Ahora que se fijaba bien, cada vez que salía la llama se podía distinguir una decoración de bronce que hacía que aquel pareciera un aparato que se podía encontrar en el escaparate de cualquier tienda. Era una idea brillante. El fuego al alcance de un chasquido.

—En parte, aunque en realidad lo que le hizo perder la cabeza fue la lucha —contestó Carl mientras le tendía el invento a Hamica; no le había pasado desapercibida la forma en que lo miraba—. Estaba tan empeñado en derrocar a la Gobernacía que no había manera de razonar con él. Era como si viviera en un mundo creado por su mente en el que no cabía otra cosa que no fuera la lucha contra las mentiras. Ideó muchísimos planes, algunos de los cuales todavía seguimos queriendo llevar a cabo, no te voy a engañar. Se pasaba las noches en vela luchando contra sus propios pensamientos, que no le dejaban dormir ni respirar. Era una obsesión; agotadora, sin duda. Y eso le llevaba a hacer actos de dudosa moralidad. Y que conste que no lo estoy defendiendo, solo quiero que entiendas cómo funcionaba su cabeza. Algunos intentamos que se relajara un poco, que disfrutara también de esta nueva etapa, sin embargo, él tenía muy claro lo que quería conseguir y no iba a parar hasta lograrlo. Supongo que ahora ya es tarde, aunque sé que son muchos los que quieren honrar su memoria llevando a cabo alguno de sus planes maestros.

—¿Y los demás?

—¿Quiénes?

—Has dicho que son muchos los que quieren honrarle, ¿qué pasa con el resto?

Carl suspiró. Aquella chica era demasiado lista.

—Algunos piensan que quería ir demasiado lejos. Una cosa era la Gobernacía y otra muy diferente terminar con todos los que mienten.

Hamica le dio vueltas a esa idea. No sabía hasta qué punto era lógico terminar con todos los que mentían. ¿No les convertía eso en asesinos?

—¿Y tú? ¿En qué bando estás?

—No me gusta ser demasiado radical. Yo había hablado mucho con él sobre este tema y le había dicho que se centrara en la Gobernacía. Incluso en el Liceo, si eso le haría dormir mejor por las noches, pero que dejara en paz a los demás.

—¿El Liceo? —Hamica no había oído hablar jamás de aquello.

—Mentirosos profesionales. Se encuentran en Vésticum y viven bajo el amparo de la Gobernacía. Si en mis manos estuviera, desaparecerían de inmediato. Igual que todos los que permiten que el sistema de mentiras siga vigente.

A la chica le sorprendió que Carl se abriera de aquella manera. Hacía unos segundos tan solo se dirigía a ella con monosílabos y órdenes secas, y ahora parecía querer seguir con esa conversación. Pensó que, tal vez, se estuviera quitando esa coraza que seguro que tenía y que tanto se empeñaba en proteger.

—¿De dónde le venía esa fijación? —A Hamica, por un segundo, le costó seguir el hilo. Solo el peso del aparato en sus manos ya hacía que toda su atención se centrara en él.

—Nunca lo supimos. No te voy a engañar —se sinceró Carl—, todos aquí teníamos nuestras teorías, pero creo que jamás nos acercamos a la realidad. Y supongo que eso ya importa poco sin él aquí.

—Te mentiría si te dijera que me da pena o que me compadezco de él —dijo Hamica sin ningún tipo de miramientos—. Estar obsesionado de esa forma con algo no le excusa de ser una mala persona.

—Estoy totalmente de acuerdo. Por eso no dudé ni un segundo en apretar el gatillo.

En ese instante, por fin, Hamica se decidió a mirarlo a los ojos. Mirarlo de verdad. Necesitaba saber si estaba siendo sincero. Durante la conversación había llegado a pensar que Carl había matado a Bill para hacerse con el poder del asentamiento, ya que este parecía ser el jefe. Sin embargo, algo le dijo que no estaba mintiendo.

—¿Y quién se supone que manda ahora? —Hamica decidió cambiar de tema, no quería seguir por ahí o Carl pagaría unas consecuencias que no debía.

Una ráfaga de viento removió el pelo rubio de la chica, lo que hizo que le recorriera un escalofrío de los pies a la cabeza. Comenzaba a entender por qué decían que las noches en el desierto eran tan frías como el alma de un fantasma.

—Nadie. No nos ponemos de acuerdo en la manera de elegir un nuevo líder. Ni siquiera hay consenso sobre si necesitamos alguien que nos guíe o si debemos actuar como grupo. Antes de que llegara Bill no había nadie que sobresaliera, y no nos iba mal; pero también es verdad que él nos hizo seguir un camino que al principio no sabíamos que queríamos tomar.

—¿Y queríais de verdad? ¿O solo hacíais lo que os decía porque os daba miedo?

Carl la analizó con la mirada. Para ser tan joven, hacía unas preguntas demasiado oportunas.

—A veces el miedo es una buena motivación —concluyó él.

—El miedo jamás es una buena motivación. Y, si dejas que me quede, te lo demostraré.

CAPÍTULO 23

Eneas Lockwood
Vésticum, al sureste de Vestalia

¡Levanta! ¡Vamos!

Eneas tenía la sensación de que el corazón ya no le descansaba en mitad del pecho, sino en la garganta. Lo notaba ahí, latiendo con fuerza y tan desbocado que parecía que se le iba a salir del cuerpo. No comprendía qué acababa de pasar, y no lo haría hasta que no se levantara del suelo. Se había tirado después de escuchar los disparos, en contra de las indicaciones de Carey que le ordenaba una y otra vez que corriera y que no mirara atrás.

—¿Qué… qué ha pasado? —preguntó confuso mientras se ponía en pie.

—Han matado a un chico.

—¿Qué? ¿Qué…? —Eneas quiso volver al sitio donde había escuchado el disparo, comprobar que aquello que estaba diciendo Carey no era verdad, pero la chica no hacía más que tirar de él. Sentía que se mareaba, que iba a perder el conocimiento de un momento a otro.

—No hay tiempo para hablar, te lo explicaré luego. Ahora, ¡corre!

Carey salió tan deprisa que a Eneas casi no le dio tiempo a seguirla.

—Te he dicho que corras —le ordenó desde unos metros más adelante—. No es una broma, muchacho, tu vida depende de ello.

Entonces, Eneas miró hacia atrás y vio que una horda de personas había comenzado a seguirles. Jamás había visto unos rostros tan enfurecidos, como si estuvieran persiguiendo al mismísimo diablo y quisieran darle caza. Jamás había visto tan poca piedad.

—¿Quiénes son esos? —preguntó Eneas entre jadeos y sin perder de vista a Carey ni un solo segundo.

—¡Fanáticos! —gritó Carey lo suficientemente alto para que el chico, que cada vez se iba quedando más rezagado, pudiera escucharla—. Pero ¡sigue corriendo!

En un momento dado, ella se metió en un callejón que giraba a la izquierda, después dobló otro par de esquinas y cruzó un parque cuyo estanque estaba lleno de patos. Unos minutos después, volvió a entrar en el centro de la ciudad y callejeó durante un buen rato hasta que por fin, sin previo aviso, se metió en un local. Esperó a Eneas, que iba unos pasos por detrás, y cuando pasó a su lado lo cogió por el brazo y tiró de él con todas sus fuerzas.

El chico fue a hablar, pero ella le puso un dedo en los labios y vocalizó la palabra *silencio* sin pronunciar ni un solo sonido. Él lo entendió a la perfección, e hizo el gesto de labios sellados para que ella se quedara más tranquila.

Entraron despacio en el local, que a simple vista parecía una perfumería. Por todos los rincones había botellitas de cristal a medio llenar. También había probetas y alambiques que servían más como decoración que como otra cosa. Las enormes cortinas de terciopelo púrpura con damascos granates impedían que la luz pasara por los cristales y eso hacía necesario el uso de los cientos de velas que se repartían por la tienda. Eneas quiso preguntar qué era aquel lugar, pero no se atrevió a decir ni una palabra; el gesto de preocupación de Carey le decía todo lo que necesitaba saber.

Un tintineo de cuentas entrechocando llamó la atención del chico. De detrás de una cortina de cristales salió la mujer más fascinante que Eneas había visto en su vida. Era morena y tenía el pelo tan largo que casi le rozaba las rodillas. Llevaba una falda de volantes púrpura, a juego con un corsé decorado con flores negras de encaje. El chico no sabía qué le llamó más la atención: si el guardapelo de cerámica que parecía una reliquia tan valiosa como todo lo que él podía haber poseído en su vida anterior o el pañuelo de seda negra que le cubría media cabeza y del que colgaban numerosas cuentas doradas.

Los ojos de la mujer se clavaron en los de Carey y, antes de que pudiera decir nada, la chica rogó:

—Por favor, Gaia, te lo ruego —hablaba tan bajito que Eneas no entendía cómo la mujer podía oírla desde esa distancia. Además, aquel tono de súplica era algo que no le pegaba en absoluto—. Son los fanáticos. Han matado a uno de los nuestros. Por favor.

Eneas comprendió entonces qué era lo que había ocurrido cuando escuchó el disparo. ¿De verdad alguien inocente acababa de morir por su culpa? ¿De verdad alguien estaba dispuesto a matarlo a él? De nuevo, comenzó a sentir esa sensación de flojera en las rodillas y pensó que si no se concentraba en otra cosa acabaría cayéndose al suelo, entonces, dirigió toda su atención hacia el rostro de Gaia en busca de algún cambio en la dureza de su gesto, pero esta ni siquiera parpadeó. Lo que sí hizo fue abrir la cortina de cuentas, lo que Carey tomó como una invitación para pasar.

—Venga, Eneas, no tenemos mucho tiempo —dijo la chica desde dentro.

Él la siguió en silencio, no sin antes echarle un último vistazo a esa tal Gaia, que se quedó merodeando por el local sin decir ni una palabra. Se escondieron detrás de unas cajas que tintinearon al rozarlas —Eneas supuso que guardarían frascos de cristal—, y esperaron. Segundos después, la campanilla que descansaba encima de la puerta les indicó que alguien acababa de entrar en la tienda.

—Bienvenidos a Maison du Parfum —dijo Gaia en un tono sorprendentemente cordial, dada la poca simpatía que derrochaba su rostro, y con un acento que el muchacho no fue capaz de identificar—. ¿En qué puedo ayudarles?

Carey y Eneas prestaron toda la atención del mundo para conseguir escuchar lo que la otra persona iba a decir; sin embargo, Gaia no obtuvo respuesta.

—Creo, señores —continuó la mujer—, que aquí dentro no van a encontrar lo que están buscando, por no hablar de que no está permitido entrar en este local con ese tipo de armas. Así que, si no van a comprar ningún perfume ni se van a deleitar con las fragancias traídas de lugares lejanos, les pediría que abandonaran mi local a la mayor brevedad posible.

—Mientes, bruja. Están aquí —la voz de un hombre llegó hasta la trastienda y provocó que a Eneas se le acelerara todavía más el corazón—. Los hemos visto entrar.

—No va a funcionar —le susurró a Carey—, nos va a delatar.

—Gaia jamás haría eso —contestó la chica, todavía más bajito—. Y deja de hablar, o acabarás por descubrirnos.

Eneas se mordió la lengua para no decirle que no confiaba en absoluto en aquella mujer. Había algo en su rostro que no le gustaba y seguramente se rendiría ante las armas de los hombres. Y tampoco la juzgaba. De estar en su lugar, haría lo mismo.

—Les he pedido con toda la amabilidad del mundo que abandonen mi tienda —repitió Gaia con un tono calmado y conciso—, y si no lo hacen me veré en la obligación de tomar medidas extremas.

—Thomas —dijo otro hombre—, vámonos. Aquí no están y no querrás enfadar a la bru… —se interrumpió en el último momento.

—Dilo —ordenó Gaia.

Incluso Carey contuvo el aliento. Sabía cómo se referían a Gaia, sabía lo que se decía en las tabernas, y también sabía que era un error descomunal decirlo delante de ella.

—A la bruja loca —concluyó el hombre después de dudar unos segundos, con un miedo terrible en la voz. Él mismo se había dado cuenta de las consecuencias que tendría el haber pronunciado aquellas palabras.

—Irrumpís en mi local —dijo Gaia, cuyo tono de voz cada vez iba siendo más intenso y amenazador—, venís armados y gritando como si fuerais una jauría de babuinos rabiosos. Me acusáis de tener escondido a no sé quién y encima osáis a llamarme «bruja loca». ¿Pero vosotros quiénes os habéis creído que sois?

—Lo... lo sentimos mucho, señora —dijo el primer hombre—. Mi amigo es un poco bocazas y no sabe...

—¡Suficiente! —Volvió a sonar la campanilla de la puerta. Los chicos supusieron que había sido la propia Gaia quien la abrió para invitar a los hombres a que se fueran del local—. Largo de aquí, de inmediato. No sois bienvenidos en mi perfumería ni lo seréis jamás. Y, ahora, corred, corred antes de que vuestra sangre se coagule en vuestras venas, antes de que vuestros pulmones se hinchen como si fueran dos globos aerostáticos, antes de que se desate mi ira sobre vosotros y prefiráis morir a volver a respirar una sola bocanada más.

—¡Nos está echando una maldición! —gritó un hombre—. ¡Corred!

Enseguida, la campanilla de la puerta volvió a sonar, señal de que se había cerrado.

—Ya podéis salir.

La voz de Gaia, firme, sonó más como una orden que como una invitación.

—¿Cómo te atreves a traer a los fanáticos a mi tienda? —gritó dirigiéndose a Carey. Ni siquiera le regaló un vistazo rápido a Eneas—. Sabes que ahora estaré en su punto de mira.

—Nadie sospechará de ti —trató de tranquilizarla Carey—. No nos han visto entrar, por mucho que esos locos lo digan, así que no tienes por qué preocuparte. Oye… —dijo mientras se acercaba a Gaia y la tomaba por las manos—, muchísimas gracias, de verdad. Aunque me temo que después de esa maldición van a confirmar sus sospechas de que eres una bruja. Sabes que no habría venido aquí si hubiera tenido otra opción. Esos tipos acaban de matar a uno de los nuestros.

Eneas tragó nervioso. A él no le había dado tiempo a ver quién recibió el disparo y no paraba de preguntarse si lo conocería, si sería alguno de los compañeros con los que había compartido clase esa misma mañana.

—No se andan con tonterías, desde luego —coincidió Gaia—. Está bien, pero ya sabes que esto no te va a salir gratis.

Carey asintió muchas veces seguidas.

—Te conseguiré lo que quieras, como siempre.

—Es un placer hacer negocios contigo —dijo la mujer mientras se dirigía hacia un mueble bar. El cambio en su actitud fue tan repentino que nadie habría dicho que hacía tan solo unos instantes quería echarlos de su local—. Y, bueno…, tendremos que tomar algo para que me cuentes quién es este chico tan apuesto, ¿no? —Por fin había reparado en él. Empezó a examinarlo de arriba abajo, tomándose incluso la licencia de toquetear el cuello de su camisa.

Carey soltó una risita ante la cara de estupefacción de Eneas, cuyas mejillas comenzaban a ser del color de la grana.

—¿A… apuesto? —tartamudeó este, que temía que el espacio que lo separaba de la mujer no fuera el necesario como para poder seguir respirando.

—Oh, también es tímido —apuntó Gaia—. Justo como a mí me gustan.

Eneas se atragantó con su propia saliva y no pudo evitar tener un ataque repentino de tos.

—Tranquilo, muchacho —le dijo mientras le acercaba un vaso de agua—, me estoy quedando contigo. No me van los niños.

El chico quiso rebatir esa afirmación, ya que él no era ningún niño, pero decidió callarse en el último momento; no sabía por qué, pero tenía la sensación de que era mejor mantener las distancias con aquella mujer.

—¿Queréis tomar algo? ¿Un té? ¿Tal vez un tónico?

—Un tónico estará bien —decidió Carey—, así nos calmará un poco los nervios.

La mujer abrió una de las puertas del mueble y sacó una botella de cristal que guardaba un líquido ambarino, como si fuera el bien más preciado de la ciudad. Vertió el contenido en tres vasos cuyos pájaros tallados en el cristal parecían a punto de salir volando, y le ofreció uno a cada uno.

—Por la poca cordura que queda en Vestalia —brindó.

Los chicos levantaron sus bebidas en honor a ese brindis, y después bebieron con calma.

—¿Por qué no me contáis qué ha sucedido? —dijo Gaia mientras se sentaba en uno de los grandes sofás situados al fondo del local, lo que supuso una invitación para que ellos hicieran lo mismo.

—Estamos en una misión —le explicó Carey mientras tomaba asiento, dejándole un hueco a Eneas a su lado; este dedujo que conocía la existencia del Liceo por la forma en la que había hablado la chica—. Bueno, en realidad es su primera misión —dijo guiñando un ojo a Gaia—, y acabábamos de salir del auditorio. Estábamos deambulando por el centro, escondiéndonos en un altillo, cuando de pronto escuchamos jaleo. Esos malditos acababan de disparar a un chico del Liceo. Así que empezamos a correr y se me ocurrió que tú nos darías cobijo durante un tiempo. Te prometo —añadió deprisa antes de que Gaia pudiera decir lo que estaba pensando— que no volveré a hacerlo. Sabes que no habríamos venido aquí de no ser una emergencia. —Era consciente de que ya le había dicho aquellas palabras, pero veía la necesidad de recalcárselas—: No se me ocurría a dónde ir, y tu local quedaba lo suficientemente cerca. Además, no podía dejar que este chico muriera en su primera misión.

Eneas brincó en el asiento al oír esa última frase. ¿Cómo tenía Carey la poca vergüenza de ponerle a él de excusa?

—Lo comprendo —dijo Gaia antes de que pudiera indignarse en voz alta. La mujer se había sentado en una enorme butaca enfrente de los chicos. Al hacerlo y cruzar las piernas, la falda del vestido se le había subido lo suficiente como para dejar a la vista los tobillos cubiertos por unas medias de encaje y repletos de pulseras doradas de las que colgaban decenas de abalorios. Eneas se quedó mirándolos tan fijamente que Carey tuvo que darle un codazo para que fuera un poco más disimulado. Se le había olvidado por completo lo que iba a decir—. Vivimos tiempos difíciles y créeme cuando te aseguro que esto no va a terminar bien. Esos fanáticos harán lo posible por acabar con vosotros, y se llevarán por delante a todo aquel que encuentren. Llegará un momento en el que matarán a cualquiera que salga de un auditorio.

—Perdonad, pero ¿qué se supone que es un fanático? —Eneas volvió a ponerse rojo al hacer esa pregunta. Odiaba ruborizarse de aquella manera y su cuerpo parecía saberlo, ya que cuanto más trataba de impedirlo, más rojo se ponía.

Gaia miró a Carey, sin duda pidiéndole permiso, y cuando esta asintió con levedad, la mujer comenzó a hablar:

—Son negacionistas. Se oponen a que exista nuestro sistema de mentiras, no están de acuerdo con él.

—¿Y cómo piensan pararlo? No creo que puedan hacer nada para detener esta rueda.

—Yo tampoco lo creía, muchacho. Pensaba que era un grupo de locos que se aburrían demasiado en sus casas y habían decidido emprender esta causa para darle un poco más de chispa a sus vidas. Con el tiempo, he ido comprendiendo que puede que lo consigan. Si bien hoy no —dijo Gaia cuando comprobó la cara de asombro de Eneas—, dentro de unos años sí.

—Son una pequeña llama —comentó Carey. Clavó con tal intensidad la mirada en la del chico que este pensó que perdía la voluntad sobre su cuerpo. ¿Qué era lo que reflejaban esos ojos de hielo? ¿Era posible que fuera curiosidad?—, una diminuta e insignificante llama en mitad de un bosque. Pero, de repente, deja de llover y empieza a haber una sequía horrible que hace que la humedad desaparezca. Y esa pequeña llama se acerca a una hoja, que después prende una rama, que consigue atrapar a un árbol entero y termina por devorar el bosque con sus lenguas de fuego infinitas.

—Bonita metáfora —puntualizó Gaia—. Sí, es exactamente así. Quizás ayer solo era un hombre aburrido en su casa, pero hoy son diez, y mañana serán veinte. Y cuando queramos darnos cuenta, habrán conseguido entrar en la Gobernacía y derrocar el sistema. Así se llevan a cabo las grandes revoluciones.

—¿Y la Gobernacía no puede hacer nada? —preguntó Eneas confuso—. Seguro que sabe de la existencia de los fanáticos. ¿No puede actuar ahora, apagar la llama antes de que sea demasiado tarde? Que no quiero decir que no estén en lo correcto —dijo de repente—, bueno, no lo sé. Supongo que ellos tendrán muy clara cuál es la causa por la que luchan, pero es evidente que tentar al sistema puede ponernos en peligro a todos, ¿no?

Eneas buscó el apoyo en la mirada de las chicas, que lo contemplaron con una mezcla de pena y diversión.

—Supongo que todavía no has pisado lo suficiente las calles como para tener una opinión formada —comentó Gaia en un tono demasiado paternalista para el gusto del chico. Sin embargo, este no pudo evitar pensar que tenía razón. Si le hubieran preguntado al Eneas de hacía tan solo una semana, habría tenido la respuesta más clara que el agua que bajaba de las montañas heladas de El Paso.

—Solo sé que es un sistema que beneficia a unos y perjudica a otros —sentenció él. Estaba empezando a cabrearse y, de no haber alguien pidiendo su cabeza por las calles de Vésticum, saldría de la tienda en ese instante.

—¿Y a quién perjudica, si puede saberse? —preguntó la mujer.

—A quienes deciden no mentir, a los que prefieren ser fieles a sí mismos y leales a la verdad.

—¿Y eso es culpa de los que decidimos mentir? —A Eneas no le pasó desapercibida la inclusión de la mujer en esa categoría.

—Es culpa de quien permite que haya gente que se lucre mintiendo.

—Mira, chico —el tono de Gaia era más potente ahora que se había puesto en pie—, te queda todavía mucho mundo por recorrer. No sé quién eres ni cuál es tu historia, pero lo que sé es que ahora trabajas para el Liceo y que vives de las mentiras. Así que a estas alturas ya te habrás dado cuenta de que o cedes y olvidas esa falsa moral que te has creado, o ya estás pidiéndoles a esos fanáticos que te hagan un hueco debajo del puente en el que acabarás viviendo un día de estos.

—Venga, Eneas, vámonos —Carey decidió intervenir en la conversación cuando vio que el tono de Gaia cada vez era más amenazador—. Además, no hace falta que nadie convenza a nadie. Todos los que estamos en este local sabemos muy bien cuál es la vida que hemos elegido y sus consecuencias —dijo esto último lanzándole una mirada a Eneas que significaba algo así como «cállate o te las verás conmigo»—. Así que ahora, Gaia, te vamos a agradecer en el alma que nos hayas escondido y que nos hayas ofrecido ese tónico que, sin duda, guardabas para una ocasión especial.

—Supongo que así es —comentó la mujer mientras miraba el vaso, ya casi vacío—, al fin y al cabo, cuando me levanté esta mañana no sabía que la suerte me iba a sonreír.

Eneas la miró confuso, y todavía se extrañó más al ver la cara de Carey, que no reflejaba curiosidad en absoluto. Entonces se acordó de la promesa que le había hecho, aquella de que le daría lo que quisiera a cambio de haberlos escondido de los fanáticos.

—¿Qué es lo que quieres, Gaia? —preguntó la chica mientras se apartaba el flequillo castaño de los ojos.

—Quiero un bebé.

CAPÍTULO 24

Eneas Lockwood
Vésticum, al sureste de Vestalia

«No le mires a los ojos, por lo que más quieras en el mundo, no le mires a los ojos».

Eneas no paraba de repetirse aquella frase. Lo había hecho tantas veces en la última media hora que acabó pensando que Caronte iba a leerle la mente. Sin embargo, por algún motivo que no lograba descifrar, el hombre se empeñaba en buscar su mirada, como si lo estuviera estudiando, como si tratara de discernir todos los secretos que pudiera guardar.

Eso le incomodó e hizo que clavara los ojos en sus zapatos marrones, más desgastados de lo que le gustaría.

Después de que Gaia les hiciera aquella extraña petición a cambio de haberlos ocultado de los fanáticos, se dirigieron al Liceo. Carey le dejó bien claro que aquello era «hacer trampa», porque como le había dicho en alguna ocasión, los que mentían no podían volver hasta que no pasara el plazo de las veinticuatro horas para que la víctima se vengase. De hecho, le repitió, si después de mentir todos regresaban al castillo, la gente no tardaría en atar cabos y directamente acudirían allí cuando una mentira se cumpliera.

Sin embargo, aquella era una situación excepcional.

Carey tenía que contarle a su padre lo que había ocurrido y debía ponerse en marcha para contentar a Gaia, pues sabía que, de no hacerlo, pronto ayudaría a los fanáticos dándole sus datos y habrían perdido una aliada. Y, en esos momentos, perder un aliado suponía estar un paso más cerca de la muerte. Gaia sabía dónde vivía y a qué se dedicaba, y eso era información más que suficiente para poner en peligro su vida y la de sus compañeros del Liceo, que no contaban con la misma protección que Caronte y, por lo tanto, podían ser objeto de cualquier mentira.

—Te digo que las cosas no van bien —repitió Carey una vez más, ya que su padre parecía no querer escucharla—. Estaban como locos, sin razonamiento. Querían venganza y estaban dispuestos a cualquier cosa. Como no hagamos algo rápido acabarán con nosotros, ¡con el Liceo! Si hasta mataron a un chico que pasaba por allí pensando que era uno de los nuestros. No tienen escrúpulos y harán lo que sea por conseguir lo que quieren.

La chica daba vueltas por el despacho, haciendo retumbar sus tacones contra la alfombra, mientras que Eneas estaba quieto en un rincón, con la cabeza baja y sin atreverse a hablar. No quería parecer un estúpido delante de Caronte, pero tampoco que pensara que era un monigote, así que optó por quedarse de pie y tratar de aparentar normalidad. Además, si no tenía contacto visual con él, era probable que no le dirigiera la palabra. Entonces se dio cuenta de lo que Carey había dicho. «Mataron a un chico que pasaba por allí pensando que era uno de los nuestros». Ya había supuesto que Carey sería una de las mejores mentirosas de Vestalia, pero no tenía ni idea de que también lo fuera sin estar en un auditorio. Había mentido a Gaia, le había dicho que habían matado a un muchacho del Liceo para que los dejara entrar en su tienda. Y él la había creído. Con los ojos cerrados y sin dudar ni un solo segundo de sus palabras.

—¿Y cuál es tu plan? —preguntó el hombre de repente. La voz salió de su garganta como si fuera aire turbio que se escapa de una cueva. A Eneas le asombró que no dijera nada sobre el chico que había muerto, no le dio la más mínima importancia. Aunque

Carey no parecía sorprendida por ello, tal vez estuviera más que acostumbrada—. Cuéntamelo, ahora que parece que estás más capacitada que yo para llevar este negocio.

Ella no contestó. Ojalá tuviera un plan, ojalá supiera cómo salir de esa situación. En el camino que separaba la tienda de Gaia del Liceo, le había dado vueltas y más vueltas a esa conversación, ya que sabía que su padre le iba a preguntar cuál era la alternativa que ella proponía. Caronte siempre se jactaba de ser imprevisible, pero su hija lo conocía demasiado.

—No tienes ni idea de cómo funciona esto —dijo Caronte al ver que ella no hablaba—. Ni de lo mucho que tengo que romperme la cabeza para que todo salga bien y para que tú y...

Un silencio incómodo se apoderó de la sala. Eneas los miró confuso, sin entender qué era lo que estaba diciendo Caronte y se sorprendió al ver que la misma incomprensión se leía en el rostro de Carey. ¿Cuántos secretos existían entre ellos?

—Dime, ¿cuál es tu plan? —Aquella pregunta desvió el tema y la pregunta que iba a hacer la chica se quedó en el aire.

Respiró, no le quedaba más remedio que contestar.

—No lo sé, padre. Por eso he venido aquí, para contarte lo que ha ocurrido. Si supiera cuál es la solución, ya la habría llevado a cabo. —Decidió jugar esa carta, la de que no le necesitaba porque era mayorcita.

Si Eneas tenía alguna duda sobre Carey, esta se encargó de eliminarla de inmediato. Estaba magnífica, a pesar de esa incertidumbre que enseguida se esforzó por esconder. La encontraba... poderosa, y ese poder era capaz de acabar con cualquier pensamiento malo que pudiera tener sobre ella. Se veía claramente que le costaba muchísimo enfrentarse a su padre, y aun así lo estaba haciendo. Y de una manera formidable. Se había cuadrado delante de Caronte, con las manos apoyadas en la cintura y sacando pecho. Si no hubiera llevado ese chaleco de bordados metálicos encima de la camisa negra de encaje, sin duda se habría podido ver su respiración agitada. Sin embargo, si se obviaba ese detalle, Carey se estaba comportando como una verdadera líder. ¿Era admiración eso que estaba experimentando Eneas? ¿O era ese sentimiento que había tenido nada más verla y que cada vez era más grande en su interior? Ojalá conociera las respuestas, porque sería mucho más fácil comprender por qué se le aceleraba el corazón cada vez que estaba cerca de ella y por qué era capaz de olvidar que era una mentirosa profesional.

—Oh, ya veo. —Caronte removió el contenido de su vaso como si fuera lo más interesante del mundo—. Entonces, simplemente has venido a mi despacho a importunarme mientras estaba haciendo unas cosas urgentes, contándome historietas que tu cabecita de niña aburrida se ha imaginado.

—Yo no me he ima…

—Está bien, Carey, sé que lo que necesitas es atención. He estado trabajando mucho últimamente y hemos pasado muy poco tiempo juntos. Lo comprendo. Pero tienes que encontrar algo que te mantenga ocupada, ya sabes, un pasatiempo o algo así. —Caronte dirigió la mirada hacia Eneas, y este reaccionó dando un pequeño bote.

Si le quedaba alguna intención de intervenir en la conversación, esta había desaparecido por completo después de esa mirada. Un pánico horrible le invadió cuando se imaginó a sí mismo hablando delante de Caronte. En realidad, el sentimiento era mucho más complejo. En realidad, quería coger a Caronte por los hombros, zarandearlo como si tratara de vaciar el contenido de sus bolsillos, y gritarle a la cara que lo que le estaba diciendo su hija era verdad. Sin embargo, una voz interior le repetía una y otra vez que aquella no era una buena idea.

—De acuerdo —dijo Carey mientras se dirigía hacia la puerta—, si no me quieres escuchar, no tengo nada más que hacer aquí. Cuando esos lunáticos se encaramen a la ventana de tu habitación y no tengan piedad al clavarte una daga en el pecho, yo estaré muy lejos de aquí.

La risa de Caronte inundó la sala.

—Mira, cielo, no sé en qué mundo de fantasía vives últimamente, pero te aseguro que eso no va a pasar. El castillo está repleto de guardias y, desde luego, nadie va a trepar por mi ventana para matarme. Así que estate tranquila. Tómate una tila o alguna infusión relajante, date un baño de espuma o ve a mentir para conseguir algún caprichito de una de esas tiendas que tanto te gustan; lo que sea con tal de que dejes de darle vueltas a esa cabeza que parece una máquina llena de engranajes.

—Debería escucharla —la voz de Eneas salió sin permiso y cuando este se dio cuenta de que se había atrevido a hablar, ya no pudo detenerse . Carey tiene razón, yo también los vi. Y de lo que estoy seguro es de que esa gente no va a parar hasta que no consiga lo que quiere.

—¿Y qué es lo que quieren, según tú? —preguntó Caronte mientras se levantaba de la silla y se plantaba frente a Eneas que, lejos de amedrentarse, cuadró los hombros y miró al frente como si estuviera a la altura del jefe del Liceo.

—Quieren acabar con las mentiras —respondió tajante.

¿En qué momento había pasado Eneas a estar en ese bando? ¿En qué momento había pasado a importarle el sistema de las mentiras? «Ha sido ella —le dijo una voz interior—, ella es capaz de todo, hasta de hacerme ver que quizás todo en lo que creía hasta ahora estaba equivocado». Si sus padres levantaran la cabeza y lo vieran en ese instante…

—¿Pero os estáis escuchando? —Caronte incluyó a su hija en la conversación, interrumpiendo los pensamientos de Eneas—. ¿No os dais cuenta de que eso es imposible? La Gobernacía instauró este sistema hace muchísimos años, los suficientes como para crear una máquina tan perfecta que no haya manera de derrocarla. Estúpidos ha habido siempre, y gente con mucho tiempo libre y que busca una causa por la que luchar, también. Así que no debéis asustaros. Es una pena muy grande la pérdida de ese muchacho —dijo por fin. «Al menos ha tenido un poco de consideración por el pobre chico», pensó Eneas—, pero no podemos hacer nada más que honrar su memoria y continuar con lo nuestro. Solo así se darán cuenta los fanáticos de que es una batalla perdida.

—Pero…

—No quiero oír ni una palabra más —interrumpió a su hija—. Está siendo un día muy largo y todavía tengo que encargarme de mil asuntos que requieren toda mi atención. Así que, si no os importa, aprovechad las horas libres que tenéis por haberos presentado en el Liceo en mitad de una misión para hacer algo de utilidad.

Carey hizo un gesto con la cabeza para indicarle a Eneas que era hora de marcharse. Él estuvo a punto de protestar, pero la chica le dedicó un gesto que no dejaba lugar a dudas: no había alternativa.

—No es justo —se quejó Eneas cuando salieron del despacho de Caronte y cerraron la puerta a sus espaldas—. Está ciego, si no hacemos nada nos irán matando uno a uno hasta alcanzar a los cargos más altos. Si son muchos, no les costará llegar a la Gobernacía.

Al decir esas palabras supo que ya no había marcha atrás. Tan solo un par de días y una misión ya le habían hecho sentirse parte del Liceo. Por un instante, pensó que todo aquello lo estaba provocando Carey, pero Eneas se negó a creerlo. En su lugar, se dijo que tal vez el que estuviera equivocado era él. No podía estar a favor de unas personas que iban matando por ahí a otras, por mucho que defendieran un sistema sin mentiras. Matar era el peor de los pecados, muchísimo peor que mentir, así que no, no podía estar de su lado.

—Déjalo, Eneas. —Carey se paró en seco y lo miró frente a frente. Tenía el semblante más serio que el chico había visto jamás—. No hay alternativa. Además, mi padre tiene razón. Fanáticos han existido siempre y eso no significa nada, somos mucho más poderosos que ellos.

—¿Y qué es lo que propones exactamente? —preguntó él mientras la desafiaba con una mirada interrogante.

—Seguir adelante, andarnos con cuidado y encargarnos del asunto que tenemos entre manos.

A Eneas casi se le había olvidado. Gaia y su bebé. ¿Cómo se suponía que iban a cumplir su petición? Cuando la hizo, a Eneas se le escapó una carcajada indiscreta; pensaba que era una broma. Sin embargo, la mirada que le dirigió Gaia, cargada de furia, le dejó claro que estaba equivocado. Durante el trayecto hasta el Liceo había tratado de preguntarle a Carey cómo lo iban a hacer, cómo iban a conseguir un bebé, pero ella se limitó a seguir caminando en silencio. Aunque en su cabeza empezara a perfilarse el plan que iba a seguir, prefirió guardar silencio y tratar de controlar su respiración, que amenazaba con delatar lo nerviosa que estaba por dentro.

Era como un bloque de hielo. A veces le daba la sensación de que no tenía sentimientos, de que esa coraza que veía era la única realidad cuando se trataba de Carey. Pero pensaba en su sonrisa ladeada, en la forma en la que se le encogían los ojos al reírse, en la manera que tenía de retarlo como si supiera que era capaz de todo, y comprendía que no, que llegaría un momento en el que esa capa de hielo desaparecería. Solo era necesario un cincel.

Carey puso rumbo a las caballerizas del castillo. Eneas no había estado nunca en ese lugar, así que se sorprendió al ver la gran cantidad de caballos y carros de los que disponía Caronte. Un par de mozos atendían a los animales: uno estaba llenando los barreños con agua fresca mientras que el otro peinaba con dedicación a los equinos. Cuando pasaron por su lado, los dos mozos bajaron un poco la cabeza, en señal de respeto hacia Carey. A Eneas todavía le costaba un poco comprender por qué una persona se inclinaría ante otra, y más si el primero era un trabajador; al fin y al cabo, nadie le estaba regalando nada a nadie, sino que habían sido contratados a cambio de algo en concreto. A pesar de ello, el chico había notado que los del servicio siempre inclinaban la cabeza cuando estaban en presencia de Carey y, sobre todo, de Caronte. Y, ahora que se daba cuenta, él jamás lo hacía. Se empezó a poner rojo, al cerciorarse de que estaba al lado de una de las personas más importantes de toda Vestalia, cuando Carey tiró de su brazo para que se montara en uno de los carros.

—¿Nos vamos? —preguntó él.

—Sí, tenemos que conseguir un bebé —dijo ella sin dudar ni un segundo.

Carey se subió al carro y pegó un silbido fuerte para que uno de los mozos la atendiera. Entonces, el que estaba llenando los calderos corrió a una de las paredes del establo y tocó varias veces una campana que resonó con fuerza. Acto seguido, cogió dos caballos, les puso las barras que los atarían al carro y terminó de colocar las riendas y los aparejos necesarios. Antes de que terminara, un hombre ataviado con un traje granate y cuyas botas —altas y de cuero— le indicaron a Eneas que se trataba del cochero, se subió al asiento y se dispuso a emprender la marcha.

—¿Cuál es el destino? —preguntó serio mientras tomaba las riendas y se las colocaba entre los brazos.

—Vamos a Asua —contestó Carey con firmeza.

—¿A Asua? —Eneas parecía confuso cuando el carro comenzó a andar—. Eso nos llevará unas cuantas horas y supone salir de Vésticum. ¿Estás segura de que puedo salir después de haber mentido?

—Estás conmigo. Cuando estás conmigo las reglas no valen, yo soy la ley.

Eneas la miró extrañado. Creía que, con el paso del tiempo, iría comprendiendo el funcionamiento del Liceo, pero se dio cuenta de que cada hora que pasaba lo entendía todo menos.

—¿Y qué vamos a hacer en Asua?

—Complacer a Gaia —dijo Carey con toda la naturalidad del mundo. Iba sentada dentro del carruaje como si lo hubiera hecho un millón de veces; en cambio, el chico no sabía cómo posicionarse para no darse en la cabeza ni para evitar las vibraciones del camino que hacían que su cuerpo entero temblara—. Ahora, ponte cómodo y disfruta del viaje. Asua te va a encantar.

CAPÍTULO 25

Carey Regminton
Asua, al este de Vestalia

Carey no se enteró porque cayó en los brazos del sueño en cuanto se sentó en el carro, como si hubiera sido presa de un encantamiento, pero Eneas, mientras se concentraba en admirar el paisaje, trataba de no pensar en la conversación con Caronte y en el hecho de que alguien inocente había muerto por su causa. De haberlo sabido le habría dicho que no había sido por su culpa, que el único culpable en esa historia era el que había apretado el gatillo. Sin embargo, no habría servido de nada porque el chico, por más que intentaba interiorizarlo, no era capaz de comprender lo que había ocurrido.

La muchacha empezaba a entender cómo funcionaba la mente de Eneas. Esa sensación de que no valía para mentir se había ido disipando poco a poco, y no solo por la actitud que tuvo en el cementerio. Era valiente, mucho más de lo que él pensaba; también leal y bondadoso, y esas eran cualidades que no se veían demasiado por el Liceo. Lo único que le faltaba era creérselo, entender que era capaz de cualquier cosa y que no tenía que estar siempre sometido al mando de nadie. Lo conocía lo suficiente como para saber que era de esas personas que necesitaban constantemente una luz que seguir. Y también sabía que ella, en esos momentos, se había convertido en el faro más luminoso de toda Vestalia.

Su trabajo, lejos de enseñarle a mentir, era hacerle ver que no necesitaba ninguna luz, que debía aprender a caminar por la oscuridad aunque fuera a tientas.

—Perdona por dormirme, llevo unos días sin pegar ojo —comentó Carey mientras se frotaba con disimulo los ojos. Lo hizo de una forma tan cuidada que no estropeó su maquillaje lo más mínimo.

—No esperaba que te levantaras de tan buen humor —confesó Eneas. Estaba tan recto que a la chica no le habría extrañado que le hubiera salido una contractura en la espalda.

—Hay muchas cosas que no sabes de mí. —¿Por qué le dio esa respuesta y por qué la acompañó de un guiño?

Cuando estaba con él, algo en su interior se revolvía inquieto y por más que trataba de controlarlo, era incapaz. Nunca se había fijado en los chicos, y mucho menos en sus alumnos. Su trabajo era lo único que le importaba en la vida y evitaba cualquier tipo de distracción. De ahí su coraza; coraza que Eneas estaba atravesando poco a poco, con paciencia y precisión. Sin embargo, aunque había empezado a acostumbrarse a que el estómago le diera un vuelco cada vez que lo veía, se tenía que repetir una y otra vez que lo suyo era imposible. Su relación había empezado de la peor forma y eso era algo que ya no tenía solución.

Sacudió la cabeza. «Céntrate —se dijo cuando comprendió lo peligroso que era pensar en esa relación inexistente—, ya sabes las consecuencias de que esto no salga como debería».

—¿Estás bien? —le preguntó cuando consiguió volver a ese carro—. No tienes buena cara.

—Sí, sí… es solo que… todo esto…

—¿Qué es lo que sucede? —Se asomó por la ventana del carro en parte para comprobar dónde estaban y en parte para no mirar a los ojos verdes de Eneas—. Puedes contármelo, todavía nos queda un rato de viaje hasta que lleguemos a Asua y si no hablamos de algo esto puede ser aburridísimo.

—Está ocurriendo todo muy rápido —decidió sincerarse—. La llegada al Liceo, conocer a mis compañeros, darme cuenta de cómo iba a ser mi vida a partir de este momento. Conocerte a ti —dijo esto último en un susurro.

—¿Qué pasa conmigo? —la joven quiso ordenar a su corazón que latiera más despacio y que no hiciera tanto ruido, aunque sabía que no le haría el menor caso.

—No lo sé. Supongo que me siento un poco fascinado.

—¿Fascinado? —Carey soltó una carcajada, después se colocó el pelo de forma coqueta, totalmente a propósito. A quién pretendía engañar: aquello la divertía muchísimo.

—Sí, a eso me refiero. —Eneas señaló con un dedo—. Tu forma de ser. Todo en ti parece hecho para ser admirado. No, no me malinterpretes —se apresuró a decir cuando vio que la chica iba a recriminarle—, lo estoy diciendo en el buen sentido. No eres como yo, no pasas desapercibida.

—Igual es que no puedo evitarlo.

—A eso me refiero, a que te sale solo. Tu forma de vestir, de andar… Tu forma de llevar el Liceo.

El rostro de Carey se volvió un poco más oscuro.

—¿He dicho algo malo?

—No, la verdad es que no. Es solo que eso que has dicho, lo de que me sale innato el no pasar desapercibida, igual está ligado directamente al hecho de que soy la hija de Caronte. Me han enseñado a ser el centro de atención, a conseguir todo lo que quiera, a no cuestionarme las cosas. Al fin y al cabo, mi padre supone que algún día me quedaré con el Liceo.

No recordaba haber hablado de eso con nadie. No tenía amigas ni ninguna persona en la que confiar. Tampoco sabía si alguien se había preocupado tanto en llegar a conocerla como lo estaba haciendo Eneas. Se puso un poco nerviosa. ¿Era aquello algo parecido a la complicidad?

—¿Y tú qué opinas de todo eso? —preguntó el chico por fin.

—Pues, si te soy sincera, creo que no tengo elección. Creo que mi único propósito en la vida es dirigir el Liceo cuando mi padre ya no esté, y para eso voy a necesitar muchas agallas.

—Bueno, es cierto que estás en una posición complicada, pero no creo que sea verdad eso de que no tienes alternativa. Siempre podrías alejarte del Liceo y dedicarte a otra cosa.

—Ay, Eneas —dijo ella con cariño—, ¿quién iba a querer darle una oportunidad a la hija del mayor mentiroso de Vestalia? Yo no soy como el resto de jóvenes que puede trabajar duro para conseguirse un futuro gracias a la Gobernacía, ese derecho lo perdí en cuanto di mi primera bocanada de aire. Así que no me queda otro remedio que seguir mintiendo y mantener a mi padre contento para después... Bueno, para después seguir su camino.

No sabía por qué, pero habría dado lo que fuera por que el chico se sentara a su lado y le cogiera la mano.

—¿Es que acaso no te gusta mentir?

—Me gustaba, y mucho —confesó ella, un poco decepcionada al ver que Eneas no se había movido lo más mínimo—, aunque ya no es lo que era. Empecé a mentir muy joven, tenía una bula que me lo permitía, y ya desde muy pequeña recorría el auditorio de Vésticum como si fuera una estancia más de mi casa. Mi padre me lo consentía todo, de hecho, se emocionaba cuando recibíamos otro capricho más. Al principio me preguntaba por mis mentiras, se interesaba por saber qué había dicho, pero llegó un momento en el que dejó de preguntar. Simplemente sonreía cuando veía un paquete nuevo en la puerta del Liceo con mi nombre. Siempre me alentó a ello y se mostró orgulloso.

Aquellos recuerdos eran dolorosos, tanto que había intentado una y otra vez borrarlos de su mente sin ningún éxito. Por eso no pensaba en su infancia, porque en casi todas las imágenes salía ella tratado de llamar la atención de un Caronte que estaba demasiado ocupado como para prestar atención a su única hija.

—Entiendo. Y no pensaba que había gente en el Liceo que podía mentir por ti y que evitarían ponerte en peligro —dedujo el chico.

—Exacto. Jamás me lo impidió y asumía las consecuencias de que algunas de mis mentiras pudieran hacerse realidad.

—¿Eso llegó a ocurrir?

—Sí, en alguna que otra ocasión. Sin embargo, ahí sí que entraba su protección: los guardias del Liceo jamás permitían que nadie me encontrara. Para mí se convirtió en un juego. Iba todos los viernes al auditorio, mentía y después me escondía en casa durante veinticuatro horas. No me preocupaba de nada más. Ni siquiera estoy segura de ser consciente de cuántas de mis mentiras se han llegado a cumplir. Mi padre se encargaba de eso.

No le hacía falta ver el rostro del chico para saber que pensaba que aquello era horrible. Que no entendía cómo Caronte le había dado esa educación a su hija. La podría haber perdido en cualquier momento. Un despiste, una venganza, un descuido de un guardia y se acabó.

—Gracias por contármelo —susurró él—. No sé por qué me da que esto no lo vas aireando ante cualquiera.

Ella sonrió y agachó un poco la cabeza. La tenía calada, estaba claro.

—Oh, ya estamos llegando —mencionó Carey después de apartar las cortinas de encaje que tapaban la ventana del carruaje—. No te pierdas esto, es un espectáculo.

En esa ocasión no mentía. Ante ellos, como salida de la nada, apareció una selva de árboles inmensos que parecían tocar el cielo. Adentrarse entre ese follaje se sintió como cruzar la puerta hacia un mundo desconocido. Los árboles y la oscuridad los engulleron; llegaba a ser claustrofóbico.

—Céntrate en el canto de los pájaros —le dijo cuando comprobó que el chico empezaba a palidecer. Sabía que entrar por primera vez en la selva de Asua podía ser abrumador—. Escucha cómo cantan y no pienses en nada más.

Eneas asintió y respiró con calma.

—Es fascinante, ¿verdad? —preguntó ella mientras miraba por el cristal—. Hipnótico. Es imposible dejar de mirar.

El chico iba a contestar cuando ella le indicó al cochero que parara, que ya habían llegado. No tuvo que repetírselo dos veces, ya que este, obediente y servicial, detuvo el carruaje en mitad de la selva y esperó a que Carey y Eneas se bajaran. Sin decir ni una sola palabra más, dio media vuelta como pudo y se marchó por el mismo camino por el que había venido.

—¿Qué es este lugar? —preguntó Eneas mientras observaba a su alrededor. Un árbol tan alto como el puente Cron le llamó tanto la atención que casi se cae en una charca.

—Mira por dónde vas —le regañó Carey, al tiempo que tiraba de su chaqueta y evitaba que se diera un baño con las ranas que, sin duda, eran venenosas. La amabilidad y cercanía que había demostrado en el carro minutos antes parecían haberse esfumado de repente. En ese bosque no había lugar para las distracciones—. No te fíes de este sitio, es peligroso.

—Eso ya lo veo…

—Esto es Asua. ¿No te parece increíble que pueda haber un lugar así tan cerca de Vésticum?

—Y que lo digas. No sé cuántas horas hemos tardado, pero esto parece salido de otro mundo.

—Bueno, nosotros hemos hecho un poco de trampa —comentó Carey mientras le guiñaba un ojo—. Hemos tomado uno de los caminos de la Gobernacía; son seguros y rápidos. Y eso es, precisamente, lo que necesitamos ahora mismo.

—Oye, Carey. —Eneas se paró en mitad del camino y tomó la mano de la chica—. Se… se me ha olvidado lo que iba a decirte.

Ella se quedó sin respiración. Era la primera vez que le daba un escalofrío cuando alguien la tocaba. Y más ese tipo de escalofrío:

uno que contenía chispas y hielo a la vez. Por unos instantes, pensó en retirar la mano, en reprobarle por haber tenido la osadía de coger así la mano de la hija de Caronte; sin embargo, con quien se enfadó fue consigo misma. No podía seguir pensando de aquella manera.

¿Qué le estaba ocurriendo? No podía parar de mirar esa unión y de tener esas sensaciones que parecían ser casi tangibles. ¿Qué era eso que latía en su interior? ¿Acaso se podía sentir algo por una persona a la que se acababa de conocer? Y, lo más importante de todo: ¿era legítimo sentir algo por una persona cuyas ideas eran tan opuestas a las suyas? Porque sabía que, a pesar de que Eneas estaba ahí con ella, habiendo contado su primera mentira, su forma de pensar seguía suponiendo una barrera entre los dos.

—Te... Tenemos que continuar —dijo ella en un susurro, aunque en realidad las palabras que querían salir a través de sus labios eran otras bien distintas.

Él asintió y apartó la mano como si fuera lo que más le había costado hacer en la vida.

—Ten cuidado por dónde pisas. —Carey sintió mucho tener que romper la magia que se había creado entre ellos, pero dentro de esa selva tenían que tener un millón de ojos. De hecho, aunque en un principio lo único que se veía eran árboles, entre la maleza, repleta de espinas y plantas que parecían venenosas, se empezaban a distinguir restos de alguna máquina oxidada por la humedad.

—Son aviones —comentó Carey.

—¿Aviones? ¿Cómo es posible?

Todo el mundo había oído hablar de ellos, esas máquinas que atravesaban el cielo y que podían cruzar Vestalia de una punta a otra. Sin embargo, muy pocos habían visto alguno.

—En Vésticum los usamos bastante, sobre todo para atravesar el desierto de Krosi. Son más rápidos que los zepelines, aunque también un poco más incómodos —explicó la chica mientras seguía avanzando—. No te detengas, aquí cualquier cosa puede matarte.

—¿Y por qué hay tantos aviones estrellados en esta zona? —preguntó Eneas; Carey se imaginó que para quitarle importancia a esa última advertencia.

—Nadie lo sabe. Cuenta la leyenda que es imposible cruzar la selva de Asua con un avión, que todo aquel que lo intenta acaba estampado contra los árboles.

—No sé por qué —dijo él sin perder de vista los restos de las máquinas—, pero me lo creo totalmente. Esto parece un cementerio de aviones.

Había restos por todas partes. Chatarra oxidada y carcomida por la humedad que se escondía detrás de una maleza que reclamaba su territorio creciendo sobre ella sin piedad. Había alas descompuestas, motores grasientos despiezados e incluso asientos rotos. Por no hablar de la cantidad de tornillos, tuercas y trozos de metal anaranjado que decoraban la vegetación como si se tratara de una especie nueva a punto de invadirlo todo.

—Ahora ya no se sobrevuela esta zona —aclaró Carey—, desde que se dedujo que aquí había algo que hacía que los aviones no pudieran mantener la altura, se evita cruzar esta selva. Por eso hemos venido a Asua, porque no es un sitio muy concurrido. Es importante no llamar la atención.

—Pero si aquí nadie nos conoce, y si la mentira que conté en Vésticum se ha hecho realidad, los que se quieran vengar no van a adivinar dónde estamos.

—Lo sé, pero la gente de Asua no es demasiado amable. Los forasteros no gustan, y menos los que arman jaleo. Así que vamos a tratar de hacer esto lo antes posible para largarnos de aquí de inmediato.

Siguieron caminando en silencio hasta que llegaron a un lugar en el que los árboles parecían ser menos tupidos y donde entraba un poco más la luz del sol. El sonido de los pájaros disminuyó y, en su lugar, el ruido del agua corriendo lo invadió todo.

—Ahora sí que te doy la bienvenida oficial a Asua.

No le hacía falta ver el rostro de Eneas para comprobar que estaba sintiendo el famoso efecto de Asua. Incluso Carey, que había estado ya varias veces allí, lo experimentó. Y no era para menos. Una enorme montaña se abría paso ante sus ojos; decenas de cascadas la atravesaban por varias zonas y, detrás de ellas, se podía intuir lo que parecían casas talladas en la piedra. En la parte inferior, un lago en calma, solo interrumpido por el agua que caía por las cascadas, invitaba a entrar en la ciudad.

—Voy a ir al grano, Eneas —le indicó Carey—, y quiero que tengas todos tus sentidos puestos en esto. Vamos a ir al auditorio a contar una mentira y después tendremos que correr mucho.

—¿Y eso por qué? —El miedo comenzó a pintarse en el rostro del chico.

—Porque la mentira se va a cumplir.

Él la miró confuso, pero Carey no estaba dispuesta a entretenerse ni un segundo más, y el chico lo entendió, porque se guardó sus preguntas para más tarde.

Cruzaron el puente de piedra que unía la selva con el pie de la montaña. A medida que se acercaban, se empezó a distinguir el rostro que dibujaban las rocas de la ladera, así como las manos que simulaban querer tocar el suelo, compuestas por dos riscos que sobresalían a ambos lados de la cara. El puente se iba elevando un poco, lo justo para entrar por lo que, sin duda, era la boca de aquel rostro, haciendo que en la parte inferior solo quedaran unas rocas que formaban la barba de lo que parecía ser un anciano.

—Debo admitir que me encanta la arquitectura de Asua —dijo Carey mientras entraban por aquella boca descomunal. Un aire frío los recibió. Olía a piedra, musgo y misterio—. Esta es la entrada del auditorio. Todo aquel que quiera visitar esta ciudad lo tiene que hacer por aquí, así que es muy difícil pasar desapercibido.

—Nombre —dijo uno de los hombres que custodiaban la puerta. Guardias, sin duda.

—Carey Regminton y Eneas Lockwood. Nos vamos a quedar en la Atalaya Valiente —contestó antes de que le pudiera preguntar dónde iban a pasar la noche.

A pesar de que el hombre no hizo ningún gesto, Carey avanzó hacia el interior del auditorio. Eneas la siguió sin detenerse y tratando de no mirar a los ojos a aquel guardia que no paraba de examinarlo.

—Ya nos tienen controlados —le explicó Carey cuando se separaron lo suficiente del hombre—. Saben que no somos de aquí, por eso es tan complicado llevar a cabo una misión en Asua. No es como en el resto de ciudades de Vestalia, donde se puede entrar y salir más fácilmente y solo te tienes que identificar en caso de que quieras contar una mentira. Aquí se adelantan: primero te controlan y después se las ingenian para que no vuelvas a mentir a su ciudad, si es que te atreves a hacerlo. La gente es desconfiada y hace todo lo posible por mantener a salvo a su pueblo.

—¿Y se puede saber por qué venimos a mentir aquí si todo es tan peligroso y tan complicado? —La cara del chico estaba pálida.

—Al no haber forasteros, no hay tanta gente. Además, estoy segura de que los fanáticos no han llegado hasta aquí. Así que Asua es la mejor opción para contar la mentira que pretendemos. Además, tenemos la selva, que es el mejor sitio de la ciudad para esconderse porque ni a los lugareños les gusta entrar. Seremos rápidos, nos esconderemos lo mejor posible y nos iremos de aquí como si fuera lo único que importara. ¿Entendido?

Eneas asintió. Carey, por su parte, avanzó hasta una de las rocas que sobresalían del suelo. Cuando estuvieron más cerca, el chico vio que cada una de ellas tenía una pequeña cascada que nacía de su parte superior y terminaba en una rendija del suelo por la que el agua caía hasta desaparecer. Al lado de esa cascada estaba el auricular que le indicó que aquello era un áureo.

—Me llamo Carey Regminton —dijo la chica después de que le hicieran la foto, descolgar el auricular y acercarse la parte inferior a la boca— y vengo a decir que han matado a Mafalda Trispen a cambio de un bebé. —Colgó el auricular con delicadeza y después añadió—: Trabajo hecho. En un momento aparecerá un bebé en la puerta del Liceo y los soldados se lo harán llegar a Gaia. Ya están avisados, así que no tendremos que preocuparnos más por esto. Ahora, nos vamos de aquí lo más lentamente posible y después, corremos. Nuestra mentira se acaba de cumplir.

—¿Cómo lo sabes?

—Porque la única forma de conseguir una vida humana es acabando con otra.

Eneas asintió, con las piernas temblorosas y una lágrima silenciosa que estaba a punto de saltar a su mejilla. Carey no lo dijo en voz alta, pero se sintió la persona más despreciable de Vestalia. Aunque las mentiras eran parte de su vida, no estaba a favor de esa cláusula que casi todo el mundo conocía y que además no solo implicaba que la mentira se cumpliera de inmediato, sino que le daba la facultad a cualquiera, incluso a los que no habían resultado afectados, de acabar con el mentiroso. Nunca había estado de acuerdo con ese sistema porque, aunque se castigara al que había contado la mentira, se le estaba dando la capacidad de matar sin mancharse las manos. Se lo ponían fácil. Y ellos habían usado ese sistema.

No dejó que la pena se apoderara de ella; no había tiempo para ponerse sentimental. Tenía un trabajo y lo había cumplido. Ahora llegaba el momento de pasar desapercibidos. Le habría encantado saber qué estaba pensando Eneas, pero su rostro en esos momentos era inescrutable.

No podían perder más tiempo. Avanzaron por el interior de la cueva, esquivando los diferentes áureos que se repartían por toda la sala y, cuando llegaron al final, ascendieron por unas escaleras de caracol tan empinadas que llegaban a marear. Subieron deprisa, sin parar, sin mirar atrás. Parecía que todo iba bien, pero cuando salieron por la puerta que aguardaba al final del último escalón, se dieron de bruces con la peor de las noticias: allí había varios hombres que parecían estar esperándolos.

Carey no lo dudó ni un solo instante. Sacó una pistola de la parte trasera de su cintura, la agarró con fuerza y apretó el gatillo sin piedad. Un hombre cayó de espaldas, con un balazo en la cabeza. Otro sentenció su muerte al dirigir su mirada al compañero caído, ya que Carey aprovechó esos segundos para dispararle en mitad del corazón. Y el tercero… Era tal el odio y la temeridad que se asomaban a los ojos de Carey, que el tercero prefirió decidir sobre su propio destino y se colocó su pistola debajo de la garganta. Antes de que Eneas pudiera decir o hacer algo, el cañonazo retumbó en sus oídos. No había marcha atrás.

—¡Vamos! —gritó la chica mientras se dirigía a una de las pasarelas que quedaban detrás de una cascada. No parecía impresionada por aquellos tres cadáveres que en cuestión de segundos cayeron a sus pies.

—Carey, ¿qué demonios está pasando? —gritó Eneas sin dejar de seguirla.

—No hay tiempo para explicaciones, tenemos que correr.

—¡Acabas de matar a dos personas y hacer que otra se suicide!

—Si nos ponemos rigurosos, tendríamos que decir que he matado a tres. Esa tal Mafalda habrá dejado de respirar hace rato.

Carey sabía que no tenía tiempo de fijarse en la cara de decepción y terror de Eneas. No podía detenerse a pensar en si lo que estaba haciendo era lo correcto o no. Sabía que después, cuando estuviera en la soledad de su habitación, a salvo, todos los remordimientos vendrían de golpe.

—¡Venga! —vociferó mientras avanzaba sin mirar atrás—. Si todavía valoras tu vida, ¡corre! ¡Por lo que más quieras!

CAPÍTULO 26

Hamica Clayton
Desierto de Krosi, al sur de Vestalia

Casi soltó un improperio cuando algo la arrancó de sus sueños. Se habría quedado en aquel lago helado toda una vida, pero tenía que volver a la realidad. Una realidad que le recordó —unos segundos más tarde de lo que habría sido normal— que estaba en el desierto de Krosi y que tenía que enfrentarse a un montón de gente que, seguramente, querría matarla.

—Siento haberte despertado.

Hamica entreabrió los ojos, sin poder evitar maldecir por lo bajo al darse cuenta de la claridad que había allí, y, cuando se acostumbró lo suficiente, pudo ver la figura de Carl en mitad de la tienda.

—No era mi intención despertarte —se disculpó—, pero tenía que coger unas cosas de manera urgente. Tenemos consejo y no puedo presentarme sin asearme.

La chica se incorporó un poco en el futón, tapándose con la fina sábana que todavía tenía pegada al cuerpo por el sudor. Era incapaz de dormir destapada, por mucho calor que hiciera, y eso le pasaba factura cada mañana.

—Tran... tranquilo —murmuró. Tenía la garganta tan seca que casi no podía ni hablar—. No sé qué hora es, seguro que es tardísimo.

—Un poco, pero nos pasamos media noche hablando, así que supuse que debías de estar cansada. Lo que ocurre, si no te importa —dijo mientras se peinaba el largo cabello negro con las manos—, es que quieren que estés tú presente.

—¿Quiénes? —preguntó la chica confundida.

—Los del asentamiento. No se habla de otra cosa desde que llegaste y creo que mi palabra no les va a servir por sí sola. Quieren interrogarte.

—Pero yo… Yo no sé si estoy preparada para eso.

—Me temo que no tienes otra opción. No te voy a engañar: tu presencia les hace sentir amenazados.

Miles de pensamientos acudieron a la mente de Hamica, todos ellos relacionados con las clases de Argumentación en las que era incapaz de pronunciar media palabra delante de sus compañeros. En la cabeza, sus ideales estaban más claros que las aguas más cristalinas de Vestalia, sin embargo, todo ello se enturbiaba en cuanto le llegaban a la boca. Era incapaz de defender sus opiniones delante de alguien que no fuera ella misma mirándose al espejo, y más si se trataba de un montón de desconocidos que la habían juzgado y sentenciado sin molestarse en conocerla. ¿Qué les iba a decir? ¿Cómo les iba a convencer de que no tenía ninguna mala intención? ¿Cómo iba a hacer desaparecer los prejuicios que, seguro, tenían en su contra?

—No puedo, Carl —musitó al fin. Su sinceridad y el gesto de derrota y miedo que puso le confirmaron al hombre lo que ya sospechaba: que Hamica no era más que una niña jugando a ser adulta.

—De acuerdo. Eh, no pasa nada —se acercó a ella cuando vio que comenzaba a llorar. Sin dudarlo ni un instante, la abrazó. Aunque fue un abrazo incómodo al principio, con ella tan rígida que parecía una tabla de madera, ambos se relajaron enseguida y Hamica agradeció ese gesto de una manera que no sabía expresar con palabras—. Tranquila, tranquila. No voy a dejar que nada malo te ocurra. No te preocupes, ya me encargo yo. Vendrás al consejo, pero yo hablaré por ti, ¿te parece bien?

El padre de Hamica jamás se había dirigido a ella con tanto cariño y respeto; ni siquiera podía recordar la última vez que la había abrazado de aquella manera. Cuando lo miró a los ojos supo que Carl era el refugio que llevaba buscando toda su vida. Asintió, despacio, no demasiado convencida, pero sabiendo que no le quedaba otro remedio.

—De acuerdo —concluyó el hombre—, ahora, aséate, come y bebe un poco y reúnete conmigo fuera de la tienda en cuanto termines. No tardes demasiado, el consejo está a punto de empezar.

Fueron los minutos más largos de la vida de Hamica. Quiso entretenerse y tardar tanto tiempo que para cuando quisiera entrar en el consejo ya no se lo permitieran por haber llegado a deshora. No obstante, sabía que aquello era importante, así que se dio toda la prisa que pudo. Con el corazón acelerado, se lavó con el agua de una palangana preparada para eso, se vistió con sus ropas anchas y claras —sin olvidarse de ponerse un pañuelo a modo de turbante, como llevaba Carl—, se comió una manzana tan amarilla como el sol implacable de Incaté, tomó un poco de agua y salió de la tienda.

—Qué rapidez —la felicitó el hombre, que la esperaba sentado en una alfombra de motivos granates—. Venga, sígueme.

No hablaron durante el trayecto, a pesar de que a Hamica le rondaban mil y una preguntas por la cabeza. Necesitaba anticipar lo que iba a ocurrir en esa reunión, pero tenía la sensación de que Carl no era de esas personas que comprendía a la gente como ella. Ya lo averiguaría todo en unos minutos cuando llegaran a la reunión.

Ante ellos se abrió una tienda casi tan grande como la propia casa de Hamica. Era del mismo color que la arena, aunque en la puerta se podían ver dos banderas como las que decoraban todo el asentamiento. No le sonaba haberlas visto cuando las estudió en la escuela, sin duda, no pertenecían a ninguna de las oficiales.

—Adelante —le ofreció Carl mientras apartaba una de las telas que hacía las veces de puerta.

Si el exterior de la tienda era espectacular, su interior parecía sacado del sueño más increíble jamás soñado. Todo se organizaba en torno a un fuego que descansaba en el centro de la carpa. A su alrededor, decenas de cojines de colores llamativos se repartían en círculos. También había candelabros que colgaban de los palos superiores de la tienda, así como atrapasueños con plumas de pavo real y trozos de espejo que reflejaban la luz. Parecía un lugar mágico.

Dentro ya había alguna persona que otra; hablaban entre ellos, de forma distendida. Lo que más llamó la atención de Hamica fue que hubiera niños entre los adultos.

—¿Dejáis a los niños estar aquí? —preguntó la chica. En Incaté no existían los consejos ya que las decisiones eran tomadas por unos pocos y el pueblo tenía prohibido participar. Pero supuso que, de haberlos, jamás permitirían la entrada a menores. Ni siquiera a ella.

—Son tan vecinos como el resto de nosotros, y siempre tienen algo que aportar. Te sorprendería escuchar algunas de sus ideas.

Hamica imitó a Carl cuando este se sentó en uno de los cojines. Estaban muy cerca del fuego central y eso la puso un poco nerviosa. De ser por ella, se habría sentado en el asiento más alejado posible, pero también comprendía que uno de los temas a tratar sería su presencia y de nada le valdría esconderse.

Fue necesario que pasaran unos minutos para que la tienda se llenara. Cuando esto ocurrió, no cabía nadie más en su interior. Carl saludó a unas cuantas personas, sobre todo a los que se sentaron cerca de ellos. Hamica notaba que la gente empezaba a reparar en ella, aunque nadie le dirigió la palabra. Prefirió mantener la distancia y tratar de no llamar la atención más de lo que lo estaba haciendo.

—Creo que ya estamos todos. —Una mujer, vestida de naranja y cuyas trenzas pelirrojas asomaban por debajo del pañuelo que le cubría la cabeza, se levantó de su cojín y tomó la palabra. Tenía un acento muy marcado que no se parecía en nada al de Incaté—. Tenemos varios puntos que tratar hoy, pero empezaremos por el más importarte. Carl —se dirigió al hombre que, lejos de asustarse, parecía la serenidad hecha persona—, dile a tu invitada que se presente y que nos cuente qué hace aquí.

—Si no te importa, Dorothia —contestó Carl mientras se ponía de pie—, yo hablaré por ella. Me ha dado su consentimiento y prefiere que lo hagamos así. La chica que me acompaña se llama Hamica Clayton —continuó cuando vio que nadie se oponía a su propuesta, para alivio de ella— y viene de Incaté. Ha compartido conmigo su deseo de formar parte de nuestro asentamiento.

—¿De qué la conoces? —preguntó un hombre sentado dos filas más atrás. Su acento también era distinto al de la primera mujer que había hablado y al de Carl. Le gustó que aquel lugar pudiera ser un hogar para cualquiera, independientemente del lugar de Vestalia del que se procediera. Reconoció el pelo rubio del norte, las narices prominentes de los del este, los ojos rasgados de los del oeste y la piel oscura de los de su zona. Ese era uno de los motivos que le hicieron querer quedarse en el campamento, allí no se sentía distinta.

—Gracias por intervenir, Lantio —contestó con educación—. De una de las escapadas que hice con Bill. Coincidimos en un lago cerca de Incaté, y Bill trató de forzarla. Fue cuando lo maté. Después apareció aquí; nos encontró ella sola.

A Hamica le sorprendió la sinceridad de su salvador. ¿Habrían hecho un consejo como aquel cuando murió Bill? Seguramente, Carl tuvo que dar un millón de explicaciones por haber vuelto sin el líder del asentamiento, y, por lo que comprendió la chica, en aquel lugar no había sitio para los secretos.

—¿Qué pretende? ¿Por qué quiere formar parte del asentamiento? —preguntó otra mujer.

—Después de hablar mucho con ella, he comprendido que no sabe a qué lugar pertenece. No concuerda ni con los principios ni con el aspecto de cualquier persona de Incaté, y quiere descubrir por qué. Al vernos a nosotros, pensó que otro mundo podía ser diferente y por eso cruzó medio desierto de Krosi, para encontrarnos. Además, tampoco comparte los ideales de la Gobernacía y no quiere acabar metida en su rueda.

La chica se quedó satisfecha con aquella respuesta y agradeció que Carl hubiera prestado tanta atención cuando se sinceró hasta tal punto de contarle todas sus dudas e inseguridades la otra noche.

Los murmullos eran cada vez más generalizados. Hamica miraba de un lado para otro, cada vez con más valor, aunque nunca dirigiendo la mirada a los ojos de los demás. Ahora que comprendía que Carl la iba a defender pasara lo que pasase, estaba mucho más tranquila y, aunque por norma general no le gustaba en absoluto que nadie hablara por ella, no le importaba que su voz saliera a través de las palabras de Carl. Lo estaba haciendo con todo el respeto de Vestalia.

—Amigos —siguió él llamando la atención de sus compañeros, que enseguida dejaron de hablar por lo bajo para prestarle atención—, Hamica tan solo es una niña en busca de la verdad, como lo hemos sido todos los que hoy estamos aquí. No encajábamos ni comulgábamos con el modo de vida que nos imponía la Gobernacía y por eso decidimos cambiar las cosas. Ella se ha dado cuenta pronto y no somos quiénes para negarle un futuro mejor, un futuro en el que se sienta a gusto, en el que pueda elegir qué destino tomar. Todavía es menor de edad y no tardará en cumplir los dieciocho. Entonces, la Gobernacía decidirá su futuro por ella. Le dirá con quién casarse y la obligará a tener descendencia y a dedicarse a algo que quizás no le guste en absoluto. Quién sabe si tendrá que mentir para ganarse la vida, aun en contra de su voluntad. No somos quiénes para juzgar.

—Eso es cierto… —comentó la primera mujer que había intervenido en el consejo, la de las trenzas pelirrojas. Hamica recordó que se llamaba Dorothia—, pero tendrá que jurar lealtad al asentamiento como lo hemos hecho todos nosotros.

No le gustó demasiado la forma en la que dijo eso último, como si la estuviera retando. Se atrevió a mirarla a los ojos, y en ellos vio algo que no consiguió descifrar. Entonces, tragándose el temor que le estaba impidiendo hablar, Hamica se levantó.

—Haré lo que haga falta —aseguró. Le habría encantado que su voz no sonara tan indecisa, sobre todo por ese pequeño tembleque de su labio inferior que delataba los nervios que sentía, pero también era consciente del paso tan importante que había dado. Carl abrió la boca para intervenir en su lugar, sabedor de que la chica no era amiga de los discursos, pero ella levantó una mano para que comprendiera que estaba bien, que era el momento de dejar los miedos atrás—. Necesito un hogar. Un sitio donde me comprendan, un lugar donde me dejen ser yo misma y no me obliguen a mentir si quiero ser alguien en la vida. Estoy harta del sistema, de sus normas estúpidas y de sus métodos horribles que premian a aquellos que no tienen ética ni sentido común. No quiero la vida que la Gobernacía tiene preparada para mí. Quiero ser dueña de mi futuro y poder tomar mis propias decisiones. Quiero empezar de cero, y haré lo que haga falta.

Se sintió contenta por su discurso, por haber sido capaz de poner en palabras sus pensamientos. De verdad quería aquello, lo quería con toda el alma; de hecho, estaba segura de que jamás había anhelado tanto algo. Se acordó de Bill, de la forma en la que la miró justo antes de comenzar a quitarle la ropa. Del asco tan tremendo que sintió al tenerlo encima, de las ganas tan inmensas de morir que la invadieron de repente. Y se acordó de su cadáver, tirado en la arena, sangrante y abandonado. No sabía si alguien lo había recogido o si los animales carroñeros se habían encargado de él. No le importaba. Lo único que sabía era que en esos momentos ella estaba allí y él no; que, sin quererlo, sus caminos se habían unido de una forma tan inevitable que habían conseguido que la vida de Hamica cambiara por completo.

Lejos de mirar a la chica, los allí presentes clavaron sus ojos en Carl, que sonreía satisfecho. Un «os lo dije» se podía leer perfectamente en su rostro.

—En nombre de todo el asentamiento, te pedimos perdón por lo que hizo Bill —dijo Dorothia—. Sabemos que no somos responsables de ello y de que él tomaba sus propias decisiones; aun así, no podemos evitar sentir enormemente lo ocurrido. También nos disculpamos por no haberlo hecho antes, pero comprende que para nosotros eras una amenaza.

El resto aplaudió, apoyando lo que acaba de decir la mujer de las trenzas. Carl también se unió orgulloso. Hamica asintió, aceptando esas disculpas —no solicitadas, por otra parte—. También se dio cuenta de que la mujer había hablado en pasado, se había referido a ella como una amenaza que ya no existía.

—No somos nadie para impedirte eso, Hamica —continuó—, por lo que, si juras ahora mismo fidelidad al asentamiento y juras vivir y morir por y para él, te convertirás de forma oficial en uno de nosotros.

La mirada de Hamica se clavó en una de las banderas que decoraba el interior de la tienda. Sin dudarlo ni un segundo, se llevó una mano al pecho y ya sin temblar ni dudar, dijo:

—Lo juro.

CAPÍTULO 27

Eneas Lockwood
Asua, al este Vestalia

Cuando Eneas dijo que se moría por ver mundo y vivir aventuras, no se refería a aquello.

Se acordó de las historias que le contaba su tío, de los lugares tan maravillosos que había conocido. Creía recordar el día que le habló por primera vez de Asua. Sus tíos habían ido de visita a su casa y hacía tanto frío que todos se arrebujaban alrededor de la lumbre de leña que tenían en el salón. Tami había dispuesto un té caliente y también unas pastas de mantequilla que había hecho Claud esa misma mañana. Eneas había agradecido muchísimo la visita, y no solo porque por aquel entonces le encantara escuchar las aventuras de su tío, sino porque era la excusa perfecta para posponer los deberes que le habían mandado esa mañana en la escuela.

Vincent les habló de Asua. Y también les explicó cuál fue la mentira que contó en cuanto cruzó el auditorio que daba paso a la ciudad. «No tenía previsto mentir, pero, ya que estaba, aproveché para pedir una buena chuleta de buey para cenar, que en Asua son muy difíciles de conseguir. Sin duda, la mejor carne que he probado en la vida, os la recomiendo». Hablaba con tanta naturalidad de las mentiras que Eneas no le daba la mayor importancia. Sus padres tampoco decían nada al respecto; sabían que era una batalla perdida y preferían tener la fiesta en paz. Sin embargo, cuando llegaba la noche y se quedaban solos delante de un plato de sopa de col aguada, compartían su indignación ante la actitud de aquellos dos.

Eneas, aun así, se quedaba con lo mejor. Aunque al muchacho le parecían fascinantes los lugares que sus tíos describían, no se imaginaba a sí mismo viajando para conocerlos. Por suerte o por desgracia, ese día había llegado.

Asua era un lugar mágico, precioso, tal y como se lo había imaginado una y otra vez. Incluso más, podría decir. Pero sin duda sería muchísimo más bonito si no tuviera detrás a cinco hombres armados hasta los dientes que querían acabar con él y con su compañera. A pesar de que les estaban pisando los talones, a Carey parecía no importarle demasiado; como si estuviera tan acostumbrada a tener que huir de aquella manera que se hubiera resignado sin más y hubiera echado a correr. Él, desde luego, no solía huir un día detrás de otro para intentar salvar su vida, y aunque de momento la jugada le estaba saliendo bien, no tenía por qué ser siempre así. «Es como contar mentiras —se dijo mientras seguía a Carey—, llegará el día en que una se haga realidad y entonces…».

No quiso continuar explorando ese pensamiento, no quiso que tuviera lugar dentro de su cabeza, porque sabía perfectamente cómo terminaba la frase. En vez de en eso, se centró en no perder de vista a la chica que, como ya empezaba a ser costumbre, le sacaba demasiada ventaja.

—¡Deteneos de inmediato! —exigió una voz detrás de ellos, aunque Eneas no tuvo el valor suficiente como para darse la vuelta y mirar quién había sido.

La gente de Asua no se andaba con tonterías, parecía ser. Y, aunque en esos días sus piernas ya se estaban acostumbrando a tener que esforzarse al máximo para salvarle la vida, no podía decir lo mismo de sus pulmones.

—¿Cuánto tiempo más tenemos que correr? —gritó con el poco aire que le quedaba; estaba exhausto.

—Hasta que les demos esquinazo. Tranquilo, ¡tengo un plan!

De hallar fuerzas para ello, le habría dicho que se alegraba y que le interesaba muchísimo saber cuál era ese plan del que hablaba. Pero se temía que si hablaba no podría dar ni una zancada más. Así que hizo lo único que podía hacer: seguir corriendo y suplicar por que Carey llevara pronto a cabo su idea para librarse de esos tipos que les estaban pisando los talones.

No se atrevía a mirar hacia atrás, temía encontrarse con la imagen grotesca de uno de ellos a punto de alcanzarlo por la espalda. Por eso siguió las indicaciones de Carey y continuó corriendo, aunque sus pulmones y sus piernas gritaran de dolor. Decidió confiar en ella y visualizarse en un lugar seguro a salvo de aquellos hombres.

El estruendo que se oía ya le adelantó a Eneas lo que vería al girar la esquina por donde acababa de desaparecer la chica: una enorme cascada, tan imponente que daba miedo con solo mirarla. Sin embargo, el miedo que recorrió a Eneas no lo produjo la altura a la que estaba y de la que fue consciente en esos momentos, fue el hecho de haber perdido de vista a Carey. Como si se tratara de un fantasma, la chica se había esfumado entre la neblina que producía el agua al caer.

Eneas miró hacia un lado y otro, pero no consiguió verla por ninguna parte. ¡Había desaparecido! «Venga, Carey, ¿dónde te has metido?», susurró entre dientes. Empezó a impacientarse, no sabía qué rumbo podía haber tomado. Era imposible que se hubiera tirado al agua, ya que la distancia que los separaba del remanso y las piedras que asomaban amenazantes en la parte más baja auguraban un destino fatal. Además, tampoco parecía haber otra salida. No veía ningún camino que atravesara la cascada por detrás, no encontraba ningún hueco en la piedra por el que colarse, y la opción de trepar por la pared rocosa parecía imposible.

No tenía escapatoria ni tiempo de pensar más. Cuando quiso darse cuenta, unas manos lo cogieron por el cuello y lo derribaron en menos de un segundo. Él quiso oponer resistencia, pero eran cinco contra uno y hacían todo lo posible para que no se moviera.

Al final, entre unas lágrimas silenciosas que no tenían permiso alguno para estar ahí, se dejó hacer.

Solo esperaba que tuvieran piedad y acabaran con él lo más rápido posible.

CAPÍTULO 28

Caronte Regminton
Vésticum, al sureste de Vestalia

El tiempo se le acababa, lo sentía en las entrañas.

Después de que Osclan rechazase su petición de mentir por él, se le habían terminado las opciones. Había dejado pasar los días, tan solo con la esperanza de encontrar un plan alternativo que lo sacara de ese atolladero, incluso pensó en pedírselo a Ulter, otro de sus soldados, pero al final desechó esa opción. Y no solo porque no le gustara la idea de que la hija de Ulter pudiera quedarse huérfana después de aquella misión. Era más que eso. No podía confiar en nadie que no fuera Osclan. Sin embargo, el reproche que había visto en los ojos negros del chico y que le visitaba cada noche le hizo cuestionarse todo su plan.

Era ambicioso, lo sabía. Igual que sabía que había muchísimas posibilidades de que saliera mal, por eso jamás —bajo ninguna circunstancia—, se lo pediría a Carey. Además, no conocía a nadie ni la mitad de capacitado de lo que lo estaba Osclan. Él había nacido luchador, y no solo en el aspecto físico. También luchaba a diario para ser mejor, para dar más, para estar orgulloso de sí mismo. Por supuesto, era su mejor hombre, el que le defendería hasta la muerte de ser necesario y el que lucharía hasta derramar la última gota de sangre si la situación lo requería.

Aunque jamás habían llegado a esos extremos, Osclan sí que había tenido que salvar la vida de Caronte en alguna que otra ocasión, como aquella vez en la que el marido de una de las trabajadoras del Liceo irrumpió en el castillo buscando venganza después de que esta fuera asesinada. Ese día, Osclan se interpuso entre el cuchillo y Caronte, sin importarle lo más mínimo las consecuencias. El resultado fue que el chico se marchó con una herida muy fea en el abdomen; claro que al lado del hombre —que abandonó el Liceo en una caja de madera que fue arrojada al río Íscelsor—, tampoco corrió tan mala suerte.

Desde ese momento, Caronte supo que Osclan haría lo que fuera por él, y por eso cedió en su petición de no tener que mentir jamás, y por eso, precisamente, había osado preguntarle si estaba dispuesto a mentir por él. Sin embargo, se equivocaba. El chico no solo le reiteró su negativa en otra ocasión en la que Caronte se atrevió a pedírselo, sino que además comenzó a esquivarlo. Ya no se cruzaban por los pasillos y mucho menos en la cama, donde Caronte lo echaba de menos noche tras noche. «Eres un estúpido», se regañaba a todas horas, aunque en realidad sabía que no tenía otra alternativa y que había optado por la única opción que le quedaba.

Y luego estaba el cuento con el que le había venido su hija la otra mañana. No quiso hacerle demasiado caso, pero después, en la soledad de su despacho, se había dado cuenta de que quizás tuviera razón. Aquel chico que murió no era el primero, ni iba a ser el último, así que había tenido que mandar a Aiden a investigar. Este insistió en ir acompañado de Eneas, «para enseñarle mundo», apuntó, pero Caronte, al saber que este estaba demasiado ocupado siendo la sombra de Carey, le dijo que se tendría que conformar con otro de los novatos.

—Señor, le están esperando.

Caronte dio un respingo. Echó un vistazo rápido al reloj que tenía guardado en el bolsillo y maldijo por lo bajo al darse cuenta de lo tarde que era. Sus pensamientos lo habían absorbido tanto que no había reparado en que su cita con la jefa de la Gobernacía estaba a punto de comenzar.

Sin decirle ni una palabra al hombre que le había dado el aviso, salió de su despacho, no sin antes servirse medio vaso de licor ambarino que enseguida comenzó a notar corriendo por sus venas; iba a necesitar algo que le templara los nervios: aquella mujer lo sacaba de quicio.

—Regina Rei.

—Caronte Regminton.

Se saludaron como si fueran dos desconocidos, aunque la verdad era que sus caras les resultaban mucho más que familiares. Regina llevaba al mando de la Gobernacía desde hacía casi veinte años, lo que la convertía en, prácticamente, una pieza inamovible del engranaje. Nadie sabía cómo había llegado al poder, aunque las malas lenguas decían que fue porque la antigua reina tuvo una aventura con ella y, tras los rumores que podrían destrozar su matrimonio y su puesto —ya que la homosexualidad era algo en lo que ni los más transgresores de la corona se atrevían a pensar—, decidió darle el cargo más alto que un civil podía ostentar en ese momento. Así, Regina estaría al mando de la Gobernacía, lo que la mantendría tan ocupada que le sería muy difícil dedicarse a ir aireando los trapos sucios de la reina. Y si lo hacía... En fin, si lo hacía era tan fácil como hacerla desaparecer.

Caronte, a pesar de haberle dado muchas vueltas a aquel tema tan jugoso —y del que sin duda le encantaría saber más detalles—, había concluido con que aquella versión era improbable. Después de tantos años, había llegado a conocer muy bien a Regina, y no dudaba de que pudiera sentirse atraída por una mujer que perfectamente podía ser su madre, sino que sabía que el orgullo que plagaba sus entrañas era tan grande que sería incapaz de aceptar un puesto con tal de ser silenciada. Aunque este viniese desde la corona. Aunque fuese el mejor puesto que nadie jamás pudiera llegar a conseguir.

Como siempre, Regina había escogido un vestido de encaje negro entallado en la cintura y a la altura perfecta para dejar ver unos zapatos llenos de pedrería por los que mucha gente mentiría. El pelo, tan negro que casi parecía azul, lo llevaba suelto. Los tirabuzones, aun medio escondidos debajo del tocado de plumas negras que había escogido para la ocasión, no dejaban de ser los protagonistas.

—¿Te apetece tomar…?

—No tenemos el tiempo suficiente como para permitirnos el lujo de perderlo con banalidades.

Regina se desenfundó uno de los guantes de encaje negro que llevaba y, como si fuera un movimiento tan natural como el de pestañear, sacó un cigarro de su bolsito de cuentas y lo encendió con una cerilla. La vaharada de humo que soltó inundó la sala de reuniones de un espeso humo cuyo olor avainillado le hizo pensar a Caronte que eso no era fumar de verdad.

—De acuerdo, pues vayamos al grano entonces —cedió el hombre, que se sentó en uno de los sillones color mostaza, sin dejar de mirar a los ojos verdes de Regina ni un solo segundo. Siempre había pensado que tenían el color de lo más profundo del bosque.

—Están pasado cosas, ya lo sabes. —Caronte asintió. Por supuesto que lo sabía, y estaba seguro de que se enteraba de todo lo que ocurría en Vestalia incluso antes que ella—. Y debemos tomar medidas. Los fanáticos están ganando terreno y están haciendo peligrar nuestro sistema.

—Solo son cuatro locos que no tienen donde caerse muertos. Vale —dijo en cuanto vio que Regina alzaba una ceja—, es posible que el otro día mataran a un chico confundiéndolo con uno de los míos, pero eso no significa nada. Lo más probable es que se les fuera de las manos y ellos mismos comprendieran al instante que ese no es el camino a seguir.

»De todas formas, estamos trabajando en ello.

Regina sabía de sobra que Caronte había dicho esa última frase para tranquilizarla, porque era lo que quería oír y era mejor eso que tener que aguantar sus sermones. Sin embargo, ella sí que se tomaba en serio lo que estaba ocurriendo en Vestalia y no podía permitirse el lujo de quedarse de brazos cruzados viendo cómo todo lo que poseía se iba al traste.

—Ojalá tuviera las mismas agallas que tú, Caronte —dijo justo antes de dar otra calada a su cigarrillo—. No sé en qué mundo vives. Ni siquiera estoy segura de que sepas que perteneces a este mundo, no al que sale en esos cuadros que tanto te gustan.

—No metas a mis cuadros en esto.

—Por favor, no te lo tomes como una cuestión personal. Te lo estoy diciendo en serio, tenemos que hacer algo. Y sabes tan bien como yo que ni están locos ni son uno de tus lienzos que están ahí para ser contemplados cuando a ti te apetece.

A Caronte solo se le ocurrió guardar silencio. No quería admitirlo, no delante de ella. Darle la razón —aunque la tuviera— suponía reconocer que había una pieza del rompecabezas que no sabía encajar.

—Admítelo, Caronte, se nos está yendo de las manos y como no hagamos algo rápido nuestros bonitos rostros aparecerán clavados en una pica un día de estos. Lo sabes tan bien como yo.

Era cierto que Caronte lo sabía, al igual que sabía que eso no podía ocurrir. Si alguien acababa con él, sus dos bienes más preciados —en esos momentos no estaba pensando en todas las obras de arte que decoraban el castillo de Brítacor— acabarían bajo tierra con él.

—¿Y qué propones?

—¿Qué se hace cuando un perro tiene pulgas? —preguntó Regina. A Caronte le ponía de los nervios que siempre tuviera que hablar mediante metáforas y juegos de palabras.

—No lo sé… ¿bañarlo en vinagre caliente? —decidió probar suerte.

Regina lo miró divertida. Le encantaba que participara en su juego, aunque nunca acertaba. Terminó de fumarse el cigarrillo lentamente y después lo apagó en un cenicero que parecía estar dispuesto para ella.

—No. Matarlo. ¿Sabes? Ahora sí que me tomaría una copa.

CAPÍTULO 29

Eneas Lockwood
Asua, al este de Vestalia

Era tal el silencio que reinaba, que Eneas era capaz de escuchar la melodía que hacía la sangre recorriéndole el cuerpo. No se trataba solamente del ruido normal que produce un corazón al palpitar: podía escuchar cada vena ensanchándose y contrayéndose a medida que la sangre pasaba por ella, cada arteria dilatándose de manera casi imperceptible para alimentar todas sus entrañas.

Se estaba volviendo loco.

Pensaba que lo matarían. De inmediato. Estaba más que seguro de ello. Sin embargo, cuando lo atraparon, le vendaron los ojos y lo introdujeron en lo que él creyó que era un carro, supo que había destinos peores que la muerte.

No quería ser un prisionero por nada del mundo. Carey ya le había dejado claro en alguna ocasión que toda Vestalia perseguía a los miembros del Liceo para sacarles información usando los medios que fueran necesarios. Y él no quería delatar a nadie, pero tampoco estaba seguro de querer dar su vida a cambio de proteger a unas personas a las que acababa de conocer, por mucho que los ojos de hielo de Carey no se pudieran ir de su cabeza mientras pensaba en aquello.

Prefería estar muerto.

Un ruido lo arrancó de sus pensamientos. No veía nada, pues nadie había tenido la consideración de quitarle la venda y tampoco se había atrevido a identificar lo que le rodeaba con las manos. Estaba tan asustado que el miedo lo había paralizado. Cuando lo empujaron al interior de la celda, Eneas se hizo un ovillo contra una pared y se quedó tan paralizado como las estatuas que decoraban el castillo de Brítacor. Hasta ese momento, que tuvo que ponerse en guardia.

—Será mejor que no te muevas —dijo una voz.

Eneas, agachando la cabeza en signo de rendición, obedeció. Quiso decirle a aquella voz que no tenía ninguna mala intención, que no se le daba bien luchar y que ni se le ocurriría hacerlo. Pero las palabras no le salieron. Tenía la boca tan seca que era incapaz de articular ni una sola sílaba.

—Te voy a quitar la venda. Ni se te ocurra hacer ninguna tontería.

Eneas asistió para que la otra persona entendiera que no iba a atacar, que obedecería a todo lo que le exigieran.

Sus ojos tardaron unos segundos en acostumbrarse a la luz. No porque hubiera demasiada, sino porque llevaba muchas horas con aquel trapo tapándole los ojos y sus pupilas parecían no entender el cambio. Poco a poco comenzó a distinguir el lugar en el que estaba: una celda hermética, con cuatro paredes marrones y una puerta de metal que ahora estaba cerrada. No había nada más. A excepción del hombre que lo miraba con tanta curiosidad como respeto. Desde luego, no era la imagen que Eneas esperaba encontrarse de su captor. Supuso que sería un peón, el pardillo del grupo al que habían enviado para la primera toma de contacto. Todavía no sabían si Eneas era peligroso o no, así que, de serlo, lo averiguarían gracias a aquel chico que, por sus rasgos, parecía no tener más de dieciocho años. El corte de pelo que llevaba, con el flequillo castaño tapándole media frente, no le favorecía demasiado, y tampoco le ayudaba a verse más adulto.

—Tienes que comer —le dijo mientras le tendía una bandeja. La mano le temblaba lo suficiente para para hacer que Eneas supusiera que le gustaba tan poco cuidar de él como a él ser prisionero.

Miró la masa blancuzca que había en el plato de hojalata; no tenía ni idea de qué era aquello, y tampoco estaba dispuesto a averiguarlo. No porque temiera que la comida estuviera envenenada —sabía que lo necesitaban vivo para sonsacarle información—, sino porque tenía un aspecto tan terrible que, estaba seguro, terminaría vomitando. Y no veía ningún barreño donde poder hacerlo sin mancharlo todo...

—Mira, sé que quizás no sea lo que esperabas, pero te recuerdo que eres un prisionero y que no estás en posición de tener remilgos.

—¿Remilgos? —A Eneas le sonó tan rara aquella palabra que no pudo evitar el tono de sorpresa. Era lo que menos se esperaba de un soldado.

—No puedo perder el tiempo con tonterías. Me han ordenado que viniera aquí y que te trajera la comida. Y me dijeron que me asegurara de que te la comías. Así que, o lo haces por las buenas o...

Entonces, se llevó una mano a la espalda y sacó una pistola con la que apuntó a Eneas.

—Vale, vale —cedió este, que ya estaba empezando a hartarse de ver tantas armas últimamente—, pero no puedo comer con los brazos atados. Necesito que me sueltes.

Notó, por su cara de terror, que había puesto en una encrucijada al chico, que clavó sus ojos del color del ámbar en él sin saber muy bien qué hacer. Nadie le había mencionado ese detalle por lo que no sabía cómo proceder. ¿Y si al soltarlo no era lo suficientemente ágil y le atacaba? ¿Y si era más rápido que él y le quitaba la pistola? A Eneas no le pasaron desapercibidas las dudas que parecían rondar la cabeza del soldado. Era como si le saliera humo por las orejas, podía notar cómo trabajaba su cerebro desde allí.

—Prometo que no voy a hacerte nada.

—Por supuesto que no vas a hacerme nada —contestó el otro con decisión forzada. Quería dejar claro que el que mandaba era él, pero el pequeño temblor de su voz no ayudaba demasiado—. Levántate —le ordenó—, y ponte mirando a la pared. No quiero que hagas ninguna estupidez porque al mínimo movimiento te meto una bala en mitad de la cabeza, ¿entendido?

Eneas casi suelta una carcajada. Al pobre le temblaba tanto la voz que era incapaz de tomárselo en serio. Estaba seguro de que el sudor de sus manos haría que quitarle la pistola fuera un juego de niños. Sin embargo, era consciente de que ese no era el movimiento más inteligente. Sabía que era débil, que le tenía miedo, así que no sería demasiado difícil ganarse su confianza. Quizás, teniendo a alguien de dentro de su lado le sería mucho más fácil escapar. Se imaginó a Carey sonriendo con orgullo. «Aprendes rápido, gatito», le habría dicho. Sabía exactamente lo que tenía que hacer.

—Ahora date la vuelta muy despacio. Y no olvides que tardaré menos de medio segundo en acabar contigo si haces alguna tontería.

Eneas quiso decirle que estaba seguro de que jamás apretaría ese gatillo. Lo necesitaban vivo; de otra forma, a esas alturas habrían acabado ya con él. Y, aparte de eso, no veía a ese chico con el valor suficiente como para matarle. Pero decidió callarse, llevarle la contraria no lo ayudaría en la misión de conseguirlo como aliado.

—Come —le ordenó.

Después de mirar varias veces la bandeja y de pedir clemencia al soldado con los ojos, entendió que no tenía alternativa. Se sentó y cogió la cuchara para después hundirla en la masa que había en el plato. Se le revolvieron las tripas al escuchar el sonido pegajoso que emitió cuando la removió un poco, y aun así decidió hacer como cuando era pequeño y no le gustaba algo de lo que había en la mesa: se tapó la nariz y comenzó a engullir todo lo rápido que pudo. Cuando terminó, se bebió de un trago el vaso de agua que le habían puesto y se limpió la boca con la manga, en señal de que ya había cumplido.

—Muy bien, ahora te vienes conmigo.

Eso sí que no se lo esperaba. Eneas se levantó, un poco confuso, y aguardó a que el recluta abriera la puerta. Después, este lo cogió por un brazo y le colocó el cañón de la pistola justo encima de un riñón. «Tampoco parece tan inexperto», se corrigió Eneas, que estaba seguro de que le iba a salir un moretón horrible en la zona.

—Mira, chico, no sé quién eres ni qué has hecho. Aquella confesión pilló por sorpresa a Eneas, que siguió caminando sin abrir la boca. No sabía por qué, pero intuía que aquello le estaba llevando por el buen camino—. Y tampoco me importa, pero sé que lo que viene a continuación no va a ser fácil. Solo eres un crío, como yo, y no entiendo qué motivos podrían tener para apresarte. Así que te voy a dar un consejo: habla, haz que estén contentos. He visto lo que hacen ahí dentro, he visto la poca piedad que demuestran y tú… Bueno, no me pareces una mala persona.

—¿Por qué haces esto? Si tan inmorales son, podrían matarte por haberme dicho lo que me acabas de decir. —Sabía que no era buena idea seguir ese camino, pero la curiosidad era más poderosa que la sensatez.

—Porque nadie se merece lo que esta gente hace. Te lo digo en serio: cuéntales todo lo que sepas.

—¿Pero a quiénes?

El soldado guardó silencio.

—¿Y eso garantiza que me dejen libre o me matarán después de hablar?

El chico, que todavía no había desvelado su nombre, se lo quedó mirando con atención. No era tan inocente como pensaba… Pero aun así tenía la sensación de que se merecía saber la verdad.

—No, no te lo garantiza. Pero te dará tiempo.

—¿Tiempo para qué? ¿Para que me torturen más? —Eneas se paró en seco, a lo que el otro respondió clavándole más la pistola.

—No te pares. Y habla más bajo, no nos pueden oír.

—De acuerdo, pero no hace falta que aprietes tanto el cañón, no voy a salir corriendo.

A pesar de que parecía sincero, el miliciano prefirió no terminar de fiarse del todo. Bastante lo estaba haciendo ya.

—Te dará tiempo para idear un plan —dijo al fin—. Te interrogarán varias veces y se asegurarán de que les estás diciendo la verdad. No se contentarán con la primera confesión que hagas, si es que te da por hablar. Te tendrán aquí durante semanas, meses si hace falta, con tal de que sueltes hasta la última palabra que sepas. De verdad, no sé qué has hecho —le volvió a repetir, y a Eneas le dio la sensación de que detrás de esa frase había una intención oculta por saber realmente qué estaba pasando—, pero seguro que no hay nada peor que la muerte.

—Ya, es muy bonita tu versión —murmuró Eneas entre dientes—. Y aunque consiguiera salir de aquí con vida después de contarlo todo, me matarían en cuanto pusiera un pie en la calle. Sea como sea, no tengo alternativa.

—¿Y cuál es tu plan?

—No tengo plan. No puedo tenerlo. Hace cinco minutos no sabía dónde estaba y ahora todo lo que me estás diciendo está haciendo que la cabeza me dé vueltas.

—Perdón por querer ayudarte.

En ese momento a Eneas le dio igual pararse en seco en mitad de aquel pasillo que estaban recorriendo y que olía a moho y a agua estancada. Se sorprendió bastante al ver que no le apretó la pistola con más fuerza, sino que la separó lo justo para dejar de rozarle la piel.

—¿Qué has dicho? —le preguntó, esta vez mirándolo a los ojos. Los tenía de un color ambarino que resaltaba debajo de sus cejas pobladas.

—Que quiero ayudarte.

Entonces, Eneas lo comprendió todo.

—La conoces, ¿verdad?

—¿A quién? —preguntó el soldado.

—No te hagas el tonto. Sabes perfectamente a quién me refiero. Continúa andando. —Esta vez fue Eneas el que dio aquella orden—. Tendría que habérmelo imaginado —dijo más para sí mismo que para que le escuchara—, está detrás de esto. Ella sí que tiene un plan, no como yo. ¿Cómo no iba ella a tenerlo? Es capaz de manejar cualquier entresijo de Vestalia, y esto no iba a ser menos.

—Ya veo que vas atando cabos.

A Eneas no le sorprendió en absoluto que no quisiera discutirle aquella idea durante más tiempo.

—¿De qué la conoces? —preguntó por fin; aunque en el mismo momento en que las palabras salieron por su boca dudó de si quería saber la respuesta.

—Somos... amigos. —Eso lo explicaba todo—. Pero ya no, hace tiempo que solo somos... compañeros.

—No hace falta que me des explicaciones, nosotros no... —A Eneas no le pasó desapercibido el tono de decepción. Lo conocía muy bien. Y se imaginó perfectamente de dónde venía: aquel pobre chico se había prendado de una Carey que no estaba dispuesta a corresponderle.

—Bueno, yo no diría eso, al menos teniendo en cuenta la cara que puso cuando vio que te capturábamos.

—¿Fuiste tú? —Eneas no sabía cómo tomarse aquello.

—Sí, es decir, yo ayudé. Es mi trabajo, no creo que estés en posición de juzgarme.

—No lo hago —dijo Eneas de todo corazón. Comprendía lo que era tener que hacer algo por obligación. De hecho, él había mentido porque ese era «su nuevo cometido».

—En serio, te lo vuelvo a repetir. No sé qué habéis hecho Carey y tú, pero confío en ella. Nos conocimos hace tiempo y siempre ha sido una parte importante de mi vida, a pesar de… bueno, de pertenecer a bandos distintos.

—¿Bandos? ¿De qué hablas?

—¡Soldado! —una voz proveniente del final del pasillo interrumpió la conversación. Los dos se quedaron paralizados, ya que sabían que no debían estar charlando, y mucho menos de cosas del Liceo—. ¡Llegas tarde! No hay tanta distancia entre la celda del prisionero y la sala tres.

—Lo sé, señor —dijo el recluta en tono firme. A Eneas le sorprendió que mostrara esa seguridad, ya que con él no había aparecido por ninguna parte—, pero el prisionero tenía que ir al servicio. El muy imbécil decía que no le salía, así que hemos tardado más de lo normal.

—Siempre igual —dijo el soldado que esperaba en la puerta de la que parecía ser la sala tres—, son unos exquisitos. La próxima vez —se dirigió a Eneas— te lo harás encima, ¿entendido?

El chico asintió varias veces. Ahora se creía mucho más el papel de su acompañante. Le había salvado de una regañina —cuando menos—, aunque también era consciente de que lo había hecho por él mismo. No se quería ni imaginar lo que le harían si lo pillaran hablando con un prisionero. A él lo torturarían más, pero al soldado… Con el soldado no tendrían piedad.

Quiso despedirse de él, decirle que había sido agradable la charla que habían tenido y que se alegraba de que Carey contara con amigos que le echaran una mano de vez en cuando, sin embargo, el miliciano que esperaba en la puerta lo cogió del brazo y lo introdujo en una sala que parecía de todo menos acogedora.

Unas tuberías correosas y oxidadas enmarcaban una habitación cuadrada en la que solo se escuchaba el golpeteo de unas gotas sucias cayendo contra el suelo. En mitad de la estancia, como prediciendo un futuro horrible, una silla lo estaba esperando. No había nada más; no había nadie más. Por un instante, pensó en darse la vuelta y salir corriendo. Si lo hacía lo suficientemente rápido, podría derribar al soldado de la puerta y huir de allí, pero tampoco sabía cuál era la salida y su «amigo» parecía que ya se había dado media vuelta. No tenía alternativa: debía enfrentarse a lo que esa gente quisiera hacer con él.

La puerta se abrió de nuevo y, antes de que pudiera darse cuenta, alguien lo empujó contra la silla. Aterrizó de bruces sobre ella y casi se cae al suelo al perder el equilibrio. Se sentó como pudo, tratando de darse toda la prisa posible para no dar más la espalda al enemigo. Estar sentado ya era una posición de desventaja, así que no podía permitirse regalarle ni una ventaja a más a quien quisiera que fuera a torturarlo.

No tuvo tiempo de más.

—Vamos a dejarnos de tonterías. Me vas a decir todo lo que quiero saber o esa bocanada de aire que estás tomando ahora mismo será la última.

CAPÍTULO 30

Eneas Lockwood
Asua, al este de Vestalia

Por un minúsculo instante, Eneas tuvo la intención de escupirle a la cara a aquel hombre. A esa cara picada por haber padecido alguna enfermedad como la viruela y que, lejos de darle pena, lo único que le transmitía era repulsa.

Pensó en salir corriendo, incluso en luchar cuerpo a cuerpo contra él; al fin y al cabo, su edad avanzada no le daría demasiadas ventajas. Sin embargo, el individuo que estaba detrás de él y que parecía preparado para saltar sobre Eneas si fuera necesario, le quitó esa idea de la cabeza de inmediato. Tenía una brazos tan fuertes y tersos que, seguro, podían acabar con la vida de una persona en cuestión de minutos. Además, los tatuajes, ya descoloridos y toscos que se le veían por debajo de la camisa blanca remangada, le dejaban claro que aquel había sido un hombre de guerra.

—No sé nada.

Fue lo único que se atrevió a decir. Quería tantear el terreno, comprobar si lo que el otro chico le había dicho era verdad. Tal vez solo se estuviera quedando con él y quería restregarle que había tenido algo con Carey. «Para, Eneas —se ordenó casi a gritos—, deja de dudar de todo el mundo. Del único del que tienes que desconfiar es del que tienes enfrente». Y tanto que tenía que hacerlo. A pesar de que el que parecía mandar ahí era casi un anciano, demostró que no iba de farol cuando se quitó el cinturón con tanta rapidez como maña.

—De acuerdo, chico. No me dejas otra opción que acudir a la vía rápida.

—Se lo juro, no sé nada. No sé qué quiere de mí, pero no le voy a ser de utilidad —decidió utilizar un tono afligido, temeroso. Sabía que los arrogantes no caían bien. De hecho, él tendría menos piedad con un arrogante que con una persona que derrochara humildad si tuviera que torturar a alguien; aunque, por supuesto, jamás se había imaginado en una posición así.

El hombre agitó el cinturón, que resonó contra el suelo. Eneas supo entonces que aquello no era una broma.

—Necesito saber dónde se esconde tu amiguita.

—¿Carey? Yo no…

—No te hagas el tonto conmigo —le interrumpió—, sé perfectamente quiénes sois y a qué os dedicáis. Sé quién ese ese tal Caronte Regminton al que todos adoráis y sé que su querida hijita siempre se sale con la suya. Sin embargo, con lo que no contaban era con que te atrapáramos. Tú vas a ser la clave de nuestra victoria. Gracias a ti podremos terminar de una vez por todas con el Liceo.

—Mire, con todo el respeto del mundo —dijo Eneas, todavía sin atreverse a mirar directamente a los ojos de su captor—, me parece perfecto que tenga un plan contra el Liceo y que quiera acabar con Caronte, pero se ha equivocado de persona. Yo… yo acabo de unirme —decidió que debía decir la verdad; se ponía menos nervioso cuando sabía que en sus palabras no había rastro de mentira, aunque para ello tuviera que saltarse el resto de la historia—, llevaba a penas unos días en Vésticum cuando hemos venido a Asua. Acabo de conocer a Carey. De hecho, no hemos intercambiado más que un par de frases y la mitad de ellas eran órdenes, así que no puedo ser de mucha ayuda.

—¡Mientes! —gritó.

Eneas no lo vio venir. Se dio cuenta de lo que estaba pasando cuando el cuero del cinturón abandonó la piel de su hombro, dejándola herida y ardiendo. Ni siquiera pudo gritar, se quedó mudo.

Un sollozo salió de entre sus labios cuando recuperó el aire. Aquel hombre iba en serio y él no sabía qué hacer para que se tranquilizara. Si tan solo se calmara un poco y lo escuchara…

El segundo golpe le dio en el costado. De ese sí que fue consciente. De hecho, pudo ver con total claridad cómo el cuero se estiraba hacia atrás para salir disparado hacia su cuerpo. Escuchó las notas punzantes que se emitió cuando golpeó la carne, cuando esta se resquebrajó como si fuera un plato de porcelana que se rompe en mil pedazos al caer al suelo.

—Solo sabes mentir —susurró acercándose a su oído. Eneas respiraba lentamente, como si su espíritu lo hubiera abandonado y solo habitaran sombras dentro de él—. Eres un mentiroso y por eso estás en el Liceo. Eres una marioneta más en ese teatro montado por Caronte, que te ha elegido porque sabe que mentirías para conseguir lo que fuera.

—No se trata de eso, yo…

—¿Ah, no? ¿Y de qué se trata entonces? ¿Acaso me estás diciendo que en el Liceo os dedicáis a tomar el té y a comer pastas mientras os contáis los unos a los otros qué tal os ha ido el día? ¿O, en cambio, viajáis por toda Vestalia buscando personas inocentes a las que convertir en víctimas de vuestro juego? No tenéis alma.

Eneas guardó silencio. No sabía qué decir ante aquellas palabras. Comprendía el odio del que estaban impregnadas, pues esa era su manera de pensar hacía tan solo unas semanas. Sin embargo, casi a la vez que había abandonado su antigua vida, había descubierto cómo funcionaba el mundo: o comes o te comen. Y aquella situación, con ese hombre sujetando un látigo que gritaba su nombre, no hacía más que confirmar lo que llevaba días sospechando: en Vestalia no existía la piedad, y quien la tenía acababa muerto. Era mejor matar que morir.

—No puedo darle ninguna información que le sea de utilidad, se lo aseguro —dijo Eneas haciendo un esfuerzo titánico. El último golpe le había caído de lleno sobre la caja torácica y todavía le costaba respirar.

—Eso lo tendré que decidir yo, ¿no te parece? ¿O es que acaso te crees con el derecho a opinar lo que me resulta a mí de utilidad o no?

El chico negó con la cabeza. Era un callejón sin salida. Sentía que, dijera lo que dijera, no iba a acertar. Aquel individuo estaba dispuesto a hacer lo que fuera necesario para vengarse del Liceo a través de él. Lo podía ver en sus ojos, ese deseo de ganar a Caronte, de ser más que él: más fuerte, más listo, con más seguidores. Eneas no tenía ni idea de dónde había salido aquel hombre, pero lo que sí sabía era que no había nada más peligroso que una persona con semejante sed de venganza. Se acordó de la máscara de gato, en la frialdad con la que había matado a sus padres y la forma en la que lo había perseguido por Selán. Sin piedad, sin dudar, sin perder de vista el objetivo. Y supo que quizás hubiera sido mejor no haber salido con vida del norte de Vestalia.

—¿Qué papel tiene Carey en el Liceo?

La pregunta le pilló por sorpresa. No esperaba que aquello pudiera serle de interés. Decidió seguir con su estrategia de contar solo la verdad.

—Es profesora —dijo en un susurro—, enseña a los nuevos.

—¿Qué es lo que enseña exactamente? —El hombre se apoyó contra una de las paredes, con mucho cuidado de no ponerse en un lugar donde una de esas gotas correosas pudiera mancharle la camisa blanca e impoluta.

—Todo lo que necesitamos saber sobre el funcionamiento del Liceo. También imparte Defensa.

—Pues permíteme decirte que esa niñata es una pésima profesora. Cuando te he atacado no has hecho ni el mínimo amago por defenderte.

—Le he dicho que llevo muy poco tiempo —intentó ser más cercano—, de hecho, todavía no he dado ni una sola clase de Defensa.

Entonces, por primera vez desde que entró en la sala, el hombre pareció fijarse en Eneas. Lo miró con atención, examinando su media melena rubia y enredada, y también en esa ropa que pedía ser cambiada con urgencia.

—Me confundes —dijo al fin. Tomó una gran bocanada de aire y se apretó un poco el puente de la nariz. El chico dedujo que no era el único que acusaba el cansancio en aquella sala—. ¿Sabes? Soy muy bueno en mi trabajo. El mejor, de hecho. Y soy capaz de detectar las mentiras incluso antes de que sean contadas. Y mi instinto me dice que tú no me estás mintiendo. Y, si te digo la verdad, no entiendo nada.

«¿A qué viene este arrebato de sinceridad?», se preguntó Eneas. La primera explicación que cruzó su mente fue que intentaba hacer caer sus barreras, despistarlo. Y estaba funcionando.

El hombre metió la mano en uno de los bolsillos de su pantalón y sacó una pitillera. Cogió un cigarrillo con delicadeza y lo encendió con una cerilla.

—Me tienes despistado —dijo después de dar una calada mientras aguantaba el humo dentro de sus pulmones. Después, lo señaló con la mano en la que sujetaba el cigarrillo y siguió hablando a la vez que soltaba el humo—. No pareces la clase de chico que trabaja para Caronte.

—¿Y cómo se supone que debería ser? —preguntó Eneas en un arrebato de valentía.

—Más decidido. Más... canalla. Tal vez me esté equivocando y mi instinto me esté llevando por un camino erróneo, pero nunca, en mis casi cuarenta años de servicio, me he confundido con alguien. Algo dentro de mí me dice que no me estás mintiendo, pero a la vez me niego a creer a esa vocecita que no se calla. ¿Tú qué opinas?

Aquella pregunta lo pilló por sorpresa. ¿Que qué opinaba? Estaba claro, ¿no?

—Mire, señor, le estoy diciendo toda la verdad, se lo juro. Se lo juro por lo más sagrado, ¡por lo que más ame de toda Vestalia! Solo he mentido dos veces en mi vida. Una fue por necesidad y otra porque me lo ordenaron. Y ya pagué las consecuencias de una de ellas, lo pagué muy caro. Sé de qué va el mundo, y he acabado en el Liceo por unos motivos que ni a usted le interesan ni a mí me apetece explicar. Y no puedo hacer nada para cambiarlo, el que entra en el Liceo solo puede salir de él muerto —suspiró y lo miró a los ojos—, eso es todo lo que puedo contarle. De verdad que no puedo decirle nada más que le sea de utilidad porque ni sé cómo funciona el Liceo, ni qué intenciones tiene Caronte en realidad, ni si Carey está al corriente de ellas. Tan solo soy un peón.

Materializar esas palabras le dolió más que los golpes del cinturón contra su cuerpo. Se dio cuenta de que todo lo que estaba diciendo era verdad. Sí que era cierto que gracias al Liceo tenía un techo bajo el que dormir (o tendría, si es que conseguía salir vivo de aquella sala), pero ¿a cambio de qué? No sabía a qué juego sucio estaba jugando Caronte y mucho menos sabía qué pasaría con él cuando ya no fuera de utilidad. Lo más seguro era que acabaran con él como si fuera una simple rata. Lo usarían y después lo tirarían al mar, como se hacía con la basura.

—Oh, venga —replicó el tipo mientras se incorporaba y se acercaba al joven—, no te vayas a poner sentimental ahora.

Eneas, desde tan cerca, podía ver perfectamente las marcas de la viruela en su rostro. Le recordaba a la pasta de avena grumosa que su madre se empeñaba en que comiera para «convertirse en un hombre grande y fuerte». Desprendía un aroma a humo caducado y a muerte. Eneas sabía que ese era el olor de las personas cuando iban haciéndose viejas. Los demás no lo podían percibir, pero era algo que él notaba enseguida. Su madre comenzó a oler así demasiado joven. Y no había forma de evitarlo. Ni siquiera ser tan hábil con el cinturón le permitiría engañar a la guadaña.

—Pero te entiendo. —Eneas sabía que quería que confiara en él. Ser el malo no le había funcionado demasiado bien y, vista la debilidad del chico, había decidido ir a atacar sus sentimientos—. Es muy duro saber que no eres más que una marioneta en un juego inventado por otro. ¿Qué pretendías cuando entraste en el Liceo? ¿Llegar a quitarle el puesto a Caronte?

—¿Qué? No, en absoluto —dijo Eneas todo lo rápido que pudo—. Me sorprende que piense que soy así de ambicioso.

—Además, sería un gran error por tu parte. Solo hay una forma de arrebatarle el puesto a ese imbécil, y es destruyendo el Liceo. ¡Y ahí es donde entras tú! —gritó mientras soltaba una gran carcajada. El hedor de su aliento le dio a Eneas una bofetada—. Tú me vas a ayudar a derrotarlo desde dentro. ¡Sí! ¡Me acabas de dar una gran idea!

Eneas lo miró confuso. «¿De qué está hablando?», pensó.

—Yo no…

—¡Eres un genio, muchacho! ¡Un genio!

CAPÍTULO 31

Hamica Clayton
Hastía, centro de Vestalia

Atravesar el desierto sin la asfixiante presencia del sol tenía sus ventajas y sus inconvenientes. Por una parte, Hamica se había alegrado muchísimo al saber que por fin iba a conocer de primera mano lo que hacían en el asentamiento, y lo hizo todavía más cuando supo que varios de los habitantes del mismo viajarían por las dunas de noche, cuando las temperaturas eran más bajas. Por otra parte, no contó con que no dormiría nada hasta la noche siguiente y eso haría que acusara un terrible cansancio. A pesar de ello, saber que ya habían llegado a Hastía, su destino, hacía que el sueño se disipara poco a poco. Al menos ya no tendrían que montar más a caballo, y era un alivio teniendo en cuenta que llevaba demasiadas horas encima de uno y que empezaba a no notar algunas partes de su cuerpo.

—Te dije que debías quedarte en el asentamiento —le reprochó Carl después de que Hamica bostezara por tercera vez consecutiva.

—¿Cómo pretendías que permaneciera dentro de una tienda mientras vosotros ibais de misión?

—No lo llames así, lo que hacemos nosotros no son misiones.

—¿Ah, no? ¿Entonces qué son? —preguntó ella confusa.

—Es nuestro trabajo. ¿Tú cuando ibas a la escuela decías que «tenías una misión»? Me apuesto toda la arena del desierto a que no.

Hamica se rio por lo bajo. Cada día que pasaba congeniaba mejor con Carl; ya no solo porque entendiera mejor su temperamento y su forma de pensar, sino porque era una persona que se tomaba en serio su vida, y no había una cosa que le gustara más a Hamica que eso.

—De acuerdo, pues entonces diré que no podía perderme mi primer día de jornada laboral. ¿Así mejor?

Carl la miró de soslayo y soltó una media sonrisa, una de esas que significaba «soy un tipo demasiado duro como para demostrar que eso me ha hecho gracia».

—Aun así, creo que tendrías que haberte quedado descansando. No has parado los últimos días, te has empeñado en ayudar en todo lo que podías y casi ni has dormido. Eso te pasará factura.

—Es que en el campamento hay muchas cosas que hacer —dijo ella. Era verdad que estaba agotada, pero había merecido la pena—. Además, ahora formo parte de él y tengo que arrimar el hombro todo lo que pueda.

Hamica, después de haber participado en el consejo y haber comprobado que la actitud hostil de los vecinos del asentamiento hacia ella se estaba disipando, se había empeñado en que le enseñaran de dónde sacaban el agua y la comida para participar en el abastecimiento. También se había encargado de alimentar a los animales, así como de limpiar sus zonas para dormir, por no hablar de los ratos que había pasado con los más pequeños, que enseguida reclamaron su atención al percatarse de que era una excelente cuentacuentos.

—¿Y qué es lo que vamos a hacer hoy?

Carl la miró con el ceño fruncido. No le gustaba demasiado hablar en aquellas circunstancias, prefería mantener la concentración y darle vueltas y más vueltas a lo que venía a continuación, aunque se lo supiera de memoria. Aun así, accedió:

—Hoy tenemos una doble tarea. Debemos conseguir reclutar a unas cuantas personas para que se unan a nosotros y, por lo menos, acabar con un miembro del Liceo.

—¿Cómo sabremos quién es? —preguntó ella curiosa. Lo cierto era que Carl no le había hablado sobre ese tipo de detalles. Con cada dato nuevo que descubría, comprendía lo complejo que era el sistema que se había creado dentro del asentamiento.

—Tenemos gente repartida por toda Vestalia. No pienses que vivimos únicamente en el desierto; de ser así, sería muy complicado realizar nuestro trabajo. Algunos de los nuestros viven en las ciudades, mezclados con las personas «normales» —dijo esto último entrecomillándolo con los dedos—, y cuando tienen algún dato que resulta de interés, nos lo comunican.

—¿Cómo? ¿Cómo conseguís hablar entre vosotros?

—¿Recuerdas los halcones que tenemos en el asentamiento? —Ella asintió; de hecho, les había echado de comer el día antes de salir de viaje, aunque casi pierde un dedo por acercarse demasiado a uno de ellos—. Están adiestrados. Pueden recorrer largas distancias en tan solo un día y saben perfectamente dónde están todos los nuestros. Disponemos de halcones en cada ciudad de Vestalia, por lo que, si pasa algo de interés, quien necesite comunicarse con nosotros tan solo tiene que localizar a uno, atarle el mensaje que quiera transmitir y el ave vendrá directo al campamento.

—Y deduzco que os ha llegado un comunicado de Hastía —dijo ella mientras peinaba las crines del caballo sobre el que había cruzado el desierto. Era blanco como la leche y tan cariñoso que si dejabas de acariciarlo un solo segundo enseguida buscaba la mano para exigir que continuaras.

—Exacto. Nos llegó hace un día. Un par de miembros del Liceo han hecho una reserva en uno de los hostales de la ciudad.

A estas alturas me imagino que ya habrán mentido, aunque de eso no estamos seguros. Nuestro trabajo —dijo cuando Hamica levantó una ceja con curiosidad por saber qué venía a continuación— es localizarlos y acabar con ellos.

—¿A sangre fría?

La chica, aunque se había imaginado cuál era la tarea antes de que Carl se la contara, no pudo evitar sentir un escalofrío. Una cosa era imaginárselo y otra bien distinta, hacerlo. ¿Cómo sería tener delante a la persona que acababas de sentenciar? ¿Qué sentimiento se quedaría después de saber que se había acabado con una vida? Desde luego, era consciente de que no iba a ser ella quien apretara el gatillo —o empuñara el arma que fuera—, pero era parte del sistema igual que todos los demás que habían ido hasta allí. En realidad, se dio cuenta de que tan solo el hecho de formar parte del asentamiento ya la convertía en cómplice. Ella iba a ayudar a que esas misiones —porque en su cabeza seguían siendo misiones, por mucho que Carl tratara de hacerle creer lo contrario— se llevaran a cabo. Ella había alimentado a los caballos que les habían permitido cruzar el desierto, ella había entretenido a los niños de unos padres que se habían reunido para hablar del plan con más profundidad. Ella había dado toda la información que tenía sobre Incaté y la gente que conocía de allí. Iba a ser tan culpable como todos los demás. Y no sabía si eso le importaba o no.

—No nos queda otro remedio, Hamica —le dijo Carl después de unos segundos—. Mira, sé que esto es complicado, y tal vez eres muy joven para entenderlo. Ya te he dicho que si por mi fuera te habrías quedado en el asentamiento, pero a estas alturas ya me has demostrado lo cabezota que eres y que siempre acabas saliéndote con la tuya. Por lo que no sé muy bien cómo hacer que comprendas esto… y más sabiendo que eres una persona con las ideas tan claras sobre lo que es el bien y el mal.

—Estás dando demasiados rodeos.

—Es solo que a veces hay que hacer un mal menor para evitar un mal mayor, ¿me entiendes?

Hamica lo meditó unos segundos. Durante sus clases de Argumentación había salido ese tema en varias ocasiones y, aunque tenía compañeros que defendían esa idea a muerte, ella seguía convencida de que con el bien y el mal no valían las medias tintas. ¿De qué servía evitar un mal si para ello había que cometer otro? ¿Quién decidía que uno era peor que otro? Sin embargo, ahora, escuchando a Carl, comenzaba a comprenderlo. Quizás, si mataban a uno solo de los miembros del Liceo conseguían con ello evitar cientos de desgracias que podrían hacerse realidad a lo largo de toda su vida de mentiras. Tal vez, si conseguían acabar con la vida de uno solo, decenas de personas seguirían manteniendo las suyas tal y como las conocían en la actualidad.

—Veo que no te resulta tan fácil de comprender —se respondió a sí mismo Carl cuando se percató de la cara de confusión de Hamica—. Es normal, y no espero que lo entiendas ahora mismo, a mí me llevó años.

—¿Ah, sí? —preguntó ella un poco más calmada al ver que Carl no se había escandalizado por no haber obtenido un «sí» rotundo como respuesta.

—Por supuesto. La idea del bien y del mal es algo muy complejo, abstracto. Si fuera tan fácil concebirla y, sobre todo, si cada uno de nosotros pensara lo mismo sobre ella, nada de lo que hoy en día ocurre estaría pasando. Si todo el mundo comprendiera la diferencia entre el bien y el mal, nadie mentiría.

«Y tampoco nadie asesinaría», pensó Hamica. Quiso decirlo en alto, pero la voz de otro de los hombres que los había acompañado en aquella misión hizo que se reservara sus palabras. Además, no sabía por qué, pero tenía la sensación de que discutir aquello con Carl iba a ser como darse de cabezazos contra un muro. Tenía las ideas tan arraigadas que sería imposible convencerle de lo contrario, aunque se hiciera con los mejores argumentos del mundo.

Llegaron a Hastía hacía unas horas, pero habían hecho un alto en el camino para reponer fuerzas. El lugar escogido estaba lo suficientemente alejado como para no cruzarse con nadie y lo suficientemente cerca como para adentrarse en la ciudad en cuestión de minutos. No querían perder ni un solo instante, pero eran conscientes de que necesitaban tomar un poco de aire antes de enfrentarse a lo que venía a continuación. Hamica, agotada, estuvo tentada de echarse una cabezada, pero Carl le había dejado claro que iban a repasar el plan y que tenía que mantenerse todo lo atenta posible.

—De acuerdo, tenemos que empezar a movernos, pero antes vamos a dejar claros cuáles son los pasos a seguir. —El hombre que había hablado antes llamó la atención de todos los demás, que habían aprovechado para comer y beber un poco de agua. Hamica sabía que se llamaba Lantio porque se lo había cruzado varias veces en el asentamiento y Carl le había explicado que era uno de los mejores estrategas que tenían. Además, lo recordaba de la reunión en la que ella tuvo que hablar; era uno de los que intervino—. Vosotros tres —dijo señalando a un grupito— os dedicaréis a deambular por la ciudad buscando personas que quieran unirse a nosotros. Necesitamos, sobre todo, gente que sea hábil creando armas, pues las nuestras están ya un poco deterioradas, y también nos vendría bien algún médico o enfermero. Nunca está de más tener gente con conocimientos sanitarios, por si las moscas.

Hamica lo miraba con atención. Pensaba que, simplemente, buscarían personas que quisieran contribuir a la causa, no tenía ni idea de que fueran detrás de un perfil concreto. Aunque, si lo pensaba bien, tenía todo el sentido del mundo: cuanto más preparados estuvieran, más fácil sería llevar sus misiones a cabo.

—Tú —señaló Lantio a una mujer pelirroja, era Dorothia. A ella también la reconoció de la reunión; fue la que le pidió disculpas en nombre del grupo por lo que le había hecho Bill, esas trenzas eran inconfundibles— vendrás conmigo, con Carl y con la chica. Nosotros nos encargaremos de acabar con la basura del Liceo.

Hamica, sin poder evitarlo, agarró el brazo de Carl con tanta fuerza que hasta ella se hizo daño.

—No estoy preparada —le susurró tratando que nadie más que él la oyera—. Pídele que me cambie de grupo.

—Hamica, yo no soy quien toma las decisiones —le contestó con todo el disimulo que pudo—. Se habló en uno de los consejos y se decidió así, no podemos hacer nada para cambiarlo.

—Pero…

—Lo siento, así funcionan las votaciones.

—¿Algún problema? —preguntó Lantio al oír los murmullos—. ¿Es que no estáis conformes?

Carl miró a Hamica para que fuera ella quien alzara la voz. Tenía que comenzar a defenderse por sí misma si quería que se la empezara a respetar en el asentamiento.

—No, señor, ninguno —dijo la chica por fin. Después, soltó un suspiro de resignación.

No podía hacerlo. Y ya no era solo que no pudiese: es que no quería. No estaba preparada para arrebatarle la vida a una persona. No quería ser cómplice y tampoco quería verlo.

Sin embargo, cuando todos se pusieron en pie y empezaron a caminar sin mediar ni una palabra más, supo que no tenía elección. «Que sea rápido», rogó una y otra vez. Más tarde ya se encargaría de averiguar cómo solucionar los remordimientos de ver morir a un hombre y no haber movido ni un dedo por evitarlo.

CAPÍTULO 32

Eneas Lockwood
Asua, al este de Vestalia

Las sombras fueron testigo de que aquella fue la peor noche de Eneas. Ni siquiera las horas que pasó encerrado en el ático de su tío después de que murieran sus padres habían sido tan oscuras y temibles.

Había algo en el ambiente que le decía que el fin se acercaba, al igual que la mirada de aquel anciano que lo había interrogado. Lo quería a él, lo quería para acabar con el Liceo. Y Eneas sabía que eso era lo peor que podría ocurrirle.

Mucho peor que estar muerto.

La comida que le habían llevado a medianoche todavía descansaba en el suelo, intacta, a excepción de unas pequeñas migajas que un ratón se atrevió a robar cuando Eneas hizo como que no miraba. No tenía hambre, no tenía sueño; solo quería salir de allí como fuera. ¿Pero cómo? El soldado amigo de Carey, cuyo nombre seguía sin conocer, le había asegurado que haría todo lo posible por ayudarlo, pero de camino a la celda, Eneas había podido comprobar que necesitarían algo más que ingenio, pues dentro de esos pasillos rocosos había casi tanta seguridad como en un auditorio.

El chico se había fijado en los reclutas que guardaban las puertas de las celdas. También en sus armas (bien visibles y dispuestas para ser usadas en cualquier momento) y, sobre todo, en las caras de odio que pusieron cuando él pasó por delante. «Ni Carey puede arreglar esto», pensó, y, si a Eneas no le hubiera parecido algo imposible, habría jurado que uno de los soldados le leyó la mente, pues soltó una carcajada como queriendo corroborar sus peores pensamientos.

«No decaigas», se ordenó. A pesar de esa risotada y de todos los malos pensamientos que lo habían asolado aquella noche, el chico se daba ánimos de vez en cuando. Se negaba a aceptar la idea de que el Liceo lo iba a abandonar a su suerte. ¡Tenían que hacer algo por él! Así funcionaba el trato que tenían: él arriesgaba su vida por ellos y ellos lo sacaban de los apuros en los que se metiera. Aunque, por otra parte, si eso fuera realmente así, los miembros del Liceo vivirían en él hasta que murieran de viejos ya que tendrían toda la protección imaginable. Y eso, Eneas lo sabía bien, no era así. Ni siquiera se acercaba lo más mínimo a la realidad. De repente, una sensación de abandono y desolación se coló en lo más hondo de él. «Si hubiera hecho caso a mis padres puede que todavía estuviera con ellos». Aquel pensamiento se apoderó de él de una manera tan dolorosa como inmisericorde. Era posible que Tami, dado el estado en el que se encontraba entonces, no hubiera resistido mucho tiempo más, pero si no hubiera contado esa primera mentira al menos seguiría estando al lado de Claud. Y no se sentiría culpable por esas dos balas, ni por haber abandonado sus cuerpos en el que un día fue su hogar.

Rechinó los dientes con fuerza. Todo aquello le dolía tanto que podía sentirlo en cada parte de su cuerpo. Y también le afligía el hecho de que quizás jamás volviera a encontrar un lugar al que llamar «hogar». Y esa era la mayor pérdida de esperanza de todas.

Cuando estaba a punto de echarse a llorar, movido por la desolación que acababa de llegar y amenazaba con quedarse para siempre, se abrió la puerta de la celda.

—Vamos, levanta, date prisa.

Los ojos de Eneas, que no se acostumbraban a aquella oscuridad ni aunque pusieran todo el empeño de Vestalia, no conseguían vislumbrar más que una figura. Sin embargo, sus oídos no le fallaron: aquella voz era del soldado que prometió sacarlo de allí.

—No tendremos otra oportunidad, vamos —insistió.

Eneas no se lo pensó más; se levantó de un salto y, sin darle importancia al entumecimiento de sus piernas y a que no llevaba zapatos, ya que había perdido el otro por el camino, salió corriendo detrás del chico.

Cuando sus ojos se acostumbraron a la luz que había en el pasillo, lo primero que hizo fue mirar hacia ambos lados y se sorprendió al comprobar que allí no había nadie.

—¿Qué…?

—Es el cambio de guardia —le interrumpió antes de que pudiera terminar la pregunta—. Solo tenemos un par de minutos para recorrer los pasillos y llegar al exterior. Si nos pillan antes estamos muertos, tú y yo.

Aunque Eneas iba detrás de él y no le veía, asintió. No se atrevía a hablar por miedo a que alguien los oyera, así que se limitó a guardar silencio y a seguir todos sus movimientos. Si era la única oportunidad que tenía de salir de allí con vida haría lo que fuera necesario. Por unos segundos le pasó por la mente la idea de que aquello fuera una trampa, que el soldado estuviera compinchado con el hombre que le había torturado hacía unas horas y que aquello no fuera más que una prueba para comprobar su lealtad al Liceo. «Al cuerno», se dijo. Prefería aferrarse a una pequeña esperanza, por minúscula que fuera, antes que quedarse de brazos cruzados y acabar muerto en una silla después de una horrible paliza.

—¿Cuál es el plan? —susurró Eneas, que se estaba esforzando al máximo por no agarrar la mano del muchacho, ya que no veía nada y temía perderlo en la siguiente esquina.

—A mí no me preguntes, no tengo ni idea.

—¿Ah, no? —A Eneas le faltó muy poco para quedarse clavado en el sitio. Si el soldado no había ideado el plan, solo se podía tratar de una trampa del hombre que le había torturado. Seguro que le estaba poniendo a prueba, seguro que…

—No, ya sabes que a tu amiguita le gusta ir por libre y que le bailen el agua —le dijo. Eneas no estaba seguro, pero por el tono que puso imaginó una gran sonrisa en su cara.

—Carey…

Eneas empezaba a conocerla, y aquello era propio de ella. Dar órdenes y ninguna explicación. Sin embargo, le servía, por supuesto que sí. El corazón comenzó a latirle más deprisa, desbocado, al darse cuenta de que no lo había abandonado a su suerte, de que todavía seguía viendo algo en él lo suficientemente fuerte como para arriesgarlo todo por salvarlo. Decidió no preguntar nada más y dejarse llevar. Si Carey estaba detrás de aquello, no tenía nada de lo que preocuparse.

Pero por mucho que Eneas empezara a agradecer esa tranquilidad que comenzó a invadir su cuerpo (sobre todo después de haber pasado tanto tiempo sin sentirla), se dio cuenta de que a veces los planes de Carey eran demasiado descabellados. Y lo supo en el momento en que se vio tratando de guardar el equilibrio sobre una pequeña cornisa donde se terminaba el camino. El aire fresco le dio de lleno en la cara y, aunque trató de dilucidar cuál había sido el momento exacto en el que había abandonado los túneles de piedra, no supo responderse a esa pregunta. Tampoco tuvo mucho tiempo más para pensar, pues el soldado enseguida le dio la siguiente orden:

—Tienes que saltar.

—¿Saltar? —a Eneas se le escapó un gallo terrible que dejó claro que aquella idea no le gustaba en absoluto.

Intentó mirar hacia abajo, pero la oscuridad le impidió ver el fondo. Era noche cerrada y no había ni una sola luz que iluminara el vacío que se abría debajo de él.

—No te preocupes, hay agua. Tú, simplemente, salta.

—¿Pero cómo voy a saltar así sin más? ¿Estás loco? ¡Me mataré!

—Y si nos quedamos aquí unos segundos más, acabaremos muertos también.

A Eneas no le pasó desapercibido el hecho de que el recluta se incluyera en la frase. Iba a saltar con él, y, aunque eso le dio un poco de confianza, no terminó de aclarar sus dudas.

—No tenemos tiempo para que te lo pienses, Eneas —le dijo, esta vez con un tono más serio de lo normal—. Te lo estoy diciendo de verdad, como nos encuentren aquí, y calculo que no tardarán demasiado en hacerlo, nos matarán de la forma más horrible posible. Tenemos que hacerlo.

Eneas lo miró con pesar. No estaba preparado para arrojarse por aquel acantilado. Le había dicho que en el fondo había agua, pero ¿qué pasaba si también había rocas afiladas? O peor, ¿qué pasaba si le estaba mintiendo y solo quería acabar con él?

—Sé que no puedo decir nada para que te decidas. —Eneas pensó que era como si le estuviera leyendo la mente—, pero es la única opción que tenemos, tanto tú como yo.

La cabeza del chico iba tan deprisa que no era capaz ni de escuchar sus propios pensamientos. Se acordó de aquella vez en la que su madre lo llevó a una pequeña charca de Selán, lo suficientemente honda como para no hacer pie en ella. Tami insistió en que necesitaba aprender a nadar, que eso le sería de ayuda cuando fuera mayor. Eneas la miraba, confuso, y no le salían las palabras, aunque tenía muy claro que no quería meterse en aquellas aguas gélidas que parecían augurar una muerte segura. «Tú puedes hacerlo», le dijo su madre una y otra vez. Recordaba perfectamente su sonrisa, cálida y amable (nada que ver con las aguas de la charca), y la confianza que se desbordaba por sus ojos. Ya hacía días que su madre intentaba enseñarle cosas nuevas, cosas que le ayudarían cuando creciera. «Es que te estás haciendo mayor», le repetía muy a su pesar una y otra vez cuando él insistía en que seguía siendo un niño. Supo que no le quedaba más remedio, que tenía que hacerlo, aunque fuera por ella, por su madre. Cerró los ojos y saltó a la charca. Empezó a chapotear y Tami, desde la orilla, lejos de lanzarse a por él y rescatarlo, le dijo lo que tenía que hacer: «Mueve los brazos, mantén la calma, déjate llevar, flota». Él, al principio, no la oía, solo notaba la presión del agua fría en las piernas y el pecho, las salpicaduras en la cara que le impedían respirar y las algas del fondo que le rozaban los dedos de los pies. «Mueve los brazos, mantén la calma». Después de unos segundos, que se le hicieron eternos y en los que creyó que era el fin, comprendió que solo dependía de él salvarse, que su madre no se tiraría al agua a por él. Porque confiaba en su capacidad para conseguirlo solo. Así que sacó la cabeza a la superficie, tomó una gran bocanada de aire y comenzó a mover los brazos. Primero demasiado deprisa, después un poco más lento, hasta que entendió que si los movía hacía los lados y a la vez daba pequeñas pataditas con las piernas, no se hundía. Tami empezó a aplaudir y a silbar y Eneas se sintió tan orgulloso de sí mismo que se prometió no volver a dudar de sus capacidades. Aunque, claro estaba, esa era una promesa que muy pocas veces había cumplido a lo largo de su vida.

—¿Saltarás conmigo? —le preguntó al soldado.

Este no respondió. En cambio, le cogió la mano, esa que estaba temblando de una manera incontrolable, y le dio un pequeño apretón. Eneas no necesitó más. Se aferró a ella como si fuera un salvavidas en mitad de un océano enfurecido y se lanzó al vacío.

CAPÍTULO 33

Eneas Lockwood
Asua, al este de Vestalia

Al principio todo fue oscuridad y frío. Y una sensación que jamás había sentido, ni siquiera aquella vez que se lanzó a la charca con los ojos cerrados y sin saber qué venía a continuación. Hasta que un dolor profundo le invadió de repente y se llevó por delante todos los demás sentimientos que peleaban por sobresalir. El dolor nacía en la pierna y subía hasta su espina dorsal. Eneas, preocupado por tener una lesión grave, comenzó a ponerse más y más nervioso, hasta el punto de olvidar lo que debía hacer, y eso que lo sabía perfectamente. Solo tenía que relajarse, mover los brazos y avanzar hacia la superficie. Sin embargo, aunque las órdenes estaban muy claras en su cabeza, por alguna razón que no llegaba a comprender, su cuerpo no terminaba de responder.

Intentó relajarse, de verdad que lo hizo, pero al ver que comenzaba a hundirse todavía más, el pánico se apoderó de él. Miró hacia arriba y creyó distinguir un leve resplandor que parecía ser la superficie. Quedaba lejos, más de lo que se había imaginado, y eso le hizo temerse lo peor. No lo conseguiría. No podía salvar esa distancia con el poco oxígeno que tenía en los pulmones y que, además, se le iba escapando a cada segundo.

Notó que algo le rozaba el pie, y tuvo la misma sensación que aquella que le invadió cuando estaba en la charca donde aprendió a nadar. Odiaba lo desconocido, odiaba no poder controlar aquella situación y odiaba que Carey y el soldado hubieran arriesgado sus vidas por él y que ahora él no pudiera hacer nada para salvarse a sí mismo.

Cerró los ojos, ya no había nada que hacer.

Y decidió recordar. Utilizaría los últimos segundos de vida que le quedaban, antes de que sus pulmones comenzaran a arder suplicando clemencia y la bruma nublara su mente, para rememorar los momentos más felices de su vida. Por su cabeza pasaron varios —el cumpleaños cuando le regalaron el primer cuaderno de dibujo, el día en el que sus padres le llevaron a ver el Muro, el momento en el que su madre se puso a bailar después de tomarse el remedio contra su enfermedad—, y en todos ellos la sonrisa era la protagonista. Sobre todo la de Tami, que había formado parte de esos recuerdos felices casi tanto como él. Por un segundo, antes de cerrar los ojos del todo, sintió que su madre estaría orgullosa del chico en el que se había convertido; aunque hubiera tenido que mentir, aunque hubiera estado dispuesto a hacer lo que fuera necesario para salvar su vida y la de la gente que le importaba. Sabía que su madre se lo perdonaría todo y que lo estaría esperando allá donde esperan las madres a sus hijos.

Cuando pensó que los pulmones ya no le podían doler más y sintió que era todo peso sobre un lecho rocoso, alguien lo agarró del brazo y tiró con todas sus fuerzas. Él quiso ayudar, quiso patalear para avanzar más rápido, pero no podía más. La vida lo estaba abandonando poco a poco, segundo a segundo, y Eneas no podía hacer nada por evitarlo.

Fueron los segundos más largos de su vida y tuvieron una banda sonora que no olvidaría nunca. Cuando asomó la cabeza fuera del agua, un fuerte chapoteo lo ensordeció.

—Tranquilo, tranquilo —dijo una voz que, a pesar de estar cerca de él, sonaba lejana—. Respira, intenta respirar.

Eneas trató de mirar hacia los lados, pero las salpicaduras le impedían ver nada. Hasta que se dio cuenta de que era él el que chocaba los brazos contra el agua y producía aquel ruido. Intentó relajarse dentro de lo posible, aunque su corazón, ansioso al saber que podía seguir trabajando, latía tan deprisa que provocó que Eneas se mareara.

Unos brazos —no supo si eran los mismos de antes u otros distintos— lo cogieron por las axilas y lo elevaron fuera del agua. El chico tardó unos segundos en darse cuenta de que ahora estaba en una embarcación, era una pequeña barca de madera que se mecía sobre las aguas del lago en el que se encontraban.

—¿Qué ha pasado? —preguntó confuso.

—Antes de empezar con el interrogatorio —dijo la misma voz de antes. Ahora Eneas sabía que se trataba de Carey, no tenía ninguna duda—, sécate un poco, no queremos que encima te pongas enfermo. Contra estos tipos de Asua puedo luchar, pero no tengo nada que hacer contra un catarro de los fuertes.

Entonces, Eneas la miró. Vestía las mismas ropas que la última vez que la vio en la cascada, así que dedujo que no se había movido de Asua en todo aquel tiempo, y eso decía mucho de su parte, ya que quedarse allí suponía el mayor de los peligros y lo fácil habría sido coger un carro de vuelta a Vésticum.

—¿Qué miras? —Carey dejó de frotarle los brazos con una manta que a saber de dónde había salido. Sus caras estaban cerca, tan cerca que Eneas podía distinguir perfectamente el olor sutil de su perfume: un poco picante y dulce a la vez. Se puso un poco nervioso, más de lo que le habría gustado admitir.

—Nada, es que todavía estoy un poco mareado —dijo él con una media sonrisa.

Carey no le había visto nunca sonreír de aquella manera, como si de verdad lo sintiera, como si no tuviera miedo a que la otra persona supiera qué era lo que le estaba pasando por la mente.

Eneas sabía que su dicha se debía al alivio que reflejaba el rostro de la chica.

—Sabéis que estoy aquí, ¿verdad?

Los dos se volvieron. Eneas no había reparado en que en la barca también estaba el chico que le había ayudado a salir de los túneles, ni siquiera se había vuelto a acordar de él. Habían saltado al mismo tiempo, solo que el soldado no tuvo la mala suerte de caer tan mal como él. En ese momento se acordó.

—¡Mi pierna! —gritó mientras se apartaba la manta.

El pantalón se le había rasgado a la altura de la pantorrilla y entre la tela se podía ver una herida que tenía una pinta terrible.

—Te debiste chocar contra alguna roca al caer —dijo Carey a la vez que examinaba la herida—, parece un poco profunda, pero creo que no te impedirá andar. Bueno, más nos vale que no lo haga, porque si no estamos perdidos. Nos iremos de aquí cuanto antes y buscaremos una posada en la que pernoctar, con un poco de suerte encontraremos algo para poder curarte.

La chica se sentó en la popa de la barca, con cuidado de no hacer movimientos bruscos para no volcarla, y cogió los dos remos que estaban dispuestos para ser usados. Comenzó a moverlos con fuerza, aunque a Eneas le dio la sensación de que no le estaba costando nada en absoluto.

—No me has dicho tu nombre.

—¿Perdón? —preguntó el soldado.

—Que no me has dicho cómo te llamas —repitió Eneas—. Ahora que has huido con nosotros ya puedes olvidarte del anonimato, ¿no?

Este se rio; le caía bien ese chico.

—Soy el soldado Palmerston, Henry Palmerston. —Fue a llevarse la mano a la frente para hacer el saludo militar, pero enseguida se dio cuenta de que sus tiempos como recluta habían terminado, así que le tendió la mano para que se la estrechara.

—Supongo que vienes con nosotros —dijo Eneas mientras se la apretaba.

—Carey se ha ofrecido muy amablemente a acogerme en el Liceo, así que se puede decir que ahora soy uno de los vuestros.

Eneas guardó silencio. Sabía que Henry no había renunciado a toda una vida por él —la forma en la que miraba a Carey lo dejaba claro—, pero no podía evitar sentir un poco de culpabilidad al pensar en todo lo que aquel chico estaba abandonando.

—Para que veas —le dijo Carey a Eneas—, lo que está dispuesto a hacer el Liceo por ti. Esto se merece alguna mentira de las buenas.

—¿Cómo vamos a llegar a Vésticum? —prefirió cambiar de tema a propósito. No estaba tan convencido de que aquella decisión de salvarlo hubiera sido cosa del Liceo, sino más bien algo personal de Carey. Seguro que su padre no tenía ni idea de lo que había ocurrido.

—Pues sin llamar la atención e intentando que no nos maten —respondió ella como única respuesta.

Henry soltó una risita, que sonó más nerviosa de lo normal. Eneas comprendió que quizás él era el que más tenía que perder si los capturaban. No tenía ni idea de cómo penarían las traiciones en Asua, pero estaba seguro de que no sería con una muerte rápida e indolora. Era posible que a Carey y a él los mataran sin más miramientos, pero Henry… Henry pagaría las consecuencias hasta el último de sus alientos.

Dudó si debía hacerlo o no, pero al final le contó a Carey todo lo sucedido en la sala de interrogatorios. Creyó conveniente que supiera que estaban dispuestos a hacer lo que fuera por tener un infiltrado dentro del Liceo, ya que eso desmontaba su teoría de que matarían a todo aquel miembro que cayera en su poder cuando ya no pudieran sonsacarle más información. Ella se limitó a asentir, sin mediar ni una sola palabra, pero Eneas sabía que aquella información era más que importante y que no demoraría en transmitírsela a Caronte en cuanto cruzaran las puertas del castillo de Brítacor.

No tardaron demasiado en abandonar el lago. Atrás dejaron esa montaña que imitaba el rostro de un coloso barbudo. Atrás dejaron el lugar donde Eneas casi muere. Por suerte para ellos, el chapoteo que hacían los remos al chocar contra el agua no se escuchaba gracias al estruendo de las cascadas que, aunque cada vez quedaban más lejanas, todavía les eran de ayuda para huir. Cuando llegaron a una de las orillas que quedaba apartada de la entrada de la ciudad y que a aquellas horas parecía estar desierta, se bajaron con cuidado de la barca. Carey tiró al agua las mantas, que no tardaron en comenzar a hundirse, y, con ayuda de Henry, sacó la barca del lago y la arrastró hasta unos arbustos donde la escondieron a conciencia.

—Es mejor borrar cualquier rastro —le explicó a Eneas, aunque este había entendido muy bien a qué venía todo aquello—. Ahora, en marcha.

El chico dudó un poco, le dolía tanto la pierna que no sabía si iba a ser capaz de caminar demasiado. Por un instante, quiso proponer la idea de quedarse a hacer noche en Asua. Estaba seguro de que entre Henry y Carey conocerían a alguna persona que los pudiera esconder, aunque fuera solo unas horas, las necesarias para curarse la herida y descansar un poco. Sin embargo, pronto se dio cuenta de que aquel plan era una estupidez. Debían abandonar la ciudad lo antes posible y sin mirar atrás, a pesar de que eso significara tener que morderse el puño cada vez que la barca pegaba un bote.

—Tenemos que llegar cuanto antes a uno de los caminos reales y rezar por que aparezca un carro que nos pueda llevar a Vésticum —siguió diciendo Carey mientras se estrujaba los bajos de los pantalones empapados después de haber tenido que meterse en el agua para sacar la barca.

—¿Y si no aparece ninguno? —Eneas no intentó disimular la preocupación que inundaba sus palabras.

—Me temo que tendremos que recorrer el trayecto hasta Vésticum andando.

El chico suspiró con pesar. Se acordaba del viaje hasta Asua. En carro no habían tardado más que unas cuantas horas, pero si lo tenían que hacer a pie era probable que tardaran varios días.

—De momento, vamos a ir avanzando poco a poco. A las afueras de Asua hay un pequeño asentamiento en el que tengo algún contacto que otro, así que nos dirigiremos allí. Con un poco de suerte, llegaremos dentro de unas horas y podremos encontrarnos todavía con algún puchero caliente y una cama vacía.

Eneas miró a Henry, que no paraba de sonreír. El viento le movía el flequillo castaño y se lo ponía de punta; los ojos ámbar le brillaban de felicidad. Si había dejado algo atrás, desde luego no le había supuesto ningún problema. Estaba disfrutando con aquello, y no solo por estar al lado de Carey —como supo Eneas más adelante—, sino porque por fin, después de mucho tiempo, había encontrado a alguien al que llamar amigo.

El chico decidió aceptar aquel plan, aunque sabía que no tenía la más mínima oportunidad de rebatirlo, y trató de no pensar en lo que le dolía la pierna. Centró todos sus pensamientos en el puchero del que hablaba Carey y, aunque su estómago protestó más de una vez durante el trayecto, saber que el destino era más amable que el camino le hacía querer dar el siguiente paso, por mucho que doliera.

CAPÍTULO 34

Hamica Clayton
Hastía, centro de Vestalia

Ni aunque le hubieran explicado con pelos y señales cómo era aquella ciudad, Hamica habría podido imaginárselo. Le había preguntado a Carl una y mil veces qué era lo que se iban a encontrar, ya que en la escuela había estudiado por encima las particularidades del auditorio de Hastía, y él le contestaba todo el tiempo con un «ya lo verás cuando lleguemos» que le estaba empezando a hacer perder el juicio. Aun así, aguantó. Y, cuando llegaron, supo que había merecido la pena.

Su mente, bastante imaginativa y creativa, se había hecho una idea de cómo era el lago donde descansaba el auditorio, de cómo eran las calles empedradas y los edificios antiguos tan cuidados. Sin embargo, la realidad era mucho mejor porque, de alguna manera, su cabeza no conseguía concebir los colores. Sí, todo en Hastía brillaba como si tuviera luz propia y eso hacía que pareciera que las tonalidades que allí se observaban no podían verse en ninguna otra parte de Vestalia. Era un lugar mágico.

—¿De verdad la gente vive aquí? —quiso saber la chica mientras se adentraban en una de las calles más concurridas de la ciudad.

Temía que los transeúntes repararan demasiado en ellos por la ropa que usaban —sobre todo por los turbantes—, pero pronto se dio cuenta de que no eran los únicos que vestían así. Hastía quedaba relativamente cerca de Incaté y del desierto, y eso hacía que los vecinos viajaran de una ciudad a otra con facilidad, lo que le llevó a pensar que quizás no iba a ser difícil encontrarse con alguien que pudiera identificarla. «Tranquila, es imposible que eso ocurra, aquí hay cientos de personas», se repitió una y otra vez hasta que se lo creyó. Respiró hondo y trató de disfrutar de las vistas antes de lo que venía a continuación.

—A mí también me gusta mucho esta ciudad —dijo Carl como única respuesta—. Aunque sigo prefiriendo el desierto.

Hamica le dedicó una sonrisa ladeada y se guardó para sí las ganas de decirle que le daba mucha envidia ese sentimiento de arraigo que tenía sobre donde vivía. Le encantaría tenerlo: le gustaría muchísimo saber que estaba en el lugar correcto, en el sitio al que pertenecía.

—De acuerdo, manos a la obra —dijo Lantio, el hombre que había tomado la voz en aquella misión—. Nos separamos ahora mismo y nos encontramos en la colina donde hemos estado descansando dentro de cinco horas exactamente. Ni un minuto más, ni uno menos. Ya sabéis lo que pasará si cualquiera de nosotros no está en el momento indicado.

Todos asintieron, menos Hamica, que los miró extrañada. No le habían contado aquella parte del plan.

—Si alguien no ha llegado, por el motivo que sea —explicó el hombre haciendo un inciso sobre esto último—, los que sí estén se van al asentamiento. Nadie espera a nadie. ¿Entendido?

Miró directamente a Hamica, que asintió tratando de ocultar el miedo que sentía en esos instantes. ¿Y si se perdía y no conseguía dar con el grupo? ¿Y si pasaba cualquier cosa que le impidiera llegar a la colina? No tendría ningún caballo ni ningún medio para cruzar el desierto hasta el asentamiento. Y enseguida la relacionarían con el asesinato que ya se habría cometido y la matarían a ella y…

—Me apuesto lo que sea a que ya estás dándole demasiadas vueltas. —Carl la sacó de esa vorágine de pensamientos que amenazaba con no dejarla respirar—. Tranquilízate. Voy a estar a tu lado todo el tiempo, no nos vamos a separar ni un solo segundo. Hacemos lo que tenemos que hacer y volvemos rápido a la colina. Ya verás como somos los primeros en llegar.

Hamica lo miró desde detrás de la vergüenza que le había supuesto ser descubierta. Quería hacerse la valiente y que él viera que era un buen miembro del asentamiento, pero lo cierto era que tenía mucho miedo. Y también dudas, porque las preguntas sobre si lo que iban a hacer estaba bien o mal seguían rondándole la cabeza.

No tuvo tiempo de decir nada más, los grupos se dividieron tal y como Lantio había ordenado cuando estaban en la colina y se pusieron a andar sin mediar ni una palabra. Hamica tuvo que acelerar el paso para alcanzar a Carl, que avanzaba decidido a llevar a cabo su misión.

—Soy Dorothia, creo que no nos han presentado como es debido —dijo la chica pelirroja que les había acompañado y que hasta ese momento no había abierto la boca. Sin darle oportunidad de devolver la presentación, preguntó—: ¿Estás preparada?

Le sorprendió mucho que aquella desconocida se preocupara por ella. Desde que estaba en el asentamiento había comprendido que eran una comunidad, pero que el valor individual era el más importante de todos, a pesar de que hubiera sido precisamente ella la que le pidió perdón por lo que hizo Bill en nombre de todos. A veces tenía la sensación de que la empatía brillaba por su ausencia. Le había dado muchas vueltas a ese tema, tratando de comprender por qué era así y supuso que, al final, todos los que estaban allí habían decidido, por propia voluntad, acabar en el asentamiento. Ahora entendía que no les unía nada más que ese sentimiento de venganza en contra de la Gobernacía y el sistema impuesto, y quizás era más fácil así: quizás era más sencillo si no se encariñaban demasiado los unos con los otros ni se inmiscuían en la vida de los demás, pues no se sabía quién regresaría vivo de una misión y quién perdería la vida por el camino. Suponía que Carl entendía perfectamente ese sentimiento, al haber tenido que ser él quien acabó con la vida de Bill.

—No tienes que preocuparte —le dijo Dorothia—, hemos hecho esto un montón de veces. Además, hoy va a ser fácil porque vamos a por un novato.

Hamica no supo si le sonó peor lo de que lo hubieran hecho tantas veces o lo de que su objetivo fuera un recién llegado. Era como si el Liceo decidiera atacar el asentamiento y fuera a por ella. Quizás ese chico todavía ni sabía de qué iba el tema. Tal vez había acabado en el Liceo por un arrebato no premeditado y no había tenido tiempo de darse cuenta de lo horrible que era lo que hacían. Sin embargo, no dijo nada. No iba a ponerse ahora a debatir esa decisión —de hecho, se acordó de la seriedad del rostro de Carl cuando le dijo que las resoluciones eran inamovibles—, y tampoco le habría dado tiempo porque Lantio les indicó con la cabeza que habían llegado a su destino.

Hamica se quedó asombrada cuando vio lo que tenía delante. En mitad de la calle adoquinada, entre casitas que mezclaban la piedra, la pintura blanca y las vigas tan oscuras que parecían negras, había una carpa enorme que ocupaba toda una plaza. Sus rayas, rojas y blancas, llamaban tanto la atención que era casi imposible no sentirse atraído por ellas, como si estuvieran embrujadas y la llamaran con el suave movimiento ondulante de sus telas. La joven se asombró todavía más cuando se dio cuenta de que Lantio se dirigía a la taquilla, un cubículo repleto de luces parpadeantes y de carteles que auguraban una velada magnífica y divertidísima.

—¿Pero no vamos a…? —preguntó en voz baja.

—Shhh —recibió como única respuesta por parte de Carl.

Ella se resignó y los siguió al interior, una vez que Lantio enseñó las entradas a un hombre al que parecía aburrirle sobremanera su trabajo. Hamica no quiso preguntarles qué habían dado a cambio de esas entradas ni cómo las habían conseguido; prefería no saberlo, así que se centró en disfrutar de lo que sus ojos veían. Jamás había estado en un lugar como aquel. Nunca había visto tantos colores juntos, y estaba segura de que tampoco volvería a hacerlo. Estar dentro de aquella carpa era como recorrer un sueño profundo lleno de cosas imposibles.

—Venid, por aquí —indicó Lantio, tan bajito que Hamica tuvo que leerle los labios.

Se sentaron en unas butacas muy bien situadas, tan cerca de la arena que casi podían tocarla con la mano. Hamica volvió a preguntarse qué habría tenido que dar Lantio a cambio de esas entradas, ya que tenían pinta de ser carísimas. Mientras el resto del público fue entrando y sentándose en el lugar que le correspondía, Hamica aprovechó para fijarse en las personas que se hallaban en la arena. Estaban de pie, serias, y vestidas de una manera que reclamaba atención de todas las formas posibles. En concreto, se fijó en una chica que llevaba unas plataformas tan altas que la hacían parecer un gigante. Llevaba una capa compuesta por engranajes de color bronce y unas gafas enormes que le tapaban la mitad de la cara y a la vez sobresalían un palmo de su rostro. «No me extrañaría que viniera del futuro», pensó. Y se preguntó si ella alguna vez tendría algo similar a aquello. No era que las quisiera, pero le hizo pensar en esas puntas de *ballet* que siempre había querido y por las que no estaba dispuesta a mentir. Le encantaba bailar, de hecho, lo hacía siempre que podía. Pero a escondidas, cuando nadie la veía. A excepción de una vez; su padre la encontró en el desván de su casa mientras ella trataba de hacer unos movimientos imposibles, y se murió de la vergüenza cuando se vio descubierta. Fue poco antes de huir de Incaté. Qué lejos parecían quedar aquellos días.

Tampoco le dio tiempo a analizar mucho más, porque enseguida una cortina de humo denso lo inundó todo y le imposibilitó ver nada que no fuera la rodilla de Dorothia, que estaba sentada justo a su lado.

—Tranquila —le dijo esta mientras le cogía la mano—. Es parte del espectáculo.

Hamica no sabía que fuera un libro abierto. Era consciente de que no se le daba demasiado bien ocultar sus emociones, pero tampoco creía que fuera para tanto. Prefirió pensar que Dorothia era buena interpretando gestos, que tenía un don innato o algo así. Prefería pensar eso antes que aceptar que su encogimiento y su temblor de piernas la habían delatado en tan solo unos segundos.

—¡Damas y caballeros! —resonó por unos altavoces situados en la parte superior de la carpa. Era una voz metálica y potente, con la fuerza suficiente como para despertar al público y llamar su atención, aunque no era en absoluto necesario: los asistentes estaban tan entusiasmados que esperaban en silencio y con el corazón encogido a que comenzara la función—. Abran muy bien los ojos, pues lo que van a contemplar a continuación forma parte del mejor espectáculo de Vestalia que hayan podido ver y que verán en sus vidas. Si no creen en la magia, hoy será el día en que eso cambie. ¡Pasen y vean! ¡Y disfruten como jamás lo han hecho! ¡Bienvenidos al circo de lady Marjorie Chipp!

Hamica no pudo despegar los ojos de aquella mujer que, de repente, reclamó el escenario para sí. Si hubiera creído en los espectros, no habría dudado ni un solo segundo en afirmar que lady Marjorie se trataba de uno de ellos. Tal vez por el aura que la rodeaba, tal vez por el humo que invadió la arena de nuevo, tal vez por los bordes difuminados de su bata de plumas rojas. Había algo en ella que hacía pensar en lo no terrenal, lo intocable, aunque aquello fuera del todo imposible.

De repente, la mujer se quitó la bata y dejó a la vista un hermoso mono rojo decorado con infinidad de pedrería. A pesar de lo insinuante de su atuendo, infundía más respeto que sensualidad, y ese fue un detalle que no pasó desapercibido para el público. Cuando nadie se lo esperaba, un gran aro apareció rodando por un lateral de la pista y lady Marjorie lo cogió casi al vuelo. Enseguida se situó dentro de él, colocando muy bien sus pies descalzos en los sitios oportunos, aunque lo hizo con tanto estilo que nadie de los presentes podría haber dicho que aquel era un movimiento estudiado. Miró a las gradas por primera vez, y clavó sus ojos en los de Hamica, que estaba a tan solo unos palmos de ella. Justo después de guiñarle un ojo —cosa que a la chica le pilló tan de sorpresa que no pudo evitar comenzar a sonrojarse al instante—, se dio impulso y comenzó a dar vueltas con el aro. Llegó un momento en el que aquel artilugio y ella se convirtieron en una misma cosa, giraba tan deprisa que casi no se la podía distinguir, tan solo era una mancha roja en mitad de la arena.

Sin previo aviso y cuando parecía que no podía haber nada más impactante que lo que acababan de ver, el aro empezó a elevarse del suelo, sin parar de dar vueltas ni un solo momento. Hamica habría jurado que iba cada vez más deprisa, aunque sabía que aquello era imposible. No era que no creyera en lo que sus ojos estaban viendo, pero sí que comenzaba a dudar de todos los conocimientos que había adquirido en la escuela. Ella no creía en los fantasmas, en los poderes extraordinarios y mucho menos en la magia, así que algún truco tenía que haber.

Sin embargo, cuando lady Marjorie apareció caminando por un lateral de la arena, vestida con la bata roja —que Hamica habría jurado que estaba en el suelo hacía tan solo unos segundos—, se frotó los ojos con fuerza para asegurarse de que no se había quedado dormida y todo lo que estaba viendo formaba parte de un sueño muy elaborado.

El público estalló en aplausos en cuanto la vio. Todos los allí presentes se levantaron de golpe y comenzaron a silbar y a jalear entusiasmados. La mujer, que ahora se paseaba por la arena con una elegancia innata, sonrió levemente e inclinó la cabeza.

—¡Bienvenidos a mi circo! —gritó de repente. El público guardó silencio de forma inmediata, como si el alboroto que había en la carpa unos segundos antes fuera cosa de un pasado muy lejano—. Quiero que todos ustedes abran bien los ojos porque lo que van a ver a continuación no podrán olvidarlo en la vida.

—Es él —susurró Lantio. Hamica se había olvidado de que no estaba sola y de que, en realidad, se encontraba allí para cumplir una misión.

—En marcha —dijo Dorothia.

Hamica miró a su alrededor, tratando de encontrar a la persona de la que hablaba Lantio, pero no vio a nadie sospechoso ni que tuviera cara de trabajar para el Liceo. «No seas estúpida —se regañó—, como si lo llevaran escrito en la frente». Así que hizo lo único que podía hacer: levantarse y seguir a sus compañeros, que ya avanzaban hacia la parte posterior de la carpa.

De reojo, se percató de que en la arena aparecía un guepardo de dimensiones descomunales y que la chica que había salido al principio, la de las plataformas y gafas imposibles, estaba parada delante de él dispuesta a domarlo. Sin embargo, no pudo detenerse más de dos segundos, lo justo para escuchar a Carl gritar:

—¡Se escapan!

Solo entonces vio a un hombre y a un chico que salían por uno de los laterales de la carpa. Lo único que pudo distinguir fue que el hombre llevaba una barba de lo más peculiar: blanca y repleta de trenzas que formaban un dibujo imposible.

TERCERA PARTE

CAPÍTULO 35

Caronte Regminton
Vésticum, al sureste de Vestalia

Salió de la bañera de marfil enfadado y sin reparar en toda el agua que había desbordado por el suelo. En otras ocasiones aquello le funcionaba: se metía en el agua caliente, usaba algún aceite esencial relajante, se servía una copa del mejor licor que tuviera en ese momento y se dejaba llevar. Ese día lo necesitaba más que nunca, y no surtió efecto. Seguía furioso e inquieto. Carey hacía días que no aparecía por el Liceo, la conversación con Regina Rei y la amenaza de los fanáticos no paraban de dar vueltas en su cabeza, no tenía noticias de Aiden —que le había prometido escribir en cuanto llegara a Hastía para confirmarle que el chico nuevo, ese cuyo nombre no se había molestado en aprender, lo estaba haciendo bien y Osclan seguía apartándole la mirada cuando se cruzaban por los pasillos.

Sentía que todo se estaba yendo a pique y no sabía qué hacer para solucionarlo.

—Vamos, eres Caronte Regminton —le dijo a su reflejo, que lo miraba ojeroso desde el otro lado del espejo—, se te tiene que ocurrir algo.

El problema era que si no podía contar con Osclan, no sabía a quién recurrir. Bueno, sí que lo sabía, pero no quería ni pensarlo. No quería pedírselo, porque no tenía dudas de que diría que sí. Su relación no era la mejor de todas y, sin embargo, ella haría cualquier cosa para que se sintiera orgulloso. Carey jamás se negaría a una de sus peticiones.

Examinó con más detalle al hombre del espejo y detectó algunas arrugas que antes no estaban ahí. Las canas habían hecho una aparición temprana, pero ahora eran predominantes y casi no dejaban ver los mechones negros que antes brillaban con fuerza. Tampoco estaban esas manchas, sin duda fruto del sol de Vésticum, y mucho menos las profundas ojeras que no conseguía eliminar por mucho hielo que se pusiera por las noches antes de tirarse horas dando vueltas en la cama, incapaz de callar todas esas voces que le gritaban desde dentro. Había envejecido, ya no era un chiquillo. Y cada día estaba más cansado, cada día le costaba más ponerse al frente del Liceo y todo lo que conllevaba. Cada día que pasaba sentía que estaba corriendo hacia un acantilado y que no iba a poder frenar a tiempo. Se iba a caer por el precipicio y se iba a hacer pedacitos contra las rocas afiladas. Y lo peor de todo era que no sabía si Vestalia estaría mejor así, sin él.

Se lo había planteado muchas veces, más de las necesarias. Si él desapareciera, tal vez el mundo sería un poquito mejor. Sí, era cierto que estaba muy orgulloso del Liceo y de todo lo que había conseguido, de sus tratos con la Gobernacía y de poder dar un hogar a todas esas personas que de otra forma habrían acabado tiradas en cualquier esquina, pero la presión en el pecho —que también era culpable de que no pudiera dormir bien y que hacía que se despertara en mitad de la noche empapado en sudor— le decía que algo en ese plan fallaba.

Sacudió la cabeza, no podía dejarse llevar por aquellos pensamientos, no en esos momentos tan críticos en los que sabía que todo dependía de que él mantuviera la cabeza fría.

Se dirigió a su habitación y se vistió con uno de sus trajes más elegantes. Estuvo a punto de escoger aquel que le dotaba de una seriedad extrema y con el cual nadie se negaba jamás a nada de lo que pedía. Al final, se lo pensó mejor y escogió uno con el que se sentía muy cómodo. «La comodidad es clave en estos casos», se dijo mientras se colocaba bien los tirantes del pantalón y se abrochaba el botón del chaleco de damascos verdes y grises. «Lo es todo, al igual que la confianza». Volvió al cuarto de baño y se peinó a conciencia. Con el pelo hacia atrás parecía un poco más joven, aunque sabía que las canas no engañaban a nadie. También se echó unas gotitas de un perfume que uno de los habitantes del Liceo había conseguido mintiendo. Y no por trabajo, sino por voluntad propia, ya que quiso obsequiarlo con un detalle para agradecerle que lo hubiera sacado de las calles. Utilizar esa fragancia le recordaba las cosas buenas de su trabajo.

Salió de la habitación con paso decidido y cruzó el pasillo, dispuesto a plantarle cara a la situación. Cuando llegó a la puerta que quería, llamó con determinación. Desde dentro, una voz le dijo que pasara.

Eran muy pocas las ocasiones en las que había estado allí, prefería que Osclan y él se vieran en su habitación, donde tenían todas las comodidades imaginables y donde nadie los molestaría. Su cuarto, en comparación, era tan modesto que Caronte le había ofrecido una y mil veces regalarle más muebles y elementos decorativos, a lo que el chico, seguro de que los iba a conseguir haciendo que otros mintieran, rehusaba de inmediato. Decía que estaba a gusto con sus mantas de lana toscas y pesadas, y también con su escritorio rayado y su silla coja. No le importaba, era feliz con lo que tenía y no necesitaba nada más.

—¿Qué estás haciendo aquí? —preguntó sorprendido mientras se incorporaba. Estaba tumbado en la cama con un libro entre las manos. Caronte le había dado la llave de la biblioteca, esa de cuya existencia sabían muy pocos, para que fuera allí cuando le apeteciera. Sabía lo que pensaba la Gobernacía sobre los libros y no quería tener más enfrentamientos con ellos, por eso solo le había dado una llave a Carey y otra a él. Le alegró ver que la había usado.

—Osclan, tenemos que hablar —Caronte intentó utilizar su tono más amable, el mismo que utilizaría si le estuviera rogando a un tigre que no se abalanzara sobre él.

—En eso te equivocas. Tú y yo ya no tenemos nada pendiente. Lo dejamos de tener el día que me propusiste que mintiera.

—¡Ya está bien! —gritó el hombre. No quería ponerse así, pero al ver que no atendía a razones supuso que no le quedaba otra alternativa—. Es un asunto muy serio, Osclan, de vida o muerte. Solo te pido que me escuches. Si después de hacerlo sigues pensando lo mismo, lo comprenderé. Te dejaré tranquilo y no volveré a molestarte.

El chico lo miró de arriba abajo, deteniendo sus ojos negros en los verdes de Caronte. No quería tener aquella conversación, desde luego que no, pero sabía que el hombre podía ser muy insistente si se lo proponía y no pararía hasta salirse con la suya. Por lo que, como quería zanjar aquel asunto cuanto antes, asintió levemente, dándole permiso para comenzar a hablar.

—No miento si digo que estoy muy orgulloso de todo lo que he conseguido hasta ahora —dijo Caronte mientras se sentaba en el borde de la cama. Osclan no pudo evitar poner los ojos en blanco al darse cuenta de que no iba a ser directo, de que había empezado a irse por las ramas—, sin embargo, hay algo que se escapa de mis manos y necesito solucionarlo. Tengo que acabar con Regina Rei.

Aquello cogió por sorpresa al muchacho, que esperaba tener que escuchar una retahíla de enaltecimientos propios durante un buen rato hasta llegar a la cuestión importante. Y también porque Caronte acababa de confesar que quería acabar con la máxima autoridad dentro de la Gobernacía.

—¿Te has vuelto loco? —preguntó aun sabiendo la respuesta.

—Tengo que hacerlo. Es ella o yo.

—¿De qué estás hablando? —Osclan se incorporó un poco más. Su espalda erguida y su mandíbula apretada demostraron que se preocupaba de que Caronte pudiera estar en peligro, aunque en aquellos momentos se negara a decirlo en voz alta.

—Tengo... Tengo información confidencial —dijo pasados unos segundos. Aquello le estaba costando más de lo que había imaginado en un principio—. Y sé que Regina Rei quiere acabar conmigo. No sé si su intención es que desaparezca el Liceo, cosa que dudo muchísimo, o es que quiere que otra persona ocupe mi puesto. Nos llevamos bien porque yo soy cordial y accedo a todas sus peticiones, pero sabe que cualquier día puedo cambiar de opinión y no le conviene tenerme de enemigo.

—Eso último es más lógico. Puede que necesite tener a alguien que le baile el agua mejor que tú, vista la importancia que ha ido adquiriendo el Liceo con el paso de los años.

—Lo vas comprendiendo. —Caronte se llevó las manos a las sienes y se las masajeó con fuerza. Osclan no pudo evitar fijarse en las marcas blanquecinas que le aparecieron en la piel de repente. Se preguntó cuánto tiempo haría que no se hidrataba en condiciones, últimamente, nada más que le había visto beber ese licor que tanto le gustaba y que tanto daño le hacía—. Yo también creo eso. Y el problema es que la única forma de destituirme es matándome. Ya conoces a Regina, no se anda con tonterías y bastaría un chasquido de sus dedos para que uno de sus lacayos se colara en mi habitación a medianoche y acabara conmigo sin ningún miramiento.

—¿Con la seguridad que tienes? —preguntó Osclan, que dudaba que alguien pudiera entrar en el castillo así como así.

Caronte guardó silencio. Sí, a pesar de toda la seguridad que tenía, sabía que Regina se las podía apañar para llegar hasta a él si quería. No le preocupaban las mentiras; era consciente de que no podía ser objeto de ninguna porque su alto cargo le dotaba de una protección especial que lo hacía intocable en ese sentido. Y aunque sabía que existía una posibilidad de revocar esa protección —todo era posible si se conocía a las personas adecuadas—, conocía a Regina. A ella le gustaba el espectáculo. Jamás usaría una mentira silenciosa contra alguien. Sin embargo, sí que veía capaz a aquella harpía de sobornar a alguien para que hiciera una pequeña fisura en su red de seguridad y…

—Parece mentira que no sepas cómo es Regina. Además, tú la conoces mejor que nadie.

Aquello fue como una puñalada en el pecho del joven. Por supuesto que conocía a Regina Rei. La conocía demasiado. Cómo no iba a hacerlo si era su madre.

—¿Y por eso quieres que sea yo quien acabe con ella?

A pesar de que Caronte le había dado infinitas vueltas a cómo afrontar aquel tema, las palabras se hicieron un lío en sus labios y no encontraron la forma de salir.

—Mira —dijo Osclan al ver que el hombre no era capaz de hablar. Era consciente de que estaba en una encrucijada—, ya sabes que la relación que tengo con mi madre no es la mejor del mundo. De hecho, he perdido la cuenta de los años que llevo sin cruzarme con ella, por no hablar de la cantidad de tiempo que hace que no hablamos. Y sé que ella sería la primera que me daría una puñalada si me viera, pero no sé si estoy a su nivel, Caronte. No sé si yo sería capaz de clavar el puñal.

Muy pocas veces había dicho esas palabras en alto. A pesar de que hacía mucho tiempo que había aceptado que lo que había pasado ente ellos años atrás había hecho que perdiera el derecho a llamarse su hijo, seguía doliendo como el primer día.

Osclan siempre había sido un chico difícil. Se metía en peleas y en líos casi a diario. Quizás porque sabía que tenía la protección de Regina, o quizás porque simplemente quería llamar la atención de una madre que tenía tantas cosas que hacer que nunca reparaba en su existencia. Al menos le consolaba saber que no era el único que reclamaba su atención y no la conseguía. Su hermano mayor, Pierof, también lo intentaba cada vez que tenía oportunidad. Un día, hartos de que su madre le diera más importancia a los asuntos de la Gobernacía que a sus propios hijos, decidieron salir a las calles para hacer unas cuantas gamberradas. Se dedicaron a empujar a señoras que paseaban con tranquilidad por el parque, a coger a hurtadillas a niños pequeños y dejarlos en sitios alejados de sus padres, a robar en tiendas y a incendiar algunos puestos del mercado. Entusiasmados por la adrenalina que todo aquello les producía, decidieron dar un paso más. «¿Estás seguro de esto?», preguntó Pierof. El auditorio de Vésticum se erguía imponente delante de ellos. Osclan asintió. ¿Qué podía ir mal? Contarían una mentira, se divertirían un rato y su madre se volvería loca cuando los trabajadores del auditorio le dijeran que sus hijos, menores de edad y sin una bula que los autorizara, habían hecho tal cosa.

Pactaron las mentiras.

Ambos dirían que el otro iba a morir.

Entonces tan solo eran unos críos y no tenían ni idea de que sus mentiras se cumplirían de inmediato, pues así estaba diseñado el sistema.

Osclan ni siquiera era capaz de recordar qué fue lo que pidió a cambio. Sin embargo, lo que sí recordaba a la perfección fue el momento en que los dos entraron en su casa, riendo y gritando, todavía eufóricos. Y el instante en el que Pierof se derrumbó contra la alfombra de oso que presidía la entrada principal. Un charco de sangre se formó enseguida debajo de él. Osclan, sin poder parar de llorar, le dio la vuelta y trató de hacer lo imposible para que se despertara. No lo consiguió. Su cara apareció a los pocos minutos en el tablón de la plaza principal de Vésticum. Y Regina, cuando se enteró de lo sucedido, jamás fue capaz de perdonárselo. Osclan le había dado muchas vueltas a lo sucedido aquel día. No entendía por qué las alarmas no saltaron.

Osclan tardaría años en comprender que su hermano había cambiado la mentira en el último momento, y eso era algo que seguía pesándole cada día. Casi tanto como el hecho de darse cuenta de que su madre no les había puesto ninguna protección para que las mentiras no pudieran afectarles.

—Sabes que no puedo hacerlo —dijo al fin. Osclan se habría echado a llorar en ese mismo momento si no fuera porque había olvidado cómo hacerlo.

—Entiendo que es difícil para ti, pero ella te castigó de manera injusta. Tú no tuviste la culpa, tu hermano estuvo de acuerdo.

Habían hablado del tema en alguna ocasión. Sobre todo el día en el que Osclan acudió al Liceo en busca de un lugar donde vivir. Sabía de la existencia de esa institución porque había escuchado a su madre hablar de ella alguna vez. De hecho, una de sus aficiones era espiarla a escondidas, inmiscuirse en sus conversaciones y apuntarlo todo en un cuaderno imaginario que se sabía de memoria. Caronte, aunque no solía hablar con los nuevos, vio algo en él que le perturbó. Su mirada llena de lágrimas, su voz entrecortada que no era capaz de decir nada, su temblor de manos... El hombre se lo llevó a una habitación libre, individual, y se encargó personalmente de que no le faltara de nada. Era tan solo un crío asustado. Osclan tardó varios días en hablar; no salía de su habitación para nada, ni siquiera para comer. Así que Caronte le llevaba la comida, le recogía la ropa sucia y se ganó su confianza poco a poco. Cuando el chico se decidió a hablar, ya no paró. Caronte comprendió que necesitaba espacio, ir a su ritmo, así que le preguntó qué era lo que mejor se le daba hacer, y este respondió que era el bueno con las estrategias. Se había pasado horas y horas en el despacho de su madre, escuchando hablar a los mejores soldados sobre cómo defender Vestalia si fuera necesario. Sabía de guerras, de armas, de defensa. Y sabía pelear, ya que su madre había puesto todo el empeño del mundo en que tanto él como su hermano supieran defenderse en caso de que lo necesitaran. Lo único que pedía a cambio era no tener que cruzarse con ella cuando visitara el castillo de Britacor.

Caronte sacó una conclusión muy clara de todo aquello: Osclan se sabía todos los entresijos de la Gobernacía. Así que decidió cuidarlo en cuerpo y alma, convencido de que algún día podría usarlo en su beneficio.

Lo que no esperaba era enamorarse de él.

Con el tiempo, comprendió que Osclan no solo era una pieza clave en su lucha por hacerse con el poder, sino que se había convertido en la persona a la que quería ver cada mañana y a la última que deseaba ver antes de dormir. Osclan ya era lo suficientemente mayor cuando Caronte se dio cuenta de esto, y el chico no se sorprendió cuando se atrevió a confesarlo. Él también lo había notado, y estaba dispuesto a hacer lo necesario para que Caronte fuera suyo.

¿Y cuál es tu plan?

El hombre le acarició la mejilla temeroso. No sabía si era demasiado pronto para hacerlo, pero al ver que Osclan no hizo amago de retirarla, siguió con la caricia.

—Quiero que mientas y que digas que Regina Rei va a morir.

—Sabes que eso es imposible. —A Caronte no le sorprendió que se negara a mentir para conseguir la muerte de su madre. Seguía tan dolido por su abandono y su falta de comprensión que para él, a aquellas alturas, era casi una desconocida—. Mi madre es intocable, ya lo sabes. El sistema no te lo va a permitir.

—No lo permite, eso es verdad —coincidió el hombre—, a no ser que tengas contactos dentro del sistema que hagan los arreglitos necesarios. Y sabes que, una vez dicha, la mentira se cumplirá sí o sí.

Osclan lo miró unos segundos. Era lógico pensar que todo sistema se podía manipular, pero no sabía hasta qué punto. Pensó en su hermano y le dolió el alma, como si esta fuera tangible y se la hubieran atravesado con un puñal. Además, ¿la influencia de Caronte llegaba tan lejos? ¿De verdad iba a ser capaz de manipular a varios trabajadores de la Gobernacía para acabar con

Regina? Veía muchas lagunas, sin embargo, la entereza y decisión con la que Caronte le estaba exponiendo su plan hacían que pudiera comenzar a visualizarlo.

—¿Por qué no matarla sin más?

—Porque tiene que ser a través de una mentira. Necesito que sepan quién está detrás de todo. —Caronte tenía el rostro impasible. El chico se dio cuenta de que se lo estaba tomando en serio.

—¿Y por qué yo? —preguntó Osclan al fin.

—Bueno, no es fácil decir esto. —Caronte lo miró a los ojos buscando su atención. Sabía que lo que venía a continuación iba a ser doloroso, pero era la única manera de conseguir lo que quería—. Una vez mientas, la Gobernacía sabrá que tú has sido el culpable. Irán a por ti. Tú conoces sus entresijos mejor que nadie, sabes cómo pelean y qué pasos seguirán. Así que eres el único que tiene una oportunidad de sobrevivir, solo tú eres capaz de enfrentarte a ellos.

—¿Y qué más? —Osclan, además de ser un buen luchador, era listo; muy listo. Y se había dado cuenta a la perfección de que ese plan de Caronte tenía otra parte oculta que no se atrevía a pronunciar en voz alta—. Dilo.

—Porque solo tú tendrías los motivos suficientes y legítimos como para acabar con Regina y eso haría que yo no estuviera en el punto de mira.

Aquello fue, para Osclan, como recibir un disparo directo al corazón. Después de meditarlo durante unos segundos, se dio cuenta de que tenía razón. Un hijo dolido, abandonado y sin nada que perder. Solo alguien como él pondría en riesgo su vida con tal de acabar con Regina.

—Mientras te persiguen —continuó Caronte— y están entretenidos tratando de entender qué es lo que ha ocurrido, yo me haré con el poder de la Gobernacía. Y, una vez dentro, nadie podrá sacarme. Vestalia entera estará bajo mis órdenes y nadie podrá hacer nada por impedirlo.

CAPÍTULO 36

Carey Regminton
Asua, al este de Vestalia

Cuando sentía que ya no podía más y que estaba a punto de desfallecer, a Carey se le escapó un grito de alegría. No habían tenido la suerte de toparse con ningún carruaje que les transportara hasta Vésticum, así que llevaban andando horas y horas. Tantas que ya habían perdido la cuenta.

Estaba preocupada. Preocupada por que los persiguieran, por que Henry se replanteara su lealtad, por cómo estarían yendo las cosas en el Liceo y, sobre todo, por la pierna de Eneas. No se había atrevido a curársela porque lo único de lo que disponía era del agua del río y sabía que eso empeoraría la situación.

Casi no habían hablado en todo el camino, concentrados en seguir caminando y en volverse cada pocos segundos para comprobar que no les perseguían. Carey, a pesar de lo que decía Henry («No vendrán a buscarnos, saben que, una vez lejos de la ciudad de Asua, tienen todas las de perder»), seguía pensando que aquellos hombres que había visto en los túneles no descansarían hasta dar con ellos.

—¡Hemos llegado! —dijo la chica entusiasmada—. Conozco a una mujer que estará encantada de atendernos y dejarnos descansar en su casa.

—¿Estaremos a salvo? ¿Cómo sabes que no nos delatará? —preguntó Eneas. Por la cara que puso, la chica dedujo que no estaba dispuesto a volver a pasar por algo como lo sucedido unas horas antes.

—Porque es una vieja amiga que jamás nos fallaría.

No quiso dar más explicaciones. No podía. No podía decir en voz alta que aquella mujer había trabajado para el Liceo un par de años atrás y que, después de ser violada brutalmente por alguien de la Gobernacía y quedarse embarazada, le pidió a Caronte huir de Vésticum para no tener que ver a su agresor nunca más. Aunque todos sabían que una de las normas principales del Liceo era que el que entraba jamás podía salir de él, su padre fue el primero que se ofreció a buscarle un hogar donde vivir, alejado de los caminos de la Gobernacía, donde estar a salvo. A partir de ese momento, no le faltaría de nada, él mismo se encargaría de suministrarle todo lo necesario para que pudiera criar al pequeño que llevaba en su vientre.

Y no quería contarlo porque esa era una historia privada y porque no deseaba que los chicos la miraran con pena. Ella era una luchadora, no le había quedado más remedio, y había sobrevivido porque su ímpetu, sacado a última hora, se lo permitió. No quería que la compadecieran. No lo aceptaría jamás.

Carey rechinó los dientes. Pensar en aquella historia la llenaba de una furia incontrolable. La misma furia con la que se presentó ante la mismísima Regina Rei para contarle lo ocurrido y para decirle que si algún día llegaba a descubrir la identidad del monstruo que había hecho aquello, lo mataría con sus propias manos de la forma más lenta que se le pudiera ocurrir.

Llegaron ante una casa de piedra solitaria en cuyas ventanas comenzaban a reflejarse los primeros rayos de luz. Carey golpeó la aldaba que colgaba de la puerta de madera y esperó —más impaciente de lo que le habría gustado— a que la mujer apareciera. Cuando escuchó los pasos y antes de que pudiera decir nada, se identificó:

—Altea, soy Carey. Necesito tu ayuda.

Casi de forma inmediata, la puerta se abrió y detrás de ella apareció una mujer joven, de aspecto cansado. Miró alrededor y se alteró cuando vio a los dos chicos, que esperaban detrás de Carey sin decir nada.

—Vienen conmigo, son de fiar.

Ella asintió, aunque todavía con dudas, y abrió la puerta para dejarles entrar.

—¿Qué ha pasado? —preguntó por fin. Caronte le dejó muy claro que no la molestarían a no ser que fuera una cuestión de vida o muerte, así que ver a la chica allí plantada solo le hizo presagiar lo peor.

—Una larga historia... Pero no tienes de qué preocuparte, solo necesitamos un lugar donde descansar y después retomaremos nuestro camino hasta Vésticum.

—Por supuesto —dijo Altea—, por favor, sentaos y poneos cómodos.

Carey se fijó en la casa; nunca había estado allí. Era un lugar acogedor. Reparó en la cantidad de cuadros que había colgados en las paredes. No eran como los del Liceo, pero eran preciosos. Supuso que ella misma los habría pintado, y se alegró de que Caronte hubiera tenido la consideración de darle los materiales necesarios para que pudiera hacer algo con lo que distraerse. Las horas allí, viviendo sola y tan alejada de la ciudad, deberían de hacerse eternas. El resto de la decoración tampoco le pasó desapercibida: había dispuesto ramilletes de flores secas, jarrones hechos con arcilla —que también parecían hechos por ella—, botecitos repletos de especias e incluso platos decorados con bonitos motivos florales. Por no hablar del olor. Olía a jabón, lavanda y resina.

—Eres una artista magnífica —le dijo Eneas antes de sentarse en el sofá. Carey supo que lo decía de verdad, no por cumplir.

—Hago lo que puedo. —A pesar de la modestia de su voz y del rubor que invadió sus mejillas, todos intuyeron que estaba muy orgullosa de su trabajo—. Parece mentira que me dedique todo el día a cultivar el huerto y cuidar de los animales. Cualquiera podría pensar que acabo agotada después de un día de trabajo... Pero lo cierto es que llega la noche y las pinturas me llaman más que el sueño.

—Sé lo que es eso —comentó Eneas—, a mí también me gusta pintar.

Carey lo miró con una ceja levantada. No tenía ni idea de ese detalle; de hecho, no se imaginaba en absoluto a Eneas pintando. Sin embargo, ahora que lo sabía tenía muchísima curiosidad por descubrir qué tipo de dibujos hacía, qué trazos eran los que más le relajaban, qué colores solía usar, qué técnicas... «Basta —se ordenó—, concéntrate».

—Prepararé un poco de té para que entréis en calor —dijo Altea mientras ponía rumbo a la cocina. Carey se imaginó que fue porque no se sentía cómoda hablando con un hombre, así que no dudó en ofrecerse a acompañarla para ayudarla.

Por el camino se dio cuenta de que al lado de uno de los sillones de la estancia principal había una cuna donde dormía un niño plácidamente.

—Lo llamé Irtei, como el héroe de la historia que me contaba mi madre cada noche antes de dormir —comentó Altea cuando vio que Carey había reparado en la cuna. Esta asintió, había escuchado ese cuento en alguna parte, aunque, desde luego, no de los labios de su padre—. Irtei era capaz de convertir a los malos en lava con tan solo tocarlos. Supuse que haber nacido de un acto horrible no le quitaba las posibilidades de convertirse en un héroe.

La chica le posó la mano en la espalda. Altea, aunque reaccionó dando un respingo, enseguida se relajó y aceptó aquella caricia. Carey se había portado muy bien con ella, cuando se enteró de lo ocurrido juró protegerla con su vida si fuera necesario. Quiso preguntarle cómo se encontraba, cómo había pasado todo ese tiempo, si conseguía dormir por las noches o si se quedaba en guardia temerosa de que alguien entrara en su casa. Quiso preguntarle si le iba a hablar a su hijo sobre cómo fue concebido o qué sentía cuando se miraba al espejo y veía a una mujer que había cambiado de vida a la fuerza. Sin embargo, no se atrevió. No quería que Altea reviviera lo sucedido. Le bastaba con saber que se las estaba apañando de la mejor manera posible y que estaba dispuesta a darle a su niño la vida que a ella le habían arrebatado.

—¿Quiénes son? —preguntó la mujer.

—Son Eneas y Henry, dos amigos. No tienes que preocuparte, de verdad —le dijo cuando entendió que la pregunta de la mujer no tenía nada que ver con la identidad de los chicos—. Son buenas personas, te lo garantizo. Te agradezco muchísimo que nos dejes estar aquí, no sabes cuánto.

La mujer los miró desde la cocina y Carey pudo ver la duda en su rostro. Comprendía que no se fiara, es más, no tenía por qué hacerlo. Por eso, el simple hecho de que les dejara estar allí ya era algo que agradecer.

Fue entonces cuando Altea reparó en la herida de Eneas, ya que, a pesar de estar cubierta con un trozo de tela que había arrancado del bajo de sus pantalones, de vez en cuando alguna gota de sangre caía al suelo.

—¿Qué ha pasado, Carey? ¿Algo que deba saber? Altea, sin esperar una respuesta, se dio la vuelta y se dirigió a uno de los armarios de la cocina del que sacó una cesta de mimbre repleta de materiales médicos. Después, para asombro de Carey, se acercó a él—. ¿Me permites?

El chico asintió y dejó que la mujer le limpiara la herida. Tuvo que morderse el labio en varias ocasiones para no gritar de dolor, pero menos de las que esperaba, pues enseguida comprobó que Altea tenía unas manos delicadas y mañosas que sabían curar.

—Las cosas se están poniendo feas en el Liceo —confesó Carey mientras se acercaba. No le gustaba hablar de esos asuntos, pero al darse cuenta de que si el Liceo desaparecía, Altea se quedaría sin protección y sin sustento, comprendió que era necesario compartirlo con ella—. Un grupo de personas que se hacen llamar fanáticos está intentando acabar con el sistema de las mentiras. Y uno de los pilares somos nosotros. No dudan ni un segundo en matarnos si nos ven por calle. Al principio eran pocos —explicó cuando se dio cuenta de que Altea había dejado lo que estaba haciendo para prestarle más atención—, pero cada vez son más. Y lo más preocupante es que están empezando a llegar a las altas esferas de las ciudades.

—Eso es horrible —susurró Altea, no daba crédito a lo que estaba escuchando.

—El caso es que capturaron a Eneas en Asua y estoy segura de que fueron los fanáticos. Lo cierto es que de no haber tenido la suerte de que Henry trabajara dentro, Eneas estaría muerto a estas alturas.

—Menos mal que somos muchos los que debemos favores al Liceo —dijo la mujer con una sonrisa triste pintada en la cara, aunque en realidad Carey sabía que Henry no le debía nada a nadie—. Supongo que eso al final es una ventaja.

Cuando terminó de curar a Eneas se sentó a su lado. Carey comprendió que empezaba a verlo como era en realidad: un muchacho inocente que jamás le haría daño a nadie. Ella lo sabía bien, y se alegraba de que Altea se diera cuenta también. Henry, por su parte, pegaba cabezadas en uno de los sillones agotado.

—¿Así que te gusta pintar? —preguntó la mujer.

—Os dejo que habléis. —Carey se levantó y se fue a la cocina. Altea y Eneas tenían mucho en común y seguro que se entendían—. Yo termino de preparar el té.

Altea se iba a negar, pero pronto se acordó de que era imposible discutir con Carey, así que la dejó hacer. Esta se arremangó y puso la tetera en la chapa de hierro que ya estaba caliente, aunque fuera tan temprano. Supuso que Altea llevaría un buen rato en pie, quizás era el momento del día que aprovechaba para hacer sus cosas antes de que Irtei se despertara y reclamara toda su atención. Cogió unas tazas del estante que quedaba a su izquierda y las colocó en una bandeja de madera que descansaba en la encimera. Dispuso el azucarero que encontró al lado de la bandeja y un trozo de hierro que bien sabía que servía para que no se estropeara la bandeja con el calor de la tetera. Después, volvió al salón.

—Parece que hayas estado toda la vida aquí —dijo Altea mientras la observaba. La había echado de menos; Carey era de esas personas que calaban hondo, ya fuera para bien o para mal.

—Se me da bien adaptarme a los sitios nuevos.

La mujer la miró con cariño. Aunque nunca lo había hablado con ella, se imaginó lo difícil que había tenido que ser su vida. Siempre bajo el mando firme de Caronte, sin ninguna posibilidad de decidir su propio camino. Pues claro que sabía adaptarse, no le quedaba más remedio.

Cuando la tetera comenzó a protestar, Carey volvió a la cocina para apartarla del fuego y la depositó en la bandeja. Altea apareció a su lado sonriente.

—Se agradece tener visita. —Alargó la mano para coger unas pastas que ella misma había hecho la noche anterior y se dirigieron al comedor. Cuando entraron se sorprendieron al ver que los chicos se habían quedado dormidos en los sillones.

Carey los miró. Conoció a Henry hacía mucho tiempo en Vésticum y ni en sus mejores sueños se había imaginado acabar así con él. Fue en la ciudad, él era el hijo de los dueños de una tienda de pañuelos que Carey adoraba. Sus padres odiaban el sistema de mentiras y, por lo tanto, la odiaban a ella, a Caronte y a todo lo que tuviera que ver con el Liceo. Por eso la chica procuraba ir solo cuando estaba Henry, cada vez que cruzaba la puerta se encontraba con su sonrisa y con sus ganas de charlar y de conocerla más. Y ella… Bueno, ella no estaba orgullosa de las veces que le había tenido que sonreír a cambio de algún pañuelo gratis. Hasta que un día él se declaró. Le regaló el pañuelo más bonito que había visto en su vida, y Carey comprendió que aquello era demasiado. Tiempo después, supo que había abandonado Vésticum para unirse al ejército. Uno de sus alumnos del Liceo lo conocía y se había encontrado con él en Asua. «Vestalia no es tan grande como parece».

Y en cuanto a Eneas… No sabía qué narices le estaba haciendo Eneas, ni por qué había arriesgado su vida de aquella manera para salvarlo. Tendría que haber corrido, tendría que haberse alejado de Asua lo más rápido posible. Desde luego, cualquier cosa que no fuera mover todos los hilos posibles para rescatarlo. ¿En qué se había convertido? ¿Acaso se le había olvidado lo que había hecho? ¿Acaso esa era la forma que tenía de perdonarse a sí misma y hacer que los demás la perdonaran? No lo sabía, y estaba demasiado cansada para pensar en ello. Lo único que sabía era que un calor inmenso se apoderaba de ella cada vez que se cruzaba con los ojos verdes de Eneas.

—Sí que necesitabais descansar, sí —dijo Altea mientras iba a por un par de mantas para echárselas por encima—. Creo que será mejor que los acompañes, aunque siento muchísimo no poder ofreceros una cama en condiciones.

Carey dirigió la vista hacia el sillón que quedaba libre y no se le ocurrió un sitio mejor donde echar una cabezada. Con aquello bastaba, era más que suficiente, y así se lo hizo saber a la mujer, que cogió la bandeja del té de donde la había dejado y se la llevó de nuevo a la cocina.

Con sus invitados descansando y con Irtei sumido en un profundo sueño, Altea hizo lo que hacía cada mañana desde que se había mudado allí: cargar su pistola y sentarse delante de la ventana de la cocina, preparada para acabar con cualquiera que osara interrumpir esa paz en la que ahora vivía.

CAPÍTULO 37

Hamica Clayton
Hastía, centro de Vestalia

—¡Que no se escapen! —gritó Lantio, ya sin disimular su objetivo.

Los espectadores del circo se apartaron al escuchar el jaleo, sobre todo al ver a esa gente corriendo en cuyos rostros solo había furia dibujada.

Hamica se esforzó al máximo por no perder de vista a Carl y a los demás, que avanzaban con decisión y sin importarles el tener que empujar a los que se pusieran en medio. Ella estuvo tentada de pedir perdón, pero se preocupó más por no perder el poco aliento que le faltaba.

Eran dos las personas a las que perseguían: un hombre y un chico que sería un poco mayor que ella. El adulto llevaba unas ropas demasiado extravagantes para estar en un circo, de hecho, las plataformas que lucía con orgullo debajo de los pantalones anchos de terciopelo rojo le hicieron pensar a Hamica que aquel era un hombre con personalidad. Por supuesto, la barba que lucía también le hizo llegar a esa misma conclusión, así como sus ojos. Estos, a juego con los pantalones, le dijeron que era un mentiroso compulsivo. El chico parecía más corriente, un muchacho normal movido por la avaricia. Sabía que ese era el único motivo por el cual alguien acabaría metido en el Liceo, mintiendo a cambio de lujos. «También puede tratarse de desesperación», dijo una voz interior a la que rebatió con un sonoro y rápido «no». Por muy desesperado que se estuviera, acabar mintiendo a costa de otros no era una excusa. Ella también lo estaba y no por ello había decidido convertirse en un monstruo. Que en esos momentos estuviera persiguiendo a dos personas para matarlas fue un argumento que no se le pasó por la cabeza.

No la vio venir, ni siquiera fue capaz de hacer que su cuerpo se encogiera o se protegiera de alguna manera. El primer disparo fue tan sorprendente como amenazante. Cuando consiguió serenarse lo suficiente pudo comprobar de dónde provenía: había sido el hombre de la barba extraña que, girándose sobre sí mismo, no había dudado en apretar el gatillo. Por suerte, su puntería no fue tan eficaz como su valentía y no consiguió dar a nadie. Sin embargo, el efecto que trajo consigo ese acto fue, quizás, más importante: había alterado a sus perseguidores, ahora sabían que estaban luchando contra alguien que tenía las agallas suficientes como para defenderse sin ningún miramiento.

No era la primera persecución de Carl, pero sí que era la primera vez que alguien había disparado. Normalmente, cogían a los miembros del Liceo por sorpresa y actuaban con tanta rapidez que ni siquiera tenían tiempo de defenderse. Pero aquel hombre estaba preparado, lo podía ver en su forma de correr, de huir. Estaba dirigiéndose a un lugar seguro, o tal vez conduciéndoles a una emboscada. «¿Y si esto es una trampa?», se preguntó a sí mismo. Era posible que les estuviera llevando a un callejón sin salida. Miró a sus compañeros, y no vio en ellos ningún rastro de duda. Bueno, Hamica sí que parecía vacilar, pero estaba seguro de que no era por esos motivos. Quiso advertir a Lantio y a Dorothia, pero estaban tan centrados en el objetivo que no repararon en él. Quiso gritar, decirles que pararan, que aquello iba a salir mal. Quiso abalanzarse sobre Lantio para que dejara de correr, quiso tomar de la mano a Dorothia para frenarla. Sin embargo, sabía que no podía salvarlos a los tres y aquella condenada niña no tenía culpa de nada, por lo que lo único que hizo fue empujar a Hamica, que corría junto a él, y meterla en un callejón.

—¿Pero qué estás…?

La chica no pudo terminar la frase porque Carl le tapó la boca con la mano. Se llevó un dedo de la otra a los labios para decirle que se callara. Ella lo miró asustada, con los ojos casi saliéndose de las cuencas y el corazón desbocado.

Segundos después, se escucharon dos disparos.

Hamica soltó un grito ahogado y Carl maldijo mientras asomaba la cabeza por la esquina del callejón.

Lantio estaba tirado en el suelo, retorciéndose sobre sí mismo. Sus manos, que apretaban la parte baja del abdomen y que empezaban a mancharse de sangre, le dijeron a Carl todo lo que necesitaba saber.

La chica se asomó también y se llevó las manos a la boca para no chillar de horror. Se aferró al colgante que todavía llevaba puesto, ese que la había acompañado toda la vida y que algún día le diría quién era de verdad. Se agarró a él con miedo y con las dudas de no saber si lo que estaba haciendo era lo correcto. Ojalá lo supiera.

—Tenemos que hacer algo —susurró.

Carl la miró. Y lo hizo de tal manera que no hizo falta que dijera nada más. Volvió a esconderse y se pegó contra la pared del callejón. Así, en aquella postura, Hamica notaba el corazón tan acelerado que parecía que clamaba por salirse del cuerpo. Intentó calmarse, aunque sabía que era imposible. Aquel hombre acababa de matar a Lantio delante de ella. Sin ningún tipo de miramiento, sin remordimiento ni conciencia.

Quiso gritar cuando vio que Carl salió corriendo del callejón. Hubiera dado lo que fuera con tal de tener una palabra que hiciera que el hombre no abandonara aquel lugar seguro. Pero no la encontró. Se dejó caer y se quedó sentada en el suelo del callejón, y lloró como hacía tiempo que no lloraba. Estaba empezando a confirmar que odiaba el mundo en el que le había tocado vivir.

Cuando Carl se abalanzó contra el hombre de la barba, Dorothia ya había hecho la mitad del trabajo. Supuso que, después de disparar a Lantio, la mujer se habría tirado encima de él, derribándolo. Carl cogió la pistola que tenía en la mano; todavía estaba caliente. No lo dudó un instante, ni siquiera escuchó los gritos del chico que acompañaba al hombre y que ya se había llevado las manos a la cabeza, pues sabía lo que iba a ocurrir a continuación. Ni siquiera se paró a observar durante más de dos segundos los ojos temerosos de aquel individuo que ahora, en silencio, rogaba piedad. Él no estaba allí para tener piedad; la tuvo hacía mucho tiempo y no sirvió de nada. Él estaba allí para cambiar el mundo, para cambiar el sistema creado por un conjunto de personas sin corazón que harían lo que fuera con tal de enriquecerse un poco más, sin pensar en las vidas que se estaban llevando por delante para conseguirlo.

Él estaba allí para hacer justicia.

Y, aunque no lo deseaba en esos momentos, sabía que algún día la gente se lo agradecería. Cuando todo cambiara y el sistema fuera derrocado, todos los habitantes de Vestalia le darían las gracias por haber devuelto la normalidad a un país que había tenido que ceder demasiado ante el mando de unos pocos. No buscaba gloria ni fama, y mucho menos quería ser aclamado cuando saliera a la calle, ya lejos de ese desierto en el que estaba empezando a ser imposible vivir. Sin embargo, sabía que conseguiría todo aquello. Era algo inherente al cañonazo que resonó en esos instantes, a la bala que salió de la pistola decidida a dar con el objetivo, al agujero que se formó en la cabeza de aquel hombre que cayó hacia atrás sin poder hacer nada por remediarlo.

Hamica, que lo observaba todo desde las sombras, no se dio cuenta de que se estaba mordiendo la mano hasta que notó un sabor metálico. No era capaz de asimilar lo que estaba viendo, a pesar de que la imagen era más que clara. Tuvo que respirar varias veces para volver en sí y analizar la situación. Le costó unos instantes, pero al final se dio cuenta de que si Carl no hubiera hecho nada, era muy probable que él o Dorothia —que miraba la escena con la cara desencajada y sin saber muy bien cómo reaccionar— ahora estuvieran muertos. La pistola del hombre de la barba extraña yacía en el suelo, justo al lado de su mano inerte, seguro que cargada, seguro que dispuesta a volver a arrebatarle la vida a alguien.

—¡Vamos! —gritó Carl, que se apresuró a coger el arma del suelo y se la guardó en la parte trasera de los pantalones.

Hamica tardó unos segundos en darse cuenta de que se lo estaba diciendo a ella. Sacudió la cabeza mientras se repetía que ya era tarde para tener dudas sobre aquella lucha: estaba metida hasta el cuello y tendría que seguir en ella hasta el final. Sin importar cuál fuera.

No supo por qué, pero fijó su mirada en la del chico que iba con el hombre, ese al que perseguían, ese al que tenían que matar. Lo examinó buscando algo que esperaba encontrar con todas sus fuerzas. Sin embargo, no halló ira, ni venganza. Tampoco odio. Lo que descubrió fue una tristeza y un terror tan grandes que casi se derramaban más allá de sus cuencas. Él le pidió piedad con la mirada, pero Hamica sabía que eso no estaba en sus manos, que ella no podía reescribir un destino que ya estaba escrito, que él mismo se había sentenciado el día que aceptó trabajar para el Liceo.

—¿Estás bien? —le preguntó Carl cuando se acercó a él. La chica asintió, aunque debería haberlo hecho con más convencimiento si quería que la creyera.

No hubo tiempo para más, ya que Dorothia echó a correr y ellos entendieron que era porque el chico, el de los ojos temerosos y las manos inquietas, estaba escapando.

Sin embargo, Carl corrió más deprisa que ella y la cogió por el brazo, haciendo que esta se parara de golpe.

—¿Qué haces? ¡Tenemos que ir a por él! He visto por dónde iba, ha girado…

—No, no vamos a matarlo —dijo Carl muy serio.

—¿Pero qué estás diciendo? Pertenece al Liceo, tenemos que hacerlo.

—Es mejor que escape.

Dorothia miró a Hamica, que se encogió de hombros dando a entender que no sabía de qué estaba hablando.

—No comprendo —susurró por fin la pelirroja—. Pensé que nuestra misión era acabar con ellos.

—Nuestra misión —sentenció Carl— es que sepan que no vamos a parar hasta acabar con ellos. Es mejor que ese chiquillo vaya llorando al Liceo y les cuente de lo que somos capaces, así se asustarán.

—Eso solo hará que vengan a por nosotros. Estarán más alerta. ¡Podrían identificarnos!

—Alerta ya están, Dorothia. Y si no han atacado todavía es porque no saben cómo hacerlo. Estoy seguro de que no esperan que un grupo de refugiados en un desierto tenga las agallas de ir a por ellos en sus lugares seguros. Y será mejor que sepan que su imperio peligra.

La mujer lo miró nada convencida. Pero sabía que discutir con Carl era como darse de bruces contra un muro. Prefirió callar y guardarse sus dudas para cuando estuviera en uno de los consejos que, se imaginó, se formarían a su llegada. Sería allí, delante de todo el asentamiento, donde diría que no estaba de acuerdo con la forma de proceder de Carl. Por el momento se conformaba con volver a su tienda y descansar. Estaba agotada.

Hamica se dio cuenta de que se había formado un pequeño grupo a su alrededor. Desde luego, dos muertos tirados en la calle llamaban la atención a gritos. Carl giró sobre sí mismo al ver la cara de preocupación de la joven y se dio cuenta de lo que estaba pasando. No se lo pensó: la cogió de la mano y salió de allí sin más. Dorothia los siguió, aunque estuvo tentada de darse la vuelta para recoger el cadáver de Lantio. O, si no podía con él —por supuesto que no podía con él—, tal vez taparle de alguna manera para no dejarlo expuesto delante de tanta gente extraña.

—No nos queda otra opción —le dijo Carl cuando salieron del tumulto, como si supera qué era lo que la mujer estaba pensando—. En el asentamiento lo entenderán.

Ella no estaba muy convencida, de nuevo. Creía que dejar a uno de los suyos tirado en mitad de una cuidad alejada de su hogar era una falta de respeto inigualable, pero también estaba el hecho de que no tenían medios para llevarse a Lantio sin montar un espectáculo. Y, tal vez, si se detenían lo suficiente, acabaran llamando todavía más la atención y poniendo en peligro sus vidas.

El corazón de Hamica iba más deprisa que nunca. Incluso más que aquella vez en la que vio su propia muerte dibujada en los ojos de Bill. Y no sabía muy bien a qué se debía. ¿Era por haber presenciado cómo mataban a dos hombres delante de ella? ¿Por haber formado parte de ese viaje cuyo fin era arrebatar vidas? ¿Por haber tenido la tentación de ir corriendo detrás de aquel chico y encargarse ella misma de que no huyera más? No conseguía identificar de dónde venía ese sentimiento, pero era potente, el más fuerte que había tenido en su vida. Y tal vez, aunque fuera horrible pensarlo, el más satisfactorio.

Miró a Carl y a Dorothia, que por fuera no parecían afectados por la muerte de su compañero. Supuso que en el fondo lo sentirían como solo lo pueden sentir las personas que han perdido a un amigo, pero si era así, no lo estaban demostrando. El rostro de Carl, impasible, no transmitía más que la cólera que le producía pensar en el Liceo y en la batalla que tenía por delante, y de la que no desistiría hasta que él mismo estuviera bajo tierra.

CAPÍTULO 38

Eneas Lockwood
Asua, al este de Vestalia

A Eneas le habría encantado decir que aquel sueño fue reparador. Sin embargo, a pesar de haber dormido en un sitio mullido —cosa que no ocurría desde hacía unos cuantos días— y con una manta que lo alejó de los fantasmas de la noche, las pesadillas que lo visitaron no le dejaron descansar en paz.

—No sabía si os despertaríais para cenar, así que disculpadme si no os puedo ofrecer más que esto, sé que no es gran cosa —dijo Altea. Aunque Eneas pensó que estaba equivocada al ver la bandeja que cargaba.

El estómago del chico rugió furioso cuando comprobó su contenido: huevos revueltos —de un color tan amarillo que parecía que los había adornado con azafrán—, pollo glaseado y manzanas asadas con miel y canela.

—Para no tener demasiado nos estás tratando como a dioses. —Eneas quiso abalanzarse sobre la comida, pero se contuvo. Lo mínimo era tener un poco de educación.

—Supuse que estaríais hambrientos —comentó Altea, a la que no le había pasado desapercibida la forma en la que Eneas miraba aquel pollo dorado—. Ojalá tuviera algo más… sofisticado, pero esto es lo único que he conseguido obtener por mi propia cuenta. Estoy tan alejada de la ciudad que no me queda otro remedio que apañármelas sola.

—Y lo estás haciendo genial. —Carey entró en la sala. La forma en la que se peinaba el cabello húmedo con los dedos le dio a entender a Eneas que la chica llevaba un buen rato despierta: mientras él y Henry estaban dormidos en los sofás, ella había aprovechado para lavarse y acicalarse. ¿Era perfume aquello que olía? ¿Cómo podía estar tan preparada?

—Hago lo que puedo —contestó Altea con modestia. Le habría encantado quedarse a charlar con los chicos, pero su hijo empezó a llorar, reclamando su atención. Por la forma en la que suspiró, abatida, Eneas se imaginó que Irtei no era de esos bebés que dormían plácidamente.

—Qué mujer más encantadora. —Parecía que a Henry no le parecía en absoluto que hablar con la boca llena fuera de mala educación. Eso, o tal vez se trataba de que aquellos huevos estaban tan deliciosos que era imposible no sucumbir ante ellos y olvidar todo lo demás.

—Sí… —dijo Carey mientras le reprendía con la mirada. Él enseguida tragó y musitó un «perdón» casi inaudible—. A pesar de que le han ocurrido cosas horribles parece que ha conseguido sobreponerse.

No dio más explicaciones y los chicos no quisieron seguir preguntando. En su lugar, hablaron de cuál iba a ser el siguiente paso.

—Debemos dirigirnos a Vésticum cuanto antes. —La convicción de Carey no sorprendió a Eneas y a Henry, que ya se habían acostumbrado a ese tono directo y seco que ponía cuando trataba temas serios—. No creo que nos busquen por estos lugares, así que iremos a uno de los caminos de la Gobernacía y pararemos al primer carro vacío que encontremos. Necesitamos llegar a casa cuanto antes.

—¿Se lo vas a contar a tu padre? —Aquella pregunta rondaba por la cabeza de Eneas desde hacía unas horas.

—No me queda más remedio. No me hace demasiada gracia tener que admitir que te apresaron —recalcó esto último como dando a entender que el único culpable de ese desafortunado accidente había sido él—, pero tiene que saber que el Liceo está en peligro. Incluso más de lo que me pensaba.

El chico se dio cuenta de que aquella era una de esas situaciones en las que Carey no iba a seguir dando más explicaciones, y lo entendió perfectamente. Su mente debía de ser un hervidero de cuestiones que no tenían respuesta. De caminos sin salida o, peor, con una salida que no le gustaba en absoluto. Quería ayudar, pero no sabía cómo, y tampoco estaba muy seguro de que ella se lo fuera a permitir; a aquellas alturas ya se había dado cuenta de que era demasiado orgullosa para ello.

—Tenemos que ponernos en marcha. —Carey ya se estaba levantando mientras hablaba, el cabello castaño todavía le chorreaba—. No tenemos tiempo que perder y tampoco quiero que nuestra estancia ponga en peligro a Altea.

—No me ponéis en peligro —dijo la aludida, que parecía encantada de tener visita después de tanto tiempo.

—Me temo que sí. —Henry también se había puesto en pie, no sin antes coger un trozo de pollo y otro de pan para el camino—. Sé de qué es capaz la gente que nos persigue y no dudarán en matarte si se enteran de que nos has estado protegiendo. Así que lo mejor será partir cuanto antes.

—Llevaos mis caballos.

Carey miró a Altea como si le estuviese ofreciendo el mismísimo mundo. La mujer sonreía con decisión y se le veía en la cara que no iba a aceptar un no por respuesta.

—No podemos hacer eso. Tú los necesitas más que nosotros. —Carey la miró fijamente, esperando que Altea no se diera cuenta de que en realidad era una propuesta estupenda, ya que a caballo tardarían apenas unas horas en llegar a Vésticum.

—Es posible —rebatió—, pero tu padre y tú me ayudasteis tanto que es lo menos que puedo hacer por vosotros. De momento no los necesito, Irtei y yo no los vamos a usar para nada, así que os los podéis llevar.

—No…

—Mira, vamos a hacer lo siguiente. —Altea se acercó a la chica y le tomó las manos en un gesto maternal—. Cogéis los dos caballos que tengo en el jardín trasero, os dais toda la prisa de Vestalia en llegar al Liceo y después, si os apetece, mandáis a uno de vuestros hombres de confianza para que los traiga de vuelta. ¿Es un buen trato?

Carey sonrió conforme. Altea era una buena mujer, una de las mejores personas que había conocido en su vida, por no decir la mejor. Era un trato justo y, en cuestión de días, ella habría recuperado sus caballos. Se encargaría personalmente de que así fuera.

Sobraron las palabras cuando se abrazaron. Henry y Eneas respetaron ese momento y después se despidieron mediante unas gracias infinitas. Minutos después, ya estaban montados en los caballos dirigiéndose a Vésticum.

El rostro de Eneas se quedó tan pálido como la harina cuando Carey le dijo que se montara con ella en su caballo. Ya tenía asumido que le tocaría ir con Henry, así que descubrir que ella quería que pasaran el viaje tan cerca, tan pegados, le produjo una sensación difícil de describir. Algo así como una ilusión tremenda y un pánico horrible. Todo junto y a la vez. Tragó saliva de forma demasiado ruidosa y se subió detrás de la chica, que ya tenía los pies en los estribos y cogía las riendas con decisión y fuerza.

—Te estoy vigilando —le dijo cuando se acomodó en la grupa.

Eneas, como única respuesta, se quedó sin respiración.

—Que es broma. —Carey le dio una pequeña palmada en la pierna buena mientras se reía—. Me estaba quedando contigo. Pero quiero las manitas quietas.

Fue difícil distinguir si esto último lo dijo en serio o si seguía bromeando. Aun así, Henry, que ya estaba subido en el otro caballo, los miraba divertido. Se había dado cuenta de que no tenía nada que hacer con Carey; se lo dijo la energía que existía entre aquellos dos y de la que, juraría, ninguno de los partícipes era consciente. Nunca había visto a la chica así de cómoda. Normalmente, estaba en guardia todo el tiempo, incluso con las personas con las que se suponía que no debería estarlo. Era como observar a un león en mitad de la sabana: aunque pareciera que no estaba alerta, sus sentidos seguían trabajando al máximo. Con Eneas era distinto. Con él se relajaba y sacaba a la verdadera Carey, esa que muy poca gente tenía el privilegio de conocer.

Henry, para ponerle las cosas más fáciles a Eneas y ayudarle a que se olvidara de los nervios —estaba seguro de que como su espalda siguiera tan recta terminaría por hacerse una contractura o caerse del caballo—, decidió amenizar el camino con una canción. Tanto Eneas como Carey lo agradecieron muchísimo, ya que la voz de Henry era tan dulce y melodiosa como la lluvia cayendo suave sobre un tejado después de un día intenso de calor. La letra hablaba de tiempos pasados, en los que la gente existía para disfrutar y donde las horas no las dictaban ni el sol ni la luna; tan solo las ganas de vivir.

—Llegaremos al Liceo en unas horas —dijo Carey después de un rato de silencio que se había instalado cuando el chico terminó su canción—. Tendremos que parar un par de veces para que los caballos descansen y repongan fuerzas, así que aprovecharemos y seguiremos el curso del río por donde, además, no pasa ningún camino oficial, por lo que será más fácil no encontrarnos a nadie.

Eneas dudó porque, habiendo visto lo escarpado que era el terreno en Asua, no se quería ni imaginar cómo sería hacer la travesía estando alejados de los caminos. Sin embargo, a medida que avanzaban, se dio cuenta de que las montañas de Asua iban dando paso a las llanuras características de Vésticum, así que el trayecto se convirtió en un agradable paseo a orillas del río, que era lo suficientemente poco profundo como para que los caballos cabalgaran dentro del agua y así se refrescaran a la vez que avanzaban veloces.

El par de paradas tácticas de las que hablaba Carey se convirtieron en cinco o seis, ya que Eneas, todavía con la pierna dolorida, no aguantaba demasiado tiempo en la misma posición y necesitaba estirarse de vez en cuando. Carey ponía los ojos en blanco cada vez que el chico decía que tenía que parar, pero en realidad lo entendía perfectamente y se alegraba de que no quisiera hacerse el valiente y se aguantara el dolor con tal de impresionarla a ella o a Henry. No le hacía falta, ya no. Eneas le había demostrado todo lo que valía, aunque él no se hubiera dado cuenta.

No supo si fue voluntario y si fueron las ganas que tenía desde hacía mucho tiempo, pero la mano de Carey se dejó caer hacia atrás, buscando algo que encontró enseguida: los dedos de Eneas que se entrecruzaron con los suyos. Aquel contacto fue como tocar el fuego, un impulso interno quería que apartara la mano y otro mucho más primitivo le impidió moverla. El muchacho se quedó paralizado y pensó que sus manos estaban siendo más valientes que él, porque estas apretaron las de Carey y le dijeron todo lo que él no se atrevía a decir con palabras. La chica quiso preguntarle qué significaba aquello y, sin embargo, romper el silencio le parecía cometer el mayor error de todos. Por eso, en vez de darse la vuelta, mirar a Eneas a los ojos y descargar contra él todas las preguntas que le rondaban en la cabeza, decidió responderse ella misma: significaría lo que ellos quisieran que significara.

Y con eso, de momento, era más que suficiente.

CAPÍTULO 39

Caronte Regminton
Vésticum, al sureste de Vestalia

Dar vueltas por la habitación le hacía sentir que el tiempo pasaba más deprisa. Sin embargo, cada vez que miraba el reloj que llevaba en el bolsillo superior del chaleco y se daba cuenta de que apenas habían transcurrido un par de minutos desde la última vez que lo había mirado, emitía un gran gruñido de desesperación.

Osclan había cedido.

Osclan debía de estar en esos momentos en el auditorio de Vésticum.

Osclan estaba a punto de matar a Regina Rei.

Osclan estaba a punto de matar a su propia madre.

Trató de serenarse, en vano, cuando se dio cuenta de que las manos le temblaban demasiado. Lo tenía todo preparado, eso era cierto, pero aun así estaba muy nervioso.

Llevaba meses pensando en aquello, sopesando las opciones que tenía y cuál era la mejor forma de actuar. No se podía sobornar a tanta gente en tan poco tiempo. Hacerlo bien requería paciencia y, sobre todo, dar con los contactos indicados. No fue fácil, ya que si le proponía algo de lo que tenía pensado a alguien que no estuviera dispuesto a trabajar para él, su plan se iría al traste. Regina Rei se enteraría de inmediato y él estaría muerto antes de que pudiera siquiera decir que se trataba de un error.

Así que investigó a cada uno de los trabajadores de la Gobernacía, sobre todo a aquellos que tenían un papel importante en el funcionamiento de los auditorios.

Le costó muchísimo dar con la persona adecuada. Tuvo que buscar a aquella que le pudiera quitar la protección de la que gozaba Regina, y le resultó tan complicado porque equivocarse supondría que aquella se enterara de inmediato y su plan, junto a su vida, se esfumarían de la faz de Vestalia. Así que no era de extrañar que se hubiera pasado meses y meses tratando de dar con la pieza exacta del puzle.

No había sido fácil.

Ni dar con ese viejo que olía a muerte inminente, ni convencerlo de que lo hiciera. Caronte no se explicaba cómo era posible que una persona tan anciana siguiera viva. No quería preguntarle la edad, pero para hacerse una idea bastaba con saber que cuando él nació, el sistema de las mentiras ni siquiera existía. Y eso era mucho tiempo. Caronte estaba decidido a amenazarlo, a él y a toda su descendencia, pero se quedó sorprendido al ver que estaba dispuesto a ayudarle. Tan solo le costó la promesa de que la nieta pequeña del buen hombre se convertiría en la cantante más famosa de toda Vestalia y que la gente contaría cualquier mentira con tal de poder asistir a unos de sus conciertos. «¿Así de fácil?», le preguntó, sin entender por qué no le pedía ese capricho a Regina. Pero el anciano, lejos de sacarle de dudas, se encogió de hombros y sonrió. Caronte se dio cuenta entonces de que, por mucho que intentara controlar todo lo que le rodeaba, era imposible llegar a conocer al ser humano. Las ambiciones, los secretos y los valores formaban tanta parte de uno como el color de pelo o de ojos. Y eso era algo que jamás podría llegar a entender del todo.

Le prometió a aquel hombre que su nieta debutaría en los mejores teatros de Vestalia y que la gente haría cualquier cosa con tal de escuchar una nota salir de sus labios. Se convertiría en la mujer más deseada y más querida. Y con eso pareció ser suficiente. Ahora solo le quedaba esperar a que el abuelo cumpliera su promesa y no cambiara de opinión en el último momento. «Lo hará por su nieta», se repetía una y otra vez. Lo tranquilizaba; sabía de sobra que por uno mismo quizás no se accediera a hacer tal cosa, pero por un nieto la gente era capaz de hacer lo que fuera.

Caronte se quedó tan conforme con esa actitud que ni siquiera pensó que en realidad el favor se lo estaba haciendo él. El señor estaba anclado a ese sistema del que formaba parte y que tanto detestaba. Sabía que seguiría dependiendo de las mentiras hasta que exhalara su último aliento y que vivía bajo la amenaza constante de Regina, a la que le daba un pánico terrible que él pudiera contar algunos de los secretos del sistema. Así que Caronte fue como una liberación, un ángel con traje de damascos verdes dispuesto a destrozar esa cadena que la tirana había forjado a fuego y que él no tenía la fuerza suficiente para romper.

También se había encargado de que la guardia del Liceo comprendiera que debía proteger a Osclan pasara lo que pasase. No les había contado demasiado, y tampoco hizo falta, porque sus hombres enseguida se pusieron en marcha y empezaron a idear un plan para mantener al chico a salvo; aunque no tuvieran ni idea de cuál era su enemigo. Caronte se conformó con eso. Sabía que el resto del trabajo lo haría Osclan. Él podría defenderse si alguien lo atacaba —«cuando alguien lo ataque», se corrigió—, pero, al menos, si tenía a la guardia de su lado, conseguiría ganar algo de tiempo.

Hizo llamar al servicio para que le trajeran una tila. La mujer que le atendió, acostumbrada a que sus gustos se inclinaran más hacia los licores que hacia las infusiones, levantó una ceja cuando escuchó la petición. Desde luego, la mirada que le dedicó Caronte le dejó claro que no era quién para juzgar sus gustos ni para entrometerse en sus asuntos, por lo que salió de allí a toda prisa para traerle cuanto antes la tila que había pedido. Tan solo tardó unos cinco minutos —según el reloj de Caronte, al que seguía sin dar un respiro— en volver a aparecer. Le dejó la bandeja de plata sobre una mesita y se marchó sin mediar ni una sola palabra. El hombre fue a darle las gracias, pero enseguida se lo pensó mejor. No era bueno que el servicio se acostumbrara a los buenos modales, era de los que pensaban que una vez que les dabas las mano, no tardaban en cogerte el brazo entero. Así que no se bajó de ese pedestal en el que estaba subido.

No pudo evitar emitir una mueca de asco cuando le dio el primer sorbo a la bebida. Era cierto que las infusiones y él jamás habían hecho buenas migas, pero en ese momento la necesitaba más que nunca. Decidió echarle unas cuantas cucharadas más de azúcar, que removió con ganas haciendo sonar la fina porcelana de la taza. Tenía la esperanza de que así supiera algo mejor, aunque pronto comprendió que las cosas amargas lo siguen siendo por muy edulcoradas que estén, solo que con una fachada más amable.

«Así es la vida», se dijo, un poco para justificar los actos que se estaban llevando a cabo en esos momentos y un poco para olvidarse de que se estaba tomando aquella cosa tan asquerosa. Estuvo tentado de echarle un chorrito de licor para aplacar el mal sabor y relajarse por partida doble, pero después se lo pensó mejor. En otra ocasión lo habría hecho, sin embargo, ese día necesitaba tener los sentidos al cien por cien. No podía dejarse llevar por sus extravagancias ni placeres, tenía que estar ahí por Osclan y por toda la gente que le importaba. Y también por él. Si algo salía mal, él sería el primero en acabar colgado de alguna soga en mitad de la plaza mayor de Vésticum, con Regina Rei como espectadora principal.

—Señor. —Llamaron a la puerta.

Los golpes fueron menos insistentes de lo normal porque Ulter, uno de sus hombres de confianza y que llevaba muchos años a su lado, se tomó la libertad de abrir y entrar en la habitación sin esperar a que Caronte se lo permitiera. Este, lejos de estar relajado por la tila —que todavía no le había hecho ningún efecto—, estuvo a punto de gritarle y ordenarle que saliera de sus aposentos de inmediato. Pero no lo hizo, porque algo en el rostro de Ulter le dijo que no le estaría molestando si no se tratara de un tema urgente.

—Pasa y cierra.

El hombre llevaba el sombrero del uniforme entre las manos, y no paraba de juguetear con él nervioso. El ala había perdido casi la forma por la fuerza con la que la estaba amasando.

—Habla —le ordenó Caronte al ver que Ulter no encontraba las palabras.

Primero pensó en Osclan, en que algo había ido mal, y aunque era lo más lógico, enseguida se dio cuenta de que no se trataba de eso. Podría ser Carey, que estuviera en peligro, o incluso… No, esa no era una posibilidad a contemplar. Estaba a salvo y en un lugar lejano, no había forma de que le hubiera pasado nada malo.

—Se trata de Aiden —dijo Ulter por fin. Tenía la boca tan reseca que su voz sonó como una madera siendo cortada por un serrucho—. Lo han asesinado.

La poca sangre que quedaba en el rostro de Caronte lo abandonó de inmediato. Se había quedado pálido y casi sin respiración. El hombre se acercó a él para asistirle y, tras preguntarle si necesitaba algo y recibir un «no» por respuesta, simplemente se quedó a su lado preparado para cogerle si perdía la estabilidad.

La muerte de Aiden era algo con lo que no contaba, pues se había olvidado por completo de que lo había mandado a Hastía para investigar sobre los avances de los fanáticos.

—¿Qué hay del chico? —preguntó cuando se acordó de que había mandado a uno de los novatos a esa misión, pensando en que le vendría bien conocer otro terreno bajo la protección de Aiden y sin contemplar en ningún momento aquel desenlace.

—Está aquí, en el Liceo. Consiguió escapar y no le persiguieron. Fue listo y cogió el primer carro que encontró y vino aquí directo. Ahora está en una de las salas comunes intentando superar todo lo que ha visto. Dice que no tuvieron ningún reparo ni piedad en asesinar a Aiden a sangre fría.

—Y, en cambio, a él lo dejaron vivir —dijo Caronte en un susurro, más para él que para que lo escuchara el soldado—. Querían que supiéramos que no van a parar. Han utilizado al chico como mensajero.

Ulter también había llegado a esa conclusión. Era lo más lógico.

—No te he preguntado, pero supongo que habrán sido los fanáticos.

—Eso creemos, sí, aunque no tenemos datos que nos lo confirmen, ya que no poseen una «firma».

—Sería demasiada casualidad que hubiera más grupos como ese. Y, sinceramente, espero que no tengamos que enfrentarnos a más, con uno tenemos bastante. Es increíble, están en todas partes…

Caronte se dio cuenta de que aquella teoría que había rechazado tantas veces se estaba convirtiendo en una realidad dolorosa y peligrosa a partes iguales.

—¿Se le ocurre alguna forma de pararles los pies? —No era normal que Ulter se entrometiera en aquellos asuntos, y mucho menos que se tomara esas confianzas con Caronte, pero le vio con tantas ganas de hablar que no pudo evitar saciar su curiosidad.

El hombre se llevó una mano al tabique de la nariz y se lo apretó con fuerza. Tal vez para descargar toda la rabia que sentía o tal vez para aliviar el incipiente dolor de cabeza que comenzaba a aparecer.

—Si te soy sincero, al principio estaba convencido de que eran cuatro locos que querían revolver un poco las cosas, pensé que serían episodios aleatorios sin la mayor importancia. No tenía ninguna duda de que con el paso de los días se calmarían y dejarían de llamar la atención al ver que no estaban consiguiendo nada con sus actos, pero visto lo visto... ya no sé qué pensar. Los altercados son cada vez más frecuentes y no dudan en derramar sangre en cuanto tienen la mínima oportunidad. Eso me preocupa.

—¿Cree que se detendrán?

—En absoluto. No una vez que ya han hecho el trabajo difícil.

Ulter se quedó en silencio, esperando a que Caronte le dieran una explicación.

—Se han puesto en el mapa —aclaró—, han conseguido que sepamos que existen y ahora nos están obligando a hacer algo al respecto. Esa era la tarea complicada. Ahora lo siguiente viene rodado.

—¿Y qué es lo siguiente?

Caronte cerró los ojos un momento. Aquello era demasiado. La misión de Osclan, el no saber dónde estaba Carey, las muertes que, poco a poco, se iban acumulando a sus pies. Sintió que le temblaban un poco las piernas cuando por fin consiguió hablar:

—Acabar con el Liceo.

CAPÍTULO 40

Eneas Lockwood
Vésticum, al sureste de Vestalia

Cuando vio el destello titilante de las farolas de Vésticum, su corazón pareció latir un poco más despacio, aunque Eneas no se sentiría a salvo del todo hasta que no cruzara la puerta del Liceo.

Lejos de relajarse, Carey se puso todavía más tensa. Sus hombros, erguidos, estaban tan cuadrados que recordaban a una postura militar. Eneas echó de menos la forma en la que ella se recostaba hacia atrás en el caballo, sobre su pecho. «Seguro que es por el cansancio», pensó la primera vez que lo hizo, aunque después se dijo que tal vez lo estuviera haciendo porque quería sentir su contacto.

El chico, a pesar de que estaba deseando llegar al destino, sabía que la magia de sentirla recostada contra él iba a desaparecer de inmediato; lo supo en cuanto vio aparecer la gran puerta que separaba la calle adoquinada de los jardines de Papillón, donde estaba el castillo de Brítacor. Henry estuvo a punto de vitorear y soltar algún chascarrillo, y, sin embargo, se quedó callado cuando se dio cuenta de que la tensión se podía cortar con un cuchillo. El rostro de Carey estaba tan serio que enseguida desvió la mirada, temeroso de encontrarse con la de la chica. Se había bajado del caballo y se dirigía con paso serio al palacio que la había visto crecer.

—Id a vuestras habitaciones.

—Pero yo no… —Henry se quedó con las palabras en los labios porque Carey, que acababa de ordenarle a un mozo que se encargara de que no le faltara de nada a los caballos, ya corría hacía la puerta.

—Será mejor que le hagamos caso. Puedes quedarte en mi cuarto —le propuso Eneas.

—No te preocupes, me las apañaré. Tú aprovecha para descansar.

En cambio, en cuanto se acercaron al castillo, los dos supieron que aquello no iba a ocurrir. Desde dentro salían gritos y el alboroto podía sentirse en el aire. Los chicos se miraron preocupados; no tenían ni idea de a qué se debía todo aquel jaleo. Supusieron que cuando entraran y siguieran las voces —que les llevaron al comedor principal del castillo— despejarían sus dudas, pero no fue así.

La estancia estaba repleta, no cabía ni una sola persona más. Y, al contrario de lo que podría parecer, ninguna de ellas estaba comiendo. Eran varios los que estaban subidos a las mesas gritando, mientras que otros intentaban poner orden. Algunos seguían sentados y trataban de escuchar lo que decían los más alborotadores y otros insistían en hablar por encima en un intento débil por hacerse escuchar.

—¿Qué está pasando? —le preguntó Eneas a una chica que estaba sentada en una de las últimas mesas. Su gesto le dejó claro que no le hacía ninguna gracia perderse ni una palabra de lo que estaba sucediendo.

—Han matado a uno de los nuestros, pero si me dejaras oír conseguiría enterarme de a quién.

Eneas miró a Henry preocupado: aquello olía mal, muy mal. Trató de encontrar a Carey, pero no la vio entre la multitud. «Estará con su padre», dedujo. Además, no sabía por qué, pero tenía la pequeña sensación de que si la chica estuviera allí el alboroto cesaría de inmediato.

—Avancemos, a ver si nos enteramos de algo más —propuso Henry.

Movidos por la curiosidad, anduvieron entre la gente, tratando de no llevarse ningún puñetazo de las decenas de puños en alto que había. Por fin, cuando creían que no se iban a enterar jamás de lo que estaba pasando, Eneas encontró una cara conocida y sonrió, porque si alguien sabía lo que estaba ocurriendo era ella. Magritte Dalvi.

—¡Magritte! —gritó mientras corría hacia ella. Henry lo siguió—. ¿Qué es todo esto?

La chica lo miró desde detrás de su rostro angelical marcado por el centenar de bucles oscuros que formaban su pelo. Antes de contestar, analizó a Henry, que enseguida se ruborizó ante el aleteo de pestañeos que le dedicó la chica.

—Hola, guapo.

Henry quiso decir algo, pero en vez de palabras soltó algo similar a un balbuceo que hizo que Magritte se riera por lo bajo.

—No te preocupes, conquistador —le dijo la chica mientras le colocaba el cuello de la camisa—. Eres… demasiado masculino para mi gusto.

Después de dedicarle un guiño, miró fijamente a Eneas y, cambiando de tono, como si no hubiera estado tonteando con Henry hacía unos segundos, dijo:

—Han matado a Aiden.

Eneas no supo qué decir. En un principio pensó que se estaba quedando con él, que estaba bromeando como hacía unos instantes, pero enseguida se dio cuenta de que aquello no era lo que estaba ocurriendo. Ojalá lo fuera.

—¿Cómo ha pasado?

Magritte le contó los pocos detalles que sabía, aunque a Eneas le habría encantado que se hubiera explayado más.

—Por eso se ha formado este revuelo —explicó—, porque queremos saber qué ha ocurrido. Estamos seguros de que algunos de los miembros del Liceo tienen información que no quieren compartir, así que a unos cuantos se les ocurrió la idea de montar este alboroto para ver si alguien abre la boca.

—¡Nos están matando! —gritó un chico que se había subido a una de las mesas—. Nos están matando y nadie nos explica qué pasa. Solo os pido que seáis sinceros y que nos habléis con claridad.

Eneas no comprendía a quién se estaba dirigiendo, al fin y al cabo, todos eran trabajadores del Liceo que no tenían contacto con las altas esferas, ¿no? Sin embargo, se acordó de que Aiden ayudaba a los chicos en sus primeras misiones y se encargaba de reclutar a los nuevos, así que lo más probable era que hubiera más como él. Y estaba claro que, si alguien sabía algo, debían de ser los que pertenecieran a ese grupo. Sí, eso tenía sentido.

Entonces, se instaló un silencio en la sala que le heló la sangre. Giró la cabeza hacia la entrada y vio que tres personas habían irrumpido en el comedor. Una era Caronte; otra, Carey, y la tercera, al principio no consiguió identificarlo, pero enseguida se acordó de él.

—Tobyas Jhonson —susurró. Su rostro en nada se parecía al que había visto en aquella primera clase. Estaba destrozado, como si fuera un muerto en vida. Ni siquiera era capaz de andar en condiciones: tan solo arrastraba los pies guiado por una Carey de gesto serio y amenazador.

Esperó una repuesta por parte de Magritte, algo que le explicara por qué el chico iba detrás del jefe del Liceo con cara de haber visto un fantasma, pero ella parecía tan confundida como él.

Carey lo localizó enseguida y, cogiendo del brazo a Tobyas, se dirigió hacia los bancos donde estaba sentado.

Tobyas estaba tan pálido que parecía que las pecas que adornaban su rostro las había pintado algún pintor aburrido que se había dedicado a salpicarle sin ningún cuidado. Tenía la cara desencajada y, por el gesto que no podía reprimir, Eneas pensó que estaba a punto de vomitar.

Buscó a Carey con la esperanza de que arrojara un poco de luz a aquella situación, pero esta estaba tan concentrada escudriñando a Magritte que parecía que ni siquiera había reparado en la presencia del chico. No supo identificar muy bien qué había en ese gesto, pero no le gustó en absoluto. Magritte tampoco se quedó atrás y aceptó el reto que Carey le proponía con la mirada, incluso se cruzó de brazos para dejar claro que no se iba a amedrentar frente a ella. Eneas no comprendía a qué venía esa rivalidad, pero al no tener ocasión de preguntar, supuso que se trataba de un pulso de egos, ya que las dos chicas los tenían inmensos.

Eneas no sabía si a Carey le había dado tiempo a contarle a su padre lo que había ocurrido, no sabía hasta qué punto el jefe del Liceo estaba informado de que su querida hija y él habían estado al borde de la muerte. Y el análisis que hizo del rostro del hombre tampoco le dio más información de la que tenía, así que decidió guardar silencio y esperar a que hablara.

—Me han comentado que estabais de cháchara y he decidido pasarme a ver qué era eso tan interesante que teníais que contar —Caronte se hizo oír en todo el comedor sin necesidad siquiera de alzar la voz.

Todo el mundo guardó silencio. La sola presencia del hombre bastaba para conseguir ese efecto, pero cuando hablaba de aquella manera era como estar en mitad de un cementerio con la luna llena como único testigo.

—¿Ahora no habláis?

Eneas miró a su alrededor y comprobó que las cabezas gachas era lo que predominaba entre los presentes. Él decidió imitarlos, aunque esperaba que Carey se apiadara de él si Caronte le hacía intervenir y evitara que tuviera que hablar delante de tanta gente.

Para sorpresa de todos, el jefe del Liceo se dirigió a la parte principal del comedor, esa que tenía una pequeña tarima que hacía las veces de escenario cuando algún artista acudía a amenizar una de las veladas. Qué lejos parecían haber quedado esos días. Se subió y las maderas crujieron bajo su peso, cosa que no le inmutó en absoluto. Eneas pensó que era la clase de persona a la que no le afectaría que el mundo se derrumbara a su alrededor, él seguiría con su pose regia y su rostro serio y desafiante.

—Os pido, por favor, que os sentéis —dijo después de unos segundos.

La gente obedeció de inmediato. El silencio y la tensión que había en el comedor podían masticarse, y eso le produjo a Eneas un escalofrío que le corrió todo el cuerpo.

—Muy bien, ahora que ya estamos dispuestos a comportarnos como personas civilizadas, vamos a hablar como tales. No sé qué habéis oído o dejado de oír, pero quiero que esta sea la última vez que os comportáis como unos salvajes que jamás han vivido en sociedad.

»Sé que estáis asustados —decidió adoptar un tono más conciliador, e incluso relajó un poco la expresión seria de sus ojos—, y que no sabéis qué está pasando. Sin embargo, la solución a ese problema jamás será armar el alboroto que acabo de presenciar. Estáis trabajando. Para mí —especificó, por si a alguien le hacía falta—. Y soy muy consciente de que tengo que poneros al día de las cosas que van sucediendo. Al igual que deberíais serlo vosotros de que jamás os ocultaré nada de lo que ocurra que pueda afectar al Liceo directa o indirectamente.

Se colocó el chaleco gris con detalles verde botella para enfatizar mucho más esa pausa dramática que, sin duda, estaba haciendo a propósito. Después se peinó el cabello entrecano con una mano. Cuando consiguió el efecto que quería (que los allí presentes contuvieran, aún más, la respiración), continuó:

—Pues bien, dicho esto, os confirmaré que lo que habéis oído es cierto: Aiden ha sido asesinado. Y hace unos días sufrimos un ataque parecido solo que la persona que murió no pertenecía al Liceo. Pero la bala llevaba nuestro nombre.

—¿Quién es el responsable?

Si el silencio que había se podía cortar con un cuchillo, cuando alguien se atrevió a hablar esa sensación se multiplicó hasta niveles inimaginables. Caronte examinó las mesas hasta dar con la persona que había alzado la voz, y después sonrió de medio lado. «Tenemos un valiente entre las filas», pensó.

—Los fanáticos —dijo sin más rodeos.

Un murmullo generalizado se extendió por el comedor. La gente, nerviosa, comenzó a hablar con las personas más cercanas en busca de comprensión, pero a Caronte no le hizo demasiada gracia que se rompiera esa tensión que había creado con su mera presencia.

—Os pediría que siguierais comportándoos como personas civilizadas. —Se aclaró la garganta para dar más énfasis a sus palabras—. Sé que estáis nerviosos, yo también lo estaría si tuviera que seguir haciendo mi trabajo y supiera que cualquier día puedo no volver a mi hogar. —Quiso decirles que, en realidad, ya estaba en esa posición, pero en el último momento se lo pensó mejor. Si se enteraban de que él estaba en peligro no se quería ni imaginar el pánico que se apoderaría de ellos—. Sin embargo, no podemos dejar que eso nos detenga, tenemos que seguir desempeñando nuestra labor como hasta ahora, solo os pido que tengáis un poco más de cuidado.

—¿Y cómo se supone que tendremos ese cuidado si hay unos locos que quieren matarnos?

Otra pregunta oportuna en el momento oportuno.

—En realidad, no sé si calificarlos de «locos» es lo más adecuado —dijo pensativo—. En un principio sí que creímos que era algún desquiciado que quería divertirse un rato, pero nos están demostrando que saben lo que hacen. Tenemos la teoría de que es gente organizada que no actúa al azar. Eso, por una parte, los hace menos peligrosos, ya que si siguen un plan y llegará un momento en el que podremos ir un paso por delante.

»Y, en cuanto a tu pregunta —se dirigió a la chica que había tenido la osadía de hablar—, tendréis que tener mil ojos cuando vayáis a llevar a cabo vuestras misiones. Y atacar si lo veis necesario. A partir de ahora, todos vosotros iréis armados y os defenderéis a la menor duda.

Lo más lógico habría sido que otro murmullo generalizado se extendiera por la sala, en cambio, lo único que se instaló entre aquellas paredes fue un silencio helador.

Eneas miró a su alrededor y descubrió que en los rostros de sus compañeros se podía leer de todo un poco: los había que parecían estar encantados con esa medida y otros, como él, a los que no les hacía demasiada gracia llevar un arma, y mucho menos tener que usarla contra alguien. ¿Y si disparaban a la persona equivocada? ¿Y si entraban en un estado de alteración que les hiciera pensar que todo aquel que les siguiera por la calle lo hacía con la intención de hacerles daño?

Un chico, que se había quedado tan pálido que parecía que se iba a desmayar allí mismo, se levantó de su sitio y se dirigió a la puerta principal. Si lo hubiera hecho con decisión quizás hubiera pasado más desapercibido, pero al estar tan nervioso —se chocó contra un banco de madera y el estrépito resonó contra las paredes—, lo único que consiguió fue que cientos de ojos se clavaran en él.

—¿A dónde te crees que vas? —le preguntó Caronte antes de que pudiera salir de la sala.

El joven miró a su alrededor y se inquietó todavía más al comprobar que había tanta gente pendiente de él. Titubeó y se rascó el cuello en un gesto nervioso.

—Abandono —dijo por fin.

Si Eneas no hubiera tratado con Caronte, en ese momento habría pensado que el hombre se estaba apiadando de él. Al fin y al cabo, el pobre estaba tan asustado que era normal que reaccionara de aquella manera. Sin embargo, algo en el gesto del jefe del Liceo le hizo saber que ese muchacho no iba a tener un buen final.

Caronte miró a uno de sus guardias y asintió, tan levemente que nadie que no fuera él se habría dado cuenta de ese gesto. El escolta, decidido, fue donde estaba el chico y lo cogió por el brazo.

—Acompáñame —le ordenó.

El chico dudó. Miró a Caronte y después al guardia.

—No… Yo… Quiero irme, abandono.

—No te preocupes —dijo el hombre mientras le agarraba con más fuerza todavía—, yo te ayudaré a abandonar.

CAPÍTULO 41

Eneas Lockwood
Vésticum, al sureste de Vestalia

Eneas estaba seguro de que si las sombras pudieran caminar lo harían como lo había hecho Caronte al abandonar el comedor del castillo: de una forma firme, silenciosa y con tanta seguridad que nadie se atrevió a dirigirle la palabra.

—¿Qué acaba de ocurrir? —Magritte se giró hacia él y clavó los ojos en los de Eneas.

Fue inevitable que al chico le recorriera un escalofrío de arriba abajo. Odiaba lo diabólicos que eran esos ojos y lo bien escondidos que estaban debajo de ese rostro bondadoso que parecía engañar a todo aquel que se asomaba a él.

Tobyas seguía sin ser capaz de decir ni una sola palabra y Carey se había levantado para irse. Eneas tuvo el valor de alargar la mano y sujetar el brazo de la chica.

—Tenemos que hablar —le susurró.

No lo hizo lo suficientemente bajo como para que Magritte, que no había perdido detalle de lo que acababa de ocurrir, levantara una ceja y soltara un silbidito.

—Así que para esto sirven las misiones —dijo con un tono condescendiente—. A mí me dejan aquí encerrada y a Tobyas lo mandan a una misión suicida mientras que vosotros dos vais de tortolitos como si el Liceo no se estuviera desmoronando.

A Eneas no le dio tiempo a decir nada, aunque tampoco habría sabido elegir cuáles eran las palabras que evitaran que Carey se encarase a Magritte como lo estaba haciendo en esos momentos.

—Ponte de pie —le ordenó.

Magritte la miró desafiante, y al final accedió. Carey era muchísimo más alta que ella, le sacaba casi dos cabezas, habría dicho Eneas, y eso que la más bajita llevaba unos tacones con los que parecía imposible mantener el equilibrio. Desde esa altura, Carey intimidaba muchísimo más y no pasaba desapercibida la seguridad innata que emanaba de ella. Como si desde bien pequeña le hubieran enseñado que no había nada más valioso en el mundo que ella misma.

—No tengo la más mínima idea de quién te crees que eres —le dijo con tono sosegado, pero dejando claro que allí la que mandaba era ella—, ni por qué te atreves a hablarme así. Pero solo te voy a decir una cosa: ese tipo de chascarrillos, bastante anticuados y poco originales para mi gusto, te van a salir más caro de lo que te puedas llegar a imaginar. De momento, te has ganado dos semanas limpiando las caballerizas. Nada de misiones ni de gratificaciones.

—Pero…

—¿Acaso me has visto cara de aceptar alguna excusa? —Carey salvó la distancia que había entre ellas y se puso más encima de Magritte, si es que eso era posible—. Ahora, sal de mi vista de inmediato.

La chica quiso replicar, y estuvo a punto de hacerlo, pero en el último momento pareció que una ráfaga de cordura la invadió de repente porque decidió agachar la cabeza y salir del comedor. Tal vez fue eso o que el gesto de Carey seguía igual de furioso e impasible. Eneas juraría que lo hizo sollozando, pero con los aspavientos con los que se movía Magritte no supo si su teoría era cierta o no.

—¿Y tú qué haces todavía aquí? —se dirigió a Tobyas, que dio tal salto en el asiento que casi se cayó al suelo—. Vete a descansar a tu habitación ahora mismo. Y ni se te ocurra ir detrás de esa señorita —le dijo cuando se dio cuenta de sus intenciones—, ni tú tienes nada que hacer con ella, ni ella se merece que nadie la persiga por los pasillos. Cuanto más te alejes de ella, mejor.

Tobyas asintió con timidez y se fue a lo que supusieron que era su cuarto. «¿Tobyas siente algo por Magritte?», se preguntó Eneas. Anotó en esa lista mental (en la que ya pocas cosas cabían) que tenía que hablar con él cuando coincidieran un momento a solas. Su compañero le caía bien y tenía la sensación de que se encontraba tan perdido en el Liceo como él lo había estado hacía unos días. Se sorprendió a sí mismo pensando en pasado, como si esa racha en la que sentía que no pertenecía al castillo hubiera sido un mal sueño ocurrido hacía mucho tiempo. ¿Cuándo había cambiado esa sensación?

—No te fíes de esa sabandija —le dijo Carey a Eneas cuando los otros dos se marcharon—. La conozco mejor de lo que me gustaría y nunca trama nada bueno. Es una entrometida y una caprichosa; además, sin escrúpulos. Hace lo necesario para conseguir lo que quiere, así que ándate con ojo.

Eneas asintió; le habría encantado saber cuál era la historia que se escondía detrás de esa advertencia, pero no le hizo falta ver el rostro impasible de Carey para darse cuenta de que no estaba dispuesta a compartirla, al menos por ahora.

—Bueno, creo que es hora de descansar un poco los ojos. —Henry notó que aquella situación pertenecía a dos personas, y él no era una de ellas. Así que se levantó y salió del comedor en busca de alguien que se apiadara de él y le dejara una habitación para dormir.

—¿Has hablado con…?

Eneas no pudo terminar la frase porque la mirada que le echó Carey se llevó sus palabras de tal forma que se olvidó hasta de lo que iba a decir.

—Lo entiendo, no es el momento.

—Exacto. Venga, vayamos a dar una vuelta, necesito despejarme.

Era tal la oscuridad que reinaba en el exterior que nadie se habría atrevido a afirmar que el calendario vaticinaba luna llena y, a pesar de ello, allí estaba, en mitad del cielo, conquistando la noche calmada y siendo testigo de lo que bajo ella iba a ocurrir.

—Vamos a hacer un trato —dijo Carey mientras tocaba de forma distraída un helecho que crecía frondoso junto al camino—, vamos a hacer que esta noche sea solo nuestra. Olvidémonos de mi padre, de los fanáticos y de todo lo que ha ocurrido estos últimos días. Sé que quizás sea pedirte demasiado, dado que has estado a punto de morir, pero necesito pensar durante horas como pensaría… una chica normal.

Eneas se dio cuenta entonces de lo complicada que había tenido que ser la vida de Carey. Él no había vivido rodeado de grandes lujos y tal vez se había cogido alguna pataleta por no haber conseguido todos los cuadernos de dibujo que quería, pero si echaba la vista atrás se encontraba con que había tenido una infancia feliz que no cambiaría por nada en absoluto. En su lugar, Carey había tenido que ser la hija del jefe del Liceo desde el mismo instante en el que nació. Llevar el apellido Regminton le habría abierto muchas puertas y también cerrado otras tantas. «Cada uno forja su destino cuando empieza a respirar», se recordó Eneas, unas palabras que su madre le había repetido unas cuantas veces y que no quería que se le olvidaran. Y el de Carey estaba forjado a base de mentiras y de ser una hija que jamás sería lo suficiente para su padre, por mucho que se esforzara.

No había tenido la oportunidad de elegir, y eso era lo peor que le podía pasar a un ser humano.

—Cuando era pequeña —empezó a hablar la chica haciendo que Eneas saliera de su ensimismamiento— me encantaba venir aquí. Era muy difícil, pero cuando conseguía escapar de mis doncellas, cogía una manta y mi almohadón de plumas favorito y jugaba a ser una princesa fugitiva que dormía en el jardín tratando de huir de los malos.

—¿Y no te congelabas? —preguntó Eneas mientras, de la forma más disimulada que pudo, rozaba uno de sus dedos—. Aquí las noches parecen ser frescas y dormir a la intemperie, y más siendo una niña, no me parece la idea más sensata.

El chico, aunque sí que había pensado en las posibles heladas, en realidad, no podía parar de imaginarse a los cientos de serpientes que vivían allí —o, al menos, eso le había dicho Aiden— reptando por el cuerpo de Carey mientras esta dormía. El estómago le dio un vuelco al pensar en él, en su barba excéntrica, en sus ojos rojos, en la manera en que lo embaucó para acabar en Vésticum.

—A veces el orgullo es más potente que cualquier temperatura, por baja que sea. El mero hecho de tumbarme aquí, entre estos arbustos y delante de la fuente, sin que nadie lo supiera, para mí era la victoria más grande que podía conseguir a esa edad.

Carey, de forma menos distraída de la que había demostrado Eneas y con bastante más decisión, tomó la mano del chico con fuerza.

—¿Y… y por qué necesitabas eso? —Más le valía concentrarse en la conversación si no quería abalanzarse sobre ella y…

—Pues porque estaba controlada todo el día. No había ni un solo segundo en el que no tuviera a una doncella o maestro detrás. Era tan agobiante que me asfixiaba. Para que te hagas una idea, no conseguí asearme sola hasta que no cumplí los catorce; siempre era una sirvienta la que se encargaba de llenarme la bañera y frotarme el pelo.

»Así que supongo que la primera ocasión en la que conseguí sortear esa seguridad y sumergirme en la oscuridad de la noche con la única compañía de la manta y el almohadón, sentí que era posible, que algún día conseguiría ser libre.

Eneas la escuchaba con atención. Si hacía memoria, esa era la primera vez en la que había hablado con ella de verdad, de corazón. A pesar de que la iba conociendo cada día un poquito más, a veces tenía la sensación de que Carey vivía en una torre difícil de escalar, una torre que la separaba del resto de los mortales y que hacía que todos los que la miraban pensaran en ella como en un ser etéreo; casi divino, se atrevería a decir.

—¿Ganaste más batallas? —preguntó. Su mano, ahora más atrevida, acariciaba el brazo de la chica arriba y abajo con suavidad.

—Por supuesto —respondió con orgullo—, como el día que decidí cortarme el pelo.

Eneas elevó una ceja mientras se imaginaba a Carey con una melena castaña larga y frondosa.

—No pongas esa cara —se rio la chica—, a mi padre le gustaba que llevara el pelo largo. Decía que me hacía más... femenina. Pero yo estaba cansada de que se me enredara y de tener que aguantar todas las noches los tirones de las doncellas que trataban de que cada mechón volviera a su sitio. Así que un día cogí unas tijeras y no hubo vuelta atrás. —Hizo una pausa que aprovechó para mover su media melena hacia un lado y otro, mostrando las ondas escondidas que hacían que tuviera tanto volumen—. Aunque luego tuve que ir a un salón de belleza para que arreglaran el desastre que me había hecho, claro. Y tú, ¿qué batallas has ganado?

Esa pregunta le pilló por sorpresa. Por su cabeza pasaron muchísimas escenas vividas a lo largo de su vida, como aquella vez en la que consiguió intercambiar uno de los bollos de mantequilla de su padre por una flauta dulce hecha de madera. Claus se enfadó muchísimo porque le había dicho de forma muy tajante que debía volver a casa con algo de pescado, que no debía haberlo gastado en un capricho tonto que pasaría al olvido en cuestión de días. Eneas se enfadó mucho, porque él aseguraba una y otra vez que la flauta era lo que más quería en la vida y que la tocaría cada día de entonces en adelante. Sin embargo, Claus tenía razón. El aburrimiento o la curiosidad por otra cosa provocaron que Eneas olvidara esa afición enseguida.

—Tal vez... —dijo después de darle unas cuantas vueltas. No le contaría lo de la flauta, pero tenía algo de lo que sí que se sentía orgulloso, una batalla ganada de verdad—. Creo que no te lo he contado nunca, pero antes de formar parte del Liceo yo vivía con mis padres en Selán. Mi madre estaba muy enferma y cada día podíamos ver cómo la muerte la iba reclamando poco a poco. Mi padre se negaba a mentir para conseguir medicinas, además, era muy estricto en ese sentido, así que un día decidí ser yo el que llevara las medicinas a casa. Mentí, siendo menor y sabiendo que estaba arriesgando mi futuro por mi madre.

—¿Y qué pasó? ¿Se cumplió la mentira? —preguntó Carey, que lo escuchaba con atención. En aquel momento, nada podía impedir que Eneas fuera el centro de atención, ni siquiera el constante ruido de los grillos o el sonido de los árboles al mecerse con el viento.

—La verdad es que no lo sé. Le he dado muchas vueltas a este tema y la respuesta es esa: no lo sé. Obtuvimos las medicinas y curaron a mi madre al instante. Sin embargo, alguien irrumpió en la casa, alguien oculto bajo una máscara de gato, y no dudó ni un segundo en matar a mis padres y en perseguirme a mí. Justo después conocí a Aiden; el resto de la historia ya te la sabes. Y no te puedo engañar, desde el mismo instante en el que conseguí escapar me prometí a mí mismo que acabaría con el asesino de mis padres con mis propias manos.

El rostro de Carey cambió de color, aunque Eneas casi no se dio cuenta porque en ese momento se abalanzó sobre ella para besarla. Y tuvo que hacer eso: abalanzarse, porque de otra forma no hubiera sacado el valor suficiente para hacer aquello que tanto tiempo llevaba deseando. Por un segundo, un solo segundo, sintió que Carey se iba a retirar y le iba a negar el beso, y aquello lo habría matado, si no de decepción, de vergüenza. Pero ese segundo —aunque eterno—, pasó, y Eneas se sorprendió siendo correspondiendo por aquella chica de pelo de seda y ojos del color del hielo.

Fue un beso delicado y pasional a la vez. Nacido del deseo de dos personas que se convertían en una cuando estaban juntas y que removía sentimientos que les parecían desconocidos hasta la fecha.

—Esta también es una batalla ganada —dijo en un susurro cuando encontró la fuerza de voluntad necesaria para separarse de ella, lo justo para que sus labios ya no se rozaran.

Carey sonrió, pero fue una sonrisa demasiado triste como para haberla emitido después de un beso como aquel, o eso creía Eneas, que no pudo evitar pensar que debía de haber sido un beso pésimo y para nada a la altura de lo que la chica esperaría.

—¿He hecho algo mal? —preguntó—. Yo… tendría que haber preguntado antes, tendría que haberte pedido permiso para besarte, siento si te he incomodado, no pretendía…

Carey le puso un dedo en los labios para que guardara silencio.

—No es eso, tenías permiso para besarme.

—¿Entonces?

No supo cómo, pero Eneas pudo leer en los ojos de Carey que algo no iba bien, y que, al menos esa vez, no era por su culpa. Eso le dolió en el alma porque, aunque hacía poco tiempo que se conocían, sentía que tenían la confianza suficiente como para contarse ese tipo de cosas. Si Carey tenía algo en la cabeza que no le dejaba ser ella misma, que no le permitía disfrutar ni siquiera de ese primer beso, Eneas quería saber de qué se trataba.

—No puedo decírtelo —el tono de Carey fue tajante, como una guillotina cayendo sin permiso y sin vuelta atrás—. Si te lo dijera jamás volverías a besarme como lo has hecho.

CAPÍTULO 42

Hamica Clayton
Incaté, al sur de Vestalia

El silencio se apoderó del grupo. Después de haber acabado con la vida de aquel mentiroso habría sido lógico que la felicidad les acompañara en el camino de vuelta a casa, sin embargo, perder a Lantio había sido un golpe muy duro, tanto que no importaban en absoluto las altas probabilidades de que ocurriera.

Decidieron hacer una parada en Incaté, como necesitaban algunas provisiones aprovecharían el viaje. Vivir en el desierto no era nada sencillo, y menos cuando no había por allí cerca gente con la que realizar intercambios. Por eso de vez en cuando se acercaban a la ciudad para hacerse con telas y velas.

Hamica no supo cómo tomarse aquello de ir a su antigua ciudad, esa a la que, por mucho que se había esforzado, jamás terminó de llamar «hogar». Tenía miedo de encontrarse a sus padres o a alguna de sus hermanas. Incluso a Gruta, la que fue su mejor amiga. No, aquello no podía suceder, debía mantener su identidad a salvo costara lo que costase. Si alguien de la ciudad la reconocía y sus padres se enteraban de que se había unido a aquella gente… Sacudió la cabeza, no quería ni pensar qué pasaría. Así que agachó la cabeza y se la cubrió como pudo con la capucha de su capa. También se cercioró de que su pelo quedaba bien escondido y de que no llevaba ningún adorno que pudiera delatarla. Por eso se guardó el colgante, ya que sobre las ropas de color crema llamaba mucho la atención. Lo sintió junto a su piel y, de haber sido posible, Hamica habría jurado que le quemaba con el contacto. Supuso que era casi una metáfora de su pasado: confuso y doloroso.

El corazón le dio un vuelco al pensar en la que un día fue su familia. ¿Qué sería de ellos? ¿La habrían echado de menos? ¿La habrían buscado? ¿O, tal vez, habrían continuado con sus vidas como si nada? Hamica sopesó las diferentes respuestas que rondaban por su mente y al final decidió apartarlas todas: prefería no saberlo. Estaba segura de que la verdad la mataría, por irónico que sonara.

Anduvieron por las calles de Incaté mientras se deleitaban con los olores de los puestos de comida callejeros. Era algo muy típico de aquel lugar y sorprendía tanto a los visitantes que estos acababan dando cualquier cosa a cambio de una buena ración. Hamica no podía negar que era una idea excelente, y no solo para los forasteros que pudieran acabar en la ciudad del desierto, sino también porque eso ayudaba a muchas familias, quizás dedicadas al completo a mantener sus trabajos, que no tuvieran casi tiempo de preparar un plato caliente para comer. De esta forma, cualquiera podía deleitarse con algún manjar local a cambio de algo insignificante.

Estuvo tentada de acudir al puesto del señor Benelite, que hacía unas bolas de carne en salsa de mango exquisitas. «Muchísimo mejores que las de mi madre», pensó, aunque con más añoranza de la que le habría gustado. Sin embargo, pronto se dio cuenta de que no tenía nada para intercambiar. Lo único que llevaba encima era la capa (que ya empezaba a estar un poco raída) y la ropa ancha que vestía debajo. Y el colgante, pero eso ni siquiera era una opción, jamás se desprendería de él. Aunque siempre había tenido la sensación de que no pertenecía al lugar donde había nacido, en el fondo era imposible no reconocer que había empezado a encontrar a su verdadero yo entre aquel terreno arenoso.

—¿Cómo vamos a conseguir intercambios? —preguntó, más para acallar esa voz interior que no cesaba que para saciar su curiosidad.

—Tú no te preocupes por eso —contestó Carl con seguridad—. Aquí somos viejos conocidos y siempre sabemos dónde ir.

Hamica alzó una ceja, no entendía muy bien qué quería decir y aquello no había sonado demasiado bien.

—No pienses mal. —La mirada de la chica le dijo a Carl todo lo que necesitaba saber—. No robamos.

—Oh, no, no estaba pensando en eso.

Ambos sabían que era mentira. Era lo primero que se le había pasado por la cabeza, ya que eso explicaría muy bien de dónde habían conseguido todo lo que tenían en el asentamiento. Se acordó de las innumerables cajas de madera que había visto en aquella tienda de campaña y cuyo contenido desconocía.

—Son muchos los que nos apoyan —dijo el hombre en un susurro—. Tenemos gente repartida por toda Vestalia, algunos siguen la lucha desde sus propias casas, sin necesidad de vivir en el asentamiento. Saben quiénes somos y a qué nos dedicamos, así que nos guardan provisiones y con eso vamos saliendo adelante.

—¿Vivís de la caridad? —Carey lo miró extrañada. Recordó una de las primeras conversaciones que habían tenido, aquella en la que Carl le explicó cómo funcionaba el asentamiento, y en ningún momento dijo que vivieran de la pena que otros sentían por ellos.

—No es caridad si ellos apoyan la misma causa que nosotros.

Entonces Hamica lo terminó de comprender: no estaban solos. No eran los únicos que luchaban para derrocar el sistema de las mentiras, solo que algunos lo hacían desde las sombras. Si le hubieran preguntado hacía unas semanas —o, incluso, un día—, habría dicho que eso era de ser unos cobardes. Que quien quisiera acabar con la Gobernacía debía hacerlo como ella: dando la cara y luchando. Pero después de ver morir a Lantio y, sobre todo, aunque muy a su pesar, después de ver lo complicado que era apretar el gatillo para matar al enemigo, lo comprendía perfectamente.

—Sin ellos no somos nada —comentó Carl como si pudiera leer la mente de la chica—. Nos ayudan a salir adelante. ¿Te creías de verdad que era tan fácil sobrevivir en un desierto?

—Yo…

—No pasa nada —se rio—, es normal. Hay muchas cosas en las que no has reparado y en las que ya tendrás tiempo de pensar. Pero, de momento, con que seas consciente de que no somos unos cuantos locos que no sabemos qué hacer para matar el aburrimiento, me sirve.

Hamica le iba a decir que no pensaba eso y que, de hecho, admiraba muchísimo todo lo que habían organizado. Desde luego, ella no habría sabido ni por dónde empezar si hubiera tenido que estar al mando del asentamiento. Y estaba segura de que todavía había una lista infinita de información que desconocía y que, con un poco de suerte, iría descubriendo poco a poco.

El gesto que puso Dorothia hizo que tuviera que abandonar a la fuerza sus pensamientos. Siempre tenía el rostro adusto, firme, pero en aquella ocasión Hamica pudo leer algo en él que hasta ese momento no había visto: un odio tan profundo que hizo que un escalofrío le recorriera el cuerpo de arriba abajo.

Siguió su mirada para comprender qué era lo que había hecho a Dorothia enfurecerse de aquella manera y se dio cuenta de que habían llegado a la puerta del auditorio de Incaté. El zepelín que años atrás se estrelló y que dio paso a uno de los auditorios más increíbles de toda Vestalia se levantaba ante ellos imponente.

La chica siempre había pensado que ese sitio tenía algún tipo de atracción que no podía explicar. El solo hecho de que la ciudad se erigiera a su alrededor ya demostraba la importancia de aquel lugar; pero la persuasión iba mucho más allá: las formas redondas de su estructura invitaban a entrar y curiosear su interior, los colores, que en su día fueron vivos y llamativos, desprendían una tristeza que era imposible no admirar. Era como si todo el conjunto estuviera diseñado para que las personas que pasaran por su lado tuvieran la necesidad de entrar y hacer uso de sus áureos.

Hamica jamás había mentido, pero conocía a gente que sí que lo había hecho, gente muy cercana. Recordó una vez en la que acompañó a una pequeñísima Gruta y a la madre de esta al auditorio. La mujer necesitaba mentir para conseguirle a su hija una de esas muñecas de porcelana que tan de moda se habían puesto, algo imposible de encontrar en el mercado de Incaté. A Hamica se le quedó grabada la expresión de su amiga al escuchar a su madre mentir. Por un instante, creyó ver en ella el arrepentimiento del que sabía que estaba haciendo algo mal, sin embargo, cuando su madre pronunció las palabras «muñeca de porcelana», pareció olvidarse de que, para conseguirla, un tal Semprus Minter estaba a punto de perder la mano en la fragua en la que trabajaba. Hamica estaba segura de que Gruta ni siquiera recordaba el nombre a esas alturas; en cambio, ella no había podido sacárselo de la cabeza. Aunque no compartía esa forma de pensar, la echaba de menos. Era su amiga. Su mejor amiga. La única que se había preocupado por comprenderla a pesar de ser tan diferentes.

—¿Qué te ocurre, Dorothia? ¿Estás bien? —decidió acercarse a la mujer y ponerle la mano en el brazo para intentar tener algo de contacto con ella. Estaba tan roja y apretaba tanto la mandíbula que parecía que le iba a salir humo por las orejas.

Pero Dorothia, lejos de agradecer el gesto de Hamica, le retiró la mano y se la sujetó con fuerza, tanto que la chica comenzó a notar que le fallaba la circulación.

—Eh, ya basta —intervino Carl, que se había dado cuenta de lo que estaba ocurriendo—. Suéltala de inmediato.

Dorothia pareció reaccionar durante unos segundos, y dejó caer la mano de la chica sin ningún tipo de delicadeza por su parte.

—Céntrate —le volvió a ordenar cuando se dio cuenta de que seguía con la mirada clavada en el auditorio—. No hemos venido aquí para esto. Necesitamos provisiones y eso es lo que vamos a conseguir. Ya tendremos tiempo para…

Las palabras se quedaron colgando de sus labios. Dorothia, como movida por unos hilos invisibles que hacían que fuera una marioneta guiada por otra persona, avanzaba con paso firme hacia la puerta del auditorio, de donde salían varias personas riendo y charlando.

A Hamica no le dio tiempo a comprender qué estaba pasando cuando Carl le agarró del brazo y la arrastró en contra de su voluntad.

Entre forcejeos y gritos, Hamica trató de deshacerse del hombre. Quería saber qué estaba ocurriendo con Dorothia, quería comprender por qué había salido disparada hacia el auditorio con aquella cara de horror. Quería saber qué iba a hacer. Aunque, en el fondo, ya lo sabía. No le cabía la menor duda de que Dorothia iba a hacerlo: iba a sacar su pistola y a disparar a todas aquellas personas que salían de las instalaciones después de haber mentido. Iba a llevar a cabo su pequeña venganza personal sin importar las consecuencias y sin importar que aquello no estuviera en los planes.

Carl no le dio la oportunidad de mirar y tampoco acudió a ayudar a su compañera, si es que necesitaba ayuda. Sabía que había forjado su destino en el mismo momento en el que había cruzado las puertas del auditorio, y por nada del mundo iba a permitir que una de esas balas se acercara lo más mínimo a Hamica, por lo que tiró de ella sin darle la oportunidad de dudar.

Y, aun así, entre el jaleo que se formó de repente, los tirones de Carl, los gritos de la gente, las amenazas y los ruegos, Hamica pudo distinguir una voz que hizo que su corazón se helara como si estuviera esculpido en un glaciar.

Habría reconocido aquella voz en cualquier rincón de Vestalia. Era la única que se había preocupado por recordarle una y otra vez cuál era su lugar en el mundo.

Gruta.

Gruta estaba gritando.

Gruta pedía ayuda.

No escuchó nada más, aparte de una ráfaga de disparos que duró más de lo que cualquier ráfaga debería durar.

El olor de la pólvora llegó hasta ella movido por el viento cambiante de Incaté. Y entonces las tripas le dieron un vuelco. No era la primera vez que olía aquello. La pólvora... la había olido antes, de una manera muy intensa, tanto que le había hecho tener que taparse la nariz. No podía ser, no era posible. Su mente empezó a atar cabos, y no le gustó nada en absoluto.

Los gritos lo inundaron todo, hasta los pensamientos más profundos de Hamica que, confusa, no terminaba de comprender lo que estaba ocurriendo en esos instantes. O es que tal vez no quería comprenderlo.

Carl la agarró con más fuerza y clavó sus ojos negros en los de ella. Esa mirada le dijo todo lo que necesitaba saber: tenían que huir de allí de inmediato.

Sin embargo, en un arrebato de valentía, se permitió volver la cabeza y mirar hacia atrás. Aunque no tendría que haberlo hecho, ya que aquellos cuerpos cubiertos de sangre que yacían en el suelo formarían parte de sus peores pesadillas durante mucho tiempo. Sobre todo el de Gruta.

No podía pensar con claridad, aquella situación era demasiado para ella, así que solo pudo hacer una cosa: echarse a llorar y preguntarse qué demonios había hecho con su vida.

CAPÍTULO 43

Carey Regminton
Vésticum, al sureste de Vestalia

Aquella mañana, mientras Eneas deambulaba por los jardines de Brítacor como lo había hecho la noche anterior cuando Carey lo dejó plantado sin que pudiera hacer nada por impedirlo, la chica había decidido tomar las riendas de la situación y enfrentarse a aquello que llevaba tanto tiempo persiguiéndola.

—Quiero que me cuentes la verdad de una vez —le dijo a su padre nada más irrumpir en su despacho.

Lo encontró más cansado de lo normal, parecía como si llevara varias noches sin dormir. La barba, antes cuidada y recortada a la perfección, no era más que una maraña de canas que no seguía ningún orden. Igual que su pelo, despeinado y sucio, como si hiciera días que no lo lavaba.

—Por favor, ¿cuántos días hace que no te duchas?

Caronte levantó la vista lo justo para que ella pudiera ver sus ojos inyectados en sangre.

—¿Estás borracho? —Se acercó a él a toda prisa y lo cogió por la pechera del chaleco, lo que obligó al hombre a mirarla—. ¡Estás borracho! Vas a ir ahora mismo a tu habitación y te vas a adecentar. ¡Eres el jefe del Liceo! No podemos permitir que nadie te encuentre en estas condiciones o se pensarán que…

—Eres igual que tu madre —susurró Caronte. El aliento le apestaba, lo que hizo que la teoría de Carey se corroboraba—. Siempre preocupándote por los demás, siempre tan atenta.

—Deja de decir sandeces —le ordenó, y el tono de preocupación caló cada una de sus palabras. Hacía muchísimo tiempo que no mencionaba a su madre, de hecho, casi nunca le hablaba de ella. La tentación de preguntar por ella había sido siempre muy grande, pero no encontraba la fuerza ni el valor para enfrentarse a la mirada triste que invadía a Caronte cada vez que pensaba en ella.

La mirada triste a la que ahora estaba haciendo frente.

—Todo es culpa mía —dijo el hombre. Hizo una pausa para beber del vaso que tenía delante. Carey fue a quitárselo, pero desistió al darse cuenta de que estaba vacío. Tan solo una gota terminó posándose en los labios del hombre, que chascó la lengua en señal de decepción—. Tendría que haberte alejado de todo esto cuando todavía estuve a tiempo. Tendría que haber sido menos ambicioso. No te lo merecías. Te obligué a convertirte en una mentirosa y condené tu vida a este infierno disfrazado de éxito. Tendría que…

—No fue culpa tuya —le interrumpió Carey—. No tenías elección. Soy la hija del jefe del Liceo, ¿qué otra opción tenía?

Caronte la examinó de una forma que le hizo pensar que por fin estaba reparando en su presencia.

—Siempre hay otra opción. Lo malo es cuando uno no lo quiere ver, cuando se aferra de tal manera a sus ambiciones que se le olvida que hay otros caminos por explorar.

—¿De qué estás hablando? —Carey estaba muy preocupada, jamás había visto así a su padre. No sabía si estaba delirando a causa del alcohol o si directamente había perdido la cabeza.

—Tú madre sabía que había más alternativas. Por supuesto que sí. Ella era todo lo que yo no soy, era capaz de ver la luz en la noche más oscura. A día de hoy, sigo preguntándome qué vio en mí, por qué acabó con alguien como yo.

—No entiendo qué quieres decir.

—Ella quería apartarte. Cuando se enteró de que estaba embarazada nos alegramos muchísimo, pero enseguida se dio cuenta de que esta no era vida para un niño, que lo mejor era alejarte de las mentiras y del Liceo.

»Yo me enfadé mucho. —Las palabras se atascaban en la lengua medio dormida de Caronte, hasta tal punto que era complicado entender lo que decía. Aun así, continuó hablando—: ¿Cómo no ibas a formar parte del mayor logro que he conseguido en la vida? Serías mi heredera, te enseñaría todo, conocerías los entresijos de este sistema y, cuando yo no estuviera, serías la mejor jefa que el Liceo pudiera tener.

Carey se estremeció por dentro al escuchar esas palabras. «¿De verdad piensa en mí de esta manera?», se preguntó. Su padre jamás se había sincerado tanto con ella y verlo así, sin barreras ni filtros, la estaba incomodando demasiado.

—Tu madre no estuvo de acuerdo, claro —continuó el hombre—. Decía que teníamos la oportunidad de alejarte de todo esto y que ya encontraríamos a alguien para tomar el relevo cuando nosotros ya no estuviéramos. Y tendría que haberle hecho caso, tu madre era muy sabia. De hecho, de no haber sido por ella, jamás habría conseguido montar todo esto ni ganarme los favores de la Gobernacía. Pero esa es otra historia que ya te contaré cuando... Bueno, cuando sea capaz de no atragantarme con mi propia saliva.

Carey no dijo nada. Tan solo se levantó y le sirvió un vaso de agua con limón. Le obligó a bebérselo entero, a pesar de sus protestas, pues no paraba de repetir que aquello era como tomar agua estancada.

—Tu madre sí que sabía cómo camelarse a la gente —continuó después de dar un trago a regañadientes—. Tenía un don innato para que todos hicieran lo que ella quería. Conmigo lo consiguió siempre, menos en esa ocasión. Tendría que haberle hecho caso y mandarte bien lejos. Como hice con… con…

—Pero eso es absurdo —interrumpió Carey. Su ceño estaba tan fruncido que parecía que sus cejas se rozaban—, soy tu hija, ¿dónde podrías haberme mandado?

Caronte levantó la vista de nuevo, asustado al pensar en lo que sus ojos podrían llegar a revelar y nervioso porque sabía que era la hora de contarle la verdad, de desvelar todo lo que había estado ocultando durante demasiado tiempo.

Notó cómo su corazón se aceleraba, como si las manecillas de ese reloj de engranajes visibles que siempre llevaba en el bolsillo del chaleco ya no dictara las leyes del tiempo, como si supiera que, una vez que empezara a hablar, ya no habría vuelta atrás.

También tuvo oportunidad de regañarse a sí mismo. «Tendría que haberle contado la verdad hace mucho tiempo —pensó—, habría sido más fácil». Sin embargo, había educado a Carey en la mentira. Y no solo en la mentira como trabajo, sino que había convertido su vida en una farsa gigante que, con el paso de los días, se iba haciendo todavía más grande, como si se tratara de una bola de nieve cayendo ladera abajo.

—Después de que la muerte me arrebatara a tu madre —el tono de Caronte era profundo, pesado. Carey sabía que no le gustaba hablar de aquel tema. De hecho, solo en una ocasión le había confesado que su madre murió de forma repentina y jamás volvió a mencionar nada al respecto—, no sabía cómo recomponer las piezas en las que se había convertido mi vida. Me costaba levantarme por las mañanas, me costaba incluso respirar. Y eso que te tenía a ti para obligarme a hacerlo, sobre todo cuando creciste un poco y empezaste a tener esa sonrisa siempre dibujada en el rostro y esos coloretes tan graciosos que te salen cuando estás feliz. Porque tú eras feliz, muchísimo, a pesar de que siempre te había faltado un pilar fundamental. Supiste enfrentarte al destino, plantarle cara y continuar creciendo, buscando en mí esa parte que nadie más podía darte.

»A los pocos años, cuando tú todavía eras demasiado pequeña para ser consciente de ello, conocí a una mujer. Estaba de paso por Vésticum e insistió tantísimo en verme que al final accedí. Esa mujer tenía algo que, por suerte, no he vuelto a encontrar en nadie más. Poseía una ambición y un deseo por mentir que incluso llegó a asustarme. Se había enterado de lo que hacíamos en el Liceo y quería formar parte. Aseguraba ser la mejor mentirosa de Vestalia, ya que llevaba años haciéndolo a diario y ni una de sus mentiras se había cumplido jamás, como si este sistema no estuviera hecho de puras probabilidades.

Caronte volvió a tomar otro trago de agua. A Carey le dio la sensación de que los recuerdos lo habían traído a un lugar más lúcido, y que incluso las palabras ya no sonaban tan pastosas en su boca.

—En un principio —prosiguió—, pensé que era la persona ideal para trabajar en el Liceo: sin escrúpulos y dispuesta a lo que fuera. Sin embargo, pronto me di cuenta de que ese tipo de ambición me traería muchísimos problemas. Ella, tras mi negativa, lo intentó todo. Y cuando digo todo, quiero decir todo. Como ya te podrás imaginar, caí en la tentación y acabamos acostándonos. —Carey mantuvo el gesto impasible. Aunque no le gustaba pensar en su padre de esa manera, sabía de sobra lo débil que era en ese sentido, ya que no era famoso por su castidad, precisamente—. A pesar de ello, me mantuve firme en mi decisión. Ella desapareció sin dejar rastro cuando comprendió que, aunque yo había caído en sus redes, no estaba dispuesto a darle lo que tanto ansiaba. Meses después, en una cestita de mimbre, rodeada por mantas de punto, apareció una pequeña niña.

A Carey se le cortó la respiración. ¿Acaso su padre le estaba diciendo que tenía una hermana? ¿Una hermana de la que no había sabido nada en todos estos años?

Antes de que pudiera siquiera abrir la boca para lanzarle todas las preguntas que se le habían venido a la mente de repente, Caronte continuó:

—Lo supe en cuanto la vi: era mi hija. Y la horrible mujer que tenía por madre la había abandonado a su suerte. Yo me encargué del bebé, no lo dudé ni un instante, e hice lo que tendría que haber hecho contigo: buscarle una familia donde pudiera crecer segura y en paz, lejos del Liceo y lejos de las mentiras.

»En cuanto a su madre… —suspiró profundamente antes de seguir hablando—, no supe nada de ella durante muchos años, hasta que hace un tiempo me llegaron noticias desde el norte: una de sus mentiras se había cumplido y la venganza contra ella había sido terrible. Murió.

—¿Me estás diciendo que es posible que me haya cruzado con mi hermana sin saber quién era? —A Carey poco le importaba el destino de aquella mujer, aunque sintió cierto alivio cuando comprendió que había recibido su merecido después de tanto tiempo. Una cosa era mentir y otra bien distinta tener tan pocos escrúpulos como para abandonar a un bebé de aquella manera.

—La verdad es que lo dudo muchísimo.

—¿Por qué? Vésticum no es tan grande como parece y he recorrido cada rincón. Es posible que me la haya cruzado por la calle o… —tragó saliva de forma ruidosa. Fue consciente de la velocidad a la que latía su corazón— o incluso es probable que haya mentido sobre ella.

—Eso es imposible —la respuesta de Caronte fue tajante.

—Dame una razón. —Los ojos de Carey lo imploraban. Jamás le había pedido nada, pero en aquella ocasión quería rogarle que le dijera que era imposible que hubiera mentido sobre su hermana.

—Porque mandé a la niña muy lejos, a un lugar donde estuviera a salvo y con una familia que la protegiera hasta el final.

—¿Dónde está?

Carey tuvo que resistir muchísimo la tentación de no abalanzarse contra su padre para exigirle esa respuesta que se negaba a dar.

—Te estoy preguntando que dónde está.

Caronte, todavía con los ojos rojos, pero plenamente consciente de la conversación que estaba teniendo, pronunció por fin esas palabras que habían estado guardadas bajo llave en lo más profundo de su ser durante más tiempo del que podía reconocer:

—En Incaté. Está en Incaté.

CAPÍTULO 44

Hamica Clayton
Vésticum, al sureste de Vestalia

El terror que transmitían los ojos de Hamica era imposible de abarcar.

Incapaz de pensar en otra cosa que no fuera la imagen de su mejor amiga tendida en el suelo, tuvo que esforzarse por sobrevivir, así que salió corriendo tan deprisa que ni siquiera se detuvo a escuchar a Carl, que la llamaba y le pedía que se quedara. Le prometía que lo iban a arreglar. No quería oír ni una sola palabra más saliendo de esos labios que tantas cosas ocultaban.

El hombre, a esas alturas, conocía demasiado bien a Hamica. Lo suficiente como para darse cuenta de que esa chica era importante para ella y que aquello marcaba un antes y un después. También sabía que era imposible retenerla a su lado, y eso le hizo mascullar entre dientes: lejos de él no podría protegerla. Ni siquiera le importaba que desvelara los secretos del asentamiento, tan solo quería que no terminara como esa chica cuyos ojos miraban sin mirar a un cielo tan inmenso como la rabia que él sentía en su interior.

Hamica corrió, y cuanto más lo hacía, más lejos se quedaba la voz de Carl, que la llamaba sin cesar.

Podría haber ido a su antigua casa, buscar refugio en el que un día fue su hogar, pero esa era una posibilidad que no pasó ni dos segundos dentro de su cabeza. No se sentía capaz de enfrentarse a la mirada desolada de sus padres cuando se dieran cuenta de lo que había hecho. Porque ella era casi tan culpable de la muerte de Gruta como Dorothia, aunque no hubiera empuñado la pistola que terminó con su vida. No, no podía quedarse allí, no era tan valiente.

Sus pies decidieron por ella. Se sabían las calles de Incaté de memoria y la dirigieron a la estación de tren. Era la forma más rápida de salir de la ciudad, y poner tierra de por medio entre Carl y ella era lo que realmente necesitaba. Fue directa a la taquilla. Le importó bien poco que el hombre le echara una reprimenda por correr dentro de la estación. «Aquí hay unas normas», le dijo antes de preguntarle qué destino quería tomar. A Hamica le dio igual. Quería huir, y no le importaba a donde. Ya no tenía nada que perder, así que de camino a la estación robó una pulsera de un puesto de orfebrería que después utilizó para intercambiar por un billete de tren al primer destino que hubiera. Tan solo unos minutos después, Hamica estaba sentada en un tren rumbo a Vésticum.

Unas pocas horas bastaron para llegar a su destino. Cansada por no haber sido capaz de conciliar el sueño en el vagón, oliendo a demonios y sin lágrimas que derramar por haberlas gastado todas, llegó a la capital de Vestalia, que la esperaba hermosa, colorida y luminosa como ninguna otra ciudad lo había hecho.

Aun así, a pesar de esa bienvenida, se sintió más perdida que nunca.

No tenía adónde ir.

No conocía a nadie y tampoco tenía nada para intercambiar que le sirviera para conseguir una cama en una posada. «Tienes el colgante», se dijo mientras lo acariciaba de forma distraída, pero no quería empeñarlo. Cualquier cosa menos eso.

Se sentó a orillas del río, cuyo nombre desconocía. Se descalzó y sumergió los pies en el agua. Estaba fresca y olía a humedad, fango y oportunidades. Sin embargo, dudaba que esas oportunidades fueran para ella.

Lo había visto con sus propios ojos: había sido testigo de cómo Dorothia, sin pestañear, había acabado con la vida de varias personas. Entre ellas, Gruta. Su mejor amiga, su alma gemela. Era verdad que eran muy distintas y que, tarde o temprano, iban a ver sus caminos separados, pero eso no impedía que la considerara una de las personas más importantes de su vida. Quizás, a aquellas alturas, la única. Era la única que se había molestado en conocerla y en respetarla, en comprender que tenía una voz que quería salir y ser escuchada. La única que confiaba en ella y que sabía realmente cómo era.

Mentiría si dijera que a aquellas alturas no le había dado cientos de vueltas al hecho que había presenciado hacía unas horas. ¿Eran esas personas inocentes? ¿Eran culpables? De serlo, ¿quién era Dorothia para decidir su destino? ¿Quiénes eran ellos para juzgar y sentenciar? ¿Quiénes eran ellos para ejecutar?

Trató de respirar con calma, lo más profundo que le permitieron los pulmones, y se repitió a sí misma que allí estaba a salvo. Había conseguido despistar a Carl, que tuvo que escabullirse con rapidez al comprobar que varias personas clamaban venganza. Tampoco volvió a ver a Dorothia. Aunque tenía claro que no podía regresar a casa, dudó de si había hecho lo correcto. Pero esas dudas se disiparon en cuanto se dio cuenta de que sabía demasiado. ¿Y si los del asentamiento no permitían que nadie anduviera por ahí suelto sabiendo lo que tramaban? ¿Y si la buscaban y la mataban? ¿Y si acaban también con su familia?

Por un instante dudó. «Carl no lo permitiría». No obstante, sus ojos no le habían engañado: el hombre no hizo nada por detener a Dorothia, era como si contara con ello.

Por eso huyó, porque no quería morir.

Si hubiera estado en esa situación hacía unas semanas, tal vez el sentimiento fuera distinto. Quizás no le importaría enfrentarse a todo, aunque el riesgo fuera perder la vida. Ahora no, ahora no estaba dispuesta a arriesgar ni un solo pelo de la cabeza.

Había visto de lo que era capaz la gente, había comprobado cuál era la verdadera esencia del ser humano. Y había sacado una conclusión que la perseguiría hasta el fin de sus días: las personas eran malas, egoístas y peligrosas, sobre todo si tenían una insignia por la que luchar, fuera cual fuera. Le daba igual que esa lucha tuviera un fin u otro, que fuera más legítimo o menos, que tuviera dos seguidores o doscientos, todas conllevaban la existencia de un bando perdedor. Y Hamica estaba ya muy cansada de ver la derrota en ojos ajenos.

Vésticum le parecía agradable. Desde luego, no hacía el calor sofocante que la recibía cada mañana en Incaté, ni tampoco soplaba el aire ardiente que le resecaba la piel y los ojos. Agradecía la humedad del mar, cercano a donde estaba, y también la abundante vegetación que decoraba con gusto las orillas del enorme río. Ni siquiera el descomunal puente que se elevaba a su izquierda era capaz de luchar contra la belleza de ver tanta frondosidad creciendo sin permiso.

Sabía lo que tenía que hacer a continuación. Lo sabía y por eso necesitaba demorarlo todo lo que pudiera. No lo haría por lucrarse, y mucho menos por diversión. Lo haría porque no tenía otra opción, porque para empezar de cero debía hallar un punto desde el que partir. Después se buscaría la vida para encontrar un trabajo. Sabía que iba a ser muy difícil que alguien la aceptara en su finca, «o en su apartamento», pensó al darse cuenta de que allí la vida se desarrollaba de una manera muy distinta a la de Incaté. Eso le produjo un escalofrío: si la gente no vivía en fincas, significaba que no se ganaban la vida intercambiando cosas, sino que las mentiras formaban parte de su día a día.

No podía pensar en eso, no en aquellos momentos, así que sacudió un poco la cabeza y se puso en pie. Lo más importante era encontrar un lugar en el que pasar la noche.

De camino al auditorio, que encontró gracias a los carteles de bronce que decoraban cada esquina de la ciudad, se fue fijando en el nombre de los comercios por los que pasaba: la Pastelería de Miranda Fruser, la Barbería de Tilo Wilson, la Perfumería de Brendan Gres.

Supo que había llegado al auditorio por el aura que desprendía aquel edificio acristalado. Siempre había pensado que el de Incaté, ese zepelín tan extravagante, era el más bonito de Vestalia, pero eso solo se debía a que no conocía ningún otro. Sin duda, aquel edificio era lo más increíble que había visto en su vida. Y si el exterior le había dejado sin habla, el interior le quitó el aliento. Era como estar en un oasis en mitad de la ciudad, solo que un oasis un tanto peculiar donde las mesitas de té se camuflaban con las palmeras y los árboles tropicales.

«No puedo hacerlo».

Salió del auditorio con el corazón golpeándole el pecho y sintiendo la falta de oxígeno. Por unos instantes se había olvidado de respirar. Necesitaba mentir, pero no se veía capaz. Suponía ir contra todo lo que creía, contra todos sus ideales. No se lo podría perdonar jamás. Cada vez que se mirara en el espejo no podría ver otra cosa que una mentirosa. «Pero lo haces por sobrevivir», se dijo. Ella misma era consciente de que tenía que hacerlo, de que no había otra opción posible, y tampoco era justo vivir el resto de su existencia con una réplica martilleante diciéndole lo mal que lo había hecho.

Por un momento, la voz de la Hamica que vivía en Incaté y que ya casi había desaparecido, le dijo que era menor de edad, y que si mentía perdería todos los puntos de la Gobernacía y se quedaría sin un futuro más o menos decente. Enseguida se dio cuenta de que ese futuro no existía, de que la Gobernacía jamás le daría una finca y que había perdido todos los puntos que tenía cuando abandonó su hogar.

Entonces comprendió que aquellas personas que estaban en el auditorio de Incaté, aquellas a las que Dorothia había matado sin ningún tipo de reparo, tal vez estaban mintiendo por necesidad. Tal vez no lo estuvieran haciendo por ambición. ¿Y si, al igual que ella, no tenían otra opción? Su voz interior, esa que era imposible de acallar, le habría dicho hacía tiempo que siempre existía otra opción. Sin embargo, en ese momento, justo delante de la puerta del auditorio y con la mentira rondándole la cabeza, esa voz se quedó muda.

Apretó los dientes con fuerza. Tenía que hacerlo, no le quedaba otro remedio. Si después se arrepentía y no conseguía perdonarse a sí misma, era algo de lo que se tendría que encargar la Hamica del futuro.

Entró de nuevo en el auditorio y se centró en el primer áureo libre que vio. Le costó encontrar uno que no estuviera ocupado por alguien, ya que parecía que allí dentro no cabía ni una persona más. Los abrigos de pieles —a pesar del calor que hacía en Vésticum a aquellas alturas del año— y los complementos lujosos destacaban de forma irremediable.

Hamica sacudió la cabeza; prefería no pensar de dónde había salido tanta ostentación. Tenía una misión en mente y debía cumplirla pasara lo que pasara.

Se dirigió al áureo y dudó unos segundos más. Después, como si lo hubiera hecho un millón de veces —aunque, en realidad, era la primera vez que se enfrentaba a esa máquina—, descolgó el auricular y contó la mentira.

Ni ella misma se dio cuenta de lo estaba haciendo, de que, por primera vez en su vida, estaba mintiendo. Dijo un nombre al azar, uno de esos que había leído en un cartel de camino al auditorio, mientras suplicaba por lo bajo que no se hiciera realidad.

Se había centrado más en lo que quería obtener a cambio que en la mentira en sí, y eso la puso muy nerviosa. ¿Acaso era más importante la recompensa que la posible fatalidad? Pero no podía darle más vueltas, no ahora que ya estaba hecho. Pronto tendría unas agujas de tejer y dos madejas de lana con las que poder confeccionar algo bonito.

Su madre le había enseñado a tejer cuando era pequeña, a pesar de que en Incaté no era necesario llevar ropa de abrigo. Pero ella había insistido: no se sabía qué podía deparar la vida, ni cuándo lo iba a necesitar. Además, siempre le recordaba que las noches en el desierto eran frías, así que no le vendría mal tener alguna chaqueta o dos por si acaso. «Al menos me enseñó algo útil para la vida», pensó con más amargura de la que le habría gustado. Nunca se lo había echado en cara, pero tenía la sensación de que, para su madre, ella había sido una piedra más del camino que le había tocado recorrer. Y no tendría ese parecer si no la hubiera visto con sus hermanas. Con ellas era delicada, atenta, cariñosa…, todo lo que una madre debía de ser. En cambio, con Hamica había sido muy diferente, y por muchas vueltas que le daba al tema no encontraba una explicación.

No saltó ninguna alarma cuando mintió. Nadie la persiguió ni la acusó de ser menor de edad, y eso que no tenía bula. Supuso que en Vésticum las cosas eran distintas al resto de Vestalia y que quizás allí fueran más permisivos. Al fin y al cabo, a ella no le quedaba demasiado para cumplir los dieciocho.

Salió del auditorio más tranquila de lo que había esperado en un principio. Supuso que se debía al hecho de que se hubiera creado unas expectativas antes de entrar. Solía hacer eso: anticiparse a lo que estaba por venir cuando, en realidad, el futuro y el destino tomaban su propio rumbo y las predicciones que había hecho casi nunca se cumplían. Aquella vez no fue una excepción. Había mentido, sí, pero no había sido para tanto. Esperaba con toda su alma que la mentira no se cumpliera y, si se cumplía, tendría que enfrentarse a ello. Podría hacerlo. Igual que había atravesado el desierto ella sola, igual que había demostrado en el asentamiento que ella también podía formar parte de la lucha, igual que había huido y se había montado en el primer tren que pasó por delante. Si una cosa estaba clara, era que Hamica sabía sobrevivir.

Se dirigió al centro de la ciudad y se sentó frente a un hostal. Sabía que al decir la mentira tenía que identificarse para que la recompensa le llegara. Pero no tenía ningún sitio al que llamar hogar en Vésticum. Le había dado muchas vueltas a aquel asunto y al final decidió hacer lo que le dijo la lógica: dio el nombre del hostal más concurrido de la metrópoli y se quedó frente a la puerta con la esperanza de que alguien dejara allí las agujas y la lana.

Sin embargo, el sol dio paso a una luna inmensa que ocupaba gran parte del cielo e iluminaba las calles sin necesidad de que las farolas de aceite estuvieran prendidas, y por allí no apareció ningún recadero. La gente comenzó a irse a sus casas poco a poco, hasta que llegó un momento en el que no había nadie a su alrededor.

Se acurrucó como pudo en uno de los bancos que descansaban en frente del hostal y se tapó con la capa. Si bien el día había sido caluroso, la noche estaba siendo más fría de lo que se esperaba.

A las dos horas de que el sol abandonara su puesto, Hamica se dio cuenta de que le iba a tocar pasar la noche al raso, aunque esa circunstancia no habría cambiado de haber tenido la lana, ya que no le habría dado tiempo a tejer algo para poder intercambiarlo por una noche en el hostal.

En cuestión de segundos, su cara se inundó de lágrimas que caían sin permiso y sin vergüenza. Hamica se dejó llevar por sus sentimientos: por no saber quién era, qué hacía allí ni cuál era su propósito en la vida. También por estar sola en una ciudad que desconocía, indefensa y sin nadie a quien acudir en caso de necesitarlo. Lloró por Gruta, y por Lantio. Lloró por todas las personas a las que había matado Dorothia y también por ella, porque solo la pérdida de la cordura podría explicar el acto tan horrible que llevó a cabo. Lloró porque tenía frío y hambre, porque no sabía cuándo iba a ser la próxima vez que durmiera en una cama o se diera un baño en una bañera de agua caliente. Lloró porque tenía la sensación de haber decepcionado a Carl.

Llegó un momento en el que las lágrimas dejaron de brotar. Tal vez porque se había quedado seca o quizás porque ya había llorado por todos los motivos posibles. Y justo en ese instante, cuando las nieblas del sueño parecían mecerla poco a poco, alguien habló:

—Levanta, no pensarás pasar ahí la noche, ¿verdad?

Hamica abrió los ojos y, todavía con la somnolencia de haber estado a medio camino entre el sueño y el despertar, se dio cuenta de que era una mujer mayor la que le estaba hablando a la vez que la examinaba con detenimiento.

—Tu cara me resulta familiar —dijo la anciana. Sí, ahora se daba cuenta de que era mayor—. ¿Eres de por aquí?

—No, señora —contestó Hamica con educación—. Vengo de Incaté, así que no creo que nos hayamos visto nunca.

—Es posible… —el tono de voz de la anciana le hizo ver que no estaba muy convencida de lo que estaba diciendo. Aun así, abandonó el tema rápidamente—. Venga, levanta. No sé qué pretendes ahí tirada, pero no puedo dejar que nadie te vea durmiendo delante de mi hostal. Pensarán que son más cómodos los bancos de la calle que mis camas.

Hamica no sabía si aquella mujer estaba bromeando o si se lo estaba diciendo en serio.

—¿De verdad…?

—No me obligues a repetírtelo otra vez o harás que me arrepienta.

La chica se levantó de un salto y sonrió por primera vez desde hacía mucho tiempo.

—Madre del amor… —refunfuñó la señora—, ¡apestas, muchacha! Vamos, te dejaré darte un buen baño y, como estoy generosa, te prestaré algo de ropa que tengo en el almacén de las cosas perdidas. No prometo gran cosa, créeme, el gusto de la gente de este pueblo vistiendo deja mucho que desear, pero al menos podrás quemar esos trapos que llevas. Apuesto a que están infectados de pulgas.

Hamica no sabía qué decir. Estaba tan cansada, tan hambrienta y deseaba tanto ese baño, que decidió sonreír con amabilidad y dejarse hacer.

Una hora después, tumbada en un colchón de verdad, oliendo a lavanda y con el estómago lleno de sopa de guisantes y estofado de pato con ciruelas, se dijo que tal vez había llegado el momento de que la vida se portara bien con ella.

CAPÍTULO 45

Eneas Lockwood
Vésticum, al sureste de Vestalia

Todavía podía sentir el sabor de los labios de Carey en los suyos. Y también el vacío que le invadió cuando se fue de repente, sin dar ni una explicación.

Había decidido salir del castillo. Su habitación se había convertido en un lugar agobiante y su cama le parecía desoladora ahora que presentía que Carey jamás iba a dormir en ella. Se dirigió a los jardines sin importarle en ningún momento que pudieran estar llenos de serpientes, aunque, ahora que lo pensaba bien, no sabía hasta qué punto había sido una broma estúpida de Aiden. No había llegado a conocerlo, pero aquello podía ser característico de él.

Algo había cambiado. Se lo decía su intuición y también la forma en la que la chica lo miró antes de levantarse y huir. Sin embargo, por más que le daba vueltas, no conseguía entender de qué se trataba.

Estuvo tentado de seguirla, ir hasta su habitación y exigirle una explicación. Vale, era cierto que nunca habían hablado de lo que existía entre ellos dos, pero estaba claro que algo había. Jamás había sentido nada como lo que sentía cuando miraba a Carey. Ella era tan valiente, tan segura, tan independiente. Tenía todo lo que buscaba, todo lo que le complementaba.

Al principio había tenido muchas dudas. No estaba seguro de que sentir algo por alguien que se dedicaba a mentir fuera bueno. Las voces de sus padres diciéndole que aquella no era la mejor opción resonaban en su cabeza una y otra vez. Pero él se había convertido en un mentiroso. Había mentido, en dos ocasiones, y había sido cómplice una vez más, y lo volvería a hacer. Y sabía de sobra que, con cada vez que lo hiciera, iría desapareciendo esa sensación de malestar que tenía al principio. «Es un trabajo —se dijo—, como otro cualquiera». Además, no podía parar de pensar en la conversación que tuvo con Carey en el carro de camino a Asua, aquella en la que la chica confesó tener dudas. Se decía que no era una cuestión de remordimientos. No era como su tía, a la que no le importaba lo más mínimo mentir con tal de conseguir todos sus caprichos, sino que se trataba de un trabajo donde los remordimientos no tenían cabida. Él también lo veía así.

¿En qué momento había dejado de pensar en las mentiras como algo malo? ¿En qué momento las palabras de Tami, aquellas que le había repetido una y otra vez, dejaron de tener sentido? ¿Acaso que se había convertido en otra persona? ¿Se trataba de que el antiguo Eneas, ese que se había quedado en Selán, había desaparecido para siempre?

—Te escabulles como una comadreja.

Eneas giró sobre sí mismo hasta que dio con la procedencia de esa voz. Era Magritte, que se dirigía hacia él con paso firme. Sus tacones, esos a los que parecía tan acostumbrada, resonaban sobre el suelo de piedra.

—Necesitaba estar solo.

—Te están buscado —dijo ella mientras se sentaba a su lado con gran maña, teniendo en cuenta el tamaño de su falda. Eneas pudo percibir un olor a almizcle y naranja cuando la chica se colocó un rizo detrás de la oreja—. Hoy teníamos clase de defensa personal.

—Lo había olvidado.

Y era cierto. Después de todas las cosas que habían ocurrido, lo último en lo que había pensado era en las dichosas clases. Había estado a punto de morir, lo habían secuestrado y torturado, se había tenido que lanzar desde un acantilado y huir como si fuera un fugitivo. A esas alturas, estaba seguro de que no necesitaba ninguna clase de defensa personal.

—Tobyas tampoco ha venido —comentó, y a Eneas le dio la sensación de que lo había hecho más para dejar claro que el otro joven también se había saltado la clase que para hacerle sentir mejor—. Aunque no me extraña, después de lo que tuvo que ver... Ya sabes, lo que ocurrió con Aiden y eso.

El chico la miró con seriedad. Estaba claro que Magritte quería sacar el tema de la muerte de Aiden como fuera, hasta era posible que hubiera acudido a él después de recibir algún rechazo que otro por parte de los demás compañeros.

—Sinceramente —dijo con toda la amabilidad de la que pudo hacer acopio—, no estoy de humor ahora mismo como para hablar de eso. Lo de Aiden es una pena, sí, pero ya no podemos hacer nada por cambiar las cosas. Deberías seguir con tu vida y dejar de meterte en los asuntos de los demás.

Si las miradas mataran, la de Magritte le habría fulminado en ese mismo instante.

—Bueno, quería romper el hielo —dijo ella mientras jugueteaba con sus guantes de encaje— para no abordarte sin más y contarte algo que estoy segura que estás deseando saber. Pero si estás muy ocupado regodeándote en tus propias desgracias... mejor me voy. Seguro que a alguien le interesa lo que tengo que decir.

Eneas levantó una ceja. Analizó el rostro de la chica para intentar descifrar si le estaba diciendo la verdad o si en realidad se estaba quedando con él. Quizás solo quería hacerse la importante, demandar atención —algo que, saltaba a la vista, adoraba— y tener a alguien detrás rogando por un poco de caso. Suspiró derrotado. «No tienes nada que perder», pensó. Al fin y al cabo, no tenía el valor suficiente como para enfrentarse a Carey en esos momentos y mucho menos para soportar una clase, fuera cual fuese la que tocaba.

—Habla.

Magritte, que ya había demostrado lo que le gustaba ser el centro de atención y tener a todas las personas de su alrededor bajo sus pies, abrió el pequeño bolso de cuentas que llevaba y sacó de él un espejito de plata y un estuche de maquillaje. Con toda la parsimonia de Vestalia, cogió el pincel de dentro del estuche en el que impregnó un poquito de carmín granate, para después pintarse los labios con precisión. A Eneas le estaba sacando de quicio su lentitud, aunque sabía de sobra que era parte de su demostración de saberse importante. Cuando terminó, guardó todo con delicadeza dentro de su bolsito y miró a Eneas:

—Tú no sabes quién soy yo, ¿verdad?

El chico frunció el cejo, aquello no se lo esperaba para nada.

—¿Pues quién vas a ser? Una aspirante a mentirosa —dijo. En ningún momento se había planteado que Magritte pudiera ser «algo más», aunque la conversación que tuvo con Carey, aquella en la que la chica le dijo que la conocía de toda la vida, de repente invadió su mente. ¿Y si…?

—Tú te piensas que este mundo es un campo de rosas, ¿verdad? Eres de esos que todavía creen que las buenas personas existen y que si te portas bien recibirás el mismo trato por parte de los demás.

Eneas fue a replicar, pero Magritte no le dio la oportunidad.

—Lo llevas pintado en la cara, no hace falta que intentes negar lo evidente. Aunque tengo que confesar que al principio me engañaste. Te vi tan pegado a Carey que pensé que eras de los ambiciosos, de los que no tenían ningún pudor en acercarse a la hija del jefe para ganarse sus favores. Pensé que eras listo y que tenías carácter de tiburón: dispuesto a lo que fuera con tal de conseguir avanzar en la escala.

Eneas no sabía qué decir, no tenía ni idea de a qué escala se estaba refiriendo, y tampoco por qué querría nadie acercarse a Carey por eso. Era una tontería, no tenía ningún sentido.

—Sin embargo, pronto me di cuenta —siguió la chica—. Lo supe el día del cementerio. Esa forma en la que miraste a la hija de Caronte... como si hubieras visto un ángel en la tierra. Llevo aquí un tiempo más que tú y me llamaron para formar parte de esa broma macabra que, al final, no resultó como esperábamos. Carey tenía la intención de que te derrumbaras y abandonaras el Liceo, en cambio, mírate; aquí sigues.

»Ese día lo comprendí: no estabas aquí para llegar más alto que nadie. Y entonces te compadecí, sobre todo días después, cuando me di cuenta de que empezabas a sentir algo por Carey. Pobre iluso —se rio—, ¿Carey y tú? ¿La reina de las mentiras y un niño venido desde el norte? No tenías nada que hacer. Pero cuando os vi en el comedor, después del jaleo que se formó con lo de Aiden, comprendí que estaba equivocada. La manera en la que ella te miraba, pendiente de ti todo el tiempo, preocupada... Jamás la había visto mirar así a nadie.

—¿Es que acaso la conocías de antes? —preguntó Eneas. Sabía la respuesta, pero no quería que Magritte sospechara que había hablado de ella con Carey. Prefería que pensara que iba un paso por delante de él.

—Por supuesto que la conocía. Yo me crie en este castillo.

—Cuando has dicho que llevabas aquí más tiempo que yo pensé que te estabas refiriendo a que habías entrado unos días antes que yo. No a que este fuera tu hogar.

—Pues, querido Eneas, lo es. Y te diré algo más: no sé si te habrás dado cuenta, pero yo soy los ojos y los oídos de este castillo. No hay nada, absolutamente nada, que suceda sin que yo me entere. Y tú no ibas a ser menos... Y no es que me sepa tu vida entera, que conozca todos los detalles desde el día en que echaste tu primer aliento. No, no se trata de eso. Se trata de que sé cosas que tú, a día de hoy, desconoces.

Eneas se levantó de golpe del banco de piedra en el que estaba sentado. Él solo había salido a los jardines porque necesitaba desconectar, respirar el aire fresco y preguntarse una y otra vez por qué Carey había huido después de besarle. Lo último que necesitaba era tener que aguantar a una chismosa como Magritte. Además, estaba seguro de que nada de lo que decía iba en serio. Lo más probable era que estuviera ganándose su confianza para conseguir algo, aunque no tenía ni idea de qué se podía tratar. Él no poseía nada que ofrecer a cambio. Quizás solo quería que le contara algún cotilleo sobre Carey, ahora que se había dado cuenta de que había algo entre ellos dos.

—No tengo tiempo para escuchar estupideces —le dijo. Fue todo lo tajante que pudo, e incluso se cruzó de brazos para dar más énfasis a sus palabras—. No sé qué es lo que quieres, pero aquí no lo vas a conseguir, así que, si me disculpas, me vuelvo a mi habitación donde podré estar un rato a solas.

Ella se echó a reír. Fue una risa estridente y que se clavaba en el fondo del cerebro.

—Creo que esa no es la elección más inteligente por tu parte. —Magritte se miraba las uñas granates con distracción, como si no quisiera darle importancia a lo que acaba de decir.

—Qué sabrás tú cuál es la elección más inteligente.

Quiso decirle que no se fiaba de alguien que llevaba tacones incluso en las clases de autodefensa, pero en el último segundo se lo pensó mejor. Sabía que no serviría de nada llevarle la contraria a una persona que estaba deseando discutir, y Magritte no parecía de las que se daban por vencida con facilidad.

—¿Quieres hacer el favor de sentarte y escucharme? No tengo todo el día.

Eneas sopesó la situación: podía irse de inmediato y encerrarse en su cuarto hasta que Carey se apiadara de él y fuera a buscarlo, o podía quedarse y escuchar lo que Magritte quería contarle. Lo cierto era que no le apetecían ninguna de las dos opciones, pero dado que lo que ansiaba no se iba a cumplir tan fácilmente, se encogió de hombros y se sentó al lado de la chica.

—Sabia elección —dijo ella con una amplia sonrisa.

—Venga, deja de hacerte la interesante y suelta lo que tengas que decir de una vez. —Eneas había decidido quedarse, pero su paciencia estaba a punto de agotarse.

—¿En todo este tiempo no te has preguntado qué haces aquí?

—No ha hecho falta, he venido voluntariamente.

—Eso es lo que tú te crees. Nadie acaba en este sitio de forma voluntaria, siempre hay un motivo. A ti te buscaron.

—No, te equivocas —el tono de Eneas era firme, estaba seguro de lo que estaba hablando—. Fue algo fortuito, pero fui yo el que decidió venir.

—¿Ah, sí? ¿No hubo nada, por pequeñito e insignificante que pueda parecer, que hiciera que tomaras el tren hacia Vésticum?

Eneas guardó silencio e hizo un rápido repaso por su mente. Su madre había enfermado, él había mentido, alguien había irrumpido en su casa y había matado a sus padres, había huido del asesino y había acabado en la estación de Selán, donde conoció a Aiden, que le dio lo que necesitaba para poder conseguir un billete de tren que le abriría las puertas del Liceo.

—Muchas casualidades una detrás de otra, ¿no crees? —Magritte apoyó una mano sobre el hombro del chico. Se había dado cuenta. No lo tenía en gran estima, pero sabía que Eneas era lo suficientemente inteligente como para atar cabos por sí mismo.

—¿Fue... fue una trampa? —las palabras salieron de él en un susurro casi inaudible. Sin embargo, ese pensamiento no era nuevo; alguna que otra vez se le había pasado por la cabeza, pero lo había rechazado tan deprisa que nunca tuvo oportunidad de arraigar.

Magritte asintió despacio, sin dejar de mirarlo. Era cruel decirlo, pero estaba disfrutando mucho con aquella situación. No en vano le encantaba enterarse de todos los secretos del Liceo.

—Eres adorable.

La cabeza de Eneas daba vueltas. De no haber estado sentado, habría perdido el equilibro y habría caído al suelo, estaba seguro. Se tuvo que aferrar al banco con las dos manos, que se le pusieron blancas por la fuerza con la que se estaba agarrando la piedra. ¿Qué estaba diciendo Magritte? ¿Cómo era posible que hubiera sido objeto de un engaño? Si él no había hecho nunca nada malo, siempre había estado con su familia, que se había dedicado a cuidar su finca y a sacar adelante el negocio familiar, y no se había metido en líos. Ni siquiera habían mentido contra nadie, antes de que él llegara al Liceo, claro. ¿O estaba equivocado?

—Mira, chico, me caes bien —dijo al fin Magritte después de haberle dejado unos segundos para que se recompusiera—. Y eso es algo que no puedo decir de todo el mundo, sobre todo de los que se pasean por este castillo. Me caes bien y creo que mereces saber la verdad. Como te he dicho, soy los oídos de este lugar y lo sé absolutamente todo. De momento no creo que sea conveniente que sepas por qué, porque eso no es lo que importa ahora, pero sí que quiero que seas consciente de que sé muy bien de lo que estoy hablando y que nunca me equivoco.

»También necesito que no le cuentes a nadie lo que te voy a decir a continuación. Ya sabes, por aquello de mantener mis fuentes en secreto y todo eso. ¿Entendido?

Eneas alzó un poco la cara para mirar a Magritte a los ojos. En ellos vio perversión: aquello la divertía. Sabía que no tenía otra opción, así que se encogió de hombros para que la chica procediera.

—Caronte, nuestro querido jefe, conocía a tus padres.

El corazón de Eneas se aceleró aún más, si es que eso era posible.

—Mientes.

—Me halagas, pero en esta ocasión no estoy mintiendo. Ya te he dicho que tengo fuentes muy fiables y que conozco todos los entresijos de este sitio.

—No te creo —la voz de Eneas era firme, decidida. Su rostro, que ahora había recuperado algo de color, ya no lucía pálido y ceroso, sino que transmitía una rojez muy propia de la furia que estaba sintiendo en esos momentos—. ¡Estás intentando engañarme! ¡Quieres volverme en contra del Liceo!

Magritte tiró de la camisa de Eneas para impedir que se levantara, pues el chico, en un arrebato, se había puesto en pie y se había encarado a ella.

—¿Quieres hacer el favor de comportarte? —le dijo entre dientes sin levantar la voz—. Como alguien se entere de que estamos hablando me meteré en un lío, en uno de los gordos. Así que, siéntate y cálmate. No sirve de nada que te pongas hecho una furia.

Eneas comenzó a respirar más rápido de lo normal. Si antes la cabeza le daba vueltas, en esos momentos parecía que tuviera un carrusel dentro de ella girando a toda velocidad.

No, se negaba a admitir, aunque fuera por un segundo, que lo que le estaba contando Magritte era cierto.

Era imposible que Caronte conociera a sus padres, era imposible que él no estuviera allí por una mera casualidad.

Era imposible que el destino fuera tan cruel.

CAPÍTULO 46

Hamica Clayton
Vésticum, al sureste de Vestalia

Se habría quedado en ese sueño para siempre, perdida entre un mar de nubes y brisa fresca. Lo habría hecho de no haber sido porque alguien abrió la puerta con fuerza y el golpe la sacó de su ensoñación.

Tardó unos segundos en darse cuenta de dónde estaba. El aire que entraba por la ventana —abierta de par en par— le dio la primera pista: aquel lugar no era Incaté, y mucho menos el asentamiento del desierto de Krosi. Entonces lo recordó: su viaje en tren, la mentira, la conversación con la anciana, el baño reconfortante y la forma inmediata en la que se sumió en un profundo sueño.

—Es ella. —La anciana, la misma que la noche anterior se mostró amable y caritativa, ahora la apuntaba con un dedo acusador desde el quicio de la puerta.

Hamica, sin saber qué estaba pasando, trató de decir que ella no había hecho nada. ¿Es que acaso se había cumplido su mentira y alguien quería llevar a cabo su venganza? ¿Tan solo había tenido una oportunidad?

—Baleen, le estoy diciendo que es imposible. Ella está bien lejos, no habría ningún motivo por el cual estuviera aquí. —La voz de un hombre llegó hasta los oídos de Hamica y enseguida se puso en guardia.

—Y yo le estoy diciendo que es ella, se lo garantizo.

—¿Y cómo está tan segura?

La chica no comprendía por qué no entraban en la habitación. Se habían quedado en el dintel, pero lo suficientemente apartados de ella como para no ser vistos desde donde estaba, por mucho que trató de alargar la cabeza. Se le aceleró el corazón al comprobar que estaban hablando de ella, y se preguntó si estaría segura dentro de aquella habitación. ¿Y si era alguien del asentamiento que había decidido perseguirla para hacerle pagar por su abandono? ¿Y si querían silenciarla para siempre?

—El colgante. Es ella.

Al hombre no le hizo falta más. Cuando cruzó el umbral, Hamica se quedó sin respiración.

—¿Quién es usted? —preguntó.

El rostro del hombre, que ya de por sí lucía un aspecto horrible, palideció de repente. Sus labios se entreabrieron, pero las palabras se le atascaron, como si no hubieran encontrado la forma de salir de esa cueva oscura.

—¡Fuera de mi habitación! —Hamica se levantó y se dirigió hacia él, cada vez más nerviosa. ¿Quién era ese hombre y por qué la miraba de aquella forma?

Sin embargo, a pesar del tono amenazante, este no se movió ni un ápice. En lugar de eso, se dedicó a observarla con detenimiento, sin disimular su curiosidad en cada detalle de la chica. Se fijó en su pelo níveo, en su mirada profunda, en sus formas redondeadas, en las ropas viejas y polvorientas que vestía y, sobre todo, en lo mucho que se parecía a él, a pesar del color de pelo. Eso lo había heredado de su madre.

—Has crecido mucho, Hamica —dijo por fin.

—¿Cómo sabe…?

Caronte se acercó a ella. Le había costado muchísimo escoger ese nombre, pero al final decidió llamarla como el amor de su vida, como la mujer que le había regalado sus mejores años, aquella con la que había aprendido a ser un hombre y junto a la que había tenido a esa hija que le había enseñado a ser padre. Se alegró al comprobar que la familia había respetado el nombre; aunque no podía ser de otra manera, conocía a los Clayton desde hacía tantos años que casi era imposible llevar la cuenta y sabía que no había mejor opción para Hamica.

Sin pedir permiso, la abrazó con tanta fuerza que la chica casi perdió el equilibrio.

—He soñado con este momento demasiados años. Te juro que he estado tentado de ir a buscarte en más de una ocasión, pero no encontraba el valor necesario… Y por fin estás aquí, hija mía. Mi pequeña y adorada hija.

Hamica no estaba escuchando, era incapaz.

Había perdido la cuenta de las veces que había deseado averiguar de dónde venía, discernir ese pasado que le había sido negado y que tal solo era una consecución de imágenes inventadas que surgían en las noches de tormenta. Se llevó la mano al colgante de forma inconsciente. ¿Lo había conseguido? ¿Por fin iba a dar respuesta a todas esas preguntas que rondaban su cabeza noche y día? ¿Aquel era de verdad su padre? ¿Tendría una madre? ¿Tendría hermanos? Sintió que su cabeza no le pertenecía, hasta tal punto que tuvo que andar hacia atrás para sentarse en la cama.

—Hamica. —Caronte corrió hacia ella, dejando tras de sí un olor rancio a alcohol—. ¿Estás bien? ¿Necesitas algo?

Ella negó y levantó una mano, indicativo de que necesitaba un poco de espacio. El hombre lo entendió a la perfección y dio unos pasos hacia atrás.

—Siento muchísimo todo esto, yo… Ojalá te hubiera preparado una fiesta o algo. No quería que te enteraras así.

—Así, ¿cómo? —Si antes se sentía mareada, ahora notaba que una furia incontrolable se adueñaba de su cuerpo—. ¿De verdad crees que una fiesta habría endulzado el hecho de que me hubieras abandonado hace diecisiete años?

—Yo no te abandoné, Hamica, te dejé con la familia que mejor podía cuidarte. Yo… yo no podía hacerlo, no podía cometer los mismos errores otra vez.

—¿Otra vez?

Caronte se dejó caer sobre un taburete de tres patas que empezaba a estar un poco carcomido. Se llevó las manos a las sienes y apretó con fuerza. No ocultó su cansancio ni su dolor, ni siquiera cuando comenzó a llorar en silencio.

Hamica lo observó: se le veía derrotado, agotado. Tenía unas ojeras tan profundas que no le habría extrañado que el hombre llevara una semana entera sin dormir. Las manos le temblaban y tenía el pelo canoso sucio y apelmazado. De repente, sintió compasión, pues comprendió que lo que estaba viendo no era más que la sombra de un hombre, las pavesas de un fuego que en su día podría haber arrasado un bosque entero.

—¿Lloras por mí? —le preguntó entonces. Le podría haber dicho otras cosas, dada la rabia que sentía dentro, pero no le gustaba que nadie llorara por ella.

Caronte levantó la vista.

—Te pareces mucho a ella. A tu madre. Tienes su pelo, y también sus labios. Aunque los ojos…

—Los ojos son tuyos —confirmó Hamica, que había visto el parecido en cuanto el hombre entró por la puerta.

Era incapaz de mentirse, se alegraba muchísimo de poder verse reflejada en alguien, aunque fuera en un completo desconocido.

—Ojalá las cosas hubieran sido distintas. —El hombre se secó las lágrimas con el dorso de la mano—. Tuve que hacerlo, y espero que lo comprendas cuando te cuente por qué. Sé que quizás no me perdones, pero me bastará con que no me odies demasiado. Tan solo trataba de hacer lo mejor para ti.

Hamica, que siempre había sido demasiado empática, trató de ponerse en su piel y toda esa rabia que sentía se desvaneció cuando comprendió lo difícil que tenía que ser abandonar a un hijo. Había tenido diecisiete años para darle vueltas a ese asunto y por su cabeza habían pasado justificaciones de lo más variopintas. Al final, siempre llegaba a la misma conclusión: ella solo abandonaría a un hijo si se tratara de un dilema de vida o muerte; pero no se le ocurría cuál podría ser, jamás había logrado descubrirlo.

—No creas que no me he acordado de ti. Lo he hecho cada día de mi vida; cada segundo de mi vida. No te he perdido la pista, he estado siempre a un par de pasos de ti, me he asegurado de que no te faltara de nada. Deduzco que si estás aquí no habrás recibido las puntas de *ballet* que te mandé hace unos días… —Hamica contuvo la respiración. ¿Era él el que se encargaba de regalarle todas aquellas cosas?—. En fin, me cercioré de que los Clayton te trataban como te merecías. Sabía que con ellos estarías a salvo.

»Estaba deseando que cumplieras los dieciocho para ir a buscarte, contártelo todo y dejar que tú fueras la que decidieras.

«¿A salvo? ¿Que yo decidiera? ¿Qué está queriendo decir?». Hamica frunció el ceño, no comprendía nada de lo que salía por la boca del hombre.

—¿Qué…? ¿A qué te refieres? ¿A salvo de qué?

—Del sistema de mentiras, por supuesto.

—Nadie está a salvo del sistema de mentiras, todos somos presa de él cuando cumplimos los dieciocho años.

—Sí, ahí tienes razón. Pero tu caso es todavía más especial.

Hamica sentía que le faltaba el aire. Parecía como si aquel hombre le estuviera hablando en un idioma extraño que no era capaz de entender. Ella no era especial, no necesitaba ser protegida de nada ni de nadie.

—Hamica —Caronte interrumpió sus pensamientos y a la chica no le hizo falta que siguiera hablando para saber que lo que iba a escuchar iba a desmoronar todos los cimientos sobre los que se asentaba su vida—, cuando eres la hija del que está al mando del Liceo, nunca se está lo suficientemente a salvo.

CAPÍTULO 47

Carey Regminton
Vésticum, al sureste de Vestalia

Quería desaparecer.

No huir, no correr, no marcharse.

Desaparecer.

Para siempre.

Desvanecerse, deshacerse, volverse invisible, intangible, intocable.

Quería… Quería que todo parara.

El mundo se le había hecho demasiado. No podía más, no podía con su peso, ni con el de la responsabilidad de ser la hija del mayor mentiroso de Vestalia, que había tenido el valor de no confiar en ella, de no contarle jamás la verdad.

La conversación con su padre le daba vueltas en la cabeza mientras estaba tumbada, casi inerte, en su cama con dosel. Sus ojos desobedecieron las órdenes de no moverse y se pasearon por el cuarto que la había visto crecer. El papel pintado de flores y pájaros de alegres colores le pareció una broma macabra y de muy mal gusto. ¿Cómo podía sentirse ella libre si acababa de descubrir que era presa de las mentiras de su padre? ¿Qué más le habría ocultado? ¿Hasta qué punto podía confiar en él?

No recordaba cuándo había sido la última vez que había llorado. No se lo permitía porque llorar era para débiles. Y ella podía ser muchas cosas, pero débil jamás. Sin embargo, ese día lloró.

Y lloró tan desconsoladamente que se creyó incapaz de parar. Se sentía engañada, ninguneada y decepcionada. Porque en su cabeza se había imaginado el millón de razones por las que algún día dejaría de hablar a su padre, pero nunca se le había ocurrido que fuera por ese motivo.

No se trataba de que hubiera tenido una hija con otra mujer, eso era algo con lo que, muy a su pesar, ya contaba; era por el hecho de que no hubiera confiado en ella, que se lo hubiera ocultado. ¿Por qué compartía con ella los entresijos del Liceo y no era capaz de decirle que tenía una hija escondida en Incaté? Ella le habría apoyado, incluso le habría ayudado a que la chica estuviera a salvo.

«Ya lo hacías —se dijo—, todo lo que has conseguido contando mentiras ha ido a parar a sus manos». Ese pensamiento le dolió, porque suponía que a Caronte no le importaba ponerla en peligro con tal de proteger a la otra.

Lloró todavía más, hasta que el sonido insistente de alguien llamando a la puerta la interrumpió.

—Quiero estar sola —dijo entre sollozos.

Sin embargo, quienquiera que estuviera llamando hizo caso omiso de su petición y entró en el cuarto.

—Eneas…

El chico no se atrevió a cruzar la puerta. Estaba pálido, con la cara descompuesta y gesto compungido. Había estado llorando, sus ojos rojos lo delataban.

—No es buen momento. —Carey se incorporó y se abrazó a un cojín de plumas de pato que en su día le parecía un buen lugar al que aferrarse cuando las cosas se torcían.

No hizo caso, o tal vez no la escuchó, porque se acercó a ella muy despacio y se sentó a su lado.

—Prefiero estar sola, Eneas, no te lo pediría si no fuera…

—Tienes muchas cosas que contarme, ¿no crees?

Se atrevió a mirarlo a los ojos, a pesar de que sabía que lo que se iba a encontrar no le iba a gustar nada en absoluto. En cuanto lo hizo, comprendió que aquellos ojos sabían demasiado. Quizás no todo, pero lo suficiente como para que no pudiera haber un lugar seguro al que volver.

—Caronte… —Eneas empezó a hablar, dudoso, entrecortado—. Caronte conocía a mis padres. ¿Por qué?

El ceño de Carey se frunció. ¿A qué venía aquello? Ella pensaba que iba a decirle que…

—No te hagas la sorprendida, conmigo no funciona. Necesito que me lo cuentes todo. Si no lo haces ahora mismo, me marcharé de aquí y no volverás a verme jamás. —Había tal decisión en sus palabras ahora habían encontrado la valentía suficiente como para abandonar esa dubitación, que Carey supo que lo decía completamente en serio—. Y ni se te ocurra decirme que Caronte me buscará hasta en los lugares más remotos de este horrible país. ¡Que lo haga! ¡Que se atreva!

Ojalá pudiera ayudarlo, de verdad que sí, pero no tenía la menor idea de lo que estaba diciendo. «Otra mentira más, otro secreto más».

—Es la primera noticia que tengo. Te lo prometo por lo más sagrado —se apresuró a decir cuando vio que el chico iba a increparla—. Te lo juro. Y no me extraña en absoluto.

—¿A qué te refieres?

—A que Caronte parece manejar los hilos de toda Vestalia, a que no puede estarse quieto, a que tiene que fastidiarle la vida a todo aquel que se cruce con él. No me extraña en absoluto que conozca a tus padres —confesó—, pero créeme cuando te digo que no tenía ni idea. Aunque debí imaginarlo.

—No te comprendo.

—Nada…, no tiene importancia. Es solo que no eres el único que ha descubierto alguna verdad dolorosa.

Eneas suspiró y se dejó caer de espaldas sobre la cama.

—Es irónico, ¿no crees? —preguntó con los ojos cerrados—. Siempre me he sentido amenazado por las mentiras y ahora es la verdad la que duele como un puñal. Ese giro no me lo esperaba en absoluto.

Carey se tumbó a su lado. Sabía que no tenía que hacerlo, pero, aun así, alargó la mano para rozar la del muchacho. Y lo hizo porque estaba decidida: aquella noche sería la última en el Liceo. No quería seguir bajo las órdenes de su padre, no quería seguir jugando a ese juego al que jamás podría ganar. Ya había hecho hasta la bolsa. Tan solo tenía que esperar a que cayera la noche. Caronte sería historia, así como Eneas, al que no podía volver a ver. Se lo había tenido que repetir un millón de veces hasta que comprendió que era real, que así debía ser.

—¿A qué te referías? —preguntó entonces el chico—. La última vez que estuvimos juntos dijiste que había algo que no podré perdonarte nunca. No sé qué podría ser si no tiene nada que ver con el hecho de que Caronte conociera a mis padres.

El silencio les permitió escuchar a los caballos relinchando en el establo, cercano a la ventana de Carey. Ella no se atrevió a interrumpirlo. No sabía cómo hacerlo.

—Supongo que ya da igual.

Eneas había visto la bolsa, que descansaba en un rincón de la habitación.

—Yo…

—Mira, Carey. —Se volvió hacia ella—. No tienes que darme ninguna explicación, ¿de acuerdo? Ya lo he comprendido: pertenecemos a mundos distintos. El hecho de que yo haya acabado aquí no significa nada. Tú eres la hija de Caronte y yo… yo no soy más que un peón.

—Me marcho. —Estaba cansada. En realidad, no quería dar explicaciones, pero sentía que Eneas se las merecía—. Mi padre ha traspasado una línea que era infranqueable, así que no le voy a permitir que siga manejando mi vida de esta manera. Me voy lejos de aquí y no puedo decirte a dónde. Lo nuestro ha sido un error y…

Eneas no la dejó terminar. Se acercó a ella y la besó, y lo hizo con tanta pasión que en cuestión de un par de segundos estaba a horcajadas encima de ella. Carey abrió mucho los ojos cuando él se separó. Tenía la respiración entrecortada y un leve recuerdo de que había estado llorando hacía unos instantes. Todo lo demás se volvió tan borroso que perdió la importancia que hubiera podido tener.

Le devolvió el beso, sabiendo que iba a ser la última vez, que sus cuerpos no se volverían a encontrar de aquella manera, que tardaría mucho tiempo —si es que lo conseguía— en hallar a alguien que hiciera que su estómago diera tantas vueltas como lo hacía cuando Eneas se le acercaba.

—Solo voy a pedirte una cosa antes de que te marches —dijo el chico, aunque más que una petición parecía una orden—. Vas a olvidarte de todo lo que tienes en la cabeza y solo vas a pensar en esto. Después… Después ya nos encargaremos de volver a la realidad.

CAPÍTULO 48

Eneas Lockwood
Vésticum, al sureste de Vestalia

En cualquier otra circunstancia habría reparado en el hecho de que dejar a Magritte con la palabra en la boca era el peor error que un ser humano podía cometer. Sin embargo, después de que le dijera que Caronte conocía a sus padres se levantó de aquel banco de piedra y se dirigió al castillo en busca del hombre que le había estado engañando todo ese tiempo.

Magritte intentó detenerlo, advertirle de que si revelaba su fuente tendría que matarlo, pero Eneas no la escuchó. En su cabeza, las palabras que acababa de oír retumbaban tan fuerte que era imposible prestar atención a cualquier otra cosa.

Por el camino se cruzó con Tobyas, que, por el vistazo rápido que pudo echarle, ya tenía mejor aspecto. Debía enfrentarse cuanto antes a Caronte y no podía permitir que nada lo entretuviera o lo alejara de su destino.

Cuando llegó a su despacho y entró sin tomarse la molestia de llamar, descubrió que allí no había nadie. Por eso fue a la habitación de Carey, por eso ahora estaba a su lado, tratando de recomponer las piezas de lo que había sucedido hacía unos instantes.

—Voy a hablar con él. —Eneas se apartó y se sentó en la cama, dejando a la chica confusa y a la espera de una promesa que se había quedado en el aire—. Necesito hablar con él y tú me vas a ayudar a encontrarlo.

—No creo que sea buena idea.

—¿Y eso por qué?

—Porque no lo conoces. Te mentirá, como ha hecho hasta ahora, una y otra vez, y cuando te canses y te des por vencido, acabará contigo porque será consciente de que sabes demasiado.

—No me importa —dijo mientras se dirigía a la puerta—. Yo ya estoy muerto. Tendría que haber dejado de respirar en Selán, cuando alguien irrumpió en mi casa y mató a mis padres. Pero no pienso irme de este mundo sin descubrir la verdad.

Carey corrió tras él cuando salió de la habitación.

—¡Eneas! ¡Para, por favor! ¡Te lo suplico!

Sin embargo, el muchacho no la escuchaba: estaba tan concentrado en abrir cada puerta con la que se cruzaba que las palabras de Carey se perdían entre el sonido de sus pisadas furiosas.

—¡Caronte! —gritaba.

Se cruzaron con algunos chicos que los miraron extrañados, pero ninguno se atrevió a decir nada; sabían que había asuntos en los que era mejor no entrometerse, por lo que se limitaban a apartarse y dejar que Eneas siguiera con su búsqueda frenética.

Por fin, después de recorrer casi todo el castillo de Brítacor y cuando estaba a punto de darse por vencido, Caronte apareció al otro lado de la puerta principal.

—¡Tú! —le gritó Eneas mientras se acercaba a él con un dedo acusador—. ¡Tú tienes muchas cosas que contarme!

El hombre permaneció impasible, como si le importara bien poco que los ojos de Eneas amenazaran con salírsele de las cuencas.

—Será mejor que vayamos a mi despacho —dijo con toda la entereza de Vestalia—. Y vosotros, ¿no tenéis nada más importante que hacer que estar aquí mirando?

El grupito de alumnos que, irremediablemente, se había quedado para averiguar qué pasaba se disolvió de inmediato. Caronte no medió ni una palabra más y se dirigió a su despacho. Solo que lo hizo acompañado: detrás de él, una chica de pelo casi tan blanco como la nieve lo seguía sin decir nada.

—Este es un asunto privado, así que será mejor que te vayas —le ordenó Carey a la chica.

—Ella se queda. —Caronte fue tan rotundo que nadie se atrevió a decir nada más.

—No me lo puedo creer. —Carey se encaró a su padre, había comprendido algo que a Eneas se le escapaba—. Es ella, ¿verdad? ¡No habrás tenido el valor!

Se abalanzó sobre él y, si no hubiera sido por los rápidos reflejos de Caronte, le habría dado un bofetón en la cara. Ahora era él el que le sujetaba la mano en alto, el que apretó con tanta fuerza que hizo que Carey se doblara sobre sí misma.

—Ya basta —dijo el hombre entre dientes—. No sé qué os pasa a vosotros dos, pero vamos a comportarnos como personas civilizadas, ¿de acuerdo?

Eneas sabía que la ira de Carey se podía desbordar de un momento a otro, y por eso rezó para que se calmara, porque él necesitaba descubrir la verdad y si la chica sacaba de quicio a Caronte no lo conseguiría.

—Vamos a hacer lo siguiente: nos vamos a sentar, vamos a tomarnos un té y vamos a hablar todo lo que haga falta para que dejéis de comportaros como unos salvajes. ¿Entendido?

Aquello no era una oferta, ni muchísimo menos, pero los dos asintieron. Mientras se sentaban, el hombre tocó una campanita que colgaba de una de las paredes.

—Bien, eso está mucho mejor. En fin, vamos a empezar por lo importante. Carey, te presento a tu hermana, Hamica. Sé que tendría que haberlo hecho muchísimo antes, pero no encontré el valor para hacerlo.

»Supongo que llevaba demasiado tiempo temiendo que este día llegara, pero al final va a ser cierto eso de que no se puede huir de los miedos eternamente; algún día acaban alcanzándote.

—La... la llamaste como mamá. —Una lágrima silenciosa se deslizó por la mejilla de Carey.

—La mujer a la que más he querido en mi vida —explicó Caronte—. Tengo mucho que contaros, me temo, y sobre todo a ti, Hamica. Ya lo he estado retrasando demasiado y no puedo perder más el tiempo. No has llegado en el mejor momento, y sospecho que si no lo hago ahora puede que no lo haga nunca.

Hamica callaba, y Eneas se imaginó lo difícil que tenía que ser para ella aquella situación.

El chico miraba con atención, sin saber qué decir. Había entrado en ese despacho dispuesto a sonsacarle la verdad a Caronte, pero ahora se veía incapaz de hacerlo. Quizás fuera el gesto descompuesto de Carey o la pena tan tremenda que sintió por ella al darse cuenta del tipo de vida que había llevado. O, tal vez, que esa valentía repentina de la que había hecho gala en el dormitorio de la chica se había esfumado con la misma rapidez con la que había venido.

—Veréis —comenzó a hablar el hombre como si fuera a narrar un cuento—, yo estuve casado con una mujer maravillosa. Era lista, guapa, divertida y una gran empresaria. Juntos comenzamos esta aventura y ella me ponía los pies en la tierra cada vez que lo necesitaba. Un día se quedó embarazada y al poco tiempo nació mi preciosa Carey. Ella quiso apartarla de las mentiras y yo, movido por mi afán de convertirte en la mejor mentirosa de Vestalia para que un día pudieras sustituirme —se dirigió a su hija—, me empeñé en todo lo contrario.

»No le dio demasiado tiempo a convencerme de que no llevara a cabo mi plan, porque al poco tiempo murió. —Una sombra de tristeza cruzó su rostro—. Decidí no darle más vueltas y aceptar las decisiones que hasta ahora había tomado. Bueno, no vamos a entrar en detalles, pero el caso es que al poco tiempo conocí a otra mujer que pronto se quedó embarazada.

Caronte hizo una pausa, consciente de que en la charla que habían mantenido en el hostal no le había dicho nada sobre el destino de su verdadera madre y, ahora que lo pensaba, no sabía hasta qué punto quería revelarle a Hamica cómo había sido realmente aquella mujer. Tampoco sabía la imagen que tenía de ella en aquellos momentos, pero sin duda no podía ser tan mala como la que tendría después de conocer toda la verdad. Así que hizo lo que mejor se le daba en la vida: mentir.

—Murió al darte a luz, Hamica. —La miró a los ojos para que la chica no tuviera ninguna duda de que la historia que estaba escuchando era real—. Yo lo sentí en el alma, pues la quería muchísimo y la locura por perderla me cegó. Me sentí tan abrumado y tan perdido que al final hice lo que consideré correcto: te mandé con una familia que te cuidaría y que te daría todo el amor que yo no podía ofrecerte.

Esto último lo contó más por Carey que por Hamica; sentía que ella también se merecía saber la verdad, aunque fuera tarde.

—Yo me quedé en las sombras —continuó, aliviado, al ver que nadie le interrumpía—, y desde allí me aseguré de que no te faltara de nada. Le daba a tu familia todo lo que me pedían para que no tuvieran que mentir y ponerse en riesgo. Hasta que llegó un día en el que recibí la noticia de que habías desaparecido sin dejar rastro. Mandé a mis hombres a buscarte, pero te escondiste muy bien, hasta que el destino te trajo a Vésticum. Desde luego, tengo que estar agradecido con la señora Baleen por haberte reconocido a la primera. Por algo es la más cotilla entre las cotillas y supo ver nuestro parecido que, a estas alturas ya te habrás dado cuenta, es innegable. A pesar de tu pelo, que está claro que no lo has heredado de mí. También le tengo que agradecer haberte dejado pasar la noche en su hostal, me imagino que supuso que tendrías que descansar después del largo viaje que habías hecho. Por cierto, ¿dónde te habías metido?

—Eso no es de tu incumbencia —dijo Hamica por fin.

—Bueno, resulta que sí que lo es, porque soy tu padre.

—Mi padre está en Incaté, sacando adelante a su familia de una forma honrada. —A Eneas le sorprendió mucho que hablara así, pues su pose, sumisa y apagada, le había hecho creer que no se atrevería a soltarle una palabra más alta que otra a Caronte.

—Oh, la mosquita muerta tiene genio —se rio Carey. Le parecía imposible que aquello estuviera ocurriendo de verdad y, por unos instantes, pensó que todo se trataba de una broma. Sin embargo, el rostro serio de su padre le decía que no, que allí nadie le estaba tomando el pelo a nadie.

—Carey, no es el mejor momento para que saques a relucir tu cuestionable humor —la regañó—. Entiendo que esta situación es complicada para ti, pero necesito que estés de mi parte.

A la chica le sorprendió muchísimo que Caronte hubiera tenido la consideración de sopesar qué pensaría ella, cómo le habría sentado lo que estaba ocurriendo. Aun así, no quiso ceder tan rápido.

—Solo digo que no sabes si es realmente ella. —Se levantó y se puso al lado de Hamica.

Lo cierto era que, en cuanto a la complexión, no se asemejaban demasiado: una era alta y muy delgada, mientras que la otra era más baja y gorda. En lo único que se parecían era en los ojos, ya que, a pesar de no coincidir en el color, las dos tenían una mirada que transmitía la seguridad de un tigre que está a punto de atacar a su presa. Caronte sabía que Hamica no había reparado en ese detalle, que era de esas chicas que no se terminaban de creer lo que había dentro de ellas.

—Podría ser una impostora que se ha enterado de que tienes una hija y que ha venido aquí a reclamar lo que es suyo.

—Yo no… —empezó a decir Hamica.

—Carey, sé reconocer a mi hija cuando la veo —sentenció Caronte—. Además, hay muy pocas personas aquí dentro que saben esto y son todas de fiar. ¿Acaso piensas que he podido levantar este imperio sin tener a mi lado a los mejores?

—Te refieres a Ulter, entiendo —dijo Carey—. Lo he visto salir mucho de tu despacho últimamente. ¿Cómo es posible que sigas fiándote de él?

—Los hombres de mi guardia son leales y serviciales. Jamás me han dado un problema. Osclan, de hecho, me ayuda mucho en eso y sabe con quién puedo contar y con quién no.

Por supuesto. Osclan. Ya tardaba en salir en la conversación. Carey estaba al tanto de lo que ocurría con él, desde hacía años, y, aunque jamás había interferido en esa relación, no terminaba de caerle bien. Aunque sabía que era de fiar.

—La cosa no va con Osclan —dijo Carey—. No sé cómo a estas alturas todavía confías en Ulter.

—Ulter ha demostrado ser un soldado excepcional.

—Sí, pero su hija no. Es una metomentodo que siempre quiere tener la última palabra.

Un silencio profundo inundó la sala. El gesto de Caronte cambió por completo y las dudas lo invadieron de repente.

—No habías reparado en ese pequeño detalle, ¿verdad? —continuó Carey, que empezó a crecerse al ver que había sido más lista que su padre—. Su querida hija, Magritte, haría cualquier cosa con tal de escalar aquí dentro. Me sorprende que no te hayas dado cuenta.

—¿Magritte? —preguntó Eneas confuso. Había estado tan metido en la conversación que se había olvidado del verdadero motivo por el cual estaba allí.

—Esa pequeña pécora disfrazada de angelito es lo peor que te puedes echar a la cara —le contestó. Carey no tuvo ni un ápice de duda en decir en voz alta lo que pensaba—. Por eso no quería que te juntaras con ella, porque sé de lo que es capaz. La he visto crecer, porque se ha criado en este castillo, y no es de fiar. Estoy segura de que a Ulter, en una de sus charlas durante la cena, se le escapó que tenías una hija escondida en algún lugar de Vestalia. Y Magritte ha podido elaborar un plan para traer a una embustera que se hiciera pasar por ella.

—¡Eh! —saltó de pronto Hamica—. A mí no me llames embustera.

—¡Es lo que eres! —gritó Carey—. ¡Has venido aquí a robarme lo que es mío!

—¡Ya basta! —Caronte se levantó de golpe, haciendo que la mesa se moviera y casi se cayera al suelo.

Las dos chicas se quedaron en silencio de inmediato.

—Lo primero: no estamos aquí para faltar el respeto a nadie. Y, lo segundo: Hamica es mi hija y no hay más que hablar. —Se mordió la lengua para no admitir que hacía unos cinco años se había pasado por Incaté para ver a Hamica de lejos; la habría reconocido en cualquier lugar, pero el colgante, ese que se encargó personalmente de que descansara a su lado, terminó de disiparle las dudas—. Y, por supuesto, Magritte no tiene nada que ver en este asunto. Puede que sea una entrometida, puede que sepa cosas que no debería saber porque a Ulter se le ha ido la lengua en alguna ocasión, pero la cabeza de esa niña no da para elaborar un plan como el que dices, Carey. Me sorprende que no te hayas dado cuenta a estas alturas.

—Pues igual sí que la tiene y el que está equivocado eres tú —dijo Eneas mirando a los ojos de Caronte que, por el gesto de confusión que puso, parecía que hubiera olvidado su presencia por completo.

—¿De qué estás hablando?

—Ya que estamos poniendo las cartas sobre la mesa… Explícame por qué mis padres te conocían.

CAPÍTULO 49

Eneas Lockwood
Vésticum, al sureste de Vestalia

Las casualidades eran algo que quedaba fuera del entendimiento de Eneas. No comprendía cómo era posible que dos hechos completamente aleatorios, y que a la vez tenían una sintonía conjunta, ocurrieran de forma simultánea y alteraran el curso del destino.

No, definitivamente no creía en las casualidades.

En lo que sí creía era en el oportunismo. En que si alguien tuviera la oportunidad de hacer coincidir dos hechos a los que otra persona llamaría casualidad, lo haría. El crimen perfecto. Como mentir y que no se cumpliera la mentira. Como que se cumpliera la mentira y se consiguiera escapar.

Así que no le asombró nada en absoluto que un soldado irrumpiera en el despacho de Caronte, con gesto preocupado.

—Nos atacan —dijo—. Están atacando el Liceo.

«Qué oportuno —pensó Eneas—, ahora que estaba a punto de revelarme la verdad».

Caronte pareció sopesar la situación. Cualquiera en su piel habría salido corriendo o se habría dedicado a emitir una orden tras otra. Seguramente, habría salido de su despacho, habría puesto a salvo a su hija, «No, a sus hijas», se corrigió Eneas, y habría ejercido de líder. Sin embargo, él no se movió. Se quedó más de un minuto mirando a aquel soldado que, ahora que Eneas se fijaba, tenía las manos recubiertas de sangre.

—Entra y cierra la puerta, Ulter —dijo Caronte al fin.

—Pero, señor…

—He dicho que entres y cierres la puerta.

El soldado, aunque dudó todavía unos segundos más, terminó obedeciendo.

—Cuéntame qué está pasando.

—Ha sucedido muy deprisa —comenzó Ulter—. Teníamos un invitado que decía venir de muy lejos y que quería hablar personalmente con usted. Como siempre hacemos, mis hombres y yo lo interrogamos hasta que su actitud nos empezó a parecer sospechosa. —Guardó silencio unos instantes—. De verdad, creo que será mejor…

—No vamos a ir a ninguna parte hasta que no termines de contármelo todo con pelos y señales. —Caronte parecía sereno, a pesar de que le estaban diciendo que alguien había atacado el castillo.

—De acuerdo —cedió Ulter—. Comenzó a ponerse nervioso y uno de mis hombres decidió registrarlo. Debajo de la capa llevaba un arsenal de cuchillos y hasta una pistola. Cuando fue consciente de que nos habíamos dado cuenta, trató de atacarnos. Fuimos más rápidos que él y conseguimos reducirlo. Él se empezó a reír, señor… y…

—Continúa.

A Eneas no le estaba gustando nada aquella situación. Miró a Carey, pero esta no tenía más que ojos para Ulter.

—Y nos dijo que él era un señuelo, que la verdadera venganza estaba ya dentro del castillo.

Como si hubiera tenido un resorte dentro que la hiciera saltar, Carey se abalanzó sobre Hamica y la tiró al suelo.

—¡Tú! ¡Nos has tendido una trampa!

A Hamica no le salían las palabras, todos sus esfuerzos estaban enfocados en quitarse de encima a Carey que, a esas alturas, ya apretaba las manos contra su cuello.

—¡Suéltala! ¡Suéltala ahora mismo! —La orden de Caronte resonó por el despacho e hizo que Carey lo mirara de hito en hito.

—¿Qué estás diciendo? ¿Es que no te das cuenta?

—He dicho que la sueltes —volvió a ordenar. Esta vez en un tono más bajo pero que, por alguna razón, infundía más autoridad.

Carey obedeció y, de mala gana, se levantó de encima de Hamica, que se llevó las manos al cuello dolorido y comenzó a toser en busca de aire que respirar.

—Hamica no ha hecho nada —dijo Caronte con sequedad—. No es la culpable de esto.

—¿Entonces quién?

—Es Regina Rei.

La tensión se podía cortar con un cuchillo. Eneas no entendía por qué Caronte echaba las culpas de aquello a la jefa de la Gobernacía, no sabía qué tenía que ver ni por qué querría arremeter una venganza contra él. Miró a Carey que, por el gesto que puso, tampoco comprendía lo que estaba diciendo su padre. Hamica, por su parte, se estaba mordiendo el labio inferior, tan fuerte que ya había empezado a sangrar.

—Creo que estás equivocado —dijo la chica al fin. A Eneas no le pasó desapercibido el esfuerzo titánico que hizo por conseguir hablar.

—Hamica, no te metas en esto. —Caronte fue firme. Quizás demasiado, porque al segundo añadió—: Nos enfrentamos a situaciones como estas a diario, así que no te preocupes, sabemos cómo hay que actuar. Ulter —se dirigió al soldado—, quiero que localices a Osclan cuanto antes, es de máxima urgencia. También, que te encargues de ese individuo y le saques toda la información posible, tienes mi permiso para utilizar los medios que resulten necesarios. Y organiza a tus hombres para que revisen el castillo palmo a palmo. Tendréis que tirar de imaginación, pues Regina Rei es capaz de cualquier cosa.

—No lo entiendes —volvió a interrumpir Hamica, sin amedrentarse por la mirada que le echó Caronte—, no se trata de Regina.

Hamica había oído hablar de esa tal Regina Rei, la que coordinaba la Gobernacía, la que permitía que el sistema de mentiras siguiera adelante. No la conocía y ya la odiaba, pero sabía que ella no era la culpable.

Caronte suspiró y se llevó una mano al tabique de la nariz. Apretó con fuerza y respiró un par de veces. Eneas estaba seguro de que se estaba replanteando la idea de dejarla ser partícipe en todo aquello. Al fin y al cabo, la acababa de conocer, como quien dice.

—¿Entonces de qué se trata? —preguntó Caronte, más por despachar aquel tema cuanto antes que por el interés que tenía.

Hamica miró al suelo y se quedó en silencio. Recordó una de las primeras conversaciones que había tenido con Carl. Aquella noche descubrió la existencia del Liceo y las ganas que tenían los habitantes del desierto de acabar con ellos.

—Te está haciendo perder el tiempo —dijo Carey que había estado esperando a ver qué pasaba con aquella situación. Ahora que estaba más segura de que su teoría era acertada, no pudo aguantarse más—. ¡Solo quiere entretenerte!

—¡No es verdad! —gritó Hamica. La retó con la mirada, sin importarle ya lo imponente que era la chica y la certeza que tenía de que haría cualquier cosa por apartarla de su verdadero padre.

—Entonces, ¡habla de una vez y no nos hagas perder más el tiempo! —El pecho de Carey subía y bajaba y en su rostro empezó a verse la rojez de la furia que sentía. Lejos quedó la idea de abandonar el castillo de Brítacor. Era su hogar y no podía abandonarlo ahora que estaba siendo atacado.

—¡Son los del asentamiento! —dijo Hamica al fin. Se atrevió a mirar a los ojos de Caronte—. Quieren matarte. Quieren matar a todos los que se encuentran en este castillo.

El pesar con el que dijo esas últimas palabras hizo que Eneas se asustara de verdad. Su mente ató cabos rápidamente y, cuando quiso hablar, Caronte se le adelantó:

—Los fanáticos.

A Ulter le recorrió la espalda un escalofrío que fue visible a ojos de los demás y Carey apretó la mandíbula con fuerza. Eneas pensó que tenía sentido, pero lo que no comprendía era por qué Hamica lo sabía.

—Tienen un plan —dijo la chica al ver que nadie rompía el incómodo silencio que se había creado. Su mente también ató cabos. Se acordó de la conversación con Carl, aquella en la que salió a relucir la ambición de Bill, las horas que pasaba elucubrando estrategias y creando inventos mortíferos—. Llevan mucho tiempo elaborándolo: quieren acabar con el Liceo y con las mentiras.

Para sorpresa de todos, Caronte se echó a reír.

—Eso es imposible.

—No si te matan —comentó Ulter, que se había tomado la libertad de unirse a la conversación.

—No pueden matarme, tengo la mejor guardia de Vestalia. Es casi imposible llegar hasta aquí. Con todos los soldados que hay repartidos por Brítacor, cualquiera que lo intentara sería hombre muerto en menos de lo que me tomo un vaso de licor.

—Estás dando por hecho que vendrían directamente a por ti —dijo Hamica. Eneas detectó en sus ojos una decisión que no había visto antes—. Mira, he estado con ellos, sé de lo que son capaces, y te aseguro que son listos, muy listos.

—¿Que has estado con ellos? —Si las miradas pudieran asesinar, la que le lanzó Carey habría hecho que la chica cayera fulminada—. ¡Esto es increíble! ¡Ahora resulta que también es una traidora!

—¡No lo soy! Yo… —Se acercó a Caronte en busca de comprensión, pero empezaba a temer que no la encontraría a no ser que se explicara mejor—. Yo hui de mi casa y me topé con ellos. Me explicaron que otro mundo era posible. Otro mundo sin mentiras. Y yo les creí y quise unirme a su causa. Viven en el desierto de Krosi y llevan muchos años planeando un golpe que acabe con el sistema. A mí me parecía bien, hasta que me di cuenta de que sus métodos no son los correctos. No tienen compasión y son capaces de matar a cualquiera que mienta, sin importar el motivo por el cual lo haga. Son unos asesinos.

Caronte se acercó a ella y, para sorpresa de Carey, la abrazó con todas sus fuerzas. Hamica se echó a llorar. Aunque sabía que estaba haciendo lo correcto, no podía evitar pensar en si esas personas que acaba de conocer eran de fiar.

—Hay veces en las que dudo de que el destino exista —le susurró cerca del oído—. Y después pasan cosas como esta y me doy cuenta de que solo él sería tan caprichoso como para dejar que algo así ocurriera.

Se separó de ella y se secó de forma dramática una lágrima que se le había escapado.

—Ahora, cuéntame todo lo que sabes —le ordenó.

—Solo escuché comentarios y vi algunas cosas. En un principio no sabía de qué se trataba, pero poco a poco he ido comprendiendo lo que pretenden hacer.

Los allí presentes guardaron silencio, esperando impacientes a que Hamica continuara de hablar. Sin embargo, las palabras parecían resistirse en sus labios. Por fin, tomó una gran bocanada de aire y soltó:

—Quieren volar el Liceo.

CAPÍTULO 50

Eneas Lockwood
Vésticum, al sureste de Vestalia

Si a Eneas le hubieran dicho que, en ese mismo instante, el invierno se había instalado en el despacho de Caronte y que estaba a punto de nevar, se lo hubiera creído sin ningún problema. Tal fue la sensación que invadió a los que acababan de escuchar las palabras de Hamica, cuyo rostro serio dejaba claro que no estaba bromeando.

Ojalá lo estuviera.

—Eso es imposible —negó Carey. Eneas no sabía si lo hacía porque de verdad lo pensaba así o porque era la forma de convencerse a sí misma de que Hamica se equivocaba.

—Me temo que no. —Hamica se sentó de nuevo agotada. Tenía los ojos llorosos, pero no de pena, sino por todo el cansancio, físico y mental, que acusaba—. Cuando estaba en el asentamiento me encontré con una tienda repleta de suministros. Al principio no sabía lo que estaba viendo, no era consciente. Había velas, mechas, telas y jarras de aceite. Simplemente pensé que era material de subsistencia. Pero había algo que no terminaba de cuadrarme.

—¿A qué te refieres?

—Al olor. Olía muy fuerte, algo que no supe identificar hasta unos días después, cuando estaba en Incaté y me vino el olor de un tiroteo. Era pólvora.

—¿Pero qué tontería es esa? —preguntó Carey incrédula.

—Si lo hubiera sabido antes, si hubiera sido capaz de atar los cabos más rápido y darme cuenta de lo que de verdad pretendían… —Hamica estaba derrotada. Se sentía muy mal, y todavía se sintió peor cuando se descubrió deseando que la persona infiltrada no fuera Carl. Sabía que todos los que estuvieran en el castillo de Brítacor morirían, y solo esperaba que él no se encontrara allí. ¿Acaso no se había dado cuenta ya de lo mala persona que era? «Te protegió con su vida», le dijo una voz interior que no consiguió aplacar el malestar que sentía.

—Tú no tienes la culpa de nada —la alentó Caronte, bajo la atenta y recriminatoria mirada de Carey. Decidió intervenir en la discusión, con la intención de poner orden y también porque estaba empezando a preocuparse de que lo que decía Hamica fuera verdad—. De ser cierto lo que dices, ¿cómo se supone que van a hacer volar el Liceo? Este castillo está construido de una forma sólida, con las mejores y más resistentes piedras de Vestalia y protegido por decenas de soldados que están pendientes día y noche de que todo esté en orden.

Ulter se sintió aludido y lo corroboró:

—Exacto. Es imposible que nadie introduzca algo así en el castillo sin que nos demos cuenta. Examinamos cada carro que entra en la propiedad, así como a cada visitante, comerciante o vecino. Si alguien hubiera entrado con toneladas de pólvora lo habríamos detectado al instante.

Todos guardaron silencio, sin duda pensando en posibles escenarios en los que introducir la pólvora suficiente como para volar el castillo fuera algo factible. De repente, la frustración de Caronte, que parecía comprender que lo que estaba diciendo Hamica era más que real, descargó su furia tirando por los suelos la pesada mesa y todo lo que había encima de ella. El sonido de un frasco de cristal rodando por el suelo de madera pareció hasta cómico, dadas las circunstancias.

—Hay un lugar que podía pasar desapercibido —dijo Eneas de pronto. La mirada que le echó Caronte le hizo dudar de si hablar en esos momentos era la decisión más inteligente, pero aun así soltó su teoría, aquella que había nacido de la conversación que tuvo con Aiden nada más poner un pie en los jardines de Papillón—: El sistema de drenaje del castillo.

—Eso no puede ser —negó Ulter.

Sin embargo, Caronte chistó y miró a Eneas con atención, dispuesto a escuchar cualquier cosa que tuviera que decir.

—¿Por qué piensas eso?

—Bueno… Es algo que me llamó la atención cuando vine aquí. En Selán no lo teníamos y me pareció innovador. Supongo que alguien que también se haya fijado en ese detalle podría pensar que es una buena vía para sacar cosas del castillo, pero también para introducirlas.

—Los túneles son lo suficientemente grandes como para que pueda entrar una persona por ellos —dijo Carey que, para sorpresa de todos, parecía encontrarle lógica a lo que estaba diciendo Eneas—. Y no están protegidos por ningún guardia porque nadie en su sano juicio podría pensar que esa sería una vía de acceso al castillo, tan solo de salida.

—¡Mierda! —gritó Caronte, que pareció comprender que aquello tenía sentido.

—Señor. —Un centinela entró en la habitación. Lo hizo con tanta urgencia que ni siquiera se tomó la molestia de llamar a la puerta—. Estamos atrapados. Las puertas y ventanas del castillo están bloqueadas y no hay forma de salir.

El miedo se pintó en el rostro de Caronte. Era real. La amenaza era real. Iban a morir.

Caronte se dispuso a salir corriendo del despacho cuando Hamica le cogió por el brazo.

—Lo siento mucho —le dijo. Si era verdad que el Liceo estaba a punto de volar en pedazos, era mejor sacar todo lo que llevaba dentro. Se sentía tan culpable por aquello que las lágrimas comenzaron a brotar de sus ojos—. No fui consciente de lo que eran capaces hasta que fue demasiado tarde. De haberlo sabido, no habría dedicado ni un minuto de mi tiempo a estar con ellos.

—No, hija, el que lo siente soy yo. Desde que supe de tu existencia, la mía ha consistido en ponerte a salvo del mundo de las mentiras. Y, al final, mira. Supongo que uno no puede decidir el destino que ya está escrito, por mucho que se empeñe.

Carey los miraba, aunque ya no con el gesto de sorpresa que había tenido todo el tiempo desde que había descubierto la identidad de Hamica. Se había dado cuenta de que aquello iba en serio; de que si de verdad alguien había llenado los conductos de drenaje con pólvora y aceite su vida iba a acabar en unos minutos. Ahora daban igual las mentiras, los obsequios, los vestidos de encaje, los zapatos de cuero y los bolsos de pedrería. Solo importaba lo que había hecho en su vida y, sobre todo, lo que no.

Quizás por eso se abalanzó sobre Eneas, al que cogió por sorpresa por estar mirando la escena de Hamica y Caronte —que le trajo recuerdos dolorosos de cuando él podía abrazar así a su padre—, y lo besó como si supiera que era la última vez que lo hacía.

—Tengo que contarte algo —le dijo cuando consiguió separarse de sus labios—. Y quiero que me escuches atentamente.

—Ahora no, Carey —contestó Eneas, que habría dado todo lo que tenía por que ese momento fuera eterno—. Si vamos a morir prefiero pasar los últimos minutos de mi vida besándote.

—No lo harás cuando sepas la verdad.

—No quiero saberla. —Su boca había dicho aquellas palabras y, en cambio, su mirada no hacía más que buscar la de Carey para tratar de averiguar la verdad antes de que pudiera decirla en voz alta. Sin embargo, la chica le rehuía. Bastante difícil le parecía la situación como para tener que enfrentarse a esos ojos verdes que jamás la mirarían de la misma manera.

Carey tragó saliva. Estuvo a punto de cogerle las manos a Eneas, pero no tuvo el valor suficiente. Al final, decidió lanzarse de cabeza al desastre:

—Yo maté a tus padres.

EPÍLOGO

Nunca había sido consiente de lo agradable que podía resultar la brisa del mar en la cara.

En Selán hacía demasiado frío como para disfrutarla y en Vésticum… Bueno, en Vésticum no tuvo tiempo ni siquiera para reparar en si había brisa o no.

Después de mucho intentarlo, Eneas por fin había descubierto cómo convertir unas simples hojas de palmera en un lienzo sobre el que pintar. También había aprendido a sacar la tinta de los escurridizos calamares que encontraba en la playa. Eso, sumado a las plumas que las gaviotas perdían al volar, le daba la oportunidad de convertirse en un artista durante unas horas.

No había sido sencillo. Ni llegar hasta allí, ni encontrar la manera de vivir un día más.

Todavía recordaba el rostro de Carey cuando el Liceo saltó por los aires. Porque saltó, vaya si lo hizo. Aunque él tuviera un resquicio de esperanza de que no ocurriera, en los ojos de la chica lo vio claro: iba a suceder. Iban a morir sepultados por el millón de piedras que formaban el castillo de Brítacor, ese que prometió ser su hogar y que, en realidad, no fue más que su infierno personal y casi su tumba.

Después de habérselo preguntado tantas veces que ya había perdido la cuenta, no sabía decir si llegó antes la oscuridad o el ruido de las piedras sepultándolos. Pero a aquellas alturas, suponía que eso no importaba lo más mínimo. Lo que sí importaba era el hecho de que dejó de escuchar las voces que en un principio gritaron, alarmadas ante el derrumbe. En cuestión de segundos, menos de los que cabría esperar, el silencio acompañó a la oscuridad.

Eneas pasó un día entero enterrado, aunque a él le pareció la eternidad más larga que se pudiera vivir. Intentaba escuchar algo, lo que fuera, alguna señal de que los demás estaban vivos, pero lo único que oía era su corazón retumbando —al principio desbocado, luego, cada vez más débil— contra sus oídos. Cuando pensó que aquel era el final, que las posibilidades de sobrevivir se minimizaban de forma drástica a cada segundo que pasaba, sacó fuerzas de lo más hondo de su cuerpo y comenzó a quitar piedras. En una ocasión, el pequeño agujero que había conseguido abrir a base de esfuerzo y de lágrimas, se vino abajo por el peso de las piedras que estaban por encima.

No pensó.

Si lo hubiera hecho, no habría seguido intentándolo.

En realidad, ya no le quedaban motivos para vivir. Lo había perdido todo, incluido lo que sentía por Carey. Sin embargo, lejos de hundirse en la miseria de esa situación y lejos de darse por vencido, volvió a empezar.

Era complicado, pues no había casi espacio donde dejar las piedras que iba quitando. Por suerte, ninguna parte de su cuerpo estaba atrapada y eso le permitió contonearse con una precisión matemática hasta encontrar los ángulos adecuados para poder seguir moviendo las pesadas piedras. Empezó por las más pequeñas, aquellas que no suponían tanto esfuerzo, y cuando se veía capacitado, empujaba una de las más grandes.

No sabía cuánto tiempo le había costado hacerlo. Y eso, supuso, tampoco importaba a aquellas alturas de la historia.

Después de muchas horas, consiguió ver un rayo de luz, una luz que auguraba esperanza y que lo estaba esperando con los brazos abiertos. Eneas se armó de valor y empujó las últimas piedras hasta que por fin salió a la superficie.

Lo que vio entonces le dejó sin palabras, si es que todavía le quedaba alguna.

El castillo de Brítacor ahora era una montaña de escombros en la que se confundían las piedras con las obras de arte y las esculturas de Caronte, que ahora no eran más que rostros rotos y vacíos que jamás recuperarían el esplendor que en su día lucieron.

Caronte…

Carey…

Antes de abandonar el lugar, puso todo su empeño en buscarlos entre las ruinas, a pesar de que su rabia interior le decía que lo mejor era no intentarlo. Unos gritos que cada vez eran más fuertes y que confirmaban que el peligro no había cesado hicieron que tuviera que salir corriendo, aun sabiendo que aquel gesto le estaba costando más que cualquier cosa que hubiera hecho en su vida. Sabía que si se quedaba un minuto más en lo que un día fue el Liceo, el esfuerzo que había hecho por quitar todas aquellas piedras habría sido en vano.

Aunque era consciente de que tenía que huir a toda velocidad, se quedó paralizado al encontrarse una máscara de gato medio escondida entre los escombros. Una horrible máscara de gato sonriente que parecía estar burlándose de él. Le vinieron a la mente recuerdos dolorosos. Dos disparos certeros, una persecución por las calles de Selán, la noche que pasó en la casa de sus tíos, la conversación con Aiden… Aquellos recuerdos se entremezclaron de forma dolorosa e hicieron que, por unos instantes, se olvidara de respirar.

No tuvo tiempo para pensar en lo ocurrido antes del derrumbe. No pudo regodearse en el odio que sentía ahora mismo por Carey. Ya tendría tiempo para hacerlo después, cuando estuviera en una isla desierta en la que los días comenzaban a confundirse con las noches.

Salió corriendo de las ruinas del que había sido el edificio más bonito de Vestalia, y tuvo que poner todo su empeño y las últimas energías que le quedaban para conseguir huir de unos tipos con túnicas y cara de querer derramar sangre que no paraban de perseguirlo. Estuvo a punto de abandonar varias veces, de desistir y dejarse atrapar. Al fin y al cabo, a esas alturas ya no le quedaba nada por lo que luchar. Nada que mereciera la pena, nada que le hiciera tener ganas de levantarse al día siguiente.

Pero no desistió. Tal vez movido por la voz de Tami, que le decía que debía continuar, que ya habría tiempo de darse por vencido. O, tal vez, por las ansias que, en el fondo y a pesar de todo, todavía tenía por vivir.

Tener a esos tipos corriendo tras él —aunque hubiera perdido los zapatos y se estuviera clavando los adoquines de las calles en los pies—, no había sido lo peor que le podía ocurrir. Se dio cuenta de que no iba a ser tan sencillo escapar cuando, de repente, se escuchó otra explosión a lo lejos. Y después otra. Y otra más. Cada vez, las explosiones se iban acercando más hacia donde él estaba.

Se dio la vuelta y se dio cuenta de que ya no lo perseguían, y aquella era la peor noticia que podía recibir.

Las explosiones que vinieron a continuación se encargaron de explicarle por qué. Cada vez más cerca, más violentas. Estaban acabando con todo.

En un rápido vistazo hacia atrás, Eneas pudo comprobar que no quedaba rastro de lo que había conocido como Vésticum. No había hostales, ni perfumerías, tampoco gente. Las explosiones se lo estaban tragando todo.

En un último intento por sobrevivir, y sin saber si funcionaría o no, se lanzó al río Íscelsor, justo a tiempo para comprobar cómo el puente Cron se derrumbaba hasta quedar sumergido en el agua. Sus columnas enroscadas, antes grandiosas, ahora no eran más que escombros. La gran ola que se formó entonces hizo que se hundiera durante unos segundos que le parecieron eternos. Cuando consiguió salir a flote, siguió nadando y nadando, y para ello tuvo que usar toda la fuerza de su cuerpo. Ni siquiera se paró a pesar en que no era un buen nadador: hizo lo posible por salvar su vida, y su instinto le decía que tenía que mover los brazos y las piernas y no pensar en nada más.

Las explosiones seguían sucediéndose, y Eneas se preguntó si era posible que a esas alturas todavía quedara algo de la ciudad en pie. No quiso volver la vista atrás, sabía que no podría enfrentarse a una ciudad derruida y envuelta en llamas. No ahora que comprendía que aquellos escombros iban a ser la tumba de tanta gente.

La tumba de Carey.

Cuando las fuerzas estuvieron a punto de abandonarlo, encontró una tabla que, como él, iba a la deriva. Se subió en ella, lo que le permitió moverse más rápido. Cuando quiso darse cuenta, estaba en el puerto y, unos minutos más tarde, había alcanzado el mar. El mar abierto, el mar que no sabía dónde acabaría.

Su intención era bordear la costa para llegar hasta un lugar seguro, pero el destino tenía otros planes para él. El viento, las olas y la poca fuerza que le quedaba en el cuerpo hicieron que el chico se quedara a la deriva hasta que perdió el conocimiento.

Ni siquiera el sol abrasador consiguió despertarlo. Tampoco el hambre o la sed que, después de varios días, comenzaban a acuciar.

Lo único que consiguió despertarlo fueron las rocas contra las que se chocó al llegar a un lugar del que jamás había oído hablar; una isla, según descubriría meses más tarde cuando ya la hubiera recorrido entera.

Le costó mucho adaptarse, aunque su cuerpo y su instinto se encargaron de enseñarle las primeras cosas básicas que tendría que aprender si quería continuar vivo, como a partir un coco contra una roca puntiaguda y beberse el líquido sin dejar caer ni una sola gota, o a huir de animales que parecían peligrosos y acercarse a otros que podría cazar o pescar con facilidad.

El artefacto que encontró entre los escombros y que se guardó en un bolsillo como si fuera una orden del destino le facilitó bastante la vida. Le llamó la atención su decoración de bronce, el sonido metálico que hacía la tapa al abrirse y cerrarse. Cuando comprendió que accionando una pequeña rueda dentada mientras hacía la fuerza suficiente salía una pequeña llama, volvió a sentir esa esperanza que había creído dejar en Vésticum.

Pasados unos días desde que llegó, el sol se impuso como soberano del cielo e hizo que toda la bruma y las cenizas —que seguían llegando hasta la isla— se disiparan. En ese instante, se dio cuenta de que desde allí todavía podía ver la ciudad que le había acogido. Bueno, podía ver los restos de lo que había sido.

No se distinguían los puentes que antes se erguían imponentes sobre el río, tampoco la silueta de los preciosos edificios que tanto lo habían fascinado. Y, por supuesto, tampoco podía ver el Liceo.

Tuvo mucho tiempo para pensar, demasiado. Y pensó en todas y cada una de las personas que se habían cruzado con él en los últimos tiempos.

Se acordaba de Tobyas y de la mala suerte que quiso que fuera el compañero de Aiden en aquella fatídica misión. Le daba pena pensar que las últimas horas del chico estuvieron teñidas de tanto dolor.

También le venía a la mente la maldad de Magritte y la manera en la que se había regodeado mientras le decía que ella sabía toda la verdad. Una verdad que ya jamás descubriría.

El rostro de Henry, amigable y cercano, se dejaba pasar por sus recuerdos de vez en cuando. Y cada vez que ocurría, le invadía una tristeza desoladora. Le habría encantado darle las gracias por salvarlo de aquellos fanáticos de Asua. Ahora no podría hacerlo.

Pensaba en Hamica, en la pena tan tremenda que debió de sentir al encontrar a su verdadera familia y perderla el mismo día. En el dolor al descubrir que ella había ayudado de cierta manera a que la historia terminara así.

Se preguntaba qué habría sido de la verdadera madre de Hamica y de si lo que había contado Caronte era real. También, qué habría pasado con Gaia y con ese bebé que había costado la vida de otra mujer. De qué vivirían Altea e Irtei ahora que el Liceo no podía proporcionarles comida. Qué sería del resto de Vestalia, qué pasaría con el sistema de las mentiras ahora que el Liceo había caído.

Pensó en Carey.

En sus ojos del color del hielo.

En sus labios rozando los suyos.

En su risa, su pelo, su seguridad.

Y cada vez que lo hacía, sacudía la cabeza para olvidarlo. No quería pensar en ella, ni por un segundo. No quería tener que enfrentarse al hecho de que se había enamorado de la mujer que había matado a sus padres.

¿Qué había ocurrido?

¿Tal vez ese era su castigo por mentir? ¿Eso era lo que había obtenido por no hacer caso a sus padres que con tanta insistencia trataron de llevarle por el camino correcto?

Justo en ese momento, reparó en algo. Su historia no podía terminar así, se negaba a creerlo. Así que haría todo lo posible por sobrevivir y, por una vez, toparse con la verdad frente a frente.

Tan solo con la verdad.

AGRADECIMIENTOS

Dicen que escribir es un acto solitario, y puede que sea así, al menos en los momentos que uno pasa encerrado en el estudio delante de una pantalla de ordenador. Sin embargo, yo me he sentido tremendamente acompañada durante la escritura de este proyecto. Desde que se me ocurrió —en el verano del 2020, con el corazón destrozado y con unas ganas tremendas de volcar mi energía en algo que no fuera el dolor que sentía—, Vestalia se convirtió en mi hogar. Me puse a trabajar sin parar, tanto que a veces me veía a mí misma como la caricatura de una escritora que había perdido el juicio y que no hacía otra cosa que tomar notas y apuntes que luego le servirían para el manuscrito. Sea como fuere, la historia fue creciendo hasta que se convirtió en la novela de la que más orgullosa estoy.

Por supuesto, este camino habría sido impracticable sin el apoyo de *Aarón*, que ha tenido que aguantar a mi lado mientras le contaba los desvaríos de esta historia y le pedía opinión. También por haber jugado conmigo horas y horas al *BioShock* mientras yo tomaba apuntes y me fijaba en cada detalle. Sí, hay ciertas escenas de esta obra que no habrían existido sin su pericia a la hora de resolver aquellos puzles del demonio.

Y no solo él ha tenido que escuchar una teoría tras otra; me temo que toda *mi familia* —incluida *mi abuela*, que fue la primera en leer el manuscrito— ha sido testigo de cómo esta novela crecía día a día. Durante tres años. Casi nada. Un agradecimiento especial a mi tía *Carla*, que me ayudó muchísimo con el título y sin cuyas ideas este libro seguiría llamándose Proyecto Sueño.

Un agradecimiento especial también va para *Marta*, mi editora, mi amiga. Llevamos más de tres años juntas, la una al lado de la otra, apoyándonos y escuchándonos. Gracias por confiar en este proyecto, por leerlo cuando el camino no iba a ninguna parte y por darle alas cuando las nubes se disiparon. No me imagino unas mejores manos que las tuyas para darle forma a la historia de Eneas y Carey.

También le tengo que dar las gracias a *Javi*, y a *Ana Luz* que, como siempre, han sido de los primeros en leer esta historia con emoción y con ganas, aun cuando todavía era un borrador engorroso. Empiezo a pensar que solo quieren leer mis manuscritos para acabar en los agradecimientos, porque sino no me explico que se ofrezcan voluntarios todas y cada una de las veces. Mil gracias, de verdad.

Al principio decía que me he sentido muy acompañada en este viaje, y eso también es debido a que he encontrado a un montón de amigos escritores que me comprenden mejor que nadie y de los que aprendo día a día. A perseverar, a creer en mí, a adorar esta profesión. *Victoria*, hablo de ti. Eres mi inspiración y un apoyo increíble. Y todos los compañeros a los que he tenido el placer de conocer este último año y que me hacen sentir como en casa también están aquí. *Fer* se merece una mención especial, y no solo por regalarme un más que generoso blurb, sino por demostrarme que hay muchos tipos de almas gemelas y que las nuestras están unidas desde el día que nos conocimos.

Sin duda, sin mis amigos de toda la vida y sin mi familia —la de sangre y elegida— tampoco podría haber recorrido este camino.

Y, por supuesto, como siempre, te doy las gracias a ti, lector, por llegar hasta el final, por querer conocer a Eneas y a Carey y por haber imaginado a mi lado. Nos vemos muy pronto en Vestalia.